法藏知津

九　編

杜潔祥　主編

第 31 冊

《大正藏》異文大典
（第十二冊）

王閏吉、康健、魏啟君　主編

花木蘭文化事業有限公司

國家圖書館出版品預行編目資料

《大正藏》異文大典（第十二冊）／王閏吉、康健、魏啟君 著
-- 初版 -- 新北市：花木蘭文化事業有限公司，2023〔民112〕
目 2+272 面；19×26 公分
（法藏知津九編 第 31 冊）
ISBN 978-626-344-440-9（精裝）
1.CST：大藏經 2.CST：漢語字典
802.08   112010453

ISBN-978-626-344-440-9

法藏知津九編
第三一冊   ISBN：978-626-344-440-9

《大正藏》異文大典（第十二冊）

編　　者　王閏吉、康健、魏啟君
主　　編　杜潔祥
副總編輯　楊嘉樂
編輯主任　許郁翎
編　　輯　張雅淋、潘玟靜　美術編輯　陳逸婷
出　　版　花木蘭文化事業有限公司
發 行 人　高小娟
聯絡地址　235 新北市中和區中安街七二號十三樓
　　　　　電話：02-2923-1455／傳真：02-2923-1452
網　　址　http://www.huamulan.tw 信箱 service@huamulans.com
印　　刷　普羅文化出版廣告事業
初　　版　2023 年 9 月
定　　價　九編 52 冊（精裝）新台幣 120,000 元

《大正藏》異文大典
（第十二冊）

王閏吉、康健、魏啟君　主編

目

次

蓺

牒：[三][宮]、疊[聖]1435 㲲多
羅。

疊：[三][宮]1425 置常處，[三]
[宮]1464，[三][宮]1472 袈裟有，[三]
[宮]2122 㲲多羅，[三]1440 之付囑。

㲲：[元][明]、蓺[宮]721 調。

瀉

溮：[聖]26 著淨地。

鴻：[三][宮]2102 迹既分。

去：[甲][乙]894 垢及與，[甲][乙]
894 垢清淨，[甲][乙]894 垢眞言。

寫：[三][宮]2103 瓶之，[宋][元]
[宮]2103 水置之。

寫：[宮]2058 水置之，[宮]2103，
[宮]下同 1435 中瀉中，[三]26 已持
器，[三][宮]1428 去而不，[三][宮]
1443 作聲驪，[三][宮][甲]2053 月明
璣，[三][宮][聖]1435 水著鉢，[三][宮]
[聖]1451 水令滿，[三][宮][知]384 則
成寶，[三][宮]721 其口中，[三][宮]
1425 中若無，[三][宮]1425 著，[三]
[宮]1425 著衣裓，[三][宮]1451 于地
答，[三][宮]1451 棄置之，[三][宮]
1459 諸金寶，[三][宮]1463 鉢中羹，
[三][宮]1466 家内突，[三][宮]1471 水
調適，[三][宮]2060 瓶重出，[三][宮]
2060 水不妄，[三][宮]2060 統括福，
[三][宮]2104 而成魏，[三][宮]2122 水
一器，[三][宮]2122 一冶即，[三][甲]
901，[三][甲][丙]1202 淨處著，[三]
[甲]901 淨器内，[三][聖]26 著鉢中，
[三][石]2125 瓮中長，[三][乙]、瀉杓
一肘量寫杓一肘量[甲]908 杓長及，
[三][乙][丙]908 二杓相，[三][乙]1092
香花水，[三]26 留少水，[三]26 著淨
地，[三]155，[三]185 糜釜杓，[三]
2110 全身迦，[聖]375 水置之，[聖]
1425 時墮，[石]2125 瓶中更，[宋][宮]
[聖]639 如法爲，[宋][宮]2060 相從
不，[宋][宮]2060 有若燈，[宋][乙]908
少香水，[宋][元][宮]1435 水著鉢，[宋]
[元][宮][聖]1421 白，[宋][元][宮][聖]
1421 水滅，[宋][元][宮]1421 相續不，
[宋][元][宮]1425 飯置石，[宋][元][宮]
1425 棄若共，[宋][元][宮]1425 水左
手，[宋][元][宮]1428 水，[宋][元][宮]
1428 著水中，[宋][元][宮]1442 水置
之，[宋][元][宮]1470 淨地五，[宋][元]
[宮]1470 之二十，[宋][元][宮]2059 已
竭尚，[宋][元][宮]2122 水其竈，[宋]
[元][甲]908 杓相，[宋][元][聖]125 著
淨地，[宋][元][聖]125 著器中，[宋]
[元]26 瓶，[宋][元]153 之水即，[宋]
[元]1425 中若先，[宋][元]1435 水水
流，[宋]643 水置於，[乙]897 垢乃至，
[元][宮]下同 1435 著餘器。

注：[三][聖]1435 著一物。

齗

吩：[聖]1435 齒㘎語。
齗：[甲]2128 也。

蟹

鱓：[三][宮][聖]1443 汝諸苾。

爕

變：[三]2149 諧釐革，[聖]2157 理有經。

蹙

爕：[宋][宮]2102 而聽之。

心

安：[明]1175 以頂著。

悲：[宮]272 非瞋心，[明]2122 孝順好，[明][甲]1085 我修此，[明]456 大導師，[聖]278，[聖]278 根無上，[乙][丙]2778 漸漸增。

背：[甲]1103 上。

本：[原]2426 原但遮。

必：[宮]901 著一佛，[甲]、心與[乙]2249 預流果，[甲]、心[甲]1851 斷之未，[甲]1833，[甲]2266 不爾以，[甲][乙]1821 定乃，[甲][乙]1709 由智母，[甲][乙]2219，[甲][乙]2259 有，[甲][乙]2261 動覺觀，[甲]1709 須具修，[甲]1733 不發故，[甲]1781 不敢食，[甲]1781 降伏既，[甲]1781 亦無受，[甲]1805 曾服食，[甲]1828 先聞慧，[甲]2266 定應有，[甲]2266 有境故，[甲]2266 與見惑，[明]2076 見水中，[明]1443 獲妙莊，[明]1521，[明]2122 須形受，[明]2131 始覺顯，[三][宮]1558，[三][宮]798 行莫懈，[三][宮]1506 得除婬，[三][宮]1562 前生若，[三][宮]2060 願振忍，[三][宮]2102 懼辱樂，[三][宮]2121 懷怨恨，[三][聖]190 心欲，[三][聖]211 樂居樹，[三]77 不離此，[三]210 樂居樹，[石]1509 無所畏，[宋]1581 於諸大，[乙]1822 不靜正，[乙]1092 修，[元][明][宮][石]1509，[元][明]376 諂偽非。

不：[三][宮][聖]425，[三][宮]1536 悶不耽，[三]100 生大怖，[乙]2362 共二乘。

財：[甲]1736 異謂多。

常：[聖]224 常當怖。

腸：[宋]186 肺脾腎。

瞋：[原][乙]2263。

成：[明]1547 與慈。

乘：[明]1484 趣入。

誠：[甲]949 三遍誦，[三][宮][甲]2053 莫知准，[原]、誠心[乙]973。

出：[甲]1828 六用，[三]1440 即變爲。

初：[甲]2397 若與論。

處：[甲]2266 聲處。

此：[甲][乙]1822，[甲]1828 中四句，[三]220 盡滅離，[聖]1549 三昧廣，[乙]1822 亦如是。

大：[乙]901 呪。

怠：[三][宮]353 生大欲。

得：[三]1545 與劣根，[宋]657 不劣弱。

地：[甲][乙]2397 名淨菩，[甲]2217 故云於，[乙]2215 此。

等：[甲]2412 即住觀。

定：[原]、爲心[甲]1851。

多：[乙]2810 散亂故。

噁：[丙][丁]865。

惡：[明]500 者誤人，[乙]1772 十

發起。

而：[宮]635，[三][宮][別]397 不疲惓，[三]99 住不令。

兒：[聖][另]675。

耳：[三][宮]351 不擾亂。

爾：[三][宮][聖]606 乃覺是。

二：[宮]2121 第十四，[三]1552 見道修，[乙]1736 所現影。

法：[宮]286 者是則，[甲]2285 後重四，[甲][乙]2219 明，[甲]2371 一切，[甲]2393 於瑜伽，[三][宮]785 成辦故，[聖]481 不著心，[石]1509 相應隨，[乙]2263 自相尤，[元][明]2026 兩法便。

方：[元][明]1536 便安住。

非：[甲]2290 無眞。

分：[宮]1509 除瞋恚，[甲]923，[甲]2367 善根諸，[甲]2814 二，[三]1341 中勤勞。

夫：[宮]2008 奪其聖。

佛：[甲]2266 釋迦發。

各：[三][宮]263 念言諸。

根：[三][宮]1545 相續二。

功：[明][宮]221 人行禪。

固：[三][宮]657 受持善。

故：[三][宮]1558 及下無，[三][宮]397 破魔業，[三][宮]721 生樂，[三]192 亦無懷，[三]1532，[宋][元]1525 增上依，[元][明]227 隨逐法。

何：[乙]2795 亂不犯。

恨：[甲]1736 以是業。

後：[甲]1913 心相續。

懷：[三][宮]2059 資奉至，[三]

[宮]2060 曾無憾。

歡：[聖]1458 喜欲同。

患：[甲]917。

恚：[三][宮]2123 怨害向，[三]425 是曰忍，[元][明]1341 以重。

慧：[三]1646。

或：[宮]1452。

機：[甲]1813 者謂如。

及：[乙]1821 無爲。

忌：[甲]1778 從此得。

家：[元][明][聖]99。

間：[甲]2015 云衆生。

見：[甲]2255 心盡，[三][聖]100。

今：[三]193 甚迷荒。

盡：[宋][元]603 便盡如。

經：[原]2339 中明色。

句：[甲]2217。

口：[甲]2261 故言我，[三][宮]818 縛故名，[三]1525，[元][明]99。

懶：[明]1450 惰樂睡。

力：[宮]2043，[甲]2313 故還亦，[三][宮]1521。

令：[甲]1861 入道名。

貌：[甲]1715 五。

門：[甲]2287。

猛：[三][宮]657 發菩提。

面：[明]735 受教而。

名：[明]375 不與貪。

明：[甲][乙]2219 了他。

念：[宮]618 觀察求，[甲]1927 三千世，[甲][乙]1796 處中説，[甲]850 聽安布，[甲]1922 諦觀不，[甲]2249 者何無，[甲]2371 也爭成，[甲]2837

亦不思，[甲]2870 作更無，[三][宮]
[甲][丙][丁]848 諸有結，[三][宮][石]
1509 但念我，[三][宮]272 無，[三][宮]
314 恒怖世，[三][宮]425 是曰忍，[三]
[宮]616，[三][宮]671 我滅諸，[三][宮]
742 謗，[三][宮]1579 我今決，[三]1
不亂自，[三]25 彼羅睺，[三]25 毘沙
門，[三]26 順，[三]190 我當立，[三]
2063 空閑似，[聖]278 增廣攝，[乙]
2215 至無有，[乙]2263 云云，[原]2208
是定心，[原]2248 緑色聲，[中]223 欲
解捨。

女：[明]1299 合太陰。

破：[甲]2015 相而示。

普：[乙]1724 修諸善。

七：[甲]2036 十二相。

其：[宮]263 華衆色。

祇：[甲]2339 皆任運。

切：[丙]2397 是一心，[宮]310 不
能解，[甲][丙]2381 諸佛如，[甲]1736
離於，[三][宮]285 解達彼，[三][宮]
425 三昧不，[三][宮]461 法身定，[三]
[宮]601 而無散，[聖][另]1541 隨轉，
[宋][宮]2102 豁盡寄，[宋]309。

青：[甲]1795 含變觀。

情：[三][宮]1458 希福利。

趣：[三][宮]1545 者是。

人：[宮]657 法及凡，[宮]1689 清
淨然，[甲][乙]2219 是約，[甲]1783 亦
然衆，[甲]1929，[明]1546 雖口言，
[三][宮]639 未曾，[三][宮]616 種種，
[三]212 迷固不，[元]379 故殺無。

仁：[明]329 如是。

忍：[甲]2249 是其果，[三]156 見
於如，[宋]、必[元][明]、－[石]1509
墮邪定。

刃：[宋][元]2087 玄。

如：[甲]2269 至三地，[甲]1911
常不輕。

三：[元][明]2016 世何者。

色：[甲]1735 法故受，[甲]2266
亦應厭，[三][宮]1602 等乃至。

山：[三][宮][知]384 能滅欲，[三]
384 若人布。

上：[乙][丙]2396。

身：[丙]2396 非是，[甲][丙]2381
佛故請，[甲][乙][丙]1201 遠近即，
[甲][乙]2223 寂滅自，[甲][乙]2408
住，[甲]871 善口善，[甲]1717 口赴
權，[甲]1742 不住，[甲]1821 於能教，
[甲]1829 體故障，[甲]1863 雖生不，
[甲]1983 種姓豪，[甲]2266 相應謂，
[甲]2312 分位十，[甲]2396 本不生，
[甲]2400 清淨如，[甲]2412，[甲]2412
五行，[甲]2412 之義，[甲]2434 德三
十，[明]721，[明]1636 護持正，[三]
[宮]266 言本淨，[三][宮]403 懷若載，
[三][宮]2102 歸，[三][聖]125 有，[三]
100 念此能，[三]192 入城猶，[三]397
寂靜是，[聖]223 曲心，[聖]1552 起
至成，[聖]99 法法觀，[聖]211，[聖]
211 守，[石]1509 苦今世，[宋][元]375
故，[乙]2263 之時實，[乙]1110 正念
啓，[乙]1832 不可還，[乙]2223 出已
即，[乙]2249 三識及，[乙]2296 何者
是，[乙]2393，[乙]2397 佛，[元][明]

[宮]374 作微妙，[元][明]389 而行乞，[原]、身[甲]1782 斷除苦，[原]1764 毛孔中，[原]1803 心所持，[原]2416 等爲能，[原]904 一一於，[原]906 爲佛衆。

神：[三]643 力故十。

生：[宮]1646 悦答曰，[宮]2123 寧放逸，[明]375 説一切，[明]1562 識謂佛，[明]2058 王今應，[三][宮]411 慚愧發，[三][宮]1435 念與他，[三][宮]414 疑不信，[三][宮]657，[三][宮]1509 怨恨汝，[三][宮]1559 迷亂由，[三][宮]2121 愛著時，[三][聖]157 心無忿。

食：[聖]125 慳著健。

識：[甲]2313 敎能知，[甲]2313 妙理剩，[乙]2263 皆由尋。

使：[三][宮]606 亂者當。

示：[甲][乙]2390 別記云。

事：[三][宮]1435 息還一。

是：[聖]125 戒清淨。

視：[石]1509 一切衆。

釋：[甲][乙]2219 室。

手：[乙]2228 想持花。

順：[三]374 恭敬之。

思：[三][宮]、[聖]1544 所作從，[聖]1428 念之。

斯：[明]1536 安住等。

四：[甲]、因[甲]1851 停息是，[甲]2249，[甲]2269 若釋曰，[甲]2249 緣云本，[甲]2266，[明]620 根四百，[乙]2263 相生得，[乙]2336 地普攝，[原][甲]1851 根，[原]2405 品謂覺。

隨：[甲][乙]1929 順不疑。

所：[甲]2263 所也，[三][宮]650 牽。

體：[甲]2015 也喩以。

頭：[甲]901 相捻二。

王：[甲]1846 王。

妄：[乙]1736 念則無。

微：[三]2145 開。

爲：[乙][丙]873 堅固。

位：[乙]2408 爲事。

味：[三][宮]1525 與衆生。

問：[乙]1821 至有觀。

無：[原]2263 自在微。

息：[甲]1914 無澁滑。

悉：[甲][乙]2194 泥醉者，[明]224 不當犯。

下：[甲]1733 歎上益。

現：[明]643 已。

相：[甲]1782，[三][宮]675 散亂彌，[原]1818 此言方。

想：[甲]1914 故故須，[三][宮]645 亦令他，[三][宮]276 於一切，[三]125 爾時毘。

向：[三][宮]2103 邪曲愚。

小：[原]2339 果。

信：[宮][聖]278 清淨畢，[甲]1863 因釋云，[甲][乙][丙]2381 具足第，[甲][乙]2231 解心眞，[甲]1920 毀損佛，[甲]2218 亦名淨，[三][宮]1425 善男子，[三][宮]1425 善女人。

行：[三][宮]581 伏魔宮，[三][宮]1458 住究竟，[聖]1541 法覺隨，[聖][另]790，[宋][宮]398 清淨。

性：[三][宮][聖]397，[原]1936也。

修：[甲]1729 起應二。

學：[甲]2312 不。

言：[甲]1928 豈唯眞，[三][宮]1442 妄記他，[三][宮]2122，[宋]672住七地。

也：[明][宮]397 更莫他，[知]598令我等。

一：[宮]1548 相應云，[甲][乙]1822 也若無，[甲][乙]2219 行故又，[甲]1924 中不，[甲]2217 句者即，[甲]2249 稍劣，[三][宮]318 切之故，[三][宮]489，[三][宮]2060 住恒安，[三][聖]1440 念安居，[聖]157 覺爲諸，[聖]279 清淨精。

已：[宮]1501 不欲，[明]220 證得無，[三][宮][聖]310 聞最無，[三]99 善解脫，[三]194 觀而觀，[原]1764見生功，[知]741 所不欲。

以：[宮]329 是菩薩，[宮]398 明發意，[宮]1428 清淨乃，[甲]2218 響喻譬，[甲][乙][丙]1866 所計有，[甲][乙]1822 悦麁，[甲][乙]2390 爲佛部，[甲][乙]2397 自心實，[甲]1816 取相，[甲]1816 亦同彼，[甲]1816 有疑，[甲]1816 智也於，[甲]1828 定加行，[甲]1830 後種，[甲]1924 體，[甲]2068世表注，[甲]2397 法等染，[甲]2401上安種，[金]1666 境界，[久]1488 不喜信，[明][宮][另]1442 妄語無，[明]657 無形本，[三]1545 無間現，[三][宮]286 信相分，[三][宮][聖]1523

爲，[三][宮][知]1579 生厭患，[三][宮]425 觀如是，[三][宮]578 不優婆，[三][宮]765 無擾濁，[三][宮]1484 好心受，[三][宮]1579 善解脫，[三][宮]1592云何作，[三][宮]2123 安樂豈，[三][宮]2123 自終，[聖][甲]1733 初一衆，[宋][宮]、以心[元][明]2103 原未靜，[宋][宮]639 如金剛，[宋][元]212 在色，[宋]1562 爾時，[乙]1822 如是欲，[元][明]272 念，[原][甲]1781 斥小也，[原]1829 神足即。

亦：[宮]618 隨順，[甲]1246 不斷絕。

意：[甲][乙]2317 即同小，[甲][乙][丙]2211 皆住一，[甲][乙]848 供養一，[甲][乙]2263，[甲][乙]2263 可云率，[甲][乙]2263 難西明，[甲][乙]2263 顯也五，[甲][乙]2263 也或又，[甲][乙]2263 也進云，[甲][乙]2263 叶文理，[甲][乙]2263 一同也，[甲][乙]2263 以此文，[甲][乙]2263 又，[甲][乙]2263 者意地，[甲][乙]2263 准此等，[甲][乙]2328 若，[甲]1969 不倒散，[甲]2217 久默斯，[甲]2244 平等無，[甲]2250 亦准此，[甲]2253 言，[甲]2254 談相分，[甲]2263，[甲]2263慚愧，[甲]2263 互十煩，[甲]2263 見，[甲]2263 見分返，[甲]2263 如何可，[甲]2263 色有分，[甲]2263 同五見，[甲]2263 也，[甲]2263 也兩方，[甲]2263 也又後，[甲]2263 也云云，[甲]2263 依命，[甲]2263 易知常，[甲]2263 則引本，[甲]2371 從何法，[甲]

2371 法法塵，[甲]2371 立六即，[甲]2371 前三，[甲]2371 十界常，[甲]2371 相即上，[甲]2371 於法性，[甲]2371 值知識，[明]261 乃至微，[三]、口[聖]210 惡念思，[三]171 諸天，[三][宮]482 勤求受，[三][宮]223 令離阿，[三][宮]223 已來所，[三][宮]286 廓然自，[三][宮]342 適發意，[三][宮]384 爾時，[三][宮]397 寂靜善，[三][宮]403 三事精，[三][宮]425 積功累，[三][宮]512 心白淨，[三][宮]653，[三][宮]1425 者示是，[三][宮]1428 法亦如，[三][宮]1458 我當於，[三][宮]1549，[三][宮]2121 即生以，[三][宮]2121 所求即，[三]161，[三]375，[三]1343 安隱無，[聖]223 乃至道，[聖][石]1509，[聖]278 乃至成，[聖]1428 染著受，[聖]1509 菩薩，[宋][宮]401 事若無，[乙]2218 略明三，[乙]2254 無想異，[乙]2263，[乙]2263 第五，[乙]2263 付列三，[乙]2263 見修爲，[乙]2263 淨影釋，[乙]2263 若無我，[乙]2263 要集所，[乙]2263 耶，[乙]2263 耶故是，[乙]2263 又章，[乙]2263 云釋俱，[乙]2263 者華座，[乙]2263 者言不，[乙]2263 之外設，[乙]2263 准十二，[乙]2328 云云故，[乙]2394 供養一，[乙]2408 也或説。

義：[乙]2218 屬。

印：[乙]922。

猶：[元][明]1443 如電光。

於：[三][宮]1563 心所有，[三][甲]1195 無礙故。

宇：[甲]1929 法。

語：[三]945 於我滅。

緣：[原]2271 故從果。

願：[三][宮]657 當知便。

曰：[甲]2250 二釋，[三]865 唵。

云：[甲]2259 所法有，[乙]2261 所緣一。

者：[甲]1736，[甲]2255 應爾以，[三][宮][聖][石]1509，[三][宮]823 聞已勤，[三][宮]1650，[三]2121 身，[宋][宮]397 而，[宋][宮]408 慈悲稱，[元][明]380 應如。

眞：[甲][乙]2219 眞如者，[甲]1709 惑空慧，[原]920 實際阿。

正：[宮]、政[聖]224 是時須，[宮]278 常欣樂，[甲]1763，[甲][乙]1821 理實亦，[甲][乙]2249 發起業，[甲]1763 常法者，[甲]1811 法戒謂，[甲]1851 修施等，[三][宮]1563 已，[三][宮][聖]2042，[三][宮]381 願即致，[三][宮]468 識，[三][宮]721 思惟已，[三][宮]1551 覺問何，[三][宮]2042，[三]26 不忘心，[三]184 坐及其，[聖]1548 數業云，[另]1509 生憂愁，[宋][聖][另]285 念頃令，[乙]2218 智院義，[原]、正[甲]1782 智佛，[原]2339 取何世，[知]2082。

證：[甲]2261 假。

之：[宮]817 志欲得，[宮]2060 學絕，[宮]2102 之所歸，[甲][乙]2263 外安等，[甲]1728 中具足，[甲]1881，[甲]1929 所見者，[三][宮]721 則得樂，[三][宮]403，[三][宮]2122 貪心

嘗，[三]625，[聖]1541，[元][明]2016 心作於。

知：[甲]2217 人也何，[甲]952 呪乳，[甲]1828 今言唯，[三][宮]2123 死則朝。

止：[丙]2163 遠境且，[宮]263 頓處各，[宮]263 咸令歡，[宮]382 遠離著，[宮]618 舉調順，[甲]1911 觀施於，[甲]2255 爲勝此，[甲][乙]2259 頓耶言，[甲][乙]1709 息想作，[甲][乙]2397 息令微，[甲]1781 行故前，[甲]1828 道滿者，[甲]1832 也七云，[甲]1851 依師教，[甲]1924 住若言，[甲]1929 觀今約，[甲]2036 不須説，[甲]2362 爲諸尋，[甲]2371 等觀，[甲]2792 惡而已，[三]、正[宮]2085 口誦耳，[三]1340 莫取名，[三][宮]317 頓坐而，[三][宮]382 歡樂故，[三][宮]586 歡樂文，[三][宮]656 一切惡，[三][宮]1463 決定者，[三][宮]1537 一境性，[三][宮]1548 等明照，[三][宮]2059 是樂，[三][宮]2103 尚虛無，[三][聖]200 不奉，[三]201 故造作，[三]206 莫去狐，[聖][另]1541 躁，[聖]425，[聖]425 有四病，[宋]、上[元][明]、正[聖]99 令滅若，[宋][宮]606 棄捐懈，[乙][丙]2777 何假，[乙]1822 故假説，[元][明]、上[元]153 歡樂恭，[元][明]1602 得自在，[元][明]602 意不在，[元][明]2059 爲一鴨，[元][明]2060 勝相後，[元]310 在，[原]、以[原]1776 顯，[原]、止[甲]1782 之與氣，[原]1780，[原]2196 畢不可，[原]

2339 達本源。

沚：[宮]2060 州内修。

至：[甲]874 兩肩喉，[乙][丙]873 兩肩喉，[元][明]1544 若時心。

志：[三]186 正住曜，[三]220 不應信，[三][宮]263 堅固，[三][宮]263 具足諸，[三][宮]310 存淳熟，[三][宮]606 而一定，[三][宮]721 樂於此，[三]1331 不能。

智：[甲][乙]1822 唯修法，[甲][乙]2219 到自心，[三][宮]1646 皆緣假，[三][宮]1666 力因於，[宋][明]220 故。

中：[宮]397 平等無，[甲]1799 有眞淨，[甲]1851 生無畏，[甲]2339 時伏後，[三]721 皆悉具，[三][宮]1522 閉塞故，[乙]2263 可熏聲。

衷：[三][宮]2121 不覺疲。

衆：[甲]1782 於邪。

住：[甲]2371 至等覺，[甲]1816。

自：[甲]2219 處者即，[甲]994 心上諦，[三][宮][聖]1595 求免離。

字：[乙]2394 青色自。

罪：[三]489 心菩薩。

芯

芯：[明]1217 用。

辛

悴：[乙]2092 同討兇。

辣：[三]468 味或男，[三]1508。

牛：[三][宮]2122。

莘：[丙]973 等各依。

手：[甲]2337。

詳：[三][宮]2060 中舍天。

新：[明]2034 寺譯是，[明]2102，[明]2122 頭河行，[三]1425 苦，[三]2059 寺夏坐，[聖]1428 苦若得，[另]1428 苦此是。

幸：[元][明]2034。

乙：[明]2076 亥十二。

章：[乙]2174 一卷不。

卒：[宮][聖]1579 暴不審，[乙]2092 頭大河。

忻

艸：[甲]2183 作欤又。

觀：[原]2231 佛地。

伒：[甲]2129 反說文。

祈：[三]2122 宗。

所：[原]2126 悅初於。

听：[宋][元][宮]、聽[明]2103 然。

喜：[聖]211 皆得。

欣：[宮]263 然瞻戴，[宮]565 笑諸佛，[甲]1969 躍，[甲]1786 法食三，[甲]1786 然而爲，[甲]1786 厭分別，[甲]2290 樂，[明]2016，[明]2131 逢苦不，[三][宮]1501 樂親近，[三][宮]2123 四隙行，[三]234 喜重歎，[三]2149 宅出見，[宋][宮]606 悅覺意，[宋][元]901 躍躬詣，[乙][丙]2777 者雖復。

興：[明]299 樂妙法。

證：[乙]1736 乎滅者。

欣

彼：[宮]1505 也厭苦，[甲]1724 上如第。

炊：[宋]2122 然趨走。

次：[三]1562 當。

伙：[三][宮]2103 飛之輩。

欥：[甲]1728 云何。

觀：[三]1562 行覺故。

佷：[宋][元][宮]、狼[明]1537 等欣極，[宋][元][宮]狼[明]、改[聖]1537 等欣極。

歡：[三]310 喜意天，[三][宮]374 悅得遇，[三][宮]1562，[三][宮][聖]1562 感捨而，[三][宮]1562 任，[三][宮]1562 悅慶，[三]310 喜皆由，[三]310 喜心調。

驚：[三][宮]606 然爲觀。

能：[甲]1816 佛爲說。

婆：[宋][元][宮]。

祈：[甲]1775 彼岸乎。

勤：[甲]897 求入曼。

傾：[甲][乙]1822 受者解，[甲]2073 懷資俸。

順：[聖]、傾[乙]2157 懷資。

歎：[三]263 豫。

希：[三][宮]1562 欲。

悕：[乙]1723 大。

喜：[甲]2879，[明]1451 告舍利，[三][宮][聖]1579 等煩惱，[三][宮]327 行戲論，[三][宮]408 奉行，[三][宮]606 安隱無，[三][宮]813 皆言良，[三][宮]1435 便作是，[三][宮]2040 樂又

菩，[三][宮]2121 終生天，[三]168 踊
躍即，[聖]211 皆得道，[聖]211 皆得，
[聖]211 皆得須，[聖]211 念佛即，
[聖]211 心開誦，[聖]211 一凶二，[聖]
224 若有他，[聖]224 欣自謂，[聖]
224 踊，[聖]224 踊躍得，[乙]1238
奉，[元][明][聖]211。

忻：[甲]1735 成二乘，[甲]2230
樂淨飯，[甲]2012 一切諸，[三]152 育
爲嗣，[三]152 豫惡不，[三]1340 悅
起隨，[聖]643 踊無量，[聖]222 豫壽
終，[聖]606 達，[聖]1851 樂不能，[宋]
[元][宮]606 悅是謂，[宋][元]1173 樂
心發。

修：[甲][乙]1709 燨，[甲]1089
現世力，[乙]1723 遍趣之，[乙]1723
證此。

仰：[三][宮]2060 其情，[聖]1788
求妙幢，[聖]1509 然自慶。

依：[宮]639 名利。

因：[甲]1828 非苦相。

欽：[宋]、扶[宮]2060 幸其德。

飲：[明]1563 厭互增。

攸：[甲]2073 屬講華，[三][宮]
[乙]2087 仰斷三，[三][宮]2122 虋。

欲：[甲]1821 受者，[甲]1733 佛
果衆，[三][宮][聖]1562 等流順，[三]
[聖]1579 樂施非，[宋][元]1562 樂此
四，[知]598 樂園思。

躍：[三][宮]2121 不食忘。

知：[乙]1724 果行因。

恣：[元][明]2123 詐道德。

炘

坼：[甲][乙]2393 搦擇託。

圻：[三]、坼[宮]2060 重復一。

訢

斯：[明][宮]310 逮法門。

訴：[三]1341 蜜多羅，[元][明]
1341 彌都盧。

新

報：[三][宮]748 得阿羅。

辨：[甲]、新[乙][丙]1866 新斷
惑。

初：[三][宮][甲]2053。

斷：[宮]614 苦爲樂，[甲]1816 造
往，[甲]2131 猶爲善，[聖]1509 發意
菩，[聖]1733 辯益之，[乙]2215 修。

觀：[元][明]2060 鄴。

龍：[三][宮][聖]1435。

難：[甲]1863 熏生，[乙]2296 舊
攝論。

能：[甲]2261。

祈：[甲]2350 戒佛子，[甲]2409
施主。

清：[甲]1969 鮮。

親：[甲]2266 因文義，[甲]1816
本皆作，[甲]1821 所受應，[甲]2266
名色今，[甲]2792 染壞色，[三][宮]
1466 衣著犯，[三][宮]1559 莊飾若，
[三][宮]2060 解，[三][聖]99 於如來，
[聖][另]1442 嫁女諸，[聖]224 學菩
薩，[聖]1428 果故請，[另]1451 棄故
不，[原]2248 受體歟。

斯：[甲]895 眞言法，[甲]2339 文遍排，[三][宮][聖]425 學菩薩，[三][宮]1458 衣作僧，[三][宮]2104 論猶未，[三][宮]2122 歲，[原]1782。

訴：[甲]2250 譯取樹。

雖：[甲]1736 起即是。

所：[甲]2266 業能感，[甲]2266 燒故，[明]2149 合長，[明]2154 集失譯。

殄：[三][宮]2102。

心：[乙]2092 既不專。

辛：[三][宮]1521 苦至其，[三][宮]2122 寺有釋，[三]212 頭大河，[三]2110 寺門，[元][明]212。

薪：[甲][乙]1821 故入阿，[三][宮][聖]1462 粥者，[聖][另]1463 麵牛屎，[宋][元][宮]1442 染赤色。

行：[甲]2183 本有五，[乙]2254 業故業。

性：[甲]2183 論一卷。

脩：[聖][另]790 忿。

葉：[三][宮]671 果諸花。

雜：[宮]796 見想。

雜：[宮]263，[宮]664 經即來，[宮]2103 除，[甲]1804 學言説，[甲]1912 毒藥用，[甲][乙]2394 色也佛，[甲][乙]1821 染絹雖，[甲][乙]2263 修，[甲]974 物作一，[甲]2068 録又唐，[甲]2087 都城東，[甲]2167 舊齋文，[甲]2266 二云不，[甲]2266 集第，[甲]2299 佛果後，[甲]2402 繩具足，[三][宮]1545 蘊諸根，[三][宮]1602 業由不，[三][宮]1442 淨衣具，[三][宮]1530 遠離故，[三]212 水華香，[三]2145 阿鋡經，[三]2153 集安公，[聖]225 經，[聖]475 菩薩若，[聖]1425 行欲處，[聖]1435 作僧伽，[聖]1463 生瘡病，[聖]2157 附此録，[聖]2157 集失譯，[聖]2157 然氣力，[聖]2157 上餘録，[另]1509 發大乘，[石]1509 發，[宋][宮]2123，[乙]2157 糅異義，[乙]2227 物次此，[乙]2157 小品等，[乙]2164 集百法，[乙]2227 學乃至，[元][明][宮]1425 敷具者，[元][明]2122 木，[知]1579 所。

彰：[甲][乙][丁]2092 乍。

折：[三]193 威儀寂。

莊：[三]2063 嚴年八。

歆

欽：[三][宮]627 慕則應。

薪

藉：[三][宮]2059 所。

炬：[三]99 火起内。

新：[明]1547，[三][宮]1428，[三][宮]1545 出家者，[聖]1549 出火，[另]1428，[另]1428 今垂欲，[宋][元][宮][聖]1552 或説方，[宋]375 盡火滅，[宋]1336，[元]671 草木。

義：[甲][乙]1822 由火緣。

雜：[聖]1441 烏作聲。

馨

聲：[宮]460 降伏罣，[乙]1978。

香：[三][宮]397。

興：[明]、－[丙]1056 異反。

伈

心：[甲]2035 難各當。

信

保：[甲]1735 執。

倍：[宮]616 答曰非，[甲][乙]、位[丁]2244 爲勝瓶，[甲]1731 十地等，[甲]2250 前益者，[甲]2261 故如瑜，[明]1453 人王國，[三]2145，[聖]、聖本傍註有信或本三字 1509，[原]1899 加前殿。

便：[甲]2339 入圓融。

辯：[三][宮]339 才於持。

不：[三]98 畏方五。

布：[元][明]26 施衣被。

臣：[甲]974，[三][宮]2122 諫，[原]2410 知識或。

持：[明]1339 受。

觸：[原]2263 四心。

傳：[甲]2271 此識勸。

從：[甲]2261 求故天，[三]203 兄得生。

但：[石]1509 樂道德。

得：[元][明]374 者我今。

德：[宮]2053 至垂賜。

諦：[甲]1839 現身爲。

定：[甲]1973 心安住。

篤：[三][宮]、罵[知]266 乎答曰。

法：[甲]1822 故名隨，[甲]1816 時。

墳：[三]2110 邊正。

奉：[三]2063 每與帝。

伏：[甲]1003 引入佛。

佛：[三][宮]2122 令比丘，[三][宮]2123 令比丘。

故：[宋][元]1522。

何：[甲]1706 乎經旨，[宋][元]310 休息因，[元]1656 有因果。

後：[聖]、謂[甲]1733 故引佛。

許：[聖]224 受若復。

護：[三][宮]、[石]1509。

化：[三][宮]、－[聖]425 他人六，[三]2110 去泰去。

集：[甲]2266 等餘法。

計：[三][宮]2122 是爲此。

見：[宮]1545 爲先，[三][宮]749 還值和。

借：[甲]1851 此念頃。

進：[甲]952 一心淨。

淨：[博]262 士女今，[甲]1115 士精心，[明]633 女各脫，[三][宮]2123 士不殺，[三][宮][博]262 士女供，[三]154 士佛説，[三]211 士女禮，[三]1331 諸比丘。

敬：[三]、恭[宮]896 禮拜一，[三]1371 供養不。

俱：[乙]2249 心。

可：[甲]、可信[甲]1793 名證信。

離：[三][宮]721。

論：[三][宮]2112 因。

惱：[三][宮]278 不失善。

念：[三][宮]633。

七：[三][聖]99 力如是。

情：[甲]、信不信[甲]1816 不。

親：[三]311 近之數，[聖]1428 使。

仁：[三][宮]2085 義如是。

任：[甲]2195 最初發。

認：[甲]2012 凡聖。

僧：[宮]374 以得信，[明]2076 曰如何。

善：[三][宮]675 法不能。

捨：[三][宮]1548 根分。

深：[甲]2266 信樂故。

生：[甲]1792 起正宗，[宋][宮]、主[元]1484 是法。

使：[甲]1718 報昨夜，[明]156 往請如，[明]786 還啓王，[明]2059 迎接既，[三][聖]1441，[聖]1425 往索不。

似：[甲]1829 同，[甲]1958 同著樂。

事：[三][宮]808 經不可。

受：[三][宮]2122 持五。

書：[甲]1735 煩惱即，[另]1721 此經。

順：[甲]、蘖本同之 871 忍四地，[甲]1705 則所聞，[三][宮]1548 根是名。

説：[甲]1816 佛語故。

四：[明]400 根。

所：[甲]2073 患問齋。

聽：[博]262。

徒：[甲]、徒思孕反[乙]1069 者也婆。

往：[三]311 聖者欲，[三]643 汝持此。

爲：[甲]1736 力誰不。

位：[甲]1733 中行人，[原]、[甲]

1744 就文爲，[原]2262 名，[原]2339 發二十。

悉：[三][宮]588 已辦常。

先：[三][宮]1646 現見故。

相：[元][明]1568 則無此。

心：[宮]1452 於此命，[甲]2313 威儀如，[甲]2371，[甲]2371 具足，[甲]2371 有始中，[甲]2378 能入由，[明]657 堅固不，[原]2208 生西經。

新：[宮]302 於修多。

行：[宮][聖][知]1579 者有毀，[甲]2339 分證示，[明]839 難可成，[三][宮]653 所説罪，[聖]1788 戒等又。

性：[甲]、姓[乙]1866 論，[甲]1736 煩惱即，[甲]1828 解意樂，[甲]1973 願相，[明]1604 於他，[明]588 得堅住，[明]1450 得生起，[明]1537 脩諸有，[明]2059 純至非，[明]2076 解拈槍，[宋][宮]2103 相之室，[元][明]272 智力知，[元][明]310 解皆令，[原]1832 雜集論。

姓：[明]2154 爲我尊。

修：[三][宮]657 習如是，[三]100 福。

須：[甲][乙]1822 一人持。

訊：[三]、許[宮]2060 一念之，[三][宮][聖]222 恭敬尊。

言：[宮]598 無壞見，[宮]848，[宮]2103 釋典誦，[甲]1708 是以悲，[甲]1896 篇明信，[甲]1912 心堅固，[甲]2128 弗毘提，[甲]2128 也寐音，[甲]2777 經辭二，[明][甲]1177 進道

空，[明]2154 力入印，[三]1632 受如鑽，[三][宮]397 諸佛無，[三][宮]654 無相可，[三][宮]1566 諸法有，[三][宮]2109 乎請付，[三][宮]2122 死墮拔，[三]1442 報彼令，[聖][知]1581，[聖]627 樂又人，[宋][元]1435 比丘語，[宋]155 三尊背，[宋]266 樂者未，[宋]2110 四月八，[元][明]653 是法者，[元][明]721 令人到，[元][明]2016 行持世，[元]2122 心出家。

依：[甲]2300 矣汝今，[甲]2371 經如何，[三][宮]1458 其語隨，[三][宮]1588 仙人鬼，[乙]2218 報成就，[元][明]357 此法門。

億：[甲]2290 第六信。

殷：[三][宮]2122 禮得福。

於：[三]158。

眞：[宋][元]2110。

證：[甲]2195 不。

之：[甲]2195 解解。

知：[宮]536 作善得。

重：[三]203 心於是。

諸：[甲][乙]1822 無色法，[三][宮]2122 敬心聽。

住：[宮]278 佛福，[宮]1509 此，[甲]1733 中記，[甲]1762 圓初信，[甲]2290，[甲][乙]2396 滿心六，[甲][乙]2309 無礙見，[甲]1156 便得此，[甲]1736 前名信，[甲]2195，[甲]2337 初則得，[明]228 解，[明]1421 宿餙饎，[明]1656，[三][宮]1571 無常力，[三][宮][聖]305 聲聞道，[三][宮][聖]1562 等運相，[三][宮]639 樂入般，[三][宮]

1545 者如諸，[三][宮]1551 於果者，[三][宮]1604 是名，[三][聖]、任[宮]397 力二者，[三][聖]99 度，[三]99 非，[三]100 佛爲根，[聖]1509 功德力，[宋][元][宮]1552 解脫者，[宋]99 二阿難，[乙]2397 心品云，[元][明]356 者以爲，[元][明]2016 終心即，[原]2196 不退十。

作：[甲]1918 即是求，[三][宮][聖]1464 行身口，[三][宮]376 是說者，[三][宮]532 以能作，[三][宮]1550，[三]46 爲習，[聖]224。

駬

駬：[甲]901 蘇帝梨。

疊

興：[聖]2157 分爲灰。

爨

疊：[甲]2362 耳鑒斯。

星

辰：[元][明][宮]374 然後乃。

呈：[乙]2194 災怪都。

幢：[乙]1796 佛南方。

惡：[元][明]1331 死善。

黑：[乙]1816 等有光。

華：[明]1602 或如婆。

皇：[丙]2286 記九月，[甲]1097 下選擇，[甲]1765 至惡尚，[甲]1924 羅而布，[三][宮]2102 九天東，[三]2153 經一卷，[聖]1542，[聖]2157 見外國，[聖]2157 隱輝漢。

晃：[三][乙]953 耀天龍。

里：[甲]2129 在翼北。

量：[甲][乙]1751 等虛空。

貌：[三]1335 富單那。

涅：[三][宮]425 國王。

日：[甲]2274，[三][宮]1458 月等而。

生：[三][宮]397 者有如，[三][宮]2122 中胎化，[乙]2391 尊印當。

聖：[三][宮]2122 小星誰。

時：[甲]2376 晝出故。

是：[甲]1821 爲名此。

宿：[甲]1718 以名生，[三][宮]397 在。

天：[甲]1304 眞言曰。

相：[三]189 出時降。

曰：[原]1311 眞言曰。

月：[三]2153 天子問。

諸：[宮]397 宿攝受。

惺

惡：[三][宮]2122。

惶：[明]2131 譯業無，[聖]1435 心語彼。

配：[三]157 悟一切。

省：[明]2076 悟盤桓，[明]2076 覺道吾，[明]2076 悟，[明]2076 悟遽歸，[明]2076 悟再辭。

首：[明]2076 悟後參。

醒：[宮][甲]1911，[三][宮]2122 復說見，[三][宮]354 悟身則，[三][宮]2123 境，[三]157 悟一切，[三]200 悟喜不，[三]1336 悟心即，[三]2122 境，

[宋]、覺[元][明]157 悟爾時，[元]2016 影像俱，[元][明]785 也持是，[元][明]2123。

有：[明]2076 悟頓息。

鯹

腥：[甲]1729 血乳說，[三][宮]332 臊，[乙]1909 臭從魚，[乙]1909 臭矬短。

荊

荊：[乙]2207 富有曰。

刑

別：[甲]2036 死有餘。

祠：[宋][元]2061 部。

邢：[三]2154 國公房。

戒：[甲]2036 出九流。

荊：[三][乙]2087 朴隨問。

刊：[原]1310 死厄籍。

利：[宋]2122。

邢：[宮]2078 州素禪。

行：[甲]2036 奕曰禮。

形：[敦]262 欲，[敦]450 戮，[宮]397 流者如，[宮]581 戮或爲，[宮]606，[宮]1547 刀，[宮]1562 科未成，[宮]2102，[宮]2103 殺之濫，[宮]2103 之設，[宮]2122 今，[宮]2122 坐而死，[甲]1115 修行者，[甲]1280 害結印，[甲]2129 刑奇日，[甲]2337 奪體無，[甲]2792 欲受大，[甲]2837 佛無，[甲]2837 類凡僧，[明][和]261 無路中，[明]293 害呻吟，[明]2103 刻具如，[明]2112 孫叔傲，[明]2122 首足分，

[三][宮][聖][另]285 所重髓，[三][宮][聖]318 惡罵呪，[三][宮][聖]754，[三][宮]622 法無，[三][宮]741 汝見之，[三][宮]1507 以法自，[三][宮]1509 殘等常，[三][宮]2060 曾，[三][宮]2060 聖量是，[三][宮]2060 餘不，[三][宮]2102 戮而自，[三][宮]2102 七國，[三][宮]2103 之咎也，[三][宮]2104，[三][宮]2108 章攸革，[三][宮]2112 國抑有，[三][宮]2122 殘奏，[三][宮]2122 犍時有，[三][乙]1092 罰訶讉，[三]418 者亦不，[三]475 殘而具，[三]1424 殘隣於，[三]2106 餘奏乞，[三]2108 禮輕陳，[三]2151 不夭命，[三]2154 于四海，[聖]361 故有自，[聖]1425 罰，[聖]1425 罰彼遂，[聖]1425 罰爾時，[聖]1552 若聽訟，[另]1442 當斷，[另]1442 王今命，[另]1451 然婆羅，[石]1509，[宋][宮]2102 犯則無，[宋][宮]2122 近，[宋][宮]2122 戮計算，[宋][宮]2123 戮其人，[宋][元][宮][聖][另]1451 長者聞，[宋][元][宮]581，[宋][元][宮]2108 國謹議，[宋][元][宮]2122 罰乃，[宋][元]201 戮畏苦，[宋][元]2110 經乃遮，[宋]360 故有自，[宋]1185 害皆由，[宋]2106 加錐鋸，[宋]2110 而，[宋]2110 于，[元]2122 法加之，[元][明][宮]2122 取笑天，[元][明]1421 既，[元][明]2060 殘。

邢

刑：[三][宮]2122 州沙河，[宋][元]2061 氏嘗夢，[乙][丙]2092 鸞廷尉。

形：[宮]2025 混于清。

行

半：[原]、片[原]923 音。

報：[聖]125。

彼：[甲]1735 彼有百，[三]1341 即是行，[三][宮][聖]1552 相故又，[三][宮]831 常不放，[三][宮]1548 識名起，[三]49 令餘比，[三]158 是苦行，[三]1015，[宋]26 禪者熾。

便：[宮]2122 取涎漣，[三][宮]606，[三][宮]1425 復有比。

遍：[原][甲]2339 別境相。

別：[甲]2266 智緣真。

布：[三][宮]657 施持戒，[三][宮]2040 施以沙。

察：[三][宮]671。

禪：[三][宮]656 爾時斯。

稱：[原]1744 爲經。

成：[甲]1735 萬行何，[宋][宮][聖]1509 菩薩。

乘：[甲]1735 作業所。

持：[甲]1781 讀誦之，[甲]871，[甲]2196，[甲]2428 者信心，[明][甲]997，[三]、將[宮]585 而不亂，[三][宮][聖]376 賢，[三][宮]625 慈心利，[三][宮]625 精進力，[三][甲][乙][丙]1146 所願必，[三]1162 勿令忘，[三]1426 除餘時，[三]2145 五事緣，[聖]1441 偸羅遮。

斥：[甲]2207 小故百。

出：[甲][乙]1822 由，[元][明]313

其煙上。

杵：[原]2408 道界。

傳：[明]2076 千里有。

次：[甲]1816 住，[聖]200 觀。

從：[宮]602 從觀，[宮]1435 是
事令，[甲]2191 因至果，[甲][乙]2397
因至果，[甲]1512 發菩提，[甲]1804
僧乞六，[明]310 其，[三][宮]292 大
慈解，[三][宮]2045 趣爲，[三][宮]
2121，[三][甲][乙]1092 世間而，[聖]
[另]1548 日中行，[聖]1433 覆藏竟，
[另]1435 從一聚，[乙][丙]2190 因至
果，[乙]2190 因至果，[知]1579 當。

存：[宮]1912 者共調，[明]2034
兼注了，[三][宮]493 經道以。

達：[甲][乙]1866 菩。

打：[乙]2249 捷稈時。

大：[三][宮][聖]1549 亦有二，
[三]201，[聖]225 明度無。

待：[甲][乙]1822，[三]198 本行
法，[聖]1454 若正若，[知]1579 偸盜
事。

道：[甲]1973 遠邪見，[三][宮]
606 者興法，[聖]278。

得：[丁]1830 定勝作，[宮]222
般，[宮][聖]231 生淨，[宮]385 禁戒
虛，[宮]397，[宮]627 其，[宮]627 以
身口，[宮]656 等無彼，[宮]1545 速
得成，[甲]、行[甲]1851 捨故其，[甲]
1999 進，[甲][乙]981 空大空，[甲][乙]
1724 記得車，[甲]901 亦見伏，[甲]
1709 中，[甲]1731 此因明，[甲]1735
入，[甲]1736 故然不，[甲]1969 冥寂

而，[甲]1973 門無如，[甲]2196 之義
興，[甲]2266 知修習，[甲]2270 少分
二，[明]310 斯正道，[明]670 自覺聖，
[明]263 三，[明]279 眞實道，[明]293
皆得成，[明]293 清淨尊，[明]672 境
界如，[明]721 惡業故，[明]2146 方
便二，[三][宮]278 智慧波，[三][宮]
305 此，[三][宮]760 不受亦，[三][宮]
1594 謂得諸，[三][宮]1595 貪欲者，
[三][宮]270 功德，[三][宮]278 亦不
虛，[三][宮]380 盡近聖，[三][宮]461
清淨須，[三][宮]476 一，[三][宮]588
八直行，[三][宮]636 何等法，[三][宮]
1435 道，[三][宮]1442 何，[三][宮]
1480 生罪邪，[三][宮]1488 智慧是，
[三][宮]1509 道門聲，[三][宮]1509 具
足於，[三][宮]1509 色等不，[三][宮]
1509 是道復，[三][宮]1509 四禪及，
[三][宮]1536，[三][宮]1548 如船逆，
[三][宮]2122 功德地，[三]13 定從是，
[三]109 解若諸，[三]112 乃精進，[三]
152 尊行自，[三]196 作佛從，[三]210
無，[三]532 福供養，[三]950 者不堅，
[三]1521 是七事，[三]1546 定是初，
[三]2145 無礙法，[聖][另]285，[聖]
157 菩薩道，[聖]199 避道路，[聖]200，
[聖]1421 摩那埵，[聖]1509 過去，[聖]
1509 疾近薩，[聖]1582 時得，[另]1548
陰不善，[石]1509 般若波，[宋][宮]
2121 乞食遂，[宋][宮]2103 空疏謬，
[宋][元]732，[宋][元]1563 故應知，
[宋]157 菩薩道，[宋]374，[宋]1428 是
法不，[乙]2810 自在故，[乙]1724 經

多生，[乙]2249 俱作意，[元][明]67 遊
於郡，[元][明]299 波羅蜜，[元][明]
397 陰界入，[元]125 惡作諸，[元]410
處得，[元]1595 方法修，[原]1700 然
煩，[知]418 稍稍追，[知]1579 諸惡
業。

德：[宮]656 盡更不，[三][宮]286
具足入，[三][宮]415 爾時不，[元]421
普修依。

地：[聖]823 若在水。

等：[三]、邪[宮]588 亦不須。

定：[三][宮][聖]410。

斷：[甲][乙]1822 欲界貪，[甲]
[乙]2254 得四法，[甲][乙]2254 煩惱
求，[甲]2218 或復，[甲]2266 煩惱，
[三][宮]721，[乙]2215 修行一，[原]
1695 相中自，[原]2362 功。

對：[甲]1736。

惡：[三][宮]790 不斷譬，[聖]211
惡。

而：[三][宮]1428 自。

法：[宮][聖][石]1509 菩薩摩，
[宮]401 達法界，[甲]1736 故八，[甲]
1705 位，[甲]1733，[甲]1733 功能初，
[甲]1733 忍八，[甲]2249 無常之，[甲]
2371 體證分，[三][宮]309 常，[三][宮]
627，[三][宮]1509，[三][宮]1521 及
十二，[三][宮]1579 無堪任，[三]203
爾時國，[三]2063 奇相妙，[三]2154
經一卷，[聖]397 於法非，[另]1552 是
說爲，[乙]2408 也，[元][明]310 倍增
振，[元][明]223，[元][明]1543 是謂。

返：[三][宮]2122 士行執。

犯：[三][宮][聖]1428 婬。

方：[三][宮]719 獲財。

非：[宮]421 識非轉。

分：[甲]1828 二不可。

福：[甲]864。

付：[原]1768 昔日二。

復：[三][宮]1458 與飲食，[三]
185 白佛言，[原]、即[原]1851 從是
義。

給：[甲]、一[乙]2263 委可尋。

共：[三][宮]2121 飯佛汝。

谷：[宮]2085 三百餘。

故：[甲]1805 隨步越，[甲]2217
故文，[元]220 乃至老。

關：[三]、開[宮]2060 寄託遂。

觀：[甲]1705 具足二，[聖]1509
何法若，[中]223 何法若。

光：[明][和]293 照。

果：[乙]2263 者。

還：[三][宮]2042 天上。

汗：[乙]2215 者是喻。

好：[原]1849 多少六。

訶：[三]1436 諸欲能。

何：[甲]1828 論有，[甲][乙]1822
莊嚴論，[甲]2192 及一切，[甲]2266
而成神，[明]1536 出，[三][宮][聖]
425，[三][宮]626 謂爲尊，[三][宮]
1547，[聖]210 可得道，[宋]1694 如
是便，[乙]2249，[元][明]2122 因緣
劫，[原]2196 者能忍。

恒：[明]220 住修證，[三][宮]
2122 道。

衡：[明]2103 於是前，[三][宮]

2059 竺叔蘭，[三][宮]2109 等經録，
[三][宮]2109 沙門裔，[三]2106 者講
小，[宋][元]2106 耆域佛。

弘：[知]1785 也云云。

後：[明]2041 世學者，[三][宮]
1548 如事根，[三][宮]1551 方便重，
[三][宮]2040 園。

許：[宮]271。

化：[三][宮]2122 國人慈，[聖]
291 無所違。

悦：[三][宮]626 忽以在。

迴：[三]2060 至突厥。

或：[三][宮]1536 調。

及：[元][明]2060 不受其。

偈：[另]1721 領上。

見：[甲]2837 凡夫盲，[明]414
諸解脱，[聖]210 慧常。

江：[三][宮]2122 於江側。

教：[甲]1913 爲名，[甲]2266 相
體即，[三][宮][知]266 故謂聲。

街：[三][宮]2121 巷涕哭，[三]
202 遠塔周，[三]721 巷相當。

解：[明]309，[乙]1821 雖多性。

戒：[丙]2381，[聖]586 是名菩。

界：[明][甲]1216 有情界。

斤：[三][宮]2103 弗運寔。

今：[原]1851 從。

近：[三][宮]606 普學無，[三]14
道不行，[聖]1435 食比丘。

進：[宮]2122 因即留。

經：[元][明]545 百千劫，[原]902
演説逆。

精：[三][宮]657 進，[三][宮]657
進求法。

俱：[聖]1579 故名智。

看：[宮]2123 至。

可：[宮]263 恣所遊，[三]99 不
應説。

苦：[甲]1828。

來：[三][宮]1425 頂禮佛，[三]
161 到長壽，[元]76 來諸殃。

了：[知]1785 得名護。

力：[明]212 是謂如。

歷：[三]203 遊觀至。

量：[乙]2263 何例緣。

陵：[三][宮]2103 而轉盛，[三]
[宮]2109 而。

令：[元][明]321。

路：[甲]2012 便是應。

門：[宮][甲][乙][丁][戊][己]1958，
[宮]765 引餘過，[甲][乙]1821 義故
道，[甲][乙]1821 者據，[甲]1722 歸
一佛，[明]613，[明]1636，[三]2063
禪後從，[聖][甲]1733 相即互，[聖]
99 是名，[另]1721 頌見火，[乙]2263
自利功。

眠：[三][宮]1425 亦是。

面：[明][甲]901 東頭第。

片：[甲]1733，[甲][乙][丁]2244
自繫其，[甲]1839。

祈：[三][宮]2122 請石壁。

起：[明]220 之，[明]627 若干行，
[原]2208 也縱有。

牽：[三][宮]608 證我所。

前：[宮]2108 其來尚，[甲]2266
云何於，[甲][乙]1821 名之，[甲][乙]

2317 彼惡業，[甲]2266，[甲]2266 色，
[明]1598 非唯證，[明]997 惡作永，
[三]220 是爲布。

巧：[甲]2266，[原]2208 各別若。

勤：[明]649 精進得。

清：[三][宮]657 淨人。

求：[宮]221 不得離，[甲]1733
衆生以，[三]278 涉路而，[三]842 無
上道。

去：[甲]2006，[明]1450 積漸至。

勸：[甲]1736 功能亦。

然：[宋]820 而獲致。

人：[三]212 行有輕。

仁：[宮]810 至於十，[宮]1505
無作逼，[甲]2176，[甲]2837 億億劫，
[三]150 者從後，[元]2061 道精進。

入：[明]223 一切三，[三][宮]632
微妙住。

若：[明]220 深般若，[元][明]643
念佛者。

弱：[原]2216 如此之。

色：[另]1548 陰是名，[乙]1822
於三世。

善：[甲][乙]2404。

上：[聖]1763 三。

燒：[聖][另]790 傍。

身：[宮]2122，[甲]2087 求出生，
[三][宮]1592，[元][明]278 斷諸利。

生：[宮]310 敬心，[宮]278 悉，
[宮]2121，[宮]2122，[甲]1728 生故
言，[甲][乙]2263 等也三，[甲]2367
道故今，[明]665 惠施心，[三][宮]384
法得諸，[三][宮]657 慚愧持，[三][宮]

1549 少少方，[三]212 罪業或，[聖]
278 故生歡，[宋][明][宮]223 欲法喜，
[乙]2408 云云。

聖：[三][宮]403 雖在其。

失：[宮][另]1543 諸行未。

施：[宋][宮]387 三昧恒。

時：[三]186 遊觀。

識：[三]220 乃至生。

使：[三][宮]334 斷絶二。

世：[聖]210 流。

事：[宮]1551 觀察滅，[三][宮]
1425 今可斷，[三][宮]1509 與彼亦，
[三]152 以。

是：[宮]226 是，[甲][乙]1736 止
行調，[宋][元][宮]318 得道除，[元]
[明]352 更無有。

釋：[乙]2263 者唯取。

守：[宮]2121。

受：[三]1331。

述：[元][明]2060 題鞭記。

術：[三]212 晝夜匪，[三]2105 悉
能曉，[乙][丁]2244 訪列士。

順：[明]278 若見光。

說：[知]418 受學經。

思：[甲]2250 七本三。

所：[宮]398 其度印，[宮]2102 發
誓念，[甲]2339，[甲]1736 願功德，
[甲]1763，[甲]2266，[甲]2801 治分
二，[三][宮][聖]310 化導皆，[三][宮]
[知]598 之無所，[三][宮]425 入順教，
[三][聖]26 有想所，[三]577，[宋][宮]
288，[宋][宮]292 歡悅世，[乙]2376 住
不意，[元][明]397 稱詠又，[原]1764

依法上，[知]1579 與第二，[知]1785
之望如。

體：[甲]2371 前一切，[原]1776
內。

萬：[丙]2396 行法門。

王：[三][宮]425 首藏。

往：[宮]721 業因餘，[明]、－[聖]
586 者不住，[三][宮]2121 出阿闍，
[三][宮]2121 至其處，[三]682 得會
密，[乙]1796 於世也。

爲：[三]152 善天王，[聖]397 化
衆生。

位：[乙]2263。

衞：[三][宮][甲]2044。

謂：[三]278 善根悉。

無：[三]228 住離諸，[三]2149 經
三卷，[宋]1545 相不説。

悟：[宮]2121 十善道。

習：[甲]1828 故。

下：[和]293 不退轉，[原]2395
爲大乘。

先：[知]1785 明生。

衡：[宋][宮]、綵[元]、采[明]2122
樓可數。

嚙：[三]2110 字出聖。

顯：[聖][甲]1733 二餘五。

現：[聖]1579 即由五，[乙]1821
修即異。

相：[宮]620 疾至於，[三][宮][聖]
[石]1509 貌，[三][宮]1604 三忍四，
[元][明][聖][石]1509 不可得。

想：[丙]1075，[宮]664 得未曾，
[元][明]630 愈衆瘡。

向：[三]1331 鬼有，[乙]1736 品
三倒，[知]1785 圓教在。

心：[甲]1735 字行有，[三][宮]411
磣毒無，[三][宮]587 故名菩，[乙]2263
相差別。

信：[甲][乙]1866 滿足堪，[甲]
1921 之事所，[三][宮]657 大乘是，
[三][宮]1548 信慚愧，[三]1548 復次
比，[聖]1859 附來者，[宋][元][宮]310
成就故。

行：[原]1818 菩薩行。

形：[明]194 若干種，[明]588 於
法界，[明]1563 相少竪，[三][宮]1546
臥柴，[三][宮]1563 竪而行，[三][聖]
157。

幸：[丙]1184 人少施，[聖]2157
保昌明。

性：[甲]1736 淨障蓋。

荇：[宋]2103 葦。

修：[甲]1728，[甲]1733 故名修，
[甲]2801 二，[明]293 清淨行，[明]400
不息如，[明]1552 淨者淨，[三]1525
行而不，[三][宮]、－[聖]425 精進未，
[三][宮]279 但隨力，[三][宮][聖]425，
[三][宮]425 布施，[三][宮]683 道穢
染，[三][宮]1507 慈心蜎，[三][宮]
1521 上十不，[三][宮]1602 正，[三]
125 惡彼若，[三]1485 十善行。

脩：[三]2103 行皆得，[聖]292 行
一。

衒：[三][宮]2121 賣奇物。

學：[宮]590 所致諸，[甲]2207 不
名菩，[三][宮]657 佛道，[石]1509 何

以故，[元][明][聖]227 非我所。

言：[三][宮]813 故爲衆，[三]210 行甘露。

嚴：[三][宮]2122 不可。

衍：[宮][甲]1912 今人信，[甲]1918 位因果，[甲]2038，[甲]2130 山譯曰，[甲]2217 法中處，[三][宮]1544 尼子造，[三][宮][甲][乙][丙][丁]848 底丁以，[三]384 經汝，[三]2149，[宋]、御[元][明][宮]461 行起種。

眼：[三][宮]325 金剛體。

業：[宮]、一[宮][聖][另]1543 答曰或，[宮][聖][另]1543，[甲]1763 是緣因，[甲]2400 不可，[三][宮][甲]2053 純粹律，[三][宮][另]1543 十行迹，[三][宮]1543，[三]2063 彌峻江，[乙]2376 拔萃天。

依：[宮]292 依，[宋][宮]1523 煩惱滅。

儀：[乙]2376 等二十。

以：[宮]2102 者多矣，[甲]1873，[三][宮]606 乞匃於，[原]、取[原]862 赤衣覆。

亦：[三]1 不危。

益：[三][宮][聖]823 同事此。

意：[三]1532。

婬：[三]362 亂他人，[元][明]361 亂他人。

引：[甲]1828 生諸雜，[甲][乙]2261 過十地，[甲][乙]2263 發者，[甲][乙]2397 娜耶是，[甲][乙]2397 心地觀，[甲]1734 法不，[甲]2192 不思議，[甲]2207 或於廊，[乙]2263 故名所，

[乙]2297 化不定。

印：[甲]2229。

應：[明]125 當。

用：[三][宮]223 是道，[三][宮]544，[聖][甲]1733。

遊：[三]、中[宮]2121 出入便。

有：[宮]629 罵詈輕，[宮]487 六度盡，[明]292 開士眞，[明]649 清淨聖，[三][宮]585 不專修，[三]1485 十心所，[元][明]1595 之施亦，[元]1525 世間行。

又：[乙]2397 約所證。

汙：[元][明]1 塵土亦。

污：[宮]1522 爲是淨，[甲]1920 損，[甲]1828 境生故，[甲]2250 也文麟，[甲]2266 故，[甲]2266 如前説，[甲]2266 意薩迦，[三][宮]278 願攝，[三][宮]1458 不淨行，[三]212 無數方，[聖]1582 入正法，[聖]1763 餘淨戒。

於：[宮]374 諸惡終，[宮]1451 於世間，[宮]1509 一切道，[三][宮][聖]625 忍辱利，[三][宮]221 三十七，[三][宮]292 虛空消，[三][宮]1646 五欲欲，[三][聖]、離[宮]625 外道禁，[三]1339 四方見，[三]1579，[聖]310，[聖]625 淨戒寂，[原]1781。

緣：[乙]2263 心了，[乙]2263 眞如及。

遠：[三][宮]657，[三][宮]657 離住處。

願：[甲]1816 十法行，[三]170 何謂所，[原]1960 之人必。

樂：[甲][乙]2250 加行猛。

在：[乙]1821 煩惱。

則：[甲]1921 者既。

者：[明]1000 淨地波，[三][宮]272 能具佛，[三][宮]627 而有所。

眞：[甲]1816 大捨迴。

征：[甲]2036 初不知。

正：[聖]514 不。

之：[三][宮][甲]2053 資，[三]1339 人不詣，[乙]2192 者得十。

知：[明]261 之境離。

志：[三]212 説此偈，[聖]26。

智：[三][宮]657 慧，[三][乙]1092。

中：[甲][乙]2259 當言何，[三][宮]285。

重：[宋]1478。

諸：[甲][乙]1821 法名爲，[元][明]299 最上大。

竹：[甲]2266 橫斷煩，[宋][宮]2060，[元][明][宮]721 岸住人。

住：[宮][聖]397 精，[宮]221 三十七，[宮]278 滿足諸，[甲]1922 十金剛，[明]276 之處善，[三][宮]222 歡喜不，[三][宮]639 若坐若，[三][宮]743 亦極，[三]203 樂，[元][明]223 尸羅，[元][明]1509 性空故，[知]1579 憍傲住。

著：[三][宮]2122 至内閣。

轉：[甲][乙]1822 亦非隨，[甲]1816 故此論。

斫：[三][宮]1478 伐生。

子：[三][宮]278，[三][宮]1463 法。

足：[森]286。

作：[宮]1509 般若波，[宮]1547 苦三，[宮]2122 此樹在，[甲][乙]2219 自在然，[甲][乙]2288 果，[甲]2266 者，[明]579 善語，[三]203 布施然，[三][宮]1488 法，[三][宮]1562 非梵行，[三][宮]285 未有遠，[三][宮]397 惡第十，[三][宮]588 功德，[三][宮]649，[三][宮]721 勿放逸，[三][宮]810 已備隨，[三][宮]1435 事爲善，[三][宮]1435 事云何，[三][宮]1451 非法身，[三][宮]1451 作惱他，[三][宮]1521 善行捨，[三][宮]1543，[三][宮]1566 彼語爲，[三][宮]1581 淨不淨，[三][宮]1606 諸相故，[三][宮]1808 之處衣，[三][宮]2085 非時，[三][宮]2122 惡行好，[三][宮]2122 邪行以，[三][聖]157 如是行，[三]194 是求愛，[三]199 善行，[三]203 不淨行，[三]397 悉皆無，[三]721 是則爲，[三]1525 無生，[聖]1441 此事犯，[聖]1788 障八不，[石]1509 二相故，[宋]、住[元][明]1015 常不失，[宋][宮]627 則是，[宋][元][宮]221，[宋][元][宮]1463 法又行，[乙]2249 非，[元][明]272 邪婬二，[元][明]1549 云何得，[知]794 憐愍利。

坐：[三][宮]1435。

形

彼：[甲][乙][丁]2244 壽以生。

酬：[甲][乙]1822。

刜：[三][宮]1537 二。

剌：[甲]1728 妻司馬。

待：[原]、對[原]1840 法爲能。

而：[明]212。

佛：[甲]1735 像塔者，[乙]2397
入寶處。

骨：[元][明]190 爾時輸。

故：[甲]1821 亦非對。

華：[原]1098。

教：[另]1721。

戒：[甲]1861 生義如，[甲]2354
相也何，[甲]2787 別男女。

口：[三][宮]385 同音以。

類：[三]2110 五淨而，[乙]2396
等皆遍。

令：[原]1212。

輪：[甲]2400 記云不。

瓶：[聖]376 色猶存。

取：[甲]1268 蘇一呪，[甲]1512
相莊嚴，[原]1858 證漚和。

身：[三][宮]1425 體露現，[三]
[宮]1435 揩佛言，[聖]1428 向彼，
[宋]、神[宮]2103 亦應消。

時：[甲]1700 兩。

所：[宋][元]89 壽不犯，[元][明]
212 罣礙。

體：[甲]876 復授此，[聖]2157 貌
端凝，[原]1183 醜陋必。

形：[三][甲][乙][丙][丁]848 赤。

望：[甲][乙]1822 青等皆。

文：[甲]1789 三身名。

無：[三][宮]637 者在彼。

顯：[三][宮]1562 色以無。

相：[甲]1709 遇緣界，[甲]1781

二觀法，[甲]1964 體，[三][宮]481 靡
不抱，[原]1829 狀如非，[原]2404 私
云此。

像：[甲]2212 無前無。

刑：[宮]2043 服，[宮]2102，[宮]
2102 滅而神，[宮]2123 骸殘毀，[和]
293，[和]293 如菩提，[甲]948 雙屈
二，[甲]2250 者不忍，[明]20 之狀
不，[明]212 辱不闕，[明]869 好一，
[明]2110 傷危身，[明]2110 於女婿，
[明]2122 勢取人，[三]99 苦受陰，[三]
[宮]721 獄貪嫉，[三][宮]729 乃竟五，
[三][宮]2060 科夜則，[三][宮]2102
何愛凶，[三][宮]2102 一言作，[三][宮]
2103 戮於都，[三][宮]2103 以，[三]
[宮]2108 刻，[三][宮]2122 次讀第，
[三][宮]2122 當如之，[三][宮]2123 殘
而不，[三][乙]1100 亦能銷，[三][乙]
2087 腐見而，[三]2122 之所，[聖]292
皆能忍，[聖]512 體憔悴，[聖]1425 色
光明，[聖]1552 故大小，[另]1721 竭
之貌，[另]1721 體姝好，[另]1721 域
如牆，[石]1509，[宋][宮]866 伊，[宋]
[宮]2103 取笑天，[宋][明][宮]2122
若不誅，[宋][元][宮]2122 迥託，[元]
[明][流]360 罰乃至，[元][明]2060 網
運斤，[元][明]2103 國自近，[元][明]
2106 當，[元][明]2122 勢伺求，[知]
1785 令其顯。

行：[明]192 匆匆，[明]212 當
有，[明]245 六道千，[明]1014，[明]
1200 狀段，[明]1428 壽不可，[明]1523
命受用，[明]2088 特異肉，[明]2123

故故不，[三][宮]1428 像幖。

形：[甲]1721。

牙：[三]、等[甲][丙]、芽[乙]865 灌頂安。

顏：[三]1 貌同等。

合：[甲]2128 聲也。

葉：[三]908 敬愛爲。

亦：[乙]950 如大王。

印：[甲]908 即相，[甲]2397 具如。

盈：[乙][丙]2092 於色。

影：[甲]2067，[三]294 神。

於：[甲]2207 量隨順，[三]99 世間轉，[聖][另]1442。

願：[原]1311。

徵：[三]2110 蹈五把。

制：[三]23 持之第。

智：[甲]2410 者不二。

狀：[甲][丙][丁]1141 屈左脚，[甲]2401 皆作轉。

子：[宮]810 我不得。

型

窂：[甲]1813 等十總。

婬

淫：[宋]、采[元][明][宮]374 女藍婆。

鈃

陉：[三][宮]2103 山漳水，[三]2103 山之上。

醒

惺：[另]1428 了疑佛。

省：[甲]1735 悟故又，[明]2076 覺知如。

醒：[甲]1736 得念道。

惺：[甲]1178 悟極自，[三][宮][聖][另]1428 悟還起，[三]187 悟即喚，[三]187 悟責車，[三]190 悟從城，[聖]354 解，[宋][宮]397，[宋]374。

腥：[聖]2042 悟於是。

杏

杳：[宋][明][宮]2103 城。

幸

半：[宮][甲]1804 舍無異。

報：[宋][元]1442 當。

達：[宮]2060 洛陽獎，[甲]2035 之功靡，[甲]2168 摩栖那，[甲]2244 無，[明]293 城邑端，[三][宮]2122 遇遺像，[三]2154 而，[聖][另]1442。

斷：[三]193 懷歡喜。

逢：[三][宮]428。

奉：[甲]、幸[甲]2120 陛下。

辜：[三][宮]1421，[三][宮]2111 獨不延。

華：[甲]2087 以宿善。

僥：[三][宮]292 值，[三]211 賴慈化。

納：[乙][丙]2092 景暉及。

牽：[三]210 戾。

唯：[三][宮]671 願爲我。

偉：[三][宮]638 哉吾等。

辛：[宮]2123 遮淨德，[甲][乙][丁]2244 因遊覽，[三][宮]2122 有屠乘，[元]2122 自開神。

業：[甲][乙]1822 有癡根，[乙]1821。

遇：[三]202 數遭破。

遠：[宮]2121 近每。

之：[乙]2207 爲僥。

重：[甲]1709。

資：[甲]2073 安而立。

性

不：[三]1564 可得如，[宋][元][宮]、性爾[聖]221 常住。

怖：[元][明]1509 畏惡。

乘：[甲]1863 即佛性，[甲]2263 差別三。

出：[三]2154 玄機獨。

純：[甲]1813 厚。

此：[甲]1828 等，[明]1594 薄塵垢。

恒：[甲][乙]2391 智窣堵。

德：[甲]2434 也而，[乙]2190 也眾。

地：[宮]2078 時。

等：[甲]2266 故，[甲]2281 文古義。

定：[甲][乙]1822 也即是。

杜：[宋][元]1591。

法：[宮][石]1509 空，[宮]221 亦不入，[宮]223 無爲，[宮]1605 若定若，[宮]1912 三安心，[甲]1870 界業海，[甲][乙]1822，[甲][乙]2263 耶是

以，[甲]1733 更無餘，[甲]1763 成不壞，[甲]1782 非見聞，[甲]1821 故，[甲]1851 故得名，[甲]2196 之理無，[甲]2270，[甲]2274 波離實，[甲]2337 謂，[明]639 相即一，[三]1545 故，[三][宮][聖]278 心不樂，[三][宮][聖]379 相，[三][宮]374 亦爾甚，[三][宮]1451 苾芻令，[三][宮]1585 無常等，[三]220 中雖，[三]310 今得供，[聖]223 不可得，[聖]223 中以是，[聖]278 疾病中，[另][石]1509 無法不，[石]1509 常空不，[宋]220 離生既，[宋][宮]397 句如句，[宋][宮]401 清淨極，[乙]850 清淨羯，[乙]2215 現起，[原]2271 處立者，[原]2334 心三性。

煩：[聖]1509 相。

分：[甲]2370 爲因故，[三][宮]1596 滅故於。

各：[三][宮][石]1509 爲首因。

故：[甲]2217 以因無。

怪：[聖]1595 莫啓故。

好：[宮]425。

恒：[宮]279 無異，[明]220 有異具。

恆：[宋]309 法及泥。

吽：[甲]1122 成金剛。

懷：[三][宮]2060。

悔：[甲]1983 海菩薩。

積：[甲]1782 性至來，[乙]2263 長者先。

極：[甲]2204 心是，[明]220 清淨極。

記：[甲]2266 第一十。

寂：[三][宮]273。

教：[乙]2263 不同說。

界：[明]220 清淨無，[宋][宮]376 德行清，[元][明]585 名曰忍。

經：[甲]2339，[乙]2263 立三。

淨：[丁]1831 故雖無，[三][宮]598 所造興，[宋]1585 故，[元][明]156 行時修。

境：[原]2271 體唯是。

狼：[甲]1924 也若知。

空：[三]220 本性。

離：[宮]221 者以漚。

理：[甲]1735 通果及，[甲][乙]2263 故立現，[甲]2266 或外境。

流：[甲][乙]1822 皆不應。

門：[三]220 初中。

名：[乙]2263 有性闍。

惱：[明]1576 及苦樂，[三][宮]225 不有，[三][宮]1563 時便能，[聖]1788 即解脫。

起：[甲]2266 即彼生。

慳：[三][宮]1500 嫉不爲。

切：[宮]397 亦復如，[三][宮]478 法不動。

怯：[甲]1782 怖，[甲]1969 弱，[三][宮][聖]397 弱，[三][宮]1522 弱障此，[三][宮]1562 劬勞爲，[元][明][宮][聖][另]675 利衆生，[原]1776 懼如師。

清：[甲][乙]2425 之水心，[三][宮]657 淨故沙。

情：[宮]1545 爲止彼，[甲]2370 有六種，[甲][乙]1822 必由分，[甲]

[乙]2259 故而起，[甲][乙]2328，[甲][乙]2328 決定進，[甲][乙]2394 器界次，[甲]2397 則謂一，[甲]1816 清淨并，[甲]2266 安住充，[甲]2266 闍提莊，[甲]2335 闕無三，[甲]2339 第二因，[甲]2362 不作佛，[甲]2434 德修德，[甲]2434 無性，[甲]2801 立初難，[明]220 由此因，[明][甲]1177，[明]1450 耽嗜忽，[明]2131 繁興永，[明]2145 度弘偉，[三][宮]434 分中亦，[三][宮]2060 爲律藏，[乙]2397 無性，[乙]2227 安慰開，[乙]2296 若一切，[乙]2297 類蘊處，[乙]2370 說令，[乙]2370 之物離，[元]2016 本清淨，[原]1887 說事安。

然：[乙]2296 常斷舌。

任：[甲]1733 緣起能。

三：[甲]2266 法證得。

上：[乙]1816 證法云。

生：[宮]721 或生陸，[宮]1558 等隨其，[宮]1559 由此得，[甲]、藥本同之 871 速疾獲，[甲]1875 故流布，[甲]2217 罪現行，[甲]2255 死爲虛，[甲]2266 若約異，[甲][乙]2250 此等諸，[甲][乙]2397 門達諸，[甲]1733 妄，[甲]1735 社字即，[甲]1863 不等者，[甲]1881 是爲依，[甲]2194 六根即，[甲]2218 三，[甲]2250 答彼雖，[甲]2250 爲位文，[甲]2263 不，[甲]2263 故之文，[甲]2266 第七四，[甲]2266 故如瓶，[甲]2266 論曰，[甲]2266 如是安，[甲]2266 身言諸，[甲]2266 四句分，[甲]2281 能有事，[甲]

2299 法者，[甲]2299 滅不得，[甲]2434
假生不，[甲]2778 常住，[明]1595 故
不，[明][甲]1177 神用自，[明]1622 身
不安，[明]2131 云三界，[三][宮]1571
故有見，[三][宮][聖]1579 彼非諸，
[三][宮]1548 自性攝，[三][宮]1559 本
性不，[三][宮]2103 類皆多，[三][聖]
176，[三]945 心猶未，[三]1564 亦復
無，[三]1667 見境則，[聖][甲]1763 法
體滅，[聖][甲]1763 因了因，[聖][另]
790 慈，[聖]231 相功德，[聖]425 成
最正，[聖]639，[宋]397 聲實際，[宋]
1558 離生亦，[戊][己]2089 命難存，
[乙]1736 謂見相，[乙]1822 遮纏，[乙]
2263 者，[乙]2296 故譬似，[乙]2396
無境心，[原]、姓[乙]2362 人即不，
[原]1863 無令煩，[原]2250 故但修。

牲：[甲]1782 之養違。

聲：[甲][乙]2254 三業句。

聖：[三][宮]397 種五者，[乙]
2263 離生者。

世：[三]1031 於。

殊：[乙][丙]2397 勝體即。

說：[甲]1763 即是實。

素：[三]196 妒。

雖：[甲]2339 是積集。

他：[甲]2408 清淨句，[三]682 體
性皆，[元][明]1594 轉依謂，[原]2265
有情。

體：[甲][乙]1822 經說皆，[甲]
1708 害沙門，[甲]1733 隨風之，[甲]
1783 爲金非，[甲]2266 同俱，[甲]2277
云云略，[甲]2371 也何體，[乙]1821

者釋初，[乙]2263，[乙]2263 其性常，
[原]2271 名爲自，[原]1825 即無有，
[原]2271 即發業。

萬：[原]2199 德覆雲。

徃：[元]1656。

往：[甲][乙]1822 離非時，[甲]
[乙]2397 攝諸教，[甲]1717 無性三，
[甲]1782 如，[甲]1816，[明]1522 常
寂滅，[明]1648 事舅姑，[三][宮]1593
風格峻，[三]193 莫顧懈，[三]2060 不
讀經，[聖]1595 風格峻，[宋]2040 自
高涼，[宋][元]1562 非無實，[乙]895
行及療，[元][明]682 則知相，[元]
[明]1559 念處是，[元][明]1579，[原]
1957 善根堅，[原]2339 矣清涼。

唯：[宮]2112 多，[別]397 清淨
故，[三][宮]285 行十事，[三]1982 眞
如來。

惟：[宮]397，[宮]660，[甲]1828，
[甲]2401 麼字門，[明]1547 者次第，
[明]1595 異故，[三][宮]1550 必昇進，
[三]1545 聰慧，[宋][宮]403 眞正一，
[宋][宮]1602 離生或，[元]421 離染
故，[元]2016 唯是眞，[原]1890 之若
行。

位：[甲]、佛地論本文作住 2266，
[甲][乙]2263 若爾異，[甲]2434 也即，
[原]、佳[原]1856 常住世。

謂：[宋]1613 重性。

物：[三]721 親近王，[元][明][宮]
479。

悟：[宮]278 清淨無，[另]1721，
[原]、[甲]1744 者知生。

相：[宮]669，[甲]2270 在瓶眼，[甲]1763，[甲]2204 不生不，[甲]2266 法應名，[甲]2270 名爲合，[甲]2273 設定心，[明]220 空無性，[明]664，[三][宮]1630 相違因，[三][宮][聖][石]1509 空，[三][宮]223，[三][宮]223 不分別，[三][宮]286 故一切，[三][宮]650 文殊師，[三][宮]1509 空發意，[三][宮]1509 實際何，[三][宮]1599 中是真，[三][宮]1613 所造色，[三]220 皆空自，[三]223 空，[三]1568 相違故，[聖]223 空而諸，[聖]586 亦如是，[乙]2263 其義同，[乙]2263 於，[乙]2376 故能破，[元][明]2016 故知此，[元][明]310，[原]2271 上意所，[原]1781 離無有，[原]1840 自意所。

想：[明]220 想有恒。

心：[甲]1863 者據客，[甲]2305 即常住，[甲]2370 但求生，[宋][明]945 無從自。

信：[宮]839 故成就，[宮]1530 無迷執，[明][甲]1177 正智聖，[明]660 成，[明]1522 空三昧，[明]1648 成不清，[宋][明][宮]223 空智入。

姓：[敦]262 分大小，[宮]278 不捨深，[宮]1530 無始本，[宮]1545 阿羅漢，[宮]1545 法應如，[宮]1545 所起爲，[宮]1545 者，[宮]1545 者不必，[宮]1545 諸根不，[宮]1562 修道與，[宮]1598 不同故，[宮]1647 故說由，[宮][聖]1579 設，[宮][聖][知]1579 之所隨，[宮][聖]222 法不有，[宮][聖]1562 各別而，[宮][聖]1562 各有，[宮][聖]1562 先，[宮][聖]1579 等是故，[宮][聖]1579 者一向，[宮][聖]1585，[宮][聖]1585 若有畢，[宮][聖]1602 或聲聞，[宮][聖]下同 1579 差別補，[宮]221 從須陀，[宮]278 彼岸，[宮]278 悉令衆，[宮]292 身已得，[宮]309 比丘比，[宮]329 和懷慚，[宮]342 不與情，[宮]374 不受牛，[宮]397 悉，[宮]657 菩，[宮]659 婆羅門，[宮]676 有情亦，[宮]1428 麁疎不，[宮]1530 法爾更，[宮]1545 阿羅漢，[宮]1545 初得聖，[宮]1545 見至，[宮]1545 謂退法，[宮]1545 於四聖，[宮]1545 住劣種，[宮]1548 我現在，[宮]1549 有瑕罪，[宮]1552 法者梵，[宮]1552 家生識，[宮]1552 生種種，[宮]1558 別故女，[宮]1558 故對治，[宮]1558 聖法應，[宮]1585 有情不，[宮]1647 力自在，[宮]1647 四大空，[宮]2041 弘雅各，[宮]下同 1530 無性，[宮]下同 1545 修道亦，[宮]下同 1545 諸根見，[宮]下同 1558 先已曾，[甲]、[乙]2261 必是先，[甲]1723 其慈今，[甲]1828，[甲]1828 有情不，[甲]1960 性無差，[甲]2266 文瑜伽，[甲]2266 聞法華，[甲][乙]、混用 2328 有幾種，[甲][乙]1822 是決定，[甲][乙]1821 男身，[甲][乙]1821 解脫，[甲][乙]1822 男，[甲][乙]1822 多故釋，[甲][乙]1822 各有九，[甲][乙]1822 至亦能，[甲][乙]2263 別文未，[甲][乙]2263 不，[甲][乙]2263 二乘也，[甲][乙]2309 爲正因，[甲]850 調柔精，[甲]1710 體業

利，[甲]1733 獨覺先，[甲]1733 生智即，[甲]1733 問初十，[甲]1733 又地持，[甲]1782，[甲]1816 而發大，[甲]1816 發，[甲]1816 發心次，[甲]1816 非皆得，[甲]1816 亦入涅，[甲]1816 有，[甲]1821 不能飲，[甲]1828，[甲]1828 地趣入，[甲]1828 地獄中，[甲]1828 發心修，[甲]1828 故二方，[甲]1828 人所有，[甲]1828 人唯依，[甲]1828 捨者依，[甲]1828 同故而，[甲]1828 亦可直，[甲]1828 者即定，[甲]1828 者有堪，[甲]1830 同體性，[甲]1833 三劫修，[甲]1912 重則急，[甲]2128 阿若是，[甲]2223 有情亦，[甲]2261 慈，[甲]2261 及菩薩，[甲]2261 依空所，[甲]2263 無，[甲]2263 有情無，[甲]2266 品又言，[甲]2266 人而，[甲]2266 聖者，[甲]2266 謂由身，[甲]2266 文略纂，[甲]2396 別是權，[甲]2396 法，[甲]2397 二乘授，[明]222 八等之，[明][聖][另]1463 高體貴，[明]309 名於無，[明]310 清淨光，[明]1450 富貴，[明]2076 耶答曰，[三]99 家婆羅，[三]220，[三]220 者曰來，[三]1566 種種量，[三][宮]聖 1606 力於波，[三][宮]286 勝，[三][宮]387 眷屬，[三][宮]656 成就父，[三][宮]1545 補特伽，[三][宮]1558，[三][宮]1579 補特伽，[三][宮]1597，[三][宮]1602 形相苾，[三][宮][聖]324 一，[三][宮][聖]1462 經若用，[三][宮][聖]1579 補特伽，[三][宮][聖]1579 滿故但，[三][宮][石]1509 成就如，[三][宮][知]

1581，[三][宮]221 已辨及，[三][宮]278 長養一，[三][宮]285 如斯將，[三][宮]294 勇菩薩，[三][宮]323 無所，[三][宮]397 汝等於，[三][宮]397 上自在，[三][宮]397 以六和，[三][宮]415 清淨無，[三][宮]425 人不，[三][宮]649 無令斷，[三][宮]656 所謂泥，[三][宮]657 菩薩摩，[三][宮]672 中諸善，[三][宮]816 一切皆，[三][宮]1432 字多少，[三][宮]1463 種種國，[三][宮]1478，[三][宮]1488 常相若，[三][宮]1521 不以，[三][宮]1545 道離，[三][宮]1547 非王，[三][宮]1550 中生亦，[三][宮]1552 族財富，[三][宮]1558 別故如，[三][宮]1563 量等諸，[三][宮]1581 具足故，[三][宮]1581 具足四，[三][宮]1581 四者色，[三][宮]1598，[三][宮]1598 別故如，[三][宮]1602 故謂可，[三][宮]1646 家屬名，[三][宮]1646 名，[三][宮]2060 高尚祖，[三][宮]2122 三破除，[三][宮]2122 欲學道，[三][聖]99 如是食，[三]186 有藝術，[三]192，[三]374 有性，[三]375 有性，[三]384 淨道，[三]1012 相好因，[三]1013，[三]1301 女兩共，[三]1339，[三]1440 如是種，[三]下同 1579 補特伽，[聖]26 不可，[聖]291 顯，[聖]1562 雖於因，[聖]1579 未發心，[聖]1585 應不永，[聖]1788 地未修，[聖][甲]1733 不能一，[聖][另]790 聰明高，[聖][知]1579 獲得無，[聖]222，[聖]268 多，[聖]291 也名曰，[聖]311 殺盜，[聖]381 清淨

本，[聖]397，[聖]397 供養三，[聖]397
是人能，[聖]476，[聖]1462 罪不，[聖]
1562 別故隨，[聖]1562 異故有，[聖]
1562 雜修靜，[聖]1563 雖諸行，[聖]
1579 安立諸，[聖]1585 差別不，[聖]
1585 差別依，[聖]1585 二依止，[聖]
1646 等無物，[聖]1788 令得果，[聖]
2157，[聖]下同 1562 故非，[聖]下同
1562 爲果頌，[石]1558 身與無，[宋]
220，[宋]220 補特伽，[宋]220 地等
亦，[宋]220 地第八，[宋]220 地乃至，
[宋]220 第八預，[宋]220 法亦無，[宋]
220 種種隨，[宋]374 相而能，[宋][宮]
681，[宋][宮]1509 因緣故，[宋][宮]
[聖]下同 476，[宋][宮]397 如，[宋]
[宮]672 是故諸，[宋][元]1012 亦不
念，[宋][元]1598 謂無始，[宋][元]
[宮]、[聖]1602 品發心，[宋][元][宮]
1530 而爲障，[宋][元][宮]1530 一聲
聞，[宋][元][宮][聖]1585 別故應，[宋]
[元][宮][聖]1602 於諸種，[宋][宮]
[聖][知]1579 根及勝，[宋][元][宮][聖]
[知]1579 非諸獨，[宋][元][宮][聖][知]
1579 依，[宋][元][宮][聖]446 佛，[宋]
[元][宮][聖]1579 品應知，[宋][元][宮]
[聖]1579 相何等，[宋][元][宮][聖]1579
又此種，[宋][元][宮][聖]1579 眞如種，
[宋][元][宮][聖]1579 住種，[宋][元][宮]
[聖]1585 雖皆本，[宋][元][宮][聖]1602
二方便，[宋][元][宮][知]1579 品，[宋]
[元][宮][知]1579 住勝解，[宋][元][宮]
270 復下劣，[宋][元][宮]278 三昧令，
[宋][元][宮]278 學諸功，[宋][元][宮]

278 與不可，[宋][元][宮]459 之地其，
[宋][元][宮]1545 根方得，[宋][元][宮]
1545 毘奈耶，[宋][元][宮]1562 阿羅漢，
[宋][元][宮]1579，[宋][元][宮]1579
暴，[宋][元][宮]1579 具足廣，[宋][元]
[宮]1579 外緣闕，[宋][元][宮]1579 位
本，[宋][元][宮]1585 二乘而，[宋][元]
[宮]1585 故有情，[宋][元][宮]1594 諸
佛説，[宋][元][宮]1597，[宋][元][宮]
1598 故，[宋][元][宮]1600 補特伽，
[宋][元][宮]下同 1579 補特伽，[宋]
[元][聖]1579 爾故阿，[宋][元][聖]
1579 愚鈍，[宋][元][聖]下同 1579 眞
實修，[宋][元]220 地第八，[宋][元]
274 便利某，[宋][元]1530 者令，[宋]
[元]1568 推而會，[宋][元]1597 諸聲
聞，[宋][元]2122 好畋獵，[宋]220，
[宋]220 補特，[宋]220 補特伽，[宋]
220 地第八，[宋]220 地若第，[宋]220
者言若，[宋]220 者曰來，[宋]220 正
性離，[宋]848 令開悟，[宋]下同 220
法種性，[乙][丁]2244 或云老，[乙]
1723 百者，[乙]1723 體即五，[乙]1724
決，[乙]1724 亦然故，[乙]1796 受諸
禁，[乙]1822 及苦，[乙]2254 故共經，
[乙]2261 人般無，[乙]2263 那，[乙]
2263 云云，[乙]2309 種體但，[乙]2362
二乘未，[乙]2795 施主，[元]220 令
不斷，[元][明]220 又布施，[元][明]
[宮]387 清淨，[元][明]1562，[元]
[明][宮]1562 下位未，[元][明][聖]310
如是種，[元][明][石]1509 憍曇氏，
[元][明]272 名字，[元][明]327 梵行

者，[元][明]992 諸如來，[元]656 瓔珞無，[原]1776 字响，[原]1863，[原]1863 而不教，[知]384 識五者，[知]384 行柔和，[知]598，[知]1581 如是食。

修：[甲]2396 淨故此。

言：[甲]2274 者。

也：[宋]374 而是風。

依：[宮]1648 展轉於，[甲]1782 依他起。

已：[宮]1597 又由清。

亦：[甲]2223 以顯了。

因：[甲]1863 耶又。

於：[宮]1630 異品遍，[三][宮]1630 同。

餘：[宋]1550。

欲：[元][明]272 智力知。

在：[甲][乙]981 風性離，[甲][乙]2263 功力故，[甲][乙]2391 差別和，[甲][乙]2397 無性此，[甲]2081 身，[甲]2230 實等在，[甲]2305 因，[明]1450，[三][宮]1606，[三]1545 善餘相，[乙]1816 身土一。

障：[甲]2218 是，[聖]1733 滅也三，[乙]2263 彼無漏，[原]2410 云塞先。

者：[甲]2270 見彼無，[三]1582 是名客。

正：[乙]2263 智緣執。

證：[丙]1832 此剋性，[甲]2266 無量平，[甲]2266 緣，[甲]2218 義無緣，[甲]2249 無心，[甲]2269 最廣大，[原]2410 本有。

智：[甲]2255。

中：[宮]657 故堅意，[三][宮]278 無量刹，[原]2300 假者體。

種：[甲]2323 色根肉，[甲][乙]2219 自性不，[甲][乙]2328 二約別，[甲]2299 得繩耶，[甲]2323 各有功，[三][宮]672。

軸：[甲]2218 塵卷。

珠：[三]721 莊嚴山。

住：[宮]1530 有方名，[宮]1571 贏無自，[宮]1628 難未說，[和]261，[甲]1744 者顯前，[甲]2339，[甲][乙]2259 乎答云，[甲]1579 極猛利，[甲]1736 故，[甲]1736 理事，[甲]1736 已發三，[甲]1775 便應縛，[甲]1805 語，[甲]1816 無住著，[甲]2196 故由此，[甲]2266 五蘊各，[甲]2273 是有次，[甲]2337 自仁賢，[明]220 不虛妄，[明]220 非相應，[明]220 尚畢竟，[明]223，[明]312 一切衆，[三][宮]672 無大所，[三][宮]1546 斷斷已，[三][宮]1660 常住所，[三]198 濡無亂，[三]1485 湛然明，[三]1545 一無爲，[宋]220 乃至無，[宋][明]310，[宋][元]220 是，[元][明]1579，[元][明]1579 離生得，[元]1579 補特伽，[元]1604 故已說，[元]2016 不壞衆，[原]、住住[甲]2339 無增減，[原]1782 問往不，[原]2196 三一切。

注：[甲]1969。

柱：[甲]2036。

炷：[元][明][宮][聖]1549 明各各。

著：[三]2153 菩薩造。

子：[甲]、性子[乙]2328 此菩薩，[甲]2314。

宗：[甲]2273 言所陳。

總：[三][宮]300。

作：[甲]、外[甲]、外性[甲]1816 簡中有，[甲]2366 智慧莊。

姓

倍：[三][宮]2102 復何得。

法：[宋]125。

婦：[三][宮]2103 人不可。

姑：[甲]1736 迦，[三]2088 墨又名。

果：[甲]2263 故指畢。

好：[甲]2262 離菩薩。

類：[三][宮]1545 等有情。

妙：[三]1582 能除衆。

名：[三]375 婆，[聖]1428 種種。

奴：[三][宮]2122 牟氏而。

情：[甲]1700 無姓皆。

如：[聖]223 飲食苦。

攝：[乙]2370 故如定。

生：[三][宮]1648 上是財，[三][宮]387 持諸香，[聖]125 也梵，[宋]2043 跋陀那。

牲：[明]187 恒處尊。

始：[甲][乙]1724 證法身，[甲]1828 來於所，[甲]2339 教聲聞，[甲]2400 成本尊。

王：[三][宮]1548 護。

往：[宋]、性[宮]736 萠類之。

息：[三]202，[三]202 往問六。

性：[博]262 家，[宮]1425 種族死，[宮][聖]221 現有須，[宮][聖]1552 等故方，[宮]481 曉了衆，[宮]659 若居士，[宮]671 迦旃延，[宮]2078 刹，[和]293 家一切，[甲]、姓[甲]1782 此滿尊，[甲]2269 住二入，[甲][乙]2249 位何可，[甲][乙]1201 之法，[甲][乙]1744 立，[甲][乙]1816 故，[甲][乙]1821 同品依，[甲][乙]1821 先未曾，[甲][乙]1821 至見至，[甲][乙]1821 種種差，[甲][乙]1822 練根第，[甲][乙]1822 名堅至，[甲][乙]1822 在佛乘，[甲][乙]1929 內凡，[甲][乙]2223 二乘及，[甲][乙]2261 用別攝，[甲][乙]2263，[甲][乙]2263 第七永，[甲][乙]2263 有情可，[甲][乙]2309 非識自，[甲][乙]2309 矧乎三，[甲][乙]2393 共受二，[甲]952，[甲]981 之中無，[甲]1210 名形以，[甲]1710 勝解行，[甲]1724 各趣自，[甲]1728 鬲四月，[甲]1728 萬，[甲]1744 未發心，[甲]1782 今生天，[甲]1782 無種性，[甲]1816，[甲]1816 不斷故，[甲]1816 不斷未，[甲]1816 不斷中，[甲]1816 不名，[甲]1816 雖未發，[甲]1816 爲，[甲]1823 各各不，[甲]1828 不成者，[甲]1828 人次是，[甲]1828 種姓二，[甲]1854 尊，[甲]2196 蓋是道，[甲]2250 者成蘇，[甲]2261 般有餘，[甲]2261 起處中，[甲]2261 有情不，[甲]2261 者多分，[甲]2263 能趣，[甲]2263 大乘及，[甲]2263 生淨居，[甲]2263 爲自同，[甲]2263 有情第，[甲]2266，[甲]2266

不得聖，[甲]2266 謂無三，[甲]2266
文樞要，[甲]2266 修小乘，[甲]2266
云何爲，[甲]2266 者謂先，[甲]2266
至無定，[甲]2269，[甲]2311 耶亦設，
[甲]2397 定性二，[甲]2426 者難可，
[甲]2837 亦滅此，[別]397 如，[明]220
地第八，[明]220 地若第，[明]721 正
行持，[明]1579，[明]1579 具足先，
[明]1579 三應尋，[明]1579 生，[明]
1602 或復多，[明][宮]672 非姓，[明]
[宮]1579 如是飲，[明][和]293 三昧
菩，[明][甲]997 衆生得，[明][聖]278
是菩薩，[明][聖]278，[明][聖]278 不
可思，[明][聖]278 修一切，[明][聖]
278 雲於瑠，[明][聖]1579 是慢行，
[明][聖]下同 278 中生深，[明]220 具
足八，[明]220 具足善，[明]221 逮得
鳩，[明]288 權行於，[明]293 清淨無，
[明]309，[明]310 二者財，[明]656 無
盡，[明]700 中斯由，[明]1011 不群
從，[明]1488，[明]1505 受色陰，[明]
1545 雖鄙劣，[明]1545 同於此，[明]
1562 身量等，[明]1562 中唯一，[明]
1571 熏發其，[明]1579 補，[明]1579
地盡第，[明]1579 二者道，[明]1579
建立二，[明]1579 品第八，[明]1579
品第一，[明]1579 清淨於，[明]1579
所攝等，[明]1579 爲，[明]1579 爲令
當，[明]1579 住名，[明]1648 稱譽故，
[明]2016 者未聞，[明]2076 即有不，
[明]2102 絶惡之，[明]2121 生答二，
[明]2122 種，[明]下同 1579，[明]下
同 1579 或獨覺，[明]下同 1579 具足

值，[三]220 地第八，[三]220 地若第，
[三]220 如是類，[三]220 者曰來，
[三]1579 或有種，[三][宮]397 常清
淨，[三][宮]416 及多聞，[三][宮]1425
形貌病，[三][宮]1562 及，[三][宮]
1563 修道與，[三][宮]1579 乃至廣，
[三][宮][聖][石]1509，[三][宮][聖]222
菩薩當，[三][宮]263，[三][宮]272 尊
豪貴，[三][宮]279，[三][宮]303 二十
四，[三][宮]309 亦無名，[三][宮]310
勝涌菩，[三][宮]387 一切衆，[三][宮]
397 財物勝，[三][宮]397 諸惡鬼，[三]
[宮]398 慧清淨，[三][宮]402，[三][宮]
411，[三][宮]414 不可改，[三][宮]635
導，[三][宮]649 於法攝，[三][宮]721
如是妨，[三][宮]810 其等門，[三][宮]
1507 柔和者，[三][宮]1548 我過去，
[三][宮]1563 差別法，[三][宮]1563 身
與無，[三][宮]1571 法爾，[三][宮]
1579 補特伽，[三][宮]1579 故謂所，
[三][宮]1579 如是飲，[三][宮]1579 於
聲聞，[三][宮]1581 謂不念，[三][宮]
1605 中故或，[三][宮]1606，[三][宮]
1606 始從初，[三][宮]2122 協書籍，
[三][宮]下同 278 淨修法，[三][聖]
172，[三][聖]278 語發大，[三][聖]
1579 菩薩，[三][聖]1579 又愚癡，[三]
[聖]1579 於諸世，[三][知]384 名不
著，[三][知]418，[三][知]418 得等覺，
[三]1 是故稽，[三]25 四千大，[三]
100，[三]172 志欲不，[三]201 眞妙
勝，[三]205 於是童，[三]220，[三]220
地第八，[三]220 無眞實，[三]271 故

[明]220 者言若，[元][明]285 乃至若，[元][明]292 而逮，[元][明]292 捨口四，[元][明]309 眼得佛，[元][明]310 佛光明，[元][明]310 具足善，[元][明]375 所謂，[元][明]660 故起聲，[元][明]670 非種及，[元][明]681 汝等應，[元][明]681 應知亦，[元][明]993 一切和，[元][明]1341 攝受未，[元][明]1466 愛恚癡，[元][明]1509 地人眷，[元][明]1509 執金剛，[元]162 不敬尊，[原]2216 法中所，[原][甲]1960 二乘彼，[知]266 子族，[知]598 修行解，[知]1581 如是食。

姪：[三]195 當何繼，[元][明]68 祷祀諸，[原]899 他唵跋。

種：[宮]702。

子：[明]293 旃陀，[三][宮]721。

族：[明]524 功德餘，[三]94 若婆羅，[三][宮]278 中生爲，[三]152 天授余。

倖

伴：[三]2060 内外墳。

饒：[三]212。

幸：[明]1092 無慳惜。

滓

津：[宮]2103 無涯邊，[宋]2122 濛鴻即。

興

奧：[乙]2263 法師以。

奧：[甲]2271 師解云，[甲]2299 多佛在。

此：[明]2087 弘願無。

等：[聖]639。

顛：[元][明]309 倒見六。

典：[宮]292 起也，[甲]1816 問不信，[聖]2157 録，[聖]2157 未廣禪。

兜：[三][宮][聖]285 術所建。

多：[三][宮]1521 事而後。

蕃：[元][明][聖]99 息邸舍。

放：[三][宮]374 風或出。

豐：[三]202 隆情中。

故：[三][宮]2121 欲離世。

慧：[聖]222 無所與。

即：[甲]2196 影之是。

見：[聖]2157 及李廓。

舉：[三]152 哀王欲，[三]2110 而致一，[原]2196 況非止。

具：[宮][甲]1805 裹手捉。

覺：[三][宮]288 寤九。

立：[三][宮]2104 佛法自。

流：[甲]2775 源起竟。

名：[元][明]2110 而夫子。

明：[三]2063。

其：[元][明]、舉[宮]403 仁愛者。

起：[宮][聖][另]1543 衰住若，[三][宮]2121，[三]192 高山四，[聖]125 居輕利，[聖]385 居輕利，[元][明][聖]223 所謂示。

生：[明]1636 黑雲三，[三]212 眼識故，[聖]211 惡念將，[聖]376 欲想心。

施：[明]2076 功投暗。

世：[宮]1425 難值得。

順：[三][宮][知]266 之不廢。

惟：[三]2104 一。

爲：[聖]、謂[乙]2157 此集乃。

喜：[明]598 慈哀於。

顯：[三][宮]2034 鳩。

現：[三][宮]278 于世佛。

欣：[聖]99 慶。

興：[明]2154 録。

以：[明]1096 大黒雲。

異：[聖][另]342 發報應，[聖]2157 録及法，[宋][元]154 異術令。

有：[三][宮]309 瑕穢三，[三]99 四種兵。

輿：[三][宮]2034 圖下資，[元][明][宮]2122 地圖云。

歟：[宮]2041 即事求。

與：[宮]2122 仙城山，[宮][聖]278 比丘清，[宮]222，[宮]222 發度智，[宮]263 教戒，[宮]322 起者諸，[宮]342，[宮]397 生種種，[宮]433 愍哀世，[宮]459 心爲害，[宮]481 專精慕，[宮]513 誓講堂，[宮]527 尊意，[宮]565 不眞正，[宮]570 邪因，[宮]585 猶法，[宮]656 十惡盡，[宮]681 世間業，[宮]2102 理宜，[和]293 世，[和]293 世六十，[和]293 於，[和]下同 293 無量衆，[甲]1731 皇，[甲]2261 師，[甲]2266 淨爲根，[甲]893 作禮，[甲]1239 大慈悲，[甲]1512 難也故，[甲]1709 此，[甲]1709 於此善，[甲]1719 圓相對，[甲]1728 郡吏此，[甲]1733，[甲]1733 大施福，[甲]1763 後問，[甲]1775 惑因，[甲]1786 向四諦，[甲]1792 本意如，[甲]1821 鬥諍此，

[甲]1828 今文相，[甲]1828 捨間果，[甲]1828 思性名，[甲]1924 大供具，[甲]2039 安吉共，[甲]2039 新羅金，[甲]2227 易或説，[甲]2274 無常既，[甲]2400 如是念，[甲]2748 他方亦，[明]2122 訣曰天，[明]2154 教碑云，[明][宮]288 爲感動，[明]120 大供養，[明]293 謀肆諸，[明]293 戰伐十，[明]1340 大鬥戰，[明]1340 供養，[明]1442 恥愧於，[明]2154 善寺翻，[明]2154 執舊經，[三]402 魔兵衆，[三]1598 答言，[三][宮][聖]292 福行同，[三][宮][聖]1579 我，[三][宮]272 大，[三][宮]285 安住談，[三][宮]292 普智心，[三][宮]332 宮伎樂，[三][宮]399 施故如，[三][宮]425 華施齊，[三][宮]425 無所依，[三][宮]443 豪如來，[三][宮]565，[三][宮]565 塵勞然，[三][宮]588 發行者，[三][宮]606 諸怪變，[三][宮]627 諦一切，[三][宮]627 族姓子，[三][宮]635 法不有，[三][宮]640 法施譬，[三][宮]660 心損壞，[三][宮]1428 恭敬更，[三][宮]1462 伽是名，[三][宮]1562 功能上，[三][宮]1584 發心如，[三][宮]1808 施福故，[三][宮]2059 耆闍道，[三][宮]2102 時競惟，[三][宮]2103 入華山，[三][宮]2108 其慢也，[三][宮]2121 偈頌香，[三][宮]2121 王訖化，[三][宮]2121 心説心，[三][宮]2122 鬥諍凡，[三][宮]2122 立之名，[三][宮]2122 造斯寺，[三][宮]2122 諸惡，[三][聖]125 世間周，[三][聖]158 人

德自，[三]125 瞋恚修，[三]125 招提
僧，[三]198 將爲王，[三]202 軍上天，
[三]205 立四者，[三]212 日轉不，[三]
212 心設論，[三]656 轉無上，[三]669
善，[三]793 陰合宜，[三]848 大悲願，
[三]1451 供養答，[三]2145 悟俗化，
[聖]、興執[乙]2157 舊經什，[聖]26 衰
法得，[聖]222 諸自然，[聖]425 發諸
根，[聖][倉]1458 設福會，[聖][另]
1442 供養雖，[聖][另]1458 好心欲，
[聖]125 不善行，[聖]125 此念如，[聖]
225 普慈愍，[聖]234 感變也，[聖]361
兵作賊，[聖]425 正士業，[聖]606 有
可作，[聖]1442，[聖]1442 功未久，
[聖]1442 易遂至，[聖]1442 諸苾，[聖]
1458 造告苾，[聖]1462 盛者亦，[聖]
2157 以爲太，[另]1442 供養者，[另]
1543 未盡則，[另]790 譬如昏，[另]
1442 易經求，[另]1442 易人以，[另]
1443 易一則，[石]1509 大悲心，[宋]
309，[宋]627 七寶塔，[宋][宮]2121，
[宋][宮]2122，[宋][明][宮]279 一切
衆，[宋][元]222 空行而，[宋][元]403
發我吾，[宋][元]2122，[宋]99 淨信
廣，[宋]212 三不善，[宋]212 意欲害，
[宋]585 者則無，[宋]813 若干種，[乙]
895 惱亂之，[乙]1736 義，[乙]1796
滅度，[乙]1822 作用第，[乙]2296 言
自，[乙]2309 明四因，[元][明]125 諸
亂念，[元][明]585 樂我當，[元][明]
2103 信背千，[元][明]2122 大小之，
[元][明]2122 之世不，[元][明]2122 作
悉當，[元]212 盛也漏，[元]315 雲七

日，[元]540 天賜金，[原][乙]871 救
護於，[知]1579 加，[知]353 大雲，
[知]384 大意乃，[知]384 盛吾有，[知]
598 無極衰，[知]1579 衰差別，[知]
1579 違諍互。

　緣：[三]、與[宮]618 果名爲。

　遠：[甲]2036 公父楚。

　樂：[三][宮]425 所習以。

　照：[甲]2261 譬寶珠。

　衆：[乙]2261 主者三。

　作：[甲][乙]1822。

凶

　吉：[明]1299。

　群：[三][宮]534 愚懷慈。

　亡：[甲]2207，[甲]2207 孟子曰。

　兇：[甲][乙]1822 勃經部，[明]
292 惡衆不，[明]1537 勃穢言，[三]
[宮]262 險，[三][宮]2122 黠預持，[三]
192 暴衆生，[三]193 暴弊惡，[三]507
虐爲斯，[聖]2157 散亡，[元][明]26
暴，[元][明]26 暴行黑，[元][明]118
害逆人，[元][明]193 惡當覺，[元][明]
518 惡若其，[元][明]1425 鬥人閣。

　匈：[甲]2039 奴燕，[明]2103 奴
入塞，[明]2122 奴赫連，[三][宮]2053
奴謂之，[三]2088 奴來寇。

　胸：[甲]1813 行師有。

　殃：[三][宮]606 罪引之，[聖]125
惡備能。

　以：[甲]1846 毀譽謂。

　嬰：[三][宮]500 愚不亦。

　云：[甲]2128 反又之。

匂

匂：[元][明]152 吾。

恕：[三]202 刑罰當。

匈：[三][宮]2121 往趣王。

自：[三]213 度，[聖]1509 行路。

兄

法：[三]985 弟軍將。

凡：[甲]1786 上忍位，[甲]2261 心憍慢，[三]173 所居草，[三]206 人剃頭，[宋]2122 弟四人。

光：[聖]2157 弟等同。

況：[甲]850。

母：[聖]26 姊。

説：[甲]1839 之由如。

瓮：[宮]2074 山中造。

無：[甲]、先[甲]1816 分三段。

先：[宋][元][宮]、兄先[明]2122 作是念。

也：[宮]541。

元：[宮]2034 改永興，[宮]2121 從釋迦。

兇

匂：[三][宮]2102 陣闊步。

宄：[三]、[宮]2122 作士命。

殺：[三]2123 者心不。

鼠：[甲]2135 狼囊矩。

斯：[三]152 禍向中。

無：[甲]2250 悖指斥。

凶：[宮]332 禍之大，[三][宮]263 化人悉，[三][宮]425，[三][宮]459 暴難化，[三][宮]585 害人常，[三][宮]2103 人之害，[三][宮]2122 強虐害，[三][聖]125 弊無有，[三]125 暴殺民，[三]193 弊惡賊，[聖]1425 惡爾時，[宋][宮]1435 暴説不，[宋][元][宮]1536 勃如惡，[宋]206 暴難化。

匈

肉：[甲]2128 上液也。

凶：[三][宮]2122 暴殘害，[三][宮]332 頑忿戾，[三][宮]2087 奴謂之。

匂：[乙]1822 者出家。

兇：[明]、凶[宮]2122 暴，[三][宮]1476 暴惡害，[三]212 暴傷。

胸：[甲]2128 背上翼，[三][宮]2060，[三][宮]2060 懷依時，[宋][元]2103 奴之次。

自：[宮]1509 少多。

洶

淘：[元]2016 涌則不。

胸

唇：[明][宮]279 舌。

句：[聖]1421 人乃至。

臍：[甲]2386 右羽施。

氣：[元][明]783 塞妨廢。

四：[宮]2060 府聞持。

胃：[宮]2103 襟釋教。

心：[三]643 悶絶而。

凶：[甲]1268 上忽有。

兇：[博]262 臆乃至。

匈：[宋][宮]2102 中抱一，[宋]

[元][宮]2122 拍，[宋][元][宮]1442 既遭苦，[宋][元][宮]2122 乾嘔我，[宋][元][宮]2122 是中語。

臆：[甲]2370 説未足。

膺：[甲][乙]2228 下是蓮。

雄

碓：[甲]2391 武相稱，[聖]643 爲報恩。

劫：[明]2122 猛散壞。

炬：[甲]2167 作。

離：[宋][元]、惟[宮]448 見諸。

尾：[甲]2431 舊居移。

邪：[聖]481 受立弘。

雅：[明]2103 輕於自。

英：[三][宮]263 導師斯。

雜：[宮][聖]613 蟲遊戲。

熊

能：[甲]2036 杜宇爲，[三][宮]2102。

羆：[丙]2092 至聞獅，[三][宮][聖]1488，[三][宮]374 身時常，[三][宮]1545 鹿等諸，[三][宮]2103 且，[三][聖]375 身時常，[三]209 所嚙，[三]209 所齧喻，[三]1534 身時畏，[石]下同 1509 見之。

態：[乙]2157 譬人經。

夐

超：[三][宮]2123 絶登之。

叟：[三][宮]2041 西，[三][宮]2060 具列賢。

象：[宮]2109 覽經。

休

叉：[三][宮]397 十鼻薩。

法：[聖]211 咎。

伏：[明]269 心意何，[宋][元][宮]2060 氣呈祥，[宋][元]1666 廢生於，[原]2196 心煩惱。

復：[宋]、往[元][明]202 聽法。

侯：[明]379，[三][宮]379 多時從，[三][宮][聖]379。

睺：[宮]810 勒人，[宮]810 勒人與，[三][宮]810 勒人與，[聖][另]342 勒色像。

倥：[甲]1717 小機則。

林：[三][宮]2060 法師攝。

摩：[乙]1238 咩。

狄：[甲]2128 公羊云。

沐：[甲]2128 又反説，[甲][乙]1239 息勤行，[三][宮]2112 心。

儞：[甲]1072 帝吽引。

去：[甲]1783 心心相。

順：[三][宮][甲]2053 宜凡預。

体：[甲]1830 覢來名，[甲]2128 宥反論。

體：[甲][乙]1822 故説因，[甲][乙]1822 全無憑，[甲][乙]1822 者憑何，[甲]1793 此事如，[甲]1816 息，[甲]2339，[明]1331 迦設樓，[原]2339 經等菩。

睎：[明]1336 暮休暮。

興：[三]192 盛。

烋：[三][宮]1421 得一衣，[三]1336 留休，[石]1509 不，[宋][宮]2104 榮遂走。

依：[己]1958 止爲盡，[明]1592
託意識，[聖]397 息衆生，[元][明]
1549 息又世。

咻

味：[宮]397 樓咻。

修

備：[甲]1795 道資緣，[甲]1795
則萬行，[甲]1512 福德智，[甲]1782
供侍贊，[甲]1833 經苦厄，[甲]2207
五色者，[甲]2261 故能生，[甲]2299
具一切，[甲]2901 題諸法，[甲]2901
有并好，[三][宮][聖]231 衆，[三][宮]
[聖]285 親近逮，[三][宮][知]266 其
行，[三][宮]285 己身行，[三][宮]381
此，[三][宮]2121 終不能，[三][宮]
2122，[三][宮]2123 舉，[三]186 常奉
恭，[乙]2157 餘録此。

彼：[甲]、修 1851 行名爲，[甲]
[丙]1184 祕密，[甲][乙]2390，[甲]
1932，[甲]2337 便永滅，[甲]2397 阿
婆，[甲]2777 淨土所，[三][宮]310 菩
薩，[三][宮]1559 時解脱，[乙]2408
法之勸。

辨：[甲]1912 也若復。

禪：[和]261 定必歸。

長：[三][宮]1593 路庶累。

成：[甲]2015 德如染。

次：[聖]1549 行想如。

從：[甲]1929 五戒十，[甲]2337
三乘入，[明]950 般若波，[乙]2228 因
向。

帶：[元][明]152 稽首足。

道：[甲]2255 二惑之。

得：[甲]2337 此定耶，[甲]1512
功德智，[甲]1799 眞三摩，[三]158 住
三乘，[三]212 成，[聖]1723 道者住，
[聖]375 因緣二。

滌：[甲]949 行。

牒：[甲]2218 文作釋。

墮：[元][明]322 自見身。

發：[三][宮]476 無。

法：[乙]2408 八。

非：[原]1936 此。

佛：[宮]278 非一亦，[宮]585 濟
大哀，[三][宮]681 觀行者，[三][宮]
1577 一味智，[三][乙]953 頂輪王，
[聖]292。

服：[三]2106 道勑許。

甫：[宮]657 行菩薩。

伽：[甲][乙]2385 羅大主。

功：[明]2123 功德。

觀：[聖]476 法施慈。

果：[明]1582 善故樂。

恒：[三][宮]2060 習者計。

後：[甲]1828 修位中，[三][宮]
1559 不熟修，[原]2404 念誦。

惑：[甲][乙]2250 合束爲。

及：[三][宮]410 智慧。

集：[丙]2396。

濟：[三][宮][聖]425 如是無。

假：[宮]310 學。

見：[原][甲][乙]2249 所斷句。

皆：[三]1106 大行已。

戒：[甲]1973 曰。

進：[三][宮]263 學習奉，[三][宮]425 無。

經：[甲]2192 證普賢，[甲]1911 八正道。

淨：[三][宮]397 四，[三]154 善德并，[三]2060 自利利，[宋][元]220 陀羅尼。

具：[甲][乙]2250 二修有。

俱：[宮]1552 義亦然，[甲]2434 者是。

苦：[甲][乙]2219 謂從見。

臨：[甲][乙]1929 學，[乙]2297 八地亦。

路：[宋]1562 無慢。

輪：[甲][乙]2390 亦如上。

綿：[元][明]1191 線造幰。

妙：[甲]2371 行正。

明：[甲]1733 令入初，[甲]1733 因得果，[甲]2309 三乘行，[聖]1723 空，[聖]1818 一切善，[乙]1821 覺支有。

能：[甲]1072 菩薩行，[三]100 自己身，[聖]1579 居後，[宋][宮]765 行不愚，[乙]1821 得。

皮：[三]2087 供養信。

其：[三][宮]1521 學無所。

契：[宮][甲]2008 悟人頓。

勤：[明]397 修苦行。

清：[三][宮]657 淨行者，[三][宮]723 淨行虧，[三]384 淨法離。

情：[聖]210 道。

秋：[三][宮]2122 斬籌方。

求：[三]1339 何業欲，[乙]1736 得此法。

趣：[甲]2266 方便謂，[原]2219 是無所。

權：[三][宮][聖][另]285 智慧慈。

如：[明]1546 不修損。

僧：[宮]1559 觀時說，[三]1343 竭。

沙：[甲]2250 苦行由。

善：[原]2208 若不安。

捨：[明]293 諸。

攝：[甲]1851 心名不，[知]1581 善法則。

施：[宮]1597 行施等。

時：[甲]2255 世尊如。

是：[三]215 梵行不。

守：[聖]1425 摩羅捉。

殊：[甲]、說[乙]1821 勝慧名。

倏：[乙]2192 領財寶。

數：[甲]2266 斷何以。

順：[甲]1709 行於中，[甲]1733 前中初，[甲]1781 道稱爲，[甲]1816 忍苦行，[甲]2297 本性故，[三]99 內身身，[三]210 正不阿，[聖]1723 行四。

說：[甲]2410 菩薩院。

思：[宮]425 十住不，[三][宮]1451 受解脫。

誦：[三][宮]1435 習如意。

蘇：[明]1435 摩國，[三]、脩[宮]、須[甲]2087 羅皆，[三]985 羅摩嘍。

宿：[三][宮]657 佛明。

雖：[知]598 精進長。

隨：[宮]403 靜默當，[宮]656 行本無，[甲]2217 定力，[別]397 道了義，[三][宮]657 法行云，[三]192 供養，[三]192 外道出，[三]397 順忍修，[三]821 彼所行，[聖]1542 所斷謂。

條：[宮][甲]1805 其間多，[宮]2025 特地而，[宮]2053 一傳以，[三][宮]1425 房溫室，[三][宮]1443 將淨齒，[三]2060 靜讌上，[聖][另]1443 苦行時，[另]1443 苦行時，[另]1453 補之我，[宋][元]2061 義門旁，[宋][元]2122 治，[宋]2149 緝所列，[乙]994 爲五門，[原]2126 理，[原]2126 理。

聽：[甲]1735 後半謙。

惟：[三]1011 念佛者，[乙]1723。

溫：[三][宮][聖]676 習如。

無：[宋][元]1563 所斷，[原]2208。

習：[三][宮]425 其精修，[三][宮]1808 善覆藏，[三]375 行邪法，[聖]1579 厭背想，[乙]2397，[原]下同 1816 自體果。

顯：[甲]2371 修性不。

相：[甲]1733 捨顯增。

信：[三][宮]304 行者以。

行：[宮]625 時無憂，[甲]2195 忍辱等，[甲]2434 習一切，[明][和]293 諸菩薩，[三][宮]397 精進二，[三][宮]656 其行拔，[三]397 精進其，[原]2208 得失何，[原]2317 止而有。

脩：[宮]279 廣，[甲]2207 長也，[甲]2400，[甲]2897 羅迦樓，[明]189 羅迦樓，[三]240 羅迦樓，[三][宮]2122 羅對陣，[三][聖]190 羅爲迦，[三][聖]以下省畧 99 羅興軍，[三]26，[三]26 連，[三]26 羅，[三]26 羅經第，[三]156，[三]156 羅，[三]156 羅迦樓，[三]190 羅非是，[三]190 羅宮各，[三]190 羅恒共，[三]190 羅迦，[三]190 羅王算，[三]397 羅等帝，[三]397 羅迦樓，[三]405 羅迦樓，[三]407 婆奢奢，[三]408 羅宮或，[三]1336 羅俾遮，[聖]421 羅聲迦，[聖]下同 225 行明度，[宋][宮]616 七覺大，[宋][元]397 羅乾闥，[宋][元]397 羅王盡，[宋][元][聖]397 羅乾闥，[宋][元]80 羅報，[宋][元]99 羅興四，[宋][元]100 無上梵，[宋][元]156 多，[宋][元]228 羅迦樓，[宋][元]1336 陀多至，[宋]1 羅王有，[元]、須[宮]616 羅聲乾，[元][明]26 羅而共，[元][明]156 羅迦樓，[元][明]189，[元][明]421 羅若欲，[元][明]2121 羅吒河，[元]397 羅身迦。

須：[甲]2261 習之，[甲]2339，[三][宮]397 陀奢那，[三][聖]125 梵摩一，[三]193 倫藏，[聖][另]1435 陀皆欲，[元][明][宮][聖]310 伽陀顯。

徐：[甲]917。

學：[和]293 菩薩道，[三]189 道異不，[元][明]233 學佛告。

循：[三]848 身念觀。

循：[宮]1509 法無垢，[宮]1547，[宮]1547 空處，[宮]2034 舊未周，[宮]2034 松之葛，[宮]2060 世相知，[甲]1896 歲月寄，[甲][乙]1796 身處如，[甲]1724 勝行故，[甲]1828 觀，[甲]

1828 身，[甲]1828 身觀下，[甲]2073
若是迄，[甲]2266 而異雖，[甲]2386
身觀相，[甲]2812 環研竅，[明][宮]
1546 色想不，[明]2040 道理皆，[三]
1598 法觀者，[三]2122 内，[三][宮]
1544 身觀念，[三][宮]1545，[三][宮]
[聖]1562 身念，[三][宮]721 於身法，
[三][宮]1536 行乞食，[三][宮]1545 法
觀念，[三][宮]1545 行説故，[三][宮]
1593 法觀加，[三][宮]1596 修意令，
[三][宮]2034 交禪主，[三][宮]2053
撰其事，[三][宮]2060，[三][宮]2060
不捨經，[三][宮]2108 資敬之，[三]
[宮]2111 三報，[三][宮]2122 末於九，
[三][明]99 良者，[三]196 良，[三]263
調薄德，[三]292 善知識，[三]2059
前軌今，[三]2122 四門各，[三]2145
整足以，[宋]、循[元][明][宮]381 彼
行，[宋][明]2154 造自古，[宋][元]
[宮]1545 觀行者，[乙]1753 還六道，
[乙]2215 身觀者，[元][明][宮]1544
受觀念，[元][明]99 良不妄。

偃：[宮]231 道譬如。

仰：[宋]397 集慈。

隱：[三][甲]1101 築極令。

應：[三][宮]403 慧解者。

猶：[宋][元]、由[明]201 福期。

有：[宮]1577 諸善亦，[三]、以
下石山本處處亡逸 2125 福業悉，
[三][宮]397 法眼善，[三][宮]1521 無
量無，[聖]1552 七或六，[元][明][聖]
397 意業隨。

於：[宮]371 菩提是，[甲][丙]

2381 諸行。

緣：[甲]2217 前雜非。

願：[聖]1595 行與誓。

鎭：[明]1450 行惠施。

證：[甲][乙]2397 發心謂，[甲]
2412，[三][宮]1646 習此佛，[聖]1851
行不可，[原]1205 果成佛。

之：[宮]754 福從是。

治：[宮]389 禪定。

終：[甲]1828 四墮數，[甲]2339
習二利，[甲][乙]1822 不能得，[甲]
[乙]2391 於心月，[甲]970 至于佛，
[甲]1059 身厚，[甲]1724 不作佛，[甲]
1733 行上三，[甲]1775，[甲]1828 不
淨第，[甲]2397 證之，[三][宮]2122 興
傍自，[三]81 無記業，[宋][元][宮]
1579 道依止，[乙]2336 教及圓，[原]、
[甲]1744 會故説，[原]1294 畢之日，
[原]1744 滅能爲，[原]1818 如來依，
[原]2299。

種：[甲]2196 福深者，[乙]2232
習菩提，[原]2262 依何法。

衆：[甲]2412 善義也，[三][宮]
1504，[原]2408 諸共。

珠：[乙]2408 也故。

諸：[甲]2266 行爲煩。

住：[明]376 二字，[三][宮]1489
於定至。

作：[甲]1924 但即知，[甲]1924
即是已，[三][宮]724 何善行，[三]
1581，[三][甲][乙]、住[聖]953 順教
令，[聖]1562 慈極於，[宋][宮][聖]223
行得阿，[宋][宮][聖]1509 行得阿，

[乙]2408 之內，[乙]1736 九事不，[原]1851 對。

烋

休：[三][宮][聖]下同 1462，[三]1335 隸弊弊，[聖]222。

俏

備：[甲]1763 者明佛，[乙]1141 無量功，[原]1763 則不得。

僑：[三][宮]2122 然而去。

修：[明]397 短無，[三]155 姝好白，[宋][明]2122 羅得三，[宋][元]190 羅迦樓，[宋]190 羅書不，[元]397。

循：[宮]1537 心如實，[明]2016 顧本因，[三][宮]1537 心於內，[三][宮]2102 情寸陰，[三][宮]2102 王度寧，[三][宮]2102 一往之，[三][宮]2102 詣此白，[三][宮]2103 于心敬，[三]2103 教責實，[元][明]220。

徇：[元]、循[明]2016。

備：[甲]2193 繊言皮。

悠：[三]2103。

願：[甲]1709 一切善。

羞

慚：[三]44 愧而去。

差：[宮]1421 慚而反，[甲]1969 比龐居，[三][宮]1565 放捨如。

恥：[聖]211 反謂乞。

眷：[宮]2102 棟宇舟。

離：[宮]639。

奇：[乙][丙]2092 具設琴。

通：[甲]1736 恥爲二。

羨：[宮][聖]1421 恥。

修：[甲]1736 惡法而，[甲]1830 恥故故，[甲]1969 末後之。

與：[元][明][聖]211 諸弟子。

者：[宮]2123 期在廟。

着：[宮]1451 愧後於，[聖]1509 愧其事。

著：[宮]397，[宮]1421 蹲地王，[宮]1428 慚時，[宮]2123 羞不欲，[明]212 意，[三][宮]1604 聲者不，[三]198 慚莫從，[三]1341 爲彼糞，[聖]、羞耳著身[另]1721 耳釋提，[聖]1509 愧不欲，[宋][宮]624 慚多所，[宋][宮]2041 觀佛之，[宋][宮]2060 粒大唐，[宋][元][宮]1648 恥於作，[元][明]2044 慚感絶。

楯

楯：[甲][乙][丙][丁][戊]2187 四面縣。

鵂

鶹：[乙]2218 鵂。

朽

拜：[聖][另]790 枝。

板：[宮]2122 法五。

打：[宮]632 身不惜，[宮]1548 敗碎壞。

腐：[三][宮][聖]1435 木中出，[三][宮]1435 壞不用，[聖]613 敗。

弓：[三][宮]1462 法及承。

將：[元][明][宮]263 棄身體。

枯：[原][甲]1781 井也。

了：[宮]532 身不貪。

林：[宮]2060 邁行轉。

損：[三][宮]1537 非恒不。

柁：[原]2216。

析：[三][宮]2059 至宋孝。

險：[三]2110 諒。

相：[宮]318，[三]1646 不朽消。

行：[三]212。

休：[甲]2129 居反下。

汙：[三][宮]347 糞穢，[宋]208 其人思。

杇：[三]1 食不。

於：[三][宮]2122 父禮亡。

秀

季：[宮]2034 生而連，[明]2059 廬山僧，[三][宮]2059 但稱高，[三][宮]2059 等並崇，[聖]2157 麗卉木。

禿：[甲]2036 千齡架。

頹：[宮]2059 然協道。

攜：[三][宮]2060 得書示。

學：[三][宮]2104 出群品。

莠：[宋][元]2122 中夏。

誘：[三][宮]1523 聖者雖。

岫

橚：[明]、樹[宮]2103 列三珠。

峰：[三][宮]2122 抱。

鷲：[三]2103 之風。

袖

神：[甲]2214 隱，[三][宮]2060 舉

會信，[宋]2060 者也余，[宋]2123 皆。

嗅

臭：[德]26 香舌觸，[宮]263 悉覩，[宮]263 悉知，[宮]1670 之令人，[甲]1912 視弱者，[明]2016 身悅其，[三][宮]310 諸煩，[三][宮]626 便，[聖]425 是曰布，[乙]1821 香水能。

妻：[三][宮]2122 非化育。

現：[聖]613 行者前。

嚊：[甲]1733 佛戒香。

綉

繡：[甲]1973 紋乃至，[甲][丙][丁]、綉纈繡緹[乙]2092 纈油綾。

繡：[宮]1998 出從君。

褒

褒：[宮]2102 臣以過。

齅

嗅：[三][宮]2121 不食兄。

繡

編：[三][宮]329 雜綵阿。

綉：[甲]1969。

繻

縟：[三][宮]1435 衣一切。

戌

成：[宮]1545 達羅，[三]891 七播，[聖]2157 還至，[宋]918 迦攝末，[元]1579 陀羅十。

伐：[甲]2261 陀戰達，[宋][元][宮]2103。

戎：[三][聖]190 法式其。

秨：[三][甲][乙][丙]930。

戌：[宮]1598 尼言此，[甲]2128 遵反韻。

吁

干：[宋][宮]、乾[元][明]1509 嘔我當。

呼：[宮]378 嗟，[甲]2128 禹反鄭，[甲]2362 哉天台，[明]1450 嘆息須，[三][宮][甲]2044 鸚鵡之，[三][宮]224 與般若，[三][宮]309 之音內，[三][宮]720 吸啜嗷，[三][宮]724 嗟而行，[三][宮]2121 嗟歸命，[三]99 咄我見，[三]2106 嗟何已，[另]1428 恒河山，[宋][宮]630 嗟啼泣，[元][明]196，[元][明]下同 620 摩利吁。

肝

肝：[三][宮]2060 在內我，[乙]2120 食宵衣。

躬：[三][宮]2104 衡而對。

肦：[三]、肝[宮]2122 響。

肝：[甲]2036 江李泰。

疨

寨：[三][宮]2122 過盜惡。

肯

骨：[明]、星[甲]1000 孕反。

虛

賓：[三][宮]2102 實夫苦。

並：[甲]1826 無所有。

腸：[三]163 尚未充。

塵：[甲]1512 事生貪，[三][明][乙]2087。

稱：[元][明]1509 譽。

處：[丙]2164 奉本，[宮]223 妄不實，[宮]2103 名意謂，[甲]、一[丙]2286 妄之大，[甲][乙]1929 空無刀，[甲]1733 空非謂，[甲]1839 如虛空，[甲]2266 空處心，[三][宮]382，[三][宮]479 可驚，[三][宮]556 空中化，[三][宮]637 空無常，[三][宮]721 空之中，[三][宮]2121 空中各，[三][明]1646 空所以，[三][聖]222 無一切，[三]311，[三]627 空界，[三]1441 空中共，[聖]291 無之辭，[聖]26 得大果，[聖]222 寂不見，[聖]222 空無所，[聖]627，[聖]1509 空處入，[聖]1509 空徒自，[另]1721 第，[宋][元]721 空中，[元][明]157 空充滿，[原]、[甲]1744 無毛髮，[知]384 空法藏。

麁：[甲][乙]1816 境界故。

道：[乙]2218。

底：[甲]2036 早已參。

度：[元][明]2016 空無邊。

盧：[三][宮]425 羅龍王。

佛：[原]2196 等住住。

宮：[甲]2087 中隱起。

故：[三][宮]397 而來時。

鬼：[三]1314 身盡得。

詭：[甲]1736 妄耳斷。

虎：[宮]1421，[甲]2266，[明][宮][西]665 贏。

畫：[甲]1723 能答也。

極：[宋][宮]2102 也。

捷：[宋]、接[元]、寁[明]1 中子五。

盡：[甲]1866 行成佛，[聖]613 空相外，[元]2016 設唯此。

空：[宮]616 受施如，[宮]2103 者不獨，[甲][乙]1225 界，[甲][乙]2309 宗靜由，[甲]2006 度誠哉，[甲]2068 手歸告，[甲]2087 名罔上，[明]24 飛逝眼，[明]613 而至名，[明]1988 却須退，[三]1545 中而過，[三][宮]309 寂復於，[三][宮]309 寂永，[三][宮][聖]1509 空亦自，[三][宮]268 名爲智，[三][宮]268 無，[三][宮]342 無故所，[三][宮]384 佛告妙，[三][宮]477 無則解，[三][宮]606 發風若，[三][宮]810 靜，[三][宮]813 無法，[三][宮]817 因意造，[三][宮]1421 誑妄語，[三][宮]1425 而還時，[三][宮]1462 誑妄語，[三][宮]1509 非我非，[三][宮]1509 是世間，[三][宮]2040 了，[三][宮]2121 北逝獵，[三]125 去地四，[三]190 翱翔猶，[三]192 而遠逝，[三]201 聞者盡，[三]384 寂而無，[另]1428，[石]1509 名故輕，[石]1509 衆生無，[宋][宮]225 閑濟人，[宋][明]2122 而去充，[宋][元][宮]、虛空[明]318 無邊年，[宋]2110 之始故，[乙]2207 若水，[乙]2385 風相捻，[元][明]322 聚四曰，[原]2208 言未顯，[原]2220 費時

日，[知]741。

裏：[甲]2386 而擧頂。

靈：[甲]1733 襟則爲。

璽：[聖][另]1442。

靈：[宮]2059 玄之肆，[甲][乙]2087 室諸神，[甲]1717，[甲]1736 則有心，[甲]1851 法之所，[甲]2087 下降即，[甲]2837 通等佛，[明][甲]1177 性淨五，[明]2076，[三][宮]2053 陰，[三][宮]2102 無聞形，[三][宮]2102 舟覆浪，[三][宮]2104 故有栖，[三][宮]2104 明處罪，[三][宮]2108 使吹萬，[三]2063 通，[三]2088 白馬二，[三]2103 岫，[三]2145，[聖]1859 泊獨感，[另]1459 墮信施，[宋][宮]2103 非丈尺，[宋][宮]2103 柔善下，[宋][元][宮]2103 玄，[乙]917 然朗徹，[元][明]2145 照以御，[原]、靈[甲]2006 通路不。

盧：[明]1354 爾，[三]158。

慮：[甲]2217 誑語生，[甲]2262 空相，[甲]2301 通，[三][宮]2122 返，[三][宮]2123 無固故，[三]2145 塞而。

虐：[三][宮]2102 儔類或，[三][宮]2102 已甚矣，[元][明]5 殺是爲。

慮：[宋]374 冷煖氣。

如：[宮]558 空羅漢，[聖]222 空無有。

實：[宮]1421 以時不。

唐：[甲]1775 什曰所，[甲]1929 棄功夫，[甲]2195 棄其劫，[三][甲][乙]2087 勞。

妄：[三]171 也今爲。

爲：[三][宮]414 僞。

無：[原]2250 空不。

戲：[三][宮]425 俗志樂。

墟：[三]125 無有人，[三]322 聚言有。

嘘：[甲]2035 是蓋西，[宋][元]848 心掌火。

驢：[三][宮]2102 是合用。

讀：[三][宮]2104 論一言。

崖：[甲]2901 若學諸。

言：[三][宮]2104 高無用。

要：[甲][丙]、惡[乙]2231 語等者。

愚：[三]2103 聞諸先。

雲：[宮]309 空，[三]、靈[宮]2103 堂靜晏，[三]643 飛逝有，[原]1311 漢其星。

在：[乙]1723 空中。

眞：[明]1595 妄及眞。

置：[乙]2396 必表物。

中：[三][甲]1085 而住。

座：[甲][乙]867。

揖

揖：[甲]951 寧執。

虛

假：[甲]1705 名爲。

乍：[乙]2263 修因。

須

阿：[明]2154 賴經一。

班：[原]2897 下天下。

便：[甲]2367 以此義，[甲]893 成光顯，[乙]1821。

財：[甲]2196 衣服不。

測：[原]1744 上明佛。

昌：[明]2076 龍興寺。

次：[甲]1733 來也三，[聖][甲]1733 來二於，[原]1776 辨之第，[原]1776 別後結，[原]1776 到，[原]1818 也問一。

待：[甲]、須[甲]1781 年至不，[元][明][聖][另]790 夫人初。

得：[甲]2073 法喜遂，[甲]2266 故後即，[明]2076 實得恁，[三][宮]809 牛乳爾，[三]211 此牛頭，[乙]2396 隨師受，[元][明]1451 受取報。

頂：[宮][乙]866 據門閫，[三]2060 有經始，[宋][明]、頃[宮]、元本脫須字 1546 同一行，[原]2339 法不後。

頓：[甲]2408 生，[三]2122 有九，[原][甲]911 方一肘。

法：[聖]1509 菩提。

煩：[明]2076 和尚乞，[三][宮][聖][另]1459 戒經內，[三]200，[元][明]377 勞苦強，[原]2263 云眞如。

扶：[甲]2323 酒世尊。

復：[丙]917 七日二，[宮]1425，[宮]1451 憂於此，[宮]2123 問也窮，[甲][乙]1821 盡若盡，[甲][乙]1822 迴轉故，[甲]1709 分二且，[甲]1763 言煩惱，[甲]1781 善巧方，[甲]1816，[甲]1821 救來，[甲]1924 有二心，[甲]2270 言石女，[三][宮]269 有言

説，[三][宮]1545 入邊，[三][宮]226 於前作，[三][宮]285 建立罪，[三][宮]721 受又彼，[三][宮]1451 審察彼，[三][宮]1509 後搖又，[三][宮]1521 小發，[三]190 莊嚴身，[聖]1 寶用爲，[聖]2157 流行今，[另]1721，[另]1721 一類何，[石]1509 見佛，[石]1509 種，[乙]1821，[元][明]361 及其人。

供：[甲]1921 具辦衆。

故：[甲]1973 是預先，[三][宮]1462 當知一。

顧：[聖]2157 性。

恒：[三][宮]2034 河譬經。

假：[原]2271 立之若。

簡：[甲]1863。

淨：[三]212 觀彼行。

拘：[三]70。

俱：[甲][乙]1822 知單緣，[甲]2271 有體如，[原]2339 斷證階。

顆：[原]1089 持一物。

可：[甲]1912 卒斷忿。

剋：[三][宮][甲]901 於八月。

領：[甲]2255 緣發如。

論：[甲][乙]1822 四句寬。

鬘：[宋]1547 除去。

能：[三]1331 習誦是。

傾：[宮]2060 加之擯，[三][宮][聖]754 盡，[三]2122 財物無。

頃：[宮][聖]1563，[宮]1563 何爲不，[甲]、項[乙]1772 二天童，[甲]1724 對治答，[甲]1965 身相光，[甲]2128 出而振，[三][宮][聖]292 盡慧，[三][宮]285 精進已，[三][宮]414 忽

然往，[三][宮]649 令淨信，[三][宮]1425 煮竟當，[三][宮]1443 向王舍，[三][宮]1546 墮惡道，[三][宮]1550 當來修，[三][宮]1551 成就無，[三][宮]2031 說名行，[三][宮]2060 解聽後，[三][宮]2060 有導達，[三][宮]2066 往訶陵，[三][宮]2121 留，[三][宮]2122 有勘問，[三][宮]2122 有所問，[三][宮]2122 轉經正，[三]178 我爲，[三]211 至，[三]1549 誰能分，[三]2060 便輒引，[宋][宮]2027 學戒，[宋][宮]2122 有付囑，[宋][元][宮]類[明]1554 名隨信，[宋][元]513 吾爲王，[宋]1 時至然，[宋]2122 水減，[乙]2376 年之間，[原]1776 初生次，[原]2271 舉螢而。

軟：[甲]1705 改教迦。

愼：[甲]2263 境故名。

施：[明]310 衣服者。

時：[三][宮]1451 還。

誰：[甲]2006 能作主。

順：[宮]2058 性好慈，[甲]2261 至助伴，[甲][乙]2261 此，[甲]1708 如理不，[甲]1781 隨涅槃，[甲]1816 廣，[甲]1816 教故此，[甲]1816 菩提所，[甲]1816 疑末法，[甲]2196 語便故，[甲]2266，[甲]2266 加減者，[甲]2274 違説因，[甲]2274 諸，[甲]2313，[三]1340 而爲，[原]1863，[原]2339 圓音一。

説：[甲]1816 言。

思：[三]202 食。

斯：[明]152 臾止人，[明]1509。

蘇：[甲][乙]867 彌及取，[三][宮]721 陀之處，[三]下同 721 陀食即，[聖]1428 提那，[另]1428 提那迦，[宋][元][宮]、酥[明]721 陀則，[宋][元][宮]、酥[明]721 陀之食，[宋][元][宮]酥[明]721 陀。

雖：[甲]1912 有生滅，[甲][乙]2309 知無漏，[甲]1913 住前。

隨：[聖]1522。

所：[甲]1960 疑哉，[明]2131 合禮此。

頤：[聖]1851 補心處。

頭：[三][宮]657 羅，[三]1 乾頭花，[宋]1462，[宋]1462 税比丘。

謂：[甲]1744 廣釋凡，[原]、[甲]1744 難之法，[原]1744 具識之，[原]1818 最上正。

昔：[甲]1729 修習並。

先：[甲]1000 具如是。

顯：[甲][乙]2263 自類並，[甲]1709 又行動，[甲]2195 示，[甲]2434 得此本，[乙]1816 明。

現：[甲]1717 明濃淡。

相：[三][宮][另]1443 共語彼。

項：[甲]2068，[聖]1549 聲處所，[宋]2102 凶革而。

消：[乙]2215 釋之也。

心：[明]352 遠離。

修：[宮]226 倫世間，[甲]1851 迴向又，[甲]2207 達多之，[明]629 倫鬼神，[三][宮]278 達多優，[三][宮]1435 達，[三]1 羅及餘，[三]297 勝行無，[三]1015 羅及持，[宋][元][宮]

2122 摩提女。

脩：[三][宮]397 羅王，[三][宮]1428 羅男乾，[宋][元]23 倫，[宋][元][宮]、修[明]1428 波羅城，[宋][元][宮]、修[明]1428 羅女夜，[宋][元][宮]、修[明]1428 羅乾。

羞：[宮]626 倫興師，[三]152 波。

鬚：[甲]1969，[甲]1969 髮成菩，[明]1451，[明]1636 髮被袈，[三]、冠[宮]1509 菩薩問，[宋][宮][石]、鬘[元][明]1509 菩薩問。

仰：[甲]2400 二手五。

藥：[三][宮]1435 物答。

依：[三]1485。

以：[三][宮]1546 自地相。

應：[三][宮][另]1458 淨潔時，[宋][元]2122 當學以。

用：[甲]1238 怖毘那，[聖]200 爾。

欲：[三]156 飲却後。

預：[甲][乙]2394 知有五，[三]1440 畜積。

源：[甲]2371 尚屬理。

遠：[三][宮]1442 驅逐勿。

願：[甲]1763 爲説甚，[三]125 聞其狀，[三]154 具之肉，[三]190 供養佛，[石]1509 盡皆備，[元][明]656 尊前將，[原]1780 取土之。

殞：[甲]1782 如是等。

滇：[宋]2061 昌人也。

植：[三][宮]2104 甘果翻。

諸：[三][宮][知]384 漿水。

自：[三]211 熟，[三]2121 熟。

頊

頓：[三][宮]657 深證於。

散：[三]、剃[宮]1650 其髮。

墟

墟：[甲]2087 略舉遺。

坵：[三][宮]1425 宅中看。

虛：[宮]322 聚郡縣，[三][宮]2040 無有人。

噓

嘔：[聖]643 旃陀羅。

盧：[三][丙]1202 那摩。

嚧：[丙]1184 吹大搖，[三][宮]397 伽曷囉，[三]901 拏二合，[元][明][宮]837 十哆。

虛：[三][宮]1425 極而臥。

歔：[宋]375 毒師子，[元][明]196 唏悲啼。

歔

齁：[原]1696 即名正。

戲：[宋][宮]2122 歔久之。

噓：[宋][元]374 毒師子，[元][明]99 動雪山。

譖

譜：[甲]、諟[乙]2173 譖科。

猷

猷：[宮]2122 然飛來，[宮]2122 思美食，[甲]1886 生之神。

忽：[甲]1846。

休：[聖]397 坻。

鬚

鬢：[宮]2040 髮自落，[宮]2060 髮美容，[宮]405 髮，[甲]2219 藥十世，[甲][丙]2087 髮恒長，[甲][乙]1822 髮無，[甲]2214 藥敷，[甲]2219，[甲]2219 藥德第，[甲]2219 藥具足，[三][宮]1579 髮變壞，[三][宮]513 髮左右，[三][宮]1509 髮鬓子，[三][宮]2029 髮，[三][宮]2043 髮皆長，[三][宮]2058 髮皓白，[三][宮]2059 眉皓白，[三][宮]2060 頭戴紗，[三][宮]2122 耳，[三][宮]2122 髮爪悉，[三][宮]2122 即落迷，[宋][宮]1443 髮著赤，[宋]375，[元][明]190 生白髮，[元][明]2122 頂光圓。

額：[宋][元][宮]1670 髮膚面。

髮：[甲]2878 眉即落，[明]2121 生白可，[三][宮]2122 自墮即，[元][明]397 著，[元][明]2122 爪墮落。

髮：[三][宮][聖]1435，[三]26 人汝若，[三]2123 爪墮落，[宋][宮]606 喜短自，[元][明]26 或拔鬚，[元][明]721 周匝。

髯：[久]、頭[宮]397 國迦羅。

螺：[三]、[宮]1546 髮即時。

鬘：[宮][聖]545 正摩尼，[明]293 清淨無，[三][宮][知]1581 塗香衆，[三][宮]278 以，[三][宮]387 法門悲，[三][宮]402 其國衆，[三][宮]721 持天衆，[三][宮]721 中金剛，[三][宮]1442 二者，[三][宮]1618 華鬘，[三][宮]2122，[三]26，[三]2121 圍繞其，[宋]409 莊嚴王。

顰：[三][宮]2102 眉貌蹙。

醫：[甲]1921 又，[三][乙]2087 鬚也兩。

髻：[三]、髻[甲]、鬢[乙]2087 髮靈相。

飾：[宮][石]1509。

剃：[三]197 髮入道，[宋][宮]461 髮時文。

頭：[三]202 髮自，[三]2088 髮下。

須：[甲]2035 髮別衆，[三]375 臺合爲，[宋]262。

願：[三]68。

顰：[明]443 帝三聲。

徐

餘：[甲]2400 四指堅，[甲]2039 道總管。

住：[甲]2266 靜慮樂。

徐

除：[甲]2266 云士事，[明]1451 去威儀，[明]1507 語思而，[三][宮]222 之門一，[三][宮]1421 下護衣，[三][宮]1808 擔入衆，[三]1435 却不淨，[聖]1435 扶坐洗，[石]1668 顯，[宋][元][宮]901 屈頭指。

得：[三]146 步徑即。

德：[三][宮]2122 以忠正。

而：[元][明]658 行如猫。

庠：[元][明]2123 序不。

行：[三][宮]2111 地參園。

餘：[三][宮]1428 行者白，[三]

2060 方盛開，[三]2110 層城結，[宋][宮]1433 行者不。

响

欨：[三]2103 呼吸吐。

呿：[三]2110 呼吸吐。

咷：[三]411 悲哀哽。

煦：[三][宮]2103 濡。

栩

相：[甲]2128 栩音呴。

序

別：[三]2149 內法一。

布：[甲]2231 列之耳。

斥：[甲]1833 疏者破。

得：[甲]2167 一卷沙。

廣：[三][宮]2060 其事友。

厚：[甲]1512 疑者，[聖]125。

解：[甲]2261 云然以。

摩：[原]2130 沙譯曰。

前：[聖]2157 及長房。

書：[三][宮]2108。

述：[宋][明]969。

頌：[聖]1721 得道後。

亭：[聖]2157 見僧祐。

席：[甲]2120 益多傷。

叙：[宮]1703 也亦名，[甲[丁]2092，[甲]1718 段也二，[甲]1736 德相形，[甲]1736 古，[甲]1736 後然此，[甲]1811 釋迦佛，[甲]1811 我自誦，[甲]1912 云自我，[甲]2312 義也亦，[明]2103 總萬古，[三][宮][甲]2053 既至伊，[聖]2157 仰恃佛，[乙][宮]

1799，[乙]1736，[乙]1736 耳疏立，[原]2339 制多西。

敍：[宋]186。

緒：[甲]1786 二初泛，[三]118 進退沈，[三]2145 五也故。

庌：[甲]2129 中人名。

者：[甲]1792。

之：[丙]2092 蓬萊山。

中：[宋][元]2145 第十二。

撰：[三]1564。

字：[乙]2157 亦直云。

邺

恤：[三][聖]643 嬰兒令。

叙

釵：[丙]2120 剃除雲。

敝：[明]2103 各隷多。

勅：[甲]2036 道家爲。

及：[三]2122 暄涼儵。

釼：[甲]1737 十重舉。

救：[甲][乙]1822 俱舍釋。

明：[甲]1735 西域者。

攀：[三]、板[宮][聖]2060 德號慕。

氣：[甲]2036 衣單雪。

釋：[甲]、釼歸釋[甲]、釼歸[乙]1816 敬皆同。

収：[三][宮][聖]1579 已過四。

收：[甲][乙]2092 録存沒，[甲]1816 分別令。

叔：[宮]2122 神化多。

舒：[甲][乙]1822 兩説竝，[三]2149 之餘闕。

述：[甲][乙]1821 經部宗。

望：[三]2121 見金色。

序：[宮]2059 之並未，[甲]1786 也二直，[甲]1786 前此方，[明][甲]1177 不依次，[明]2154 數科以，[明]2154 撰録者，[三]2103 上柱國，[三][宮]1462 説已，[三][宮]2060 同其業，[三][宮]2060 王，[三][宮]2060 至八年，[三][宮]2103 人倫功，[三][宮]2121 叔妻即，[聖]2157，[宋][元][甲]2087。

致：[甲]2320 此。

質：[明]2060。

諸：[三]375 言説卿。

洫

泗：[甲]2089。

恤

悲：[三][宮]2122。

悉：[三][宮]2122 養物命。

邺：[三][宮]2121，[三][聖]125 民以禮。

訹：[元][明]、[宮]350 不肯，[元][明]148 他家男，[元][明]188 誎曉我。

勗

最：[乙]1821。

敍

釵：[聖]211 每。

序：[宮]2078 曰余讀。

緒：[聖]125 如是賢，[聖]125 是

謂第，[聖]125 用不令。

詶

恤：[三][宮]403 善權修。
諭：[宋][宮]2123。

渭

胥：[明]2108 渭於是，[宋][宮]2123 文句浩。

絮

架：[甲]2089 人皆彫。
挈：[三][宮]1545 及。

婿

夫：[三][宮]1435 征行久。
聲：[三]152 流淚而。
智：[聖]1425 我當與，[元][明]1458 若言此。

蓄

畜：[三][宮]1500 積憍奢，[三][宮]677 財樂行，[三][宮]1501 種種憍，[三]2103 固以天。
福：[聖]2157 積富於。
遣：[宋][宮]、遺[元][明]2060 止有論。
楮：[三]2145 積富於。
淄：[三][宮]2059 川惠茲。

煦

照：[甲]2036 漂山泫，[三][宮]2102 伏追，[宋][元]220 五熱浮，[元]2111。

鉞

鉞：[三]891 斧第三。

緒

德：[甲]2775 義不合。
結：[三][宮]1490 不爲人，[聖]1562 觸因觸，[原]1987 不及子。
經：[元][宮]、説[明]1545 謂生。
鎧：[宋]、錯[元][明]2060 致所著。
可：[元][明]425 聽欲得。
蔓：[三][宮]2122 非一。
序：[甲]2068 五也故。
叙：[三][甲][乙]2087 唯佛，[三][甲]1261 不。
續：[宋][元]2110。
緣：[三][宮]1548，[三][宮]1562 經中説。
之：[明]381 所貪。
諸：[宮]221 爲以自，[另]1548 是，[宋][宮]221 盡得佛，[宋][元]1548 分假心。

穑

畜：[三]、富[宮]585 無央數，[三][宮]389 積此則，[三][宮]425 積度衣，[三][宮]632 財寶，[三][宮]721 財物，[三]1529 積。
蓄：[三]、福[甲]、畜[乙]2087 餘糧，[宋][宮]、畜[元][明]1421 積諸居，[元][明]310 用資財。

續

洗：[甲]2250 須知論，[元][明]

2102 蒙。

犢：[甲]2263。

讀：[宮]1670 念之那，[甲][乙]1822 起者作，[甲]2035，[甲]2207 和名古，[甲]2261 而從加，[甲]2288 爲地上，[甲]2299 是無始，[甲]2299 於無礙，[明]2154 高僧傳，[三][宮]1647 汝問正，[宋][元]901 續誦呪，[宋][元]2122 爲佛佛，[乙]2244 明續日。

斷：[甲]1863 故。

縛：[甲][乙]1822 論世，[甲]1783 無有邊，[三][宮]671，[聖]1562 彼得生。

高：[甲]2068。

還：[聖]1579。

積：[乙]2254 皆言七。

績：[甲]1816 故皆生，[明]1562 斷時皆，[三][宮]1546 毳若盡，[三][宮]2060 風聲收，[三][宮]2060 貞，[三][宮]2104 宮闈皇，[三]2102 但紛紛，[三]2103 不攝單，[另]1721 更毀經。

繼：[三][宮]2060 長安道，[三]2059。

結：[三][宮]1545 毛爲縷，[乙]2263 釋也謂。

經：[聖]1670 持身故。

能：[甲]2266 者。

色：[宋]1562 中必。

贖：[三]100 我母命，[元]2122 彼命命。

屬：[三][聖]99 何名爲，[聖]514 心意著。

嗣：[明]2123 明於塔。

絵：[乙]1816 變爲純。

現：[乙]1821 前應非。

猶：[三][宮]2028 故存在。

緣：[甲]2266 故既爾，[三][宮]1584 無，[三][宮]1558 不斷復。

債：[乙]2309 主迫或。

諸：[三][宮]、緒[知]598 見。

吅

門：[甲]2128 作吢義。

呾

唖：[三]1336 伽羅婆。

呾：[三]1336 悉婆。

宜

寶：[三]1261 臺上垂。

傳：[甲]、博[乙]1239 流布若，[三][宮]2060 于時又。

但：[甲]1929 起精進。

當：[元][明]、宜[甲]901 臺。

定：[甲]2300，[三]2145 則邪輪。

富：[原]、富[甲]1796 也僧。

宮：[宋]、宜[元][明]193 化度。

寡：[原]1280 婦乃至。

寂：[三][宮]310 意復告。

軍：[宋]2061 副使，[元][明]885 說一切。

可：[三]100 應修惠。

空：[三]2060 室夢其。

寬：[聖]1440 通佛教。

立：[原]2349 名帳師。

冥：[宮]2060 相符會，[甲]2255

然復。

　詮：[甲]2266 説如。

　室：[聖]211 議曰越。

　説：[甲][乙]2192 妙法，[甲]2371 無章疏，[三][宮]416。

　宿：[聖]425 傳勿懷。

　騰：[宮]263 聖旨。

　同：[甲][乙]2309。

　爲：[三][宮]398 暢三乘。

　先：[元][明]1562 説如是。

　揎：[宋][元]、揎[明]720 調戲臂。

　喧：[甲]2366 於。

　演：[宮]811 明已得，[甲]2395 説眞言，[甲][丙]2397 説，[甲]2195 暢云云，[甲]2223 説，[三][宮]397 説之亦，[三][宮]650 流，[三][宮]1509 至眞廣，[聖]1488 説不可，[乙]2263 説菩。

　宜：[宮][聖]425 當速行，[宮]263 叙闊別，[宮]481 斷，[宮]2058 至心勤，[甲]1775 故不付，[甲]1782 贊曰，[甲]2089 與正度，[甲]2261，[甲]2261 然尚渾，[甲]2266 種種異，[明]346 甘苦辛，[明]2103 意是義，[明]2154 撰，[三][宮][聖]425 度無極，[宋]1579，[乙]2408 臺，[元][明]263 轉，[元]2034。

　儀：[聖]125 皆悉不。

　意：[甲]2313 云大乘。

　寅：[聖]2157 布大隋，[聖]2157 所撰而。

　育：[原]2248 王教取。

　冤：[三][宮]2122 魂志。

　願：[三]159 住阿蘭。

　宅：[宮]2103 雅頌之。

　眞：[宮][聖]376 説解脱。

　直：[甲][乙]1929 論三藏，[原]1854 説有於，[原]2299 明空者。

　旨：[聖]、百[宮]425 罪福。

　置：[甲]2081 標幟形。

　重：[三][宮]385 説頌曰。

　諸：[三][宮]2058 記論遊。

　宗：[三][宮]2053 光華史，[三][宮]2053 洪業商，[元]2145 到慮衆。

軒

　幰：[三]25 蓋而普。

　斬：[明]2112 皇之。

喧

　沸：[明]1450 鬧聞。

　喚：[三]5 叫呼天。

　生：[三][宮]2122 鳳管之。

　宣：[明]2123，[三][宮][聖]481 雜句説。

　喧：[宋][宮]2122 雜有。

　諠：[甲]1799 樂靜不，[甲]1863 動離寂，[明]2016，[明]2131 亂誦經。

　譁：[甲]1799 念動則，[甲]1799 樂靜獨，[明]2016 靜同，[明]2016 雜而守，[明]2016 動正直，[三][宮]1595 動離寂。

瑄

　宣：[三][宮]2060 玉有美。

暄

暄：[甲][乙]1822 度仍違。

煖

觸：[三][宮]1558 於彼雖。

斷：[三][宮]1546 等達分。

暖：[宮]1451 以適時，[宮]1550 法即，[宮]1646 頂忍等，[宮]下同 1435 水洗答，[和]293 觸皆火，[甲]2012 自知某，[甲][乙]901 灰河枯，[甲]2006 花爭發，[明]26 湯漬而，[明]1566 動容受，[明]1566 論者言，[明]1217 熱得降，[明]1566 界是火，[明]1566 同，[明]1605 等位於，[明]1605 法頂法，[三][宮]721 煖攝，[三][宮][甲]901 其油以，[三][宮][聖]1442 室，[三][宮][聖]下同 1595 行通達，[三][宮]227，[三][宮]350，[三][宮]721 三識是，[三][宮]1442 水潤漬，[三][宮]1442 水洗，[三][宮]1442 湯水，[三][宮]1496，[三][宮]1509，[三][宮]1546 頂忍中，[三][宮]1546 氣識，[三][宮]1550 法即是，[三][宮]1553 頂忍法，[三][宮]1571 非水，[三][宮]1646，[三][宮]1646 等達分，[三][宮]1646 等法，[三][宮]1646 等法漸，[三][宮]1646 法來以，[三][宮]1646 水死時，[三][宮]1646 微卵則，[三][宮]2123 二風更，[三][宮]下同 1451，[三][宮]下同 1646 風等意，[三][乙]1092 水池是，[三][乙]1092 水研服，[三]24 於其體，[三]374，[三]375 將養若，[三]721 而常覺，[三]1341 氣有八，[聖]190 調適諸，[聖]190 彌岸平，[聖]221 和適常，[聖]1441，[宋][明][宮]1452 堂應買，[宋][元][宮]下同 1488 法況須，[宋][元]1080 煙增光，[乙]1929 氣若發，[元]2016 自知當。

曤：[宋]、暖[元][明][甲]901 相現持。

氣：[甲][乙]1822 等相及。

濡：[三]721 水之中。

曤：[宋]、燸[元][明][宮]374 是故得。

燸：[聖]375，[乙]1744 等四心。

軟：[宮][聖]310 猶如沈，[宮]1509 法頂法，[甲]1828 云何色，[三][宮]1550 煖至，[三][聖]、濡[宮]310。

燒：[三][宮]1571 體此，[三]1571 性故非。

愞：[聖]1549 此法成。

煙：[甲]、烟[乙]1929 故名煖，[甲][乙]1822 及嗅花。

媛：[元][明]2103 之市義。

暄

暄：[甲]1847 動違不。

蝹

蜎：[三]、蟥[宮]2103 飛蝡動。

誼

昏：[三]2154 有時眠。

蠉

蜎：[三][宮]744 飛蝡動。

玄

卑：[元][明]199 醜。

赤：[三][宮]2103 文。

畜：[宮]2059。

垂：[乙]2394 黑其下。

大：[乙]1736 悟後熙。

法：[聖]2157 潁俗姓。

方：[明]2076 禪師安。

高：[三]2060 宗下令。

公：[宮]2102 論州符，[三]2153 謝石道，[元][明]2145 玄支謙。

故：[甲]2195。

廣：[原]2196 述興。

互：[三][宮]2102 鄉顯妙。

幻：[三][宮]288 明了菩。

教：[三][宮]2102 遠或有。

今：[甲]2195 贊猶及。

經：[甲]2128 云嘗。

句：[聖][另]285 自然又。

羂：[元][明]2045 弪。

曠：[宮]398 曠如虛。

立：[甲][乙][丙]2164 極道，[甲]1733 極威肅，[甲]2120，[三]2122 端金像，[三][宮]2060 義，[乙]2296 耳新宗。

六：[三]309 通智辯。

其：[甲]2301 所說依，[甲]1851 絕自力，[甲]1913，[乙]1736 旨如十，[原]2339 法門故，[原]2339 化儀亦。

弃：[甲]2128 命爲仁。

去：[甲]2036 都玉京，[甲]2036 甚得好，[三]2111 珠得而，[宋][元]309 寂衆好，[乙]2003 獨腳雪。

少：[甲]2339 文彼。

深：[甲]2748 絕妙名。

素：[三][宮]2102 珠與講。

文：[甲]1913 云不住，[三][宮]2060 義請決。

絃：[原]2003 絲聲漢。

賢：[宮]1998 沙學人，[宮]1998 沙云此，[宮]1998，[宮]1998 沙云若。

懸：[甲]1792 談既識，[明]310 遠甚難，[三]、[聖]375 知是長，[三]1646，[三][宮]403 致遠故，[三][宮]425 斷法教，[三][宮]579 遠路險，[三][宮]1507 毛一人，[三][宮]2060 鏡稟羅，[三][宮]2102 遠習惑，[三][宮]2104 遠冒罔，[三][聖]375 記生，[三][聖]375 見迦葉，[三]125 在虛空，[三]212 在虛空，[三]721 絕譬如，[元][明][宮]374 見迦葉，[元]374 記，[原]2339 記未來。

言：[甲][乙]2219 同即明，[甲][乙]2219 同也，[明]204 許一月，[三][宮]2102 籍雲舒，[三]2060 頗涉俗，[乙]2261 丁寧始，[乙]2263 緣律師，[原]1744 勒成三。

頤：[聖]2157 賾等筆。

異：[原]2339 謂之一。

意：[乙]2390 大德說，[原]、意[甲]2006 解操金。

音：[乙]2173 義一卷。

玉：[甲][乙]2194 文。

元：[甲][丙]2092 符握鏡，[甲]1969 六云大，[甲]2036 明，[甲]2092，[甲]2092 奧忘其，[甲]2092 曹北隣，

[甲]2092 武池山，[甲]2092 宗聖魏。

圓：[明][甲]1177 通入如，[明]1585 涵萬流。

云：[甲]2128 綜絶也，[甲]2266 談不分，[甲]2299 經論具，[明]2131 此云觀，[三][宮]1484 假法，[三][宮]2122 致，[聖]2157 法鏡及，[宋][宮]2034 云，[元][明]2103 章雖三，[元]2110 都。

衆：[乙]2194 曰謂車。

主：[甲]2270 賓咸許。

疢

眩：[宋]985 癖乾。

琁

旋：[三]2110。

璇：[三][宮]2103 穹而共。

延：[三][宮][甲]2053 柯在孕。

旋

遍：[宮]263 十方。

從：[甲]904 浴。

桓：[聖]158 三昧微。

放：[宮]2060，[甲]850 轉合於，[甲]1723 之，[甲]2087 繞此窣，[甲]2409 照諸佛，[乙]2394 曲如數。

迴：[三][宮]1673。

賤：[宮]2103 之。

旅：[甲]2039 寰況仰。

全：[甲]1799 一六用，[三][宮]2123 促即終。

施：[丙]1184 東北角，[甲]853 轉，[甲]1120，[甲]923 三匝即，[甲]

2039 遶頂上，[甲]2266 此戒此，[甲]2266 設目者，[甲]2391 拭面三，[明]291 坐，[明]1549 彼，[明]1563 轉應，[三][宮]2060 塋改葬，[另]1428 塔時若，[宋][元][宮]2053 俯自瞻，[宋]1103 如髻猶，[乙]859 轉者，[元][明]2110 行於佛。

澁：[三][宮]1646 澓深惡。

陀：[甲]1786 羅尼旋。

劦：[三]、旅[宮]2103 駕西巡。

琁：[三]26 珠盡與，[三]26 珠設使。

漩：[明][甲]下同 997 澓陀羅，[元][明]187 狀諸見。

鏇：[甲]1806 腳直腳，[元][明]1509 師若。

掋：[三][宮]2122 庭爲立。

遊：[宮]2121 火輪至，[宮]263 十方隨，[三][宮][聖]481 十方界，[三][宮][聖]606 行，[三][宮]281 學，[三][宮]477 到十方，[三][宮]481 生於人，[三][宮]1546 歷喜試，[三][宮]2102 臣，[三][知]418 處若夢，[三]152 近國覩，[三]152 庶自，[三]201 行，[三]211 五，[聖]99 轉佛身，[聖]1435 迦留陀，[宋][宮]292 一切十，[宋][宮]403 好于愛。

於：[元][明]882 舞作用。

柍：[甲]1929 延破三。

旆：[甲]1238 泥醯莎，[甲]1238 陀羅。

捉：[宮]620 當疾持。

執：[三]26 捉自在。

轉：[甲]1225 灑闍伽，[甲]1225
已皆誦，[三][甲]1085 三，[乙]930 三
匝即。

捉：[宮]1656 火輪生，[三][宮]
2121 其乳天，[宋]2122 火輪不。

族：[宮]279 一切種，[甲][乙][宮]
1799 若俱鹹，[宋][元][宮]2122 奏乞
入。

漩

旋：[宮]279 洑淺深，[宮]279 洑
主水，[和]293 洑淺深，[和]293 洑速
疾，[甲][乙]2390 潤菩薩，[明][和]
293 洑普遍，[明][和]293 洄覆沒，
[三][宮]279 形或如，[三][宮]279 洑
之處，[三][宮]279 流依無，[聖]279
洑心起，[宋][宮]279 流光海，[宋]
[宮]279 靡不隨，[宋][元]209 泆。

旆：[和]293 流。

璇

旋：[甲]1973 磨。

槵

攌：[三]2154，[宋][元]2154 失
譯今。

懸

盡：[原]2339 末那惑。

舉：[甲]2298 寸鏡照。

憨：[三][宮]397 多此時。

堅：[甲]974。

顯：[甲]、懸[甲]1781 鑒其心，
[甲][乙]1822 遠相續。

縣：[甲]1719 字意亦，[甲]2036
判深，[甲]2036 絲能曰，[甲]2219 入
龍山，[甲]2266 吏，[明]2087，[明]
2087 記此地，[明]2087 金銅圓，[明]
2087 流之道，[明]2087 外，[明]2087
之何爲，[明]2087 燭也自，[明]2149
金銅鈴，[三][宮]2087 無綴蓋，[聖]
310 衆寶鈴，[聖]1428 著屋，[聖]1509
與，[聖]2157 承王丕，[另]1721 鈴者
次，[石]2125 囑且復，[乙]2207 俗今
通，[乙]2263 之總事，[元]1435 我等
三，[原]966，[原]1780 芙蓉曲。

玄：[宮]1425 注水即，[甲]2779，
[三][宮][石]1509 知實際，[三]170 絕
可諸，[聖]、云[另]1463 著樹上，[聖]
[另]1463，[聖]172，[聖]512 遠五十，
[聖]1721 知理教，[宋][元][宮]、亦[明]
1488 受未來。

嚴：[聖]1462 衆雜花。

緣：[三]201 持戒縷，[元][明]
2121 急但與。

云：[三][宮]、玄[聖][另]1463 遠
身體。

扻

拔：[三][宮]1579 自他大。

拔：[三][宮]2060 而折之。

烜

烜：[甲]2006 赫。

選

還：[明]1456 開其病。

算：[三]1549 數或作，[宋]2145 明師歷。

翼：[甲]2167 上下二，[甲]2263 抄同之。

撰：[宮]278 擇，[宮]278 擇彼善，[宮]278 擇修薩，[宮]278 擇智，[明][宮][聖]1425 物向處，[聖]125，[聖]125 擇而食，[聖]125 擇人亦，[宋][宮]309 擇極妙，[宋][元]2121 擇妻名，[宋]1548 擇分。

癬

廯：[甲]2129 上皆隘。

泫

炫：[三]2103 燿光似。

炫

發：[乙][戊][己]2092 彩金。

眩：[三]192 惑於女，[三][宮]2103 惑惟利。

煜：[三]2088 燿。

眩

肪：[甲][乙]2296 法師等。

詃：[宋][宮]657 惑汝心。

胘：[宋]、眹[元][明]2145 聽將令。

玄：[宋]1332。

疢：[明]985 癬乾。

懸：[聖]1428 倒地若。

袨

衭：[三]、繯[宮]2103 偏袒右。

眴

瞬：[宮]268 歡喜而，[三][宮]263 吾又經，[三][宮]398 必能覩，[三][宮]398 不可捉，[三][宮]822 爾時如，[三][宮]1547 衰時便，[三][宮]1647 老日逼，[三][宮]1647 無，[三][宮]2102 目靈轡，[三][宮]2121 八口四，[三][宮]2121 速，[三]374 衆生壽，[三]1301 名，[三]1340，[三]2145 無勞苦，[聖]120 觀其形。

眴：[甲]1941 俯仰應，[甲]2128 視貌也。

旬：[宮]310 不慕樂。

衒

術：[甲]1918 客作種。

銷：[宋]152 賣自濟。

懸：[元][明][甲]901 拂以青。

衙：[聖]2157 曜朝野。

衍：[明]2109 之譯一，[三][宮]2060 寔希三。

渲

演：[甲]1830 瀆釣深，[甲]2298 專制作。

鉉

袨：[三]2110 偏。

鏇

鏃：[聖]1425 師。

旋：[三][宮]、揖[聖]223，[三][宮][另]1428 器佛言，[三][宮]1545 師所用。

鏃：[甲]2001 破三關。

鐶

鐸：[聖]1456 隨處用。

鑽：[宋][明]、環[元][甲]951 釧種種。

環：[甲][乙]1822 上有金，[甲]997 寶，[甲]1092 釧種，[甲]2087，[明]711 復爲，[明]2131 釧順人，[三][宮]285 瓔珞，[三][宮][聖]285 瑤靡，[三][宮]423 咽頸著，[三][宮]664 釧種，[三][宮]1451 子搖，[三][乙]1092 釧天諸，[三]100 釧蓋錦，[三]203 擲於中，[聖]99 釧悉破，[聖]190 首飾雜，[聖]643 散比丘。

瓚

泫：[三][宮]2103 露芙藻。

削

剒：[元][明]、制[聖]26 割作。

割：[三][宮]721 一切身，[三]196 其兩臂。

沒：[三]2149 迹而不。

消：[原]2416 眞言行。

刖：[三][宮]2123 耳鼻或。

靴

靽：[宮]2122 履。

鞾：[宮]1435，[聖][另]310 帽刀拂。

薛

薛：[甲]2039 仁貴李。

鞾

靴：[宮][聖]1421 熊膏，[三][宮]1421 諸居士。

穴

宄：[甲]2036 懼，[三]2087 風猷大。

決：[三]、宂[宮]2122 鼻始萌。

伉：[宋][宮]2066 非同喻。

空：[丙]2392 是也以，[宮]2060 刻石立，[宮]2123，[甲]2087 處驚風，[三]、頭[宮]2060 內侃學，[三]192 中風自，[宋][元][宮]2122。

窟：[三][宮]2041 中阿那，[乙]2244 蟲也。

宎：[原]1159 未曾暫。

寋：[宋][宮]2066 猶。

宛：[宋][元][宮]、涴[明]732 水皆當。

兜：[甲]2128 從。

岫：[甲][丙]2087。

中：[三][宮][聖]1425 便作是。

宗：[三]2145 遂迷穴。

喙

嚏：[甲]、嚏[丙]2392 欬嗽更，[甲][丙]2392 欬嗽者。

學

成：[三][宮][另]1435 事人及。

乘：[三][宮]398 受佛此。

持：[三][宮]1421 若不學。

存：[乙]2263 理。

大：[宮]1810。

單：[甲]2261 得闍賓。

道：[明]2060 士靈覺，[三]211 邪見不，[三]631 五，[元][明]197。

得：[三]397 緣覺乘。

惡：[明]606 即能得，[聖]1426 莫犯。

觀：[三][宮]1581。

果：[宮]1558 者。

慧：[三][宮][聖]1462 何謂爲，[三][宮]813 中尊。

或：[三]1549 作是説。

急：[三]152 行衒賣。

極：[三]2149 論辯。

伎：[明][聖][另]310 人之所。

家：[宮]263 及居家，[三][宮]640。

解：[三][宮]2104 醫方薄。

戒：[三][宮][聖]1425 得越比。

淨：[宋][元]1551 學已竟。

舉：[宮]322 甫欲學，[宮]2028 家更，[聖]2157 書語行，[宋][宮]292 住意勇。

覺：[甲]1816 觀所取，[丙]973 義也第，[宮]224 作是求，[宮]541 所命却，[宮]619 禪，[宮]657，[宮]1435 比丘所，[宮]1543 思作盡，[宮]2121，[甲]1821 一切，[甲]2290 者義云，[甲]2396 文字時，[甲][丙]917 調氣調，[甲][乙]2194 道即大，[甲][乙]2250 者云何，[甲]852 處悉地，[甲]923 地，[甲]1007 習持此，[甲]1700 有以非，[甲]1709 佛化現，[甲]1709 見道位，[甲]1709 皆所趣，[甲]1709 位如風，

[甲]1735 小乘者，[甲]1785 道大障，[甲]1811 者證，[甲]1816，[甲]1861 易知以，[甲]1863 小乘者，[甲]1921 大方便，[甲]1922 其事不，[甲]1932 佛爲，[甲]2119 路不任，[甲]2192 故興唐，[甲]2195 小乘聞，[甲]2196 知，[甲]2223 此教，[甲]2223 如來智，[甲]2231 等解云，[甲]2231 師子頻，[甲]2231 有則曰，[甲]2232 者察之，[甲]2266，[甲]2270 悟眞實，[甲]2290 者義，[甲]2396 今，[甲]2401 者通達，[明][宮]670 彼眞諦，[明]310 者來，[明]318，[明]1546 所覆不，[明]1562 門人，[明]1579，[明][宮]485 如是調，[三][宮]1526 因饒益，[三][宮]1541 隨轉，[三][宮]1558 爲難亦，[三][宮][聖]222 菩薩道，[三][宮][聖]425 無放逸，[三][宮][聖]1543 行，[三][宮][另]1543 行頗，[三][宮]221 知字數，[三][宮]292 者，[三][宮]309 了諸法，[三][宮]309 所謂習，[三][宮]381 魔之，[三][宮]397 得眞法，[三][宮]397 法，[三][宮]425 友神足，[三][宮]532 皆悉知，[三][宮]631 者悉入，[三][宮]649，[三][宮]1509 道中是，[三][宮]1563 位中初，[三][宮]1593 中當廣，[三][宮]1646 智若爲，[三][宮]2060，[三][宮]2060 道，[三][聖]210 能捨三，[三]26 一切身，[三]96 已求甘，[三]125 也諸所，[三]186 若有眾，[三]198 慧迹願，[三]375 善覺我，[三]398 觀或人，[三]649，[三]721 者名無，[三]1340 已當爲，[三]1464 滅出息，[三]

1582 如是中，[三]1647 五根，[三]2152
喜于闡，[聖]1017 此諸功，[聖]1542
見無學，[聖]1562 聖成九，[聖][另]
1543，[聖][另]1543 法，[聖][另]1548
人阿羅，[聖][另]1548 人欲得，[聖]
[知]1581 所行，[聖]1 法，[聖]26 見，
[聖]99 微妙説，[聖]199 道願樂，[聖]
199 摑碎身，[聖]210 法，[聖]210 務
增是，[聖]221 魔事，[聖]224 菩薩摩，
[聖]225 成，[聖]225 之若解，[聖]231
不惜身，[聖]231 思惟我，[聖]272 自
智即，[聖]278，[聖]278 趣智，[聖]292
意，[聖]416 此三昧，[聖]425 見不，
[聖]481 如是像，[聖]1462 凡，[聖]
1488 勝己，[聖]1509 是般若，[聖]1509
智慧，[聖]1582 而不能，[聖]1721，
[另]310 果斯則，[另]1428 若歡喜，
[另]1543，[另]1543 見竟諸，[另]1543
見現在，[另]1548 人若須，[石]1509
法十想，[宋][宮]288 菩薩行，[宋][聖]
99 如是聖，[宋][元][宮]1546 所覆不，
[宋][元]1429 者知詮，[宋]382 説是
法，[宋]848 處諸佛，[宋]1648 地不，
[宋]2103 之冀良，[乙]2376 我爾時，
[乙]2425 處也五，[乙]1204 是，[乙]
1211 相應門，[乙]1832 果菩薩，[乙]
2215 苦空無，[乙]2215 者可察，[乙]
2249 三藏釋，[乙]2391 時唯以，[乙]
2404 者，[元][明]186 究竟，[元][明]
397 方便故，[元][明]425 無極明，[元]
[明]2016 一切法，[原]、尊[甲]2001 其
體也，[原]1863 小此判，[原]2425 變
化將，[知]567 攬攝章，[知]1579 無。

考：[三][宮]2060 四分指。

立：[己]1958 道念，[甲]2358 文
字之。

齊：[甲]1733 推之同。

上：[甲]1922 七。

生：[三][宮]1593 復成。

始：[三][宮]1545 得不動。

事：[三][宮][聖][另]281 開微慧。

受：[宮]1434 戒清淨，[甲]1828
差別。

習：[甲]1960 大乘如。

効：[三][宮]2122 之。

行：[三]125 不殺，[元]2016 順
法性。

修：[三][聖]189 道汝意。

業：[甲][乙]2778 關中僧。

勇：[乙]1796 勇。

與：[宮]309 亦無，[宮]1596 勝
相於，[三][宮][知]384 者即辭，[三]
[宮]731 生不近，[三][宮]1461 佛所
説，[三][宮]2122 諸，[聖]1509 便出
生，[聖]1509 問但修，[宋][元][宮]224
亦不受，[宋]810 梵志貧。

欲：[明]754 聖道所。

譽：[三][宮]606。

樂：[原]2410 先發。

嶽：[原]、嶽[甲]1897 千尋浩。

造：[三][宮]1581 作。

知：[三][宮]1531 一切法。

智：[聖][另]1543 相應答。

衆：[三]2063。

住：[甲]2075 小師白。

字：[甲]2250 不，[甲]2266 所起

文，[甲]2299，[聖]224 當作是，[乙]2192 叙本不。

宗：[乙]2263 退煩惱。

作：[三]26 聖人行。

槃

罐：[三]、[宮]1546 羅門往。

雪

電：[宮]263 以散無。

雷：[明]1534，[三]721 山生稻，[三]2060 泣見者，[聖]291 山岡，[聖]425 色神足。

靈：[乙]2087 山中遂。

滅：[三]202 諸婆羅。

熱：[乙]1736 而渡沙。

西：[甲]2266。

宣：[明]1521 明不喜。

雨：[宮]1552 大寒大，[三][宮]1425 諸比，[三][宮]286 下，[三][宮]1425 時二大。

雲：[宮]299 同，[明]2076 峯曰備，[明]2131 血灑，[三][宮]2103 山草沈，[三]187 形似山，[三]194 亦復如，[宋]220 見是事，[元][明]2103 舍利將。

之：[三][宮]2122 山即斯。

血

白：[三][宮]1435 污灑有。

並：[原]1768 共翻譯。

池：[明]293。

而：[宮]619 筋脈都。

骨：[三]156 肉供養。

匠：[聖]1763 除細想。

面：[三]721 則清淨，[聖]1199 畫無動，[聖]1428 白佛佛，[乙]2391 色。

皿：[宮]1460 應當學，[甲]2039 自甲戌，[明][甲]893 置於左，[三]、四[宮]1462 頭蓋泥，[三]125 在危地，[宋]2061。

母：[三][宮]411 肉甘美。

肉：[丙]1823 等外緣，[明]2122 蟲瞋而，[三][宮][石]1509 髓膏流，[元][明]2123 蟲瞋而。

舌：[三][宮]606 如馬戰。

四：[宋][宮]385 分東弗，[元]128 垢污染。

鹽：[明]1336 飲二器。

以：[甲]893 黑芥子。

雨：[明]100，[元][明]100 渧受。

衆：[甲]2266 等生隨，[聖][另]1459 等，[宋]2123 竊見俗。

讁

謔：[三][宮]2103 少泰下。

勛

勳：[明]2122 之德仁。

熏

波：[聖][宮]1582 香供養。

纏：[三][宮]1548 如烟荒。

董：[石]1668，[乙]1821 身相續。

動：[宮]671 心迷沒，[宮]671 見，[宮]2059 心靖念，[宮]2121，[甲][乙]1866 如，[三][宮]1506 是第二，[三]

[宮]606 火爐之，[三]1227 進水中，[聖]211，[聖]222 不爲婬，[聖]1547 不，[石]1509 心令心，[石]下同 1668 習故而，[宋][宮]624 之。

發：[甲]2195 本有。

何：[元]2016 習淨法。

黑：[宮]、勳[聖]1421 屋或燒。

葷：[明][乙]1092 辛酒肉，[明][乙]1260 穢誦真，[明]1094，[三]、薰[宮]2123 辛雜，[三][宮]2123 辛讀，[元][明]2123 辛酒肉。

舊：[甲]2195 習起。

量：[三]1342 一。

墨：[宮]1428。

勤：[三][宮]1618 修念出，[三]212 身爲他，[三]375 修其心。

勸：[聖]200。

生：[乙]1821 種在身。

望：[元]2016 義如穀。

香：[三][宮]403 悉遍三，[三][宮]2060 爐約數。

心：[原][乙]2263 異地種。

勳：[三][宮][聖][另]1552 諸煩惱，[三][宮]1522 發起殊，[三][宮]1522 故隨逐，[三][宮]1523 成雖彼，[三][宮]1523 一相境，[三][宮]1525，[三]186 修違忘，[聖]125 遍滿其，[聖]1547 堅著故，[宋]、勳[聖]200 心以一，[宋][宮]1522 修不同，[宋][宮]1523 心故得，[宋][元]、勤[聖]1541 修禪無，[宋][元][聖]1552 修以一，[宋][元]201 心爲欲。

薰：[宮]374，[宮]384 皆令充，

[宮]1599 言思彼，[三][聖]190 諸辛味，[聖]190 故身體，[另]1552 身故從，[宋][宮]263 十，[宋][宮]310 修令此，[宋][宮]385 及五，[宋][宮]1610 修如如，[宋][元]310 念取善。

勳：[宮]445 世界無，[宮]446 佛南無，[宮]1425 時一一，[宮]1428 應作鉢，[宮]下同 1425 作鉢，[甲][乙]2261 禪問依，[甲]868 習故彼，[甲]904 一切衆，[甲]1335，[甲]1735 之力今，[別]397 施是故，[三]2110 上玄力，[三][宮]278 修淳淨，[三][宮]1425 鉢染，[三][宮]1425 青蓮華，[三][宮]1488 無，[三][宮]1545 相續故，[三]201 心安樂，[三]1428 面聽，[三]1428 之并復，[聖]278 香一切，[聖][另]675 習之體，[聖]211 芬馥芯，[聖]211 聞斤兩，[聖]278 大城若，[聖]278 一切佛，[聖]278 雜色華，[聖]1421 衣欲至，[聖]1421 有諸比，[聖]1421 污泥以，[聖]1428 鉢若染，[聖]1428 與丸香，[另]下同 1428 生垢患，[石]1668，[石]下同 1668 流轉生，[石]下同 1668 所熏之，[宋]、薰[元][明][聖]268 百千萬，[宋][宮]656 以道德，[宋][宮]1425 咽灌鼻，[宋][宮]309 以德香，[宋][宮]384 道德威，[宋][宮]403 之香若，[宋][宮]656 度無極，[宋][宮]656 法門菩，[宋][宮]1425 鉢浣衣，[宋][宮]1425 外不，[宋][宮]1425 已得入，[宋][宮]1425 諸梵行，[宋][宮]1435 鉢酥，[宋][宮]1435 時比丘，[宋][宮]1488 治有患，[宋][宮]1581 香末

香，[宋][宮]1581 修憶念，[宋][宮]1692 修善業，[宋][宮]下同 384 或生北，[宋][甲]970 其賴耶，[宋][聖]1421 剝脫佛，[宋][元][宮]1428 爾時世，[宋][元][宮]1611，[宋][元]1425 佉陀羅，[宋][元]1428 淚出或，[宋]656 度無極，[宋]721 光明端，[宋]1435 鉢食放，[宋]1463，[宋]1545 故名雜，[宋]下同 384 枝葉相，[宋]下同 1425 諸梵行，[元][明]475 無以限，[知]266 浴其體。

薰：[宮]2040 炙。

燻：[三][宮]2122 徹一屋，[聖]190 熏或出，[宋][宮]1425 鉢先使。

勳：[聖]278 不能害。

業：[乙]1709 習也識。

亦：[甲]1708 漸斷滅。

種：[聖]、動[宮]606，[乙]2263 云事依。

重：[宮]279 見一一，[宮]1442 治報曰，[宮]1509，[宮]2122 塗身故，[甲]、熏一[甲]1816 名能生，[甲]、重[乙]1816 習是出，[甲][乙]1822 種子名，[甲]1724 習相，[甲]1772 習無漏，[甲]1816 有漏聞，[甲]1822 在自體，[甲]1828 故果障，[甲]1830 禪難等，[甲]1884 習造詣，[甲]2035 修如此，[甲]2266 生，[甲]2266 與種遞，[三][宮]1530 習漸漸，[三][宮]1558 習緣自，[三][宮]2060 必出家，[三][宮]2122 成智微，[三][宮]2122 豈得無，[三]682 而增長，[聖]515，[聖]1442 以，[聖]1458 或時涉，[聖]1562

修唯諸，[聖]1562 用別炎，[宋][元]、董[明]1429 應當學，[乙]1821，[乙]1866 等悉，[乙]2396 修第十，[元]、薰[宮]374 心知諸，[元][明][宮]2123 相嫌伺，[元][明]443 思如來，[元][明]1530 第，[元]2016 金口所，[原]1849 修第，[原]2339 變故故，[知]1441 鉢器。

周：[三][宮]656 一切復。

勲

動：[宮]2103 賜我太，[三][宮]1546，[原]、動也[甲]1775。

就：[聖]285 所以。

勤：[三]152 八方上。

勸：[甲]2073 化士俗。

熏：[宮]1552 二道，[宮]1552 故說見，[明]、一[宮][聖]1552 者，[明][宮]1552 修禪一，[明][宮]1552 修三禪，[明]184 累積不，[三]186 三千世，[三][宮]585 塗，[三][宮]1546 著之力，[三][宮]1547 大千眼，[三][宮]1548 是優婆，[三][宮]1550 禪是云，[三][宮]1550 堅著身，[三][宮]1550 修，[三][宮]1552 禪或不，[三][宮]1552 二相應，[三][宮]1552 修諸神，[三]158 觸已彼，[宋][明][宮]、重[元]1552 著緣是。

薰：[宋][宮]、熏[元][明]263 散塔像。

薰

董：[甲]1112 種子所。

動：[三]212 香遠布。

斷：[乙]1821 果種子。

黑：[甲]1238 陸香。

黃：[甲]2400。

薑：[甲]2082 辛璞許，[三][宮]2123 辛皆便，[三][乙]1145 穢每須，[三]374 悉不食，[三]2112 辛又儌，[元][明]848 菜及供。

勤：[宮]、勳[聖]1509 身故威。

辛：[三]2106 酒不入。

熏：[三][宮]263 陸香蘇，[三][宮]310 於道敷，[三][宮]672 習於自，[三][宮]1442 盛設床，[三][宮]1565 我以戲，[宋][明][宮]263 琴瑟箜，[元][明]670 大慧八。

勳：[甲][乙]1929 憑他生，[甲]1775 矣，[三][宮]1546 禪生不，[宋]1527 故令，[原]1819 此二句。

勳：[聖]272，[石]1509 修故宿，[宋][明]1430，[知]598 衆細滑。

燻：[三][宮]2059 徹一。

業：[甲]1828。

種：[甲]2263。

重：[三]2112 修何，[元]1532 習滿足。

著：[宋][宮]1509 篋故人。

作：[乙]1821 因爲生。

勳

德：[明][聖]318 施一切，[三][宮]263 智慧巍，[三][宮]656，[三][宮]813 之報無，[聖]425 訓。

勳：[甲]1512 胡麻子，[三][宮]445 寶綿淨，[三][宮]638 之心，[聖]425 華如來，[宋]309，[宋][宮][知]熏[元][明]384 堅著不，[宋][元]2045 於千載。

恩：[三][宮]2058 爾時世。

黑：[三][宮]305 習得入。

勤：[三][宮][聖]1579 修生滅，[三][宮]425 修中間。

勦：[甲]2006 勞而。

勳：[甲]1721 四生也。

熏：[甲]1512 故，[明]310 修其心，[三][宮]、勳[聖]271 王子是，[三][宮]310 定慧解，[三][宮][聖][另]285 三曰，[三][宮]263 三千，[三][宮]285 諸菩薩，[三][宮]435 所致耶，[三][宮]1506 是謂修，[三][宮]1646 修其心，[三][宮]1646 修增長，[三][宮]下同1646 麻其香，[三]311 陸，[元][明]310 後，[元][明]310 修爲活，[元][明][宮]2121 修甚難，[元][明]292 寂然德，[元][明]425 而無斷。

訓：[宮]810 三千大，[三][宮]425 捐捨所，[宋][宮]656 不乎須。

誼：[宮]534 著群儒。

樂：[丙]1958 第八。

壎

灌：[甲]2036 尤盡其。

薰

薑：[元][明]2103 落之禮。

薑：[明]2122 辛亦除。

香：[三][宮]810 佛便變。

熏：[宮]下同 691 香華鬘，[甲]
[乙]901 鼻孔七，[三]664 修。

重：[宮]866 或浸變，[知]1579 修
具定。

獯

熏：[三]1028 狐。

曛

昏：[三]2125 黃時大。

臐

重：[三]、熏[宮]2122 故多生。

燻

熏：[三]1644 取乃至。
煙：[宋][元]2061 手恒。

旬

旬：[三][宮]2060 天花甘，[宋]
[元]2122 必數四。

句：[丙]2163 到淮南，[宮]1428
迎，[宮]2122 喻比丘，[甲]1731 讀十
倍，[甲]2128 反，[明][甲]2131 悉皆
備，[三]2149 喻經，[三]2154 喻一名，
[聖]200 燒之收，[聖]350 自娛樂，[原]
1121 後無量。

日：[三]2063 大。
司：[宋][宮]624 是爲法。
巡：[甲]1736 由旬。

延：[宮][聖]397 爲諸菩，[宮][聖]
1509 若十由，[宮]223 若，[三][宮]
1428 若不去，[三][宮]374 悉皆遙，
[三][宮]741 裸形髮，[三][宮]1425

面，[三][宮]1425 內有衣，[三][宮]
1425 是金翅，[三][宮]1435 若來若，
[三][宮]2085 有國名，[三]374 其地
七，[三]375 其地七，[三]2154 旬振
錫，[聖]157 七寶蓋，[聖]375 今於
此，[聖]397 或如須，[聖]397 如其
行，[元][明]2145 哀鸞鳴，[元][明]
2154 哀鸞鳴。

巡

遍：[明]2103 行如似，[三][宮]
2087 告城邑。

迦：[宮]2045 行國界。
順：[宋]、[宮]循[聖]790 行國。
逃：[知][甲]2082 大安驚。
閑：[明]2087 覽少女。
旬：[三][乙]1200 內皆悉。
循：[三][宮]2122 還未有，[三]
202 行國界。
越：[宮]2060 岱。

荀

苟：[丙]2092 勗舊宅，[三][宮]
2122，[三]2110 魏東陽。

荷：[甲]2261 子云老。
箏：[甲]1921。

珣

恂：[明]2145 僧。

偱

修：[三][宮]2060 造道賢。

循

彼：[宮]263 執句義。

盾：[宋]220 身觀或。

楯：[甲]2036 何待他，[宋][宮]657 之而上，[宋][元][宮]1428 行經。

傾：[三][宮]2123 大。

順：[宮][聖]223 身觀觀，[三][宮]724 大水，[三][宮]1425 籬鳴喚，[三][宮]1425 巷唱説，[三][聖]99 諸房舍，[三]205 行市里。

隨：[宮]2034 之弗得，[三][宮]1606 觀言故。

條：[元][明]、脩[宮]2103 風生和。

往：[宮]2122 求食遂。

修：[宮]1545 受觀念，[宮][知]1579 身念勝，[宮]263 行帑藏，[宮]721 受觀苦，[宮]2122，[宮]2122 繞翼徧，[甲][乙]1822 身觀等，[甲][乙]2087 覽遂有，[甲]1733 身觀者，[甲]1772 器，[甲]2053 覽周，[甲]2053 庸菲屢，[甲]2233 環九域，[甲]2266 謂成辨，[甲]2400 一尊隨，[明][宮][聖]1537 內身觀，[明]997 身觀心，[三]220 法觀雖，[三][宮][甲][乙]2087 理，[三][宮][久]397 法，[三][宮][聖][另]303 迷留山，[三][宮]263 令，[三][宮]1428 階道邊，[三][宮]1579 身正念，[三][宮]2034 西遷長，[三][宮]2060 九居而，[三][宮]2060 章句遂，[三][宮]2108 王度寧，[三][宮]2122 巷屈曲，[三][宮]2122 心直詣，[三]152 彼妙教，[三]945 正覺別，[三]2149，

[聖]1544 身，[聖][石]下同 1509 身觀亦，[聖][知]1579 身觀乃，[聖]2157，[聖]2157 達高昌，[聖]2157 歷翻傳，[聖]下同 1537 身觀若，[宋]682 環體是，[西]1496 師語隨，[乙]1736 者易縱，[原]、脩[原]1819 環，[知]1579 身念於。

脩：[宮]2103 明規在，[甲]、循[甲]1782 乞食贊，[甲]2053 此舊式，[甲]2053 躬省慮，[甲]2130 婆波那，[明][甲][丙]1209 身觀相，[三][宮]876 身觀相，[三][宮]2102 儒可會，[三][宮]2103，[三][宮]2103 跡情深，[三][宮]2103 之不得，[聖]211 常是謂，[聖]下同 279 身，[原]、脩[甲][乙]1796 照常理。

巡：[明]663 岸而，[三][宮]2122 環三界。

偱：[和]293 職惠恕，[甲]2128 也從彳。

徇：[甲]2006 六。

猶：[宮]397 環流轉。

尋

礙：[三][宮]626 於。

便：[三][宮]746 復生。

承：[甲]2183 五。

伺：[甲][乙]1822 就地作。

得：[三][宮]1421 後往受，[聖]211 還皆得。

等：[甲]1723 故，[甲]1736 常六念，[甲]1816 伺法非，[甲]1851 淺次第，[甲]2266，[甲]2266 求所，[甲]

2266 有伺地，[甲]2266 有伺眼，[明]1544 業，[三]220 及餘一，[三][宮]1462 稱爲沙，[聖]2157 有大鷲，[原]2339 於諸指。

奪：[甲]1828 故十誦。

朶：[三][宮]2066 親自供。

逢：[甲]2006 古鏡分。

復：[三][宮]734 生而復。

軏：[甲]2415 云壇前。

還：[三][宮]403 從座起。

恒：[三][宮]2122 常急。

即：[甲]、尋還還尋[甲]1816 還入定，[甲]1708 墮落頂，[甲]1782 法僧，[三][宮]309 解通利，[三][宮][福]370 得往生，[三]100 語其子，[三]186 受之，[聖]200 共相將。

見：[乙]2263 彼。

皆：[三][宮]606 答曰。

肯：[甲][乙]2328 定耳。

難：[甲][乙]2263 云彼經。

逆：[原][甲][乙]1775 知其本。

契：[乙]2249 經說諸。

侵：[元][明][宮]374 無可救。

如：[甲]2217 常耳文。

桑：[甲][乙]2219 洛反斷。

設：[乙]2362 道理難。

身：[甲]1816 伺等從。

守：[甲]2274 名緣火。

壽：[宮]721 命經五。

隨：[宋]186 啄菩薩。

遂：[三]193 便度五，[宋][宮]398 爲光首。

爲：[甲]2195 往昔因。

習：[三][宮]2034 律。

潯：[甲]1969 陽見廬，[明]2063 陽令亡，[明]2103 陽太守，[明]2122 陽廬山，[三][宮]2059 陽柴桑，[三]2110 陽郡蛇，[三]2145 陽南山，[元][明]2145，[元][明]2145 陽郡蛇。

彝：[甲]1805 即法也。

亦：[原]、說[原]2362 不爾迷。

因：[三][宮]2060 勅率土。

丈：[三][宮]1435 坐波逸。

子：[三][宮]2045 顧眄。

尊：[甲]2263 間之，[宋][宮]396 後，[原]2408 末可笑。

詢

詞：[宋][元]2061 問風。

徇：[宋][元]、狥[明]2063 利靜不。

約：[甲][乙][丁]2092 以爲主。

潯

尋：[宮]2060 陽反叛，[甲]2089 陽龍泉，[三][宮]2059 陽張孝，[宋][元][宮]2122 陽郡蛇，[宋][元]2106 陽蛇頭，[宋]2151 陽郡有。

汛

汎：[宮]2060 溢襄邑，[三][乙]1092 花內院。

沈：[宮]2060 浪人。

迅

邊：[聖]1788 出家未。

遍：[宮]848 平等莊。

奮：[甲][乙]2207 也方。

進：[甲][乙]981 之容若，[甲]2217 執等者。

晙：[三][宮]721 速急惡。

逆：[元]2016 風一切。

怒：[甲]952 王，[甲]2390 俱摩羅。

逡：[宮]721 速勿行。

速：[甲][明]1821 疾初出。

信：[三][宮]1464 頭而去。

逸：[宋]987 有大威。

迀：[宋][聖]、[元][明]210 無。

躁：[聖]354 疾樂見。

徇

循：[三]2121 行國中。

徇：[宋][明]2145 道誓欲，[宋][元][宮]、狥[明]2102 離。

徇

徇：[明]20 令其人。

絢：[三]2103 采正水。

徇：[明][和]293 貪求。

狥：[甲]2036 俗諸，[明]1985 一切境，[明]2060，[明]2060 節自古，[明]2060 理，[明]2102 飽。

殉：[宮]278 名譽乃，[三][宮][聖]1585 自。

狥

徇：[甲]2035 一時之。

殉

循：[明]220 迹而迹。

詢：[甲]2087 法淨飯。

徇：[宋][宮]、徇[元][明]680 利務農，[宋][元]、徇[明][宮]1530 利務農。

徇：[宮]2108 私耶易，[三]2110 他用爲，[三]2154 命誓往，[三][宮]1562 名大眉，[三][宮]1562 名利雖，[三][宮]1579 利牧農，[三][宮]2103 命以報，[三][宮]2103 所奉咸，[三][宮]2103 於名譽，[三][宮]2108 其，[三]2110 物不獲，[三]2145 有者祛，[三]2151 道遂以，[三]2154 道誓欲，[宋]、狥[明]、[宮]2034 物不獲，[宋][元][宮]、狥[明]2102 私欺，[元][明]1579 利務。

狥：[三]、徇[宮]2059 道志，[三]、徇[宮]2059 赴欽渴，[三]、徇[宮]2102，[三][宮]2103 義以忘，[乙][丙]2092 國永言。

殞：[三][宮]1537 逝總名，[三]220 命不以。

訓

酬：[明]309 吾云何。

訕：[明]2154 對帝深，[三][宮]2102 聖千載，[原]1744 答四者。

川：[宮]2059 道明。

讀：[甲]2195 文可知。

翻：[原]、[甲]1744 爲錯應。

誹：[聖]291 己者逮。

化：[三][宮]656 眾生類。

誨：[三][宮][聖][另]1543，[三][宮][另]281 天。

記：[甲]2128 已具前。

例：[乙]2263 雖同祕。

訕：[宮][甲]1912 若九毘。

神：[三]、則[宮]2104 則理存。

説：[甲]1828 染品俱，[甲]2290 之歟後。

誦：[原]2219 毘陀四。

討：[三][宮]1451 罰是他。

勛：[三]292 之德班。

馴：[元][明]2102。

詠：[三][宮]811 解決衆。

讚：[甲]2195 爲字爲。

則：[明]2076。

制：[三][宮]2109 勛揖華。

訊

佛：[三][宮]673 言世尊。

告：[三]2145 遐邇躬。

許：[三][宮][另]1458 謂鄔，[三][宮]2121 是，[聖][另]1451 不爲，[聖]272 大薩遮，[聖]272 於王作，[聖]278 手右掌，[聖]1425 時姑呵，[聖]1425 問訊已，[聖]1435 諸比丘，[聖]1451。

記：[三]1532 相應故，[宋]628 世尊少。

評：[元][明]2145 衆典披。

祈：[三]2154 國衆埶。

訖：[宮]657 已於一，[三][宮]657 已於一，[元][明]657 已於一。

説：[聖]1509 以是因，[聖]310 與之共，[聖]1421 世尊具。

訴：[三]2145 志將歷。

譁：[甲][丁]2244 獄者。

信：[聖]125 彼閻浮，[聖]1451

待至明。

詢：[三]2059 國衆埶。

巽

異：[甲]1782 十有無。

馴

賢：[三][宮]2122。

脩：[宮]263 調駕寶。

循：[三][宮]2122 伏永嘗。

訓：[宮]2122 聽不避。

遜

讒：[宋]381 卑。

順：[甲]1775 言也彼。

孫：[三][宮]2102 濯流，[乙]897 婆明王。

慈：[三][宮]2060 之祥兆，[三]2149 者即延，[宋][元][宮]1579，[宋][元]2106 釋智苑。

慈

遜：[明]1579 所引或，[三][宮]338 無厭數，[三][宮]2122 神素等。

葷

箪：[三]1 其味。

蕈：[宮]2103 味珍霜。

濬

濟：[明]2063 尼傳第。

俊：[三][宮]2122 發論義。

峻：[三][宮]2103 險。

演：[三]2125 功於自。

Y

押

簿：[三]、椑[聖]26 筏彼於。

抽：[三][宮]729 腸破骨。

附：[三]1058 頭指第，[元][明]1058。

捍：[甲]2266 取油家。

甲：[三][宮]1425，[三][宮]1425若比丘，[聖]397 是故此，[宋]、壓[元][明]1007 中指無。

胛：[甲]952 大母指。

挍：[宋]196 所聞所。

捻：[三][甲]、念[宮]901 小指甲。

握：[三][宮][甲]901 二大指。

物：[原]2408 如前。

狎：[甲]2128 也爾雅，[三]210 附上士，[乙]2296 其言願。

壓：[甲]951，[甲]1828 取油家，[明][甲]951，[明][甲]967 合掌，[明][乙]1075 左，[明][乙]1076 左內相，[明]721，[明]893 中指上，[明]971 然後，[明]1299 油，[明]1425 上作是，[三]2059 頭陷入，[三][宮][甲]901 二大指，[三][宮][甲]901 無名指，[三][宮][甲]901 左附入，[三][宮][甲]901 左直豎，[三][宮]374 一切眾，[三][宮]376 油業學，[三][宮]1421 油便語，[三][宮]1435 蛇羂犯，[三][宮]1546 地獄次，[三][宮]1672 油或碎，[三][宮]2040 麻油痛，[三][宮]2121 兒腹潰，[三][宮]2121 油聚肉，[三][甲]901 中，[三][甲]901 左竝二，[三][乙][丙]908 左真言，[三]125，[三]200 甘，[三]374 沙油，[三]374 香油捉，[三]1424 若舉若，[三]2088 頭匾從，[宋][明][甲]901 左豎二，[元][明][丙][丁]866 大自在，[元][明][宮]671 瞋不可，[元][明][甲]995 左置於，[元][明][甲]901 右無名，[元][明][甲]951 左，[元][明][甲]951 左相叉，[元][明][甲]1173 左相鉤，[元][明][甲]1181 大母指，[元][明][乙]1092 左，[元][明][乙]1092 左手掌，[元][明][乙]1075 忍願上，[元][明][乙]1092 二無名，[元][明][乙]1092 左手背，[元][明][乙]1092 左相叉，[元][明][乙]1092 左掌內，[元][明]26 彼蛇，[元][明]125，[元][明]244 右，[元][明]310 之時汁，

[元][明]639 繫縛邪，[元][明]671 恒，[元][明]721 風殺七，[元][明]1007 大指端，[元][明]1007 左令，[元][明]1058 二大母，[元][明]1058 上展，[元][明]1058 右以二，[元][明]1058 左仰掌，[元][明]1070 取脂使，[元][明]1080 左相叉，[元][明]1092 頭指，[元][明]1096 其甲上，[元][明]1097 一本云，[元][明]1125 左當結，[元][明]2121 油痛不，[元]945 捺捶按。

厭：[三][宮]721 令其入。

抑：[原]2319 逼衆生。

張：[甲]2274 紙。

指：[甲][乙]2385 二火第，[甲]2392 小指甲。

鵶

鷗：[三][宮]1644 羅婆象。

鵶：[宮]1647 域論明，[甲]1920 不施，[三][宮]1559 足草藥。

鴨

鶍：[元][明]378 鸜。

烏：[甲]2073 飛來入。

壓

促：[三]、壓膝促身[宮]1458 膝。

墮：[宮]1912 無三種。

盧：[三]、虎[宮]606 麻油置。

夾：[三]、[宮]384 頭疼痛。

甲：[甲]1103 上頭指。

鉀：[聖]410 放其醉。

盡：[三][宮]606 如是。

歷：[甲]1783 十種三。

押：[宮]、碑[聖]1421，[宮][聖][另]1428 草若石，[宮][聖]1435 油人是，[宮][另]1428 上彼病，[宮]374，[宮]721，[宮]721 令其受，[宮]721 辛苦如，[宮]1428，[宮]1428 取汁飲，[宮]1435 作油是，[宮]下同 1435 非時漉，[甲][丙][丁]1145 左容顏，[甲]908 左，[甲]1736 故曰重，[久]1452 四界上，[明][丙]954 左小指，[三][宮]721 善舉惡，[三][宮]1435 取其辭，[三][宮]1451 著其蛇，[三][宮]1462 比丘得，[三][宮]1463 吾者猶，[三][甲][乙][丙]930 左，[三][甲][乙]972，[三]1532 沒，[聖]125 猶如，[聖]125 衆生非，[聖]190 烏麻油，[聖]375 乃得當，[聖]375 沙油不，[聖]512 麻油痛，[聖]1425 油家索，[聖]1428 麻油人，[聖]1441 油，[東][宮]721 五名一，[宋][宮]、厭[聖]383 之便獲，[宋][宮][別]397 油麻，[宋][宮][石]1509 折澤神，[宋][宮]721，[宋][宮]721 遍罪人，[宋][宮]721 不可分，[宋][宮]1425 欲令彼，[宋][宮]1488 油如事，[宋][元][宮]721 身如賊，[宋]1006，[宋]1027 大拇指，[宋]1057，[宋]1057 右急把，[宋]1185 著二頭，[宋]下同 1103 左頭指，[乙]2385 之。

檿：[三]125 不耶。

厭：[宮]2123 身羸心，[甲][乙]1822 於心者，[明]1299 降伏怨，[明]220 衆靈萬，[明]423 不可得，[明]1153，[明]1299 呪種，[三]1005 禱皆

悉，[三][宮]768 欲從得，[三][宮]790
伏奸人，[三][甲]901 蠱病等，[三][甲]
901 蠱爲其，[三][聖][甲][乙]953 蠱
法者，[三]211 山崩，[三]212 者食彼，
[三]1644 諸罪人，[聖]953 左以二，
[聖]1458 二，[宋][宮]、岬[聖]1465 王
及四，[元][明]155 上知天。

已：[宋]1103 左頭指。

抑：[宮]、明註曰壓誤押非 721
處受。

笐：[三][宮]、碑[聖]1425 即中
前。

中：[三]201。

鴉

鴉：[三]1451 嘴修苦。

牙

岸：[甲][乙]2390。

才：[明]1665 金剛拳。

齒：[明]1552，[三]190 不缺不。

寸：[三]152 來師如。

耳：[另]1458 齒若項。

互：[甲][乙]1709 相影顯，[甲]
1709 相遍俱，[甲]1709 相依持，[明]
316 相，[明]1585 影故又，[三][宮]310
樘觸出，[三]1545 現異色，[三]
[宮]2121 婆，[乙]850，[乙]2391 相鉤
交，[乙]2394 相侵，[元]、芽[明]301
成菩提，[元][明]157 復來從。

幻：[宋][元]1603 河燈有。

旌：[三]1427 旗。

脉：[三]、身[宮]2122。

矛：[聖]1547。

茅：[三][宮]下同 310，[宋][明]
[宮]310 莖枝葉。

爬：[元][明]1458。

片：[三][宮]1641 或刻爲。

平：[甲]、互[乙]1709 不相離，
[三][聖]26 齒不。

身：[宮]848，[甲]2271，[甲]1782
以念爲，[明]1435 脚若尖，[三][宮]
1558 等有作，[三][宮]2122 與皮或，
[聖]354 在寶殿，[聖]1465 齒塔塔，
[宋][宮]、芽[元][明]606 善根元，[原]
1695 以念爲，[原]2167 偈一卷。

王：[明]882 堅固執。

芽：[甲]1828，[甲][乙]1733 亦不
捨，[甲]1733 而歸一，[甲]1913 也一
一，[甲]2266 等一切，[明][宮][聖]481
無所造，[明]165 浣滌絜，[明]193 節
八十，[明]375 時莖時，[明]375 是故
名，[明]375 種子譬，[明]375 子是近，
[明]663 莖枝，[明]1509 莖，[明]2016
若觀五，[明]2076 時如何，[明]2122
葉莖節，[三]2122 依因地，[三][宮]
310 生，[三][宮]310 未生不，[三][宮]
1546 有何相，[三][宮]1546 則不生，
[三][宮]1559 等從舍，[三][宮]1646
如，[三][宮][甲]901 莖枝葉，[三][宮]
221 得，[三][宮]263 枝葉華，[三][宮]
286 名，[三][宮]310，[三][宮]310 本
不生，[三][宮]310 從智生，[三][宮]
310 等，[三][宮]310 然其本，[三][宮]
310 至於花，[三][宮]345 無加，[三]
[宮]374 開敷，[三][宮]376 其解脫，

[三][宮]376 所以者，[三][宮]403 莖枝葉，[三][宮]405 無種子，[三][宮]405 猶若春，[三][宮]411 莖枝葉，[三][宮]468 始生時，[三][宮]664 莖枝，[三][宮]672，[三][宮]716 等四謂，[三][宮]717 等四者，[三][宮]1506 饒益若，[三][宮]1506 時不須，[三][宮]1509 已得生，[三][宮]1545 若生已，[三][宮]1546 便，[三][宮]1546 時可長，[三][宮]1546 未生，[三][宮]1546 未生時，[三][宮]1546 依牙，[三][宮]1549 彼則無，[三][宮]1549 問中間，[三][宮]1549 陰有迴，[三][宮]1549 欲使二，[三][宮]1552 如鼓，[三][宮]1552 葉得，[三][宮]1552 亦爲，[三][宮]1558 等隨身，[三][宮]1562 等乃生，[三][宮]1646 不生如，[三][宮]1646 等生有，[三][宮]1646 等因何，[三][宮]1646 莖枝葉，[三][宮]1646 如是觸，[三][宮]1646 業法如，[三][宮]1646 又報，[三][宮]1648 緣如是，[三][宮]2121 令汝具，[三][宮]2121 已，[三][宮]2122 漸漸，[三][宮]2122 心樹既，[三][宮]2123，[三][宮]2123 心樹既，[三][宮]2123 葉莖節，[三][宮]2123 又稱平，[三][宮]下同 347 生非種，[三][宮]下同 673 時爲當，[三][宮]下同 674 爲先種，[三][宮]下同 709 從牙生，[三][宮]下同 1546 彼亦如，[三][宮]下同 1641 若，[三][宮]下同 1646 次第，[三][宮]下同 1646 莖節花，[三][宮]下同 1653 出生故，[三][甲][乙]950 或眞珠，[三][甲]901 狀

似藕，[三]187，[三]220 莖枝葉，[三]286 因名色，[三]294 莖善知，[三]374 愛亦如，[三]374 得生善，[三]375 一闡提，[三]475 如須陀，[三]1332 陰陽亦，[三]1340 勿，[三]1525 次第增，[三]1549 如是信，[三]2103 根得生，[元][明]422 生有種，[元][明]660 增長根，[元][明]682 生果，[元][明][宮]465 生增長，[元][明][宮]672 酪蘇悉，[元][明][宮]824 生時童，[元][明][宮][聖]481，[元][明][宮]374 若能，[元][明][宮]374 時得四，[元][明][宮]374 則，[元][明][宮]387，[元][明][宮]467 漸增長，[元][明][宮]823 時已能，[元][明]158 者當令，[元][明]187 是，[元][明]187 悉除，[元][明]187 一切皆，[元][明]272，[元][明]272 如藏中，[元][明]310，[元][明]325，[元][明]347 知覺想，[元][明]374 種子譬，[元][明]375 生已而，[元][明]397，[元][明]408 無子無，[元][明]410 莖枝葉，[元][明]658 因緣當，[元][明]658 種子，[元][明]671 莖枝葉，[元][明]710 名爲不，[元][明]1522 生已增，[元][明]1546 因乃至，[元][明]1569，[元][明]1577 將生菩，[元][明]1646 眼色，[元][明]2121 善施等，[元][明]2122 如，[元][明]2122 因斯以，[元][明]2122 又稱平，[元][明]下同 374 莖本，[元]671，[元]2122，[原]1818 故令知。

涯：[甲]1986 相似即。

衞：[三]1426 旗鬪勢。

亦：[甲]2128 也度音。

斷：[三][宮]671 齒轉故，[三][宮][久]761 齒連膚。

幼：[三]2045。

針：[內][丁]865。

支：[三]1 住高廣。

芝：[三]2105 立成一。

髭：[原]1238 相又三。

字：[原]905 是種子。

芽

弟：[甲]2266 子是近。

第：[甲]1709 城摩揭，[甲]2266 薪，[甲]2266 字，[三][宮]2123 照輕緣。

根：[明][和]261 枝葉花。

瓠：[三][宮]618 慈心爲。

互：[宮]1559 影觸受，[甲]2335 不具餘，[三][宮]、牙[聖][知]1579 生必無，[三][宮]、牙[聖]1562 生於，[三][宮]、牙[石]1558 影同時，[三][宮]1562 起影燈，[三][宮]1562 生業能，[三][宮]1579 見大染，[聖]1563 初無漏，[乙]1821，[乙]2250 生於明。

幻：[甲]1830 必數溉，[甲]1830 非情能。

可：[甲]1718 莖豐蔚，[甲]1821 莖葉等，[甲]1830 待於種，[甲]1830 許異時，[甲]1863 爲了因，[乙]、芽[乙]1821 等竝是。

茆：[三]152 草爲。

茅：[甲]1706 莖等體。

身：[宮]1562 方得起，[甲][乙]1822 必不生，[甲][乙]1822 乃至果，

[三]1525 共生，[乙]1821 等者通。

死：[宮]1546 因緣故，[甲]1830 用比知。

形：[乙]1821 等果一。

牙：[福]279 三界無，[宮]279 又作是，[宮]670 酪酥等，[宮]681 芽生，[宮]721 生往，[宮][聖]278，[宮][聖]278 因名色，[宮][聖]279 現眾，[宮][聖]1563，[宮]278 所謂名，[宮]279 莖節，[宮]402 自變，[宮]761 葉華果，[宮]1462 得食無，[宮]1521 莖，[宮]1559 節葉等，[宮]1595 有功能，[宮]1609 等從種，[和]293 必獲菩，[和]261，[和]293 不失壞，[和]293 故能令，[和]293 入於一，[和]293 善知識，[和]293 因善知，[和]293 勇猛，[甲][乙]1822 等結前，[甲][乙]1822 等爲因，[甲]1717 如境，[甲]1718 不漏，[甲]1733 增，[甲]1742 非地有，[明][和]293 所謂，[明][和]293 園遊觀，[明][和]下同 293 園詣法，[三]279 發，[三][宮]279 所謂金，[三][宮]1545 方令捨，[三][宮]1562 等有前，[三][宮]1566 復次鞞，[三][宮]1566 生猶如，[三][宮]1579 河，[三][宮][聖][知]1579 莖葉等，[三][宮][聖]278 藏光一，[三][宮][聖]278 山遊戲，[三][宮][聖]278 時此童，[三][宮][聖]1562 名色由，[三][宮]279 園遊觀，[三][宮]384 莖節不，[三][宮]1425 目是名，[三][宮]1435 葉華實，[三][宮]1442 即令摧，[三][宮]1443 今於聖，[三][宮]1459，[三][宮]1522 相名色，[三][宮]1525 作

生，[三][宮]1545 二灰若，[三][宮]
1562 等又此，[三][宮]1562 中色香，
[三][宮]1563 等生現，[三][宮]1563 牆
識等，[三][宮]1565，[三][宮]1579 何
等爲，[三][宮]1606，[三][宮]1606 芽
緣，[三][宮]下同 1562 等，[三][宮]下
同 1545 差別由，[三][宮]下同 1562
等亦住，[三][聖][福][膚]375 子不至，
[三][聖]375 莖枝葉，[三]375 依因地，
[聖]、互[宮]1562 影二雛，[聖]279 故
如印，[聖]1562 如燒油，[聖]1585，
[聖][甲]1733 深遠迹，[聖]278 節枝，
[聖]278 是故，[聖]279 長一切，[聖]
291 繞集一，[聖]291 展轉，[聖]383，
[聖]425 莖節枝，[聖]1547 長者謂，
[聖]1547 如是衆，[聖]1579 亦名勇，
[聖]1602 等如是，[聖]1733 道後，[聖]
1763 時至是，[聖]下同 278，[聖]下
同 1582 生從芽，[石]1558 等有前，
[石]1558 等極成，[石]1558 等於果，
[石]1558 如是亦，[宋]、[聖]下同 1582
善芽，[宋]、身[聖]157 我出右，[宋]
279，[宋]1566 如人見，[宋][宮]、巧
[聖]397 所聞不，[宋][宮]、身[聖]397
乾，[宋][宮]、下[元][明]278 芽師子，
[宋][宮]374 汝今於，[宋][宮]402 智
慧已，[宋][宮]411 故發心，[宋][宮]
681 從地種，[宋][宮]822 生時能，[宋]
[宮]1559，[宋][宮]1559 若有人，[宋]
[宮]1562 等見由，[宋][宮]1566 出以
此，[宋][宮]1566 自體不，[宋][宮]1580
如鼓聲，[宋][宮][聖]397 名不共，[宋]
[宮][聖]1602，[宋][宮][聖][另]1442 今

於聖，[宋][宮][聖]1453 於正法，[宋]
[宮][聖]1563 必不起，[宋][宮][聖]1579
當得生，[宋][宮][聖]1602 是種子，
[宋][宮][聖]下同 1562 等世所，[宋]
[宮][知]下同 1522 生所謂，[宋][宮]
273，[宋][宮]309 何由有，[宋][宮]309
堪，[宋][宮]374 時莖時，[宋][宮]374
一闡提，[宋][宮]374 子是近，[宋][宮]
397，[宋][宮]401 以無，[宋][宮]613
不，[宋][宮]613 貪利養，[宋][宮]616
不令增，[宋][宮]620 以是，[宋][宮]
721，[宋][宮]721 久則，[宋][宮]721
生如是，[宋][宮]813 何因生，[宋][宮]
847 無復更，[宋][宮]1482 於一切，
[宋][宮]1482 增長青，[宋][宮]1523 生
如種，[宋][宮]1525 非離此，[宋][宮]
1545 如是有，[宋][宮]1545 有何同，
[宋][宮]1558 爲能生，[宋][宮]1562，
[宋][宮]1562 等極成，[宋][宮]1562 或
生灰，[宋][宮]1566 得，[宋][宮]1566
等，[宋][宮]1566 先不有，[宋][宮]
1566 因何以，[宋][宮]1585 故若説，
[宋][宮]1596 有能得，[宋][宮]1597 有
功能，[宋][宮]1608 不見如，[宋][宮]
2122 生得不，[宋][宮]下同 1566 等相
續，[宋][宮]下同 374 子不至，[宋][宮]
下同 710 從芽生，[宋][宮]下同 1488
若見是，[宋][宮]下同 1581 是名生，
[宋][宮]下同 1610，[宋][宮]下同 1610
之，[宋][宮]下同 1611，[宋][明][宮]、
污[元]1435 葉華實，[宋][聖]1582 菩
薩以，[宋][聖]190 則不生，[宋][聖]
375 則得生，[宋][聖]1579 名攝受，

[宋][聖]1582 是名大，[宋][元][宮]、
互[明]1562 等位起，[宋][元][宮]1525
等此亦，[宋][元][宮]1545 及解脫，
[宋][元][宮]1545 乃至花，[宋][元]
[宮]1545 我等聞，[宋][元][宮]1562 等
諸，[宋][元][宮]1579 非，[宋][元][宮]
[聖]1562 不得生，[宋][元][宮][聖]1602
者我，[宋][元][宮]278 法悉知，[宋]
[元][宮]300 漸漸增，[宋][元][宮]374，
[宋][元][宮]374 是故名，[宋][元][宮]
671 等大慧，[宋][元][宮]721 生見即，
[宋][元][宮]721 亦失如，[宋][元][宮]
721 意如田，[宋][元][宮]1451 莖枝
葉，[宋][元][宮]1482 亦，[宋][元][宮]
1482 於無主，[宋][元][宮]1525 彼時
雖，[宋][元][宮]1545 依芽，[宋][元]
[宮]1566 等非有，[宋][元][宮]1566 等
論者，[宋][元][宮]1566 等現空，[宋]
[元][宮]1566 者及餘，[宋][元][宮]
1570 等緣成，[宋][元][宮]1591 等出
現，[宋][元][宮]1656 等云何，[宋][元]
[宮]下同 796 葉莖節，[宋][元][宮]下
同 1562 等觀自，[宋][元][宮]下同 1595
，[宋][元][聖]375 莖枝葉，[宋][元]
192，[宋][元]192 長莖葉，[宋][元]
193 非種種，[宋][元]201，[宋][元]220
莖枝葉，[宋]24，[宋]25，[宋]150，[宋]
184 覆水，[宋]190 葉常興，[宋]192
一水之，[宋]193 甫生者，[宋]375 開
敷而，[宋]375 汝今於，[宋]387 時莖
時，[宋]823 既發心，[宋]1339 不如，
[宋]1341 假使從，[宋]1566 爲，[宋]
1568 生，[宋]1569 等知有，[宋]1569

莖節壞，[宋]下同 374 莖，[元]、世
[明]1662 間住。

葉：[明]721 花次名，[三][甲][乙]
1261 乳中漬。

子：[三][宮]、牙[聖]1579 因果
道。

琊

邪：[甲]2035 山建剎。

崕

涯：[元][明][甲]901 岸之。

崖

岸：[宮]721 下鐵鉤，[甲]1799 酸
起爲，[甲]2087 谷是，[甲]2087 嶺數
百，[甲]2087 中背巖，[明]2103 極峭
頗，[三]2087 石壁有，[三][宮]434 瓦
石土，[三][宮]627 際其正，[三][宮]
627 悉生青，[三][宮]721 無量由，[三]
[宮]1509 如陀舍，[三][宮]1548 通達
無，[三]201 迴波而，[乙]897 坑坎，
[乙]2244 峯巖危，[原]1819 力人反。

斥：[宮]292 際其合。

峻：[三][宮]721 巖或有。

山：[三][宮]2122。

望：[甲]1722 作。

厓：[明]310 觸已作。

涯：[宮]2122 自崩中，[明]194，
[明]761 隨何等，[明]1680 怯退由，
[明]212 我等所，[明]309 心若虛，[明]
309 緣想智，[明]414 畔，[明]2121 際
在家，[三][流]360 底無明，[三]2145

極故借，[三][宮]2123 周旋往，[三]
[宮]309 不可限，[三][宮]309 於，[三]
[宮]309 之業是，[三][宮]397 際聲聞，
[三][宮]416，[三][宮]565 如大乘，[三]
[宮]585 底世尊，[三][宮]618 底，[三]
[宮]656，[三][宮]656 放捨度，[三][宮]
1430 如寶求，[三][宮]1547 如佛契，
[三][宮]1680 際，[三][宮]2102 管昧
竭，[三][宮]2102 檢視聽，[三]196 如
來，[三]212 然不與，[三]294 底一切，
[三]2087 流轉無，[三]2110 清風自，
[三]2145 成不乖，[三]2145 若狂夫，
[三]2145 之典遂，[元][宮]638 底譬，
[元][明]、岸[宮]657 底漂沒，[元][明]
[流]360 底，[元][明]、嵊[聖]627 畔故
無，[元][明]、岸[聖]291 亦無有，[元]
[明]397 於，[元][明]481 底曉了，[元]
[明]100 際，[元][明]222 底悉不，[元]
[明]222 際，[元][明]222 無有結，[元]
[明]224 爾，[元][明]263 底其人，[元]
[明]283 底從佛，[元][明]291，[元][明]
291 底，[元][明]291 底一切，[元][明]
291 底眾寶，[元][明]292 底有計，[元]
[明]309 不，[元][明]309 以十善，[元]
[明]378，[元][明]389 畔不，[元][明]
397 何能諮，[元][明]398 底，[元][明]
399 底不得，[元][明]399 底之，[元]
[明]401 底源開，[元][明]403，[元][明]
403 所以然，[元][明]414 際，[元][明]
415 彼人速，[元][明]433 底所可，[元]
[明]477 底者猶，[元][明]627，[元][明]
683 限歸命，[元][明]813 底。

巖：[甲][丙]2087 盛夏。

涯

岸：[甲]1783 橫。

垢：[宋][元][宮]448 際。

淮：[甲]2129 曰渚爾。

際：[甲]2378 畔今欲，[甲]1736
也因果。

量：[原]2339 是故必。

體：[元][明]2103 也谿乎。

渥：[乙]2157 撫己未。

匡：[聖]446 佛南無，[宋]291 底
如來。

崖：[宮][聖]278 底，[宮]278 底
言語，[宮]618 底是深，[甲]1733 何
故下，[甲]1733 此通有，[甲]1733 底
故用，[甲]1733 名爲大，[三]2087 恐
極厭，[三][宮][聖]2034 際持法，[三]
[宮]313 亦復不，[三][宮]2060 挨且
掇，[三][宮]2122 周旋往，[三]193 底，
[三]193 底海淵，[三]201 限未曾，[三]
203 至心求，[三]212 之想散，[三]361
底者不，[三]2088，[聖]221 底智善，
[聖]397 底現法，[宋][宮]、岸[聖]318
假喻如，[宋][宮]315 底諸法，[宋][宮]
318 底，[宋][宮]398 底無數，[宋][宮]
414 底，[宋][宮]664 可畏大，[宋][元]
[宮]、岸[聖]278 底，[宋][元][宮]656，
[宋][元][宮]2060 之儔固，[宋][元][宮]
下同 656 底過去，[宋][元][聖]291 底
眾生，[宋][元]212 卿今以，[宋]398 底
行總，[元][明][聖]100 際。

宜：[宮]2112 分守雌。

垠：[宮]534 并化六。

源：[三][宮]398 際。

瑘

瑘：[宋][元]2061 王。

瑘：[甲]2128 有大鳥，[明]2103 王，[明]下同 2059 王僧達。

耶：[甲]2157 經二紙。

睚

睚：[宋][元]554 皆。

漄

崖：[三]100 際，[三]100 際。

涯：[三][宮]2121 我等所。

啞

聾：[宮][聖]225 羊諸惡。

瘂：[宮]279 羊障不，[宮]408 羊眾生，[宮]571 者能言，[明]2122 瘂殘百，[三][宮][另]410 口不能，[三][宮]270 不能，[三][宮]410 羊僧無，[三][宮]411 羊不能，[三][宮]660 者說法，[三][宮]1428 捨戒聾，[三][宮]1459 默口應，[三][宮]1509 或不識，[三][宮]2040 言，[三][宮]下同 411 常患舌，[三]411 無舌種，[元][明]658 諸，[元][明]660 羊如是，[元][明]200 者能言，[元][明]658 無涅槃，[元][明]658 者說。

亞：[甲]2128 音乙白。

啞

癡：[三]1441 人爲淨。

瘂：[甲]1931 等是也，[三][宮]374 者能言，[三][宮]2040 語，[三]1339 促命不，[聖]1723 口不能。

雅

持：[三]2063 操壁立。

服：[三]、邪[宮]2060 道斯。

教：[三][宮]2102 範信可。

飾：[三][宮]395 自。

雖：[甲]1848 信真如。

推：[宮]2103 信仙，[明]2154 好大乘，[三]154 得其便，[聖]2157 古之野，[元][明]2040 步以爲。

唯：[甲]1811 願大德。

邪：[福]370 音純説，[宮]2108，[甲]2068 請受菩，[甲]2087 懼威嚴，[甲]2087 尚莫能，[甲]2087 譽特深，[三][宮]638 訓，[三]292 訓誨懈，[聖]310 音譬如，[宋]、稚[宮]2087 言也俗，[宋][宮]2102 貴。

修：[聖][另]285 妙益當。

牙：[三][宮]2059 曰正使。

訝：[元][明]152 奇斯須。

耶：[宮]323 意不。

毅：[三]、放[宮]2060 武德之。

正：[三][宮]2108 道。

稚：[宮]2122 伏經書，[甲]1724 甚自可。

瘂

痾：[三][宮]1464 聾相向，[聖]227 不應自，[知]741 手足。

唖：[明]263 不得自，[三]374 應能語，[三][宮]2122 法婆羅，[三][宮]2122 瘂殘百，[三][宮]2122 驗唐，[三][宮]2122 諸根不，[三]187 羊而不，[聖]411 羊，[宋]2122 瘂殘背。

偏：[三][宮]816 者亦無。

亞

惡：[宮]1425 身往就。

敬：[三][宮]1428 臥隨脇。

凸：[三]197 崖一，[三]2123 髖
腳復。

俓：[三][宮]、瘂[聖][另]1428 臥
頭未，[聖]190 而坐既。

婭：[三][宮]2040 重明並。

砑

迓：[甲][丙]2003 郎當却。

訝

誠：[甲]、許[乙]1723 言合理。

許：[宮]2060 之皆來。

訐：[元]2122 曰舍利。

新：[宮][聖][另]1442 復令其。

雅：[宋][元][宮]、呵[明]2122。

詠：[聖]1859 肇法師。

吒：[宮]2060 咸復奉。

牰

胭：[三][甲]1227 牛。

胭

胸：[明]985 前以牛。

咽：[明]1094 下便不，[三]982 龍
王二，[三]2122 如斯之，[宋]1185 珠
種種。

烟

氛：[元][明][乙]1092 馥廣供。

火：[三]125 前出火，[三]190。

炬：[宮]1459 熏。

爛：[甲]904 提帝孺。

壇：[宮]1545 必。

相：[三]653 舍利弗，[聖]1421 師
在之。

胭：[明]1070 脂大如。

煙：[三][甲][乙]848 色，[聖]125，
[乙]1796 色者謂。

焰：[三]955 及增等，[三][甲]955
氣騰生，[三]1096 熾然放，[聖]1199
相變顏。

焉

反：[宮]2034 姚興命。

乎：[三]2112，[原]1858 而夷。

及：[三]2110 三。

經：[三]2154。

可：[明]2076 對云溈。

馬：[甲]1789，[甲]1921 如急流，
[明]2060 大將軍，[明]2121 命過即，
[明]2151 詢道至，[三][宮]2103 沙
門，[三][宮]2121 太，[宋]、鳥[元]
[明]2034 所，[元]2061 泊。

鳥：[三][宮]2053 也其早，[三]
[宮]2122 乃得金。

豈：[甲]2006 能辨此。

所：[乙]2777 來應。

爲：[宮]656 欲，[宮]2123 問價
貴，[甲]2246 佛子知，[明]2145 淵鏡
憑，[宋]2103 死子璋，[元]2106 晉太
康，[原]1744 能窮。

問：[明]1507 知死後。

烏：[宮]2122 出大臣，[甲]1830 舊云優，[甲]1709 將釋通，[甲]1709 問經列，[明]2131 盡其諸，[三][宮]2060 有之說，[三][宮]2103 足毛，[三]2145 耆諸國，[聖]125 又以此，[聖]754 三者入，[聖]1421 出大臣，[聖]1733 得比於，[宋]2061 得不宗，[宋]2103 之，[乙]2157 耆國在。

奚：[甲]2191 知無數。

象：[甲]2053 昔道。

寫：[三][宮]2122 然陀羅。

也：[甲]1775，[甲]1792 宗，[明]2087 基址廣，[明]2087 無憂王。

矣：[甲]1775 然見佛，[甲]1775，[三][宮][甲]2053 鶴林後。

意：[乙]1821，[原]1818 一文旨。

與：[甲]2434 鬼畜等，[甲]2434 心生滅。

云：[三]2106。

中：[明]2087 中有如。

菸

淤：[三]2060 無核斷。

淹

法：[宋][元]310 衡曷大。

流：[三]2063 思母轉。

醃：[三][宮]2123 若。

奄：[聖]1462 塵佛告，[宋]196 塵天樂。

掩：[宮]、[聖]2034 雲之，[明]380 泥令佛，[三][宮][另]281 塵當願，[三][宮]282 塵，[宋][宮][石]1509 之，

[宋]2149 雲之潤，[元][明]643 降伏瞿。

演：[甲]2036 化斯多。

證：[元][明]198 王偈義。

喭

哂：[宮]397 隸四羈，[宮]397 邏囉，[宮]397 沙喭。

湮

降：[三][宮]2103 祥十住。

埋：[乙]2092 滅。

漂：[三][宮]2122 除此之，[三][宮]2122 除矣，[三]2125 而餘風。

痊：[三][宮]2122。

煙：[三][宮]2122 其世，[三]2145 凝石。

翳：[宮]656 生死本，[三]、堙[宮]656。

堙：[宋][元][宮]1546 遐境。

煙

颸：[三]2060 慘高樹。

塵：[明]2016 尚須懺。

風：[甲]2006 搭在玉。

煥：[甲]2067 身輕顏。

燸：[甲]950 當而隱，[甲]950 相現安。

相：[原]1141。

煖：[甲]1833 煙生。

烟：[聖]953 得陰身。

焰：[明]1191 者是吉。

燕：[三]2088 然。

埋：[乙]913 礜衝人。

闇

闇：[乙]2250 人以䆲。

掩：[宋][元]1 茂請闅，[元][明]、閉[宮]309 塞五。

延

達：[宋][元][宮]447 佛南無。

誕：[甲]2128 也從言。

道：[三]2149 問何答。

定：[明]2076 慧禪師。

返：[三][宮]2060 舊居四。

瓜：[三][宮]2059 步江於。

迴：[三]2059 首東顧。

迹：[知]741 長三塗。

近：[丁]2089 光等，[宮]2102 親屬以，[甲][丙]2397 底豈非，[甲][乙][丁]2244 相屬接，[甲][乙]2296 受金剛，[甲]904 促務在，[甲]1728 故滿假，[甲]2270 意量截，[明]1450 期七日，[三][宮]1648，[三][宮]1648 修行欲，[三][宮]1421 及，[三][宮]1505 時若風，[三][宮]2060 講説道，[三][宮]2060 仁壽，[三][宮]2103 耽慕緣，[三][宮]2104 屢遭，[三]2103 算周，[三]2125 想斯其，[聖][另]1442 久，[石]1509 前供養，[宋][元][宮]1451 就上妙，[宋][元][宮]2059 請多羅，[宋]190 是彼種，[宋]1559 促壽等，[宋]2106 賢寺僧，[乙]2157，[乙]2404 時節者，[元][明][宮]1549 説，[元][明]2060 鋒，[原]2196 不別明，[原]2196 文也，[知]

2082 坐談説。

經：[甲][乙][丙]1833 四譯。

藍：[宋]、鹽[元][甲][乙]、耶[明][丙]954 娑嚩。

列：[三]2103 參近座。

乃：[三]2059 請入宮。

南：[丙][丁]866 窣覩努。

年：[三][宮]2122。

然：[明]2076 燎師之。

四：[宮]2040 那比丘。

迸：[三]、逃[宮]2122 夫道重。

逃：[知]741 長。

廷：[宋][元]、近[宮]2122 世之孫。

退：[乙]2092 之西征。

涎：[三][宮]607 出或語，[乙][丁]2244 者。

旋：[三][宮]607 生死亦。

旬：[宮]397，[宮]2085 到五河，[別]397 以三指，[明]1546 半前後，[明]2122 其，[三][宮]374 而爲六，[三][宮]374 若不得，[三]375 路次奉，[三]474 內當，[聖]125 口縱廣，[聖]397 放大惡，[元][明][宮]374 周匝鐵。

莚：[明]2103 楊枝生，[三][宮]1602 洲渚乃，[三][宮]2060 蔓委地，[三]2122 生華，[宋][元]2061 而燎唯，[元]、筵[明][甲]951 能生善，[元][明]331 如海難，[元]2060 高遠約。

筵：[甲]1782 訓，[明][乙]1092 去跋，[三][宮]2060 三年後，[三]220 多剎也。

演：[三]475 七日以。

遙：[原]2431 還東惟。

迎：[宮]2121 請，[甲]、進[乙]1821 客受用，[三]193 至，[三]2088 之風，[三]2154 接既至。

遠：[原]2395。

招：[甲]2195 賓侍。

正：[甲]2266 等菩提，[三][聖]125 壽。

追：[聖]2157 請還都。

足：[宋]2147 請佛經。

言

阿：[三][宮]1442 伐尸沙。

白：[宮]681 佛所説，[三]、曰[宮]1559，[三][宮]1432，[聖][另]675 世尊，[元][明]675 世尊可。

別：[乙]1796 必定無。

撥：[乙]1821。

常：[甲][乙]2185 見應謂，[聖]200。

持：[宮]1428 大德僧。

出：[明]2016 四如來。

初：[甲]1736 地前多。

辭：[明]2060 鄙陋將。

此：[甲]1736 上皆一。

答：[甲]2879 尊者汝，[三][宮]1425，[三][宮]2043，[三][宮]2053 乃竊運，[三][聖]190，[三]100，[聖]397 舍利弗，[石]1509 菩薩行，[乙]1736 非有，[乙]1821。

大：[元][明]361 尊貴有。

但：[甲]2262 第八者。

當：[三][宮]637 云何於。

道：[甲]2012 話墮師，[甲]2401 者，[明]2110 得孝在，[三][宮]2059 陛下當，[三]741 似反誰。

嘗：[甲]2128 與。

得：[三][聖]278 住無二。

等：[元][明]200 如來世。

調：[甲]2214 身靜體。

定：[甲]、説[乙]2249 無尊者，[甲]2275 有一但，[甲][乙]1816 滿所求，[甲]1842 曾有因，[甲]2195 何方佛，[甲]2195 我當作，[甲]2217 變化，[甲]2261 説華嚴，[甲]2262 中間入，[甲]2263 廣通有，[甲]2263 離欲等，[甲]2271，[甲]2271 對勝論，[甲]2271 立敵兩，[甲]2271 隨其，[乙]1821 時解脱，[原]1960 是其有。

東：[甲][乙]2250 邊。

二：[甲]1805 通經論，[元][明]1545 顯攝彼。

法：[三][宮]820 講法分，[三]1 讚嘆如。

方：[甲]2263 云云，[甲]2266 定道，[甲]2299 本不生。

非：[甲]2281 汎爾即。

佛：[三][宮][聖]625 唯願，[三]200 唯然已，[聖]158 唯世尊，[元][明]200 唯然已。

伽：[甲][乙]894 上儜。

高：[宮]1804 下雜寶，[三]2110 聲貴賤。

告：[甲]2266 世尊以。

告：[宮]226 云，[甲]813 善哉善，[宮]814 文殊，[宮]834 文殊尸，[甲]

1709 大王諸，[明]220 善現汝，[明]
1465 汝但勤，[三]220 善現如，[三]
374 文殊師，[三]375 迦葉皆，[三]
[宮]2040 阿難若，[三][宮][聖][石]
1509 須菩提，[三][宮][聖]566 須菩
提，[三][宮][另]1443 鄔陀夷，[三]
[宮]223 阿難我，[三][宮]224，[三]
[宮]341 舍利弗，[三][宮]345 族姓子，
[三][宮]374 迦葉善，[三][宮]384 妙
勝此，[三][宮]397 佛法，[三][宮]564
阿泥盧，[三][宮]604 諸比丘，[三][宮]
656 舍，[三][宮]743 諸，[三][宮]754
大王善，[三][宮]754 大王憶，[三][宮]
841 夫人善，[三][宮]1425 優陀，[三]
[宮]1428，[三][宮]1428 長，[三][宮]
1451 若出行，[三][宮]1489 諸善男，
[三][宮]1491 舍利弗，[三][宮]1509 須
菩提，[三][宮]2121 馬屬看，[三][宮]
2123 善男子，[三][聖]99 羅睺羅，
[三][聖]223 須菩，[三]99 天子我，
[三]100 優陂，[三]152 阿難我，[三]
170 賴吒和，[三]196 臣古昔，[三]
202 阿難專，[三]211 沙，[三]310 無
邊莊，[三]945 大王汝，[三]1331，
[三]1331 阿難，[三]1331 阿難是，
[三]1443 衆，[聖]1509 不如，[宋][元]
[宮]1484 佛子若，[宋][元][宮]2123
人亦有，[宋]1331 梵志汝，[乙]2092
疲大王，[元][明]656 族姓子，[元][明]
[宮]374，[元][明]220 善現我。

各：[甲]2261 異義無。

宮：[三][宮]901 家內餘，[三]
2103 謹案。

共：[三][宮]2122。

古：[宮]2109 之虛美，[原]1782
今經文。

故：[甲][乙]1822 十法者，[甲]
1736 疏，[甲]1736 智論，[甲]2195 不
解佛，[三][宮]1509 以此福。

害：[甲]1723 怖我執，[甲][乙]
1833 隨眠故，[甲][乙]2385 第三，[甲]
2339 勤唯遍，[三][宮]2123 亦不應，
[知]266 各各取。

合：[甲][乙]1822 得七然，[甲]
1736 寂滅現。

后：[甲]893 那鉢底。

乎：[甲]2195 永斷諸。

會：[乙]1830 憂喜。

及：[甲]2263 證得者。

吉：[甲]1805 者非驅，[明]1428
請何等。

即：[明]2088 鷲峯亦。

計：[三][聖]125 有我身。

記：[甲]1736 人劣若。

家：[宋][元][宮]2122 伏罪伏。

教：[三][宮][聖]376 展轉相，[三]
2121 今令我。

皆：[甲]1698 果果實，[甲]1736
是綺互。

解：[甲]1736 知八不，[甲]2371，
[三]245 得眞義。

戒：[聖]1428。

界：[甲]1828 第八見。

今：[原]2262 云佛亦，[原]1851
廢不論。

句：[元][明]1339。

可：[宮]653 勝我破，[三][宮]1810 可爾後，[宋]189 有。

空：[甲]2313 之二智，[三][宮]263 趣于經，[乙]2309 而能斷，[乙]2309 見分自，[原]2400 名此二。

口：[甲][乙]2390 而入，[明]673 亦無瞋，[三][宮]2123 罵，[石]1509 加之菩。

苦：[甲]1736 類智者，[宋][元]1428 住止安。

勞：[三][宮][聖][另]1435 問。

了：[乙]1724 化城雖。

立：[甲]2281 者欲別，[甲]2434 眞如，[明]269 何謂爲，[原]1834 諸聚色，[原]2271 法均等。

詈：[三][宮]1464 惡婆羅。

令：[甲]2263 異也。

六：[甲]2782 受者爲，[三]425 度無極。

論：[甲][乙]1822 或有苦，[甲][乙]1822 法同分，[甲][乙]1822 於衆同。

盟：[三]152 誓甚明。

名：[甲]1911 膚色充，[甲]2196 歡喜海，[甲]1775 無閡無，[甲]1925 多若於，[甲]2288 三藏流，[三][宮]374 虛妄善，[三][宮]586 菩薩，[三][聖]375 虛妄善，[三]190 月二子，[三]2110 匠者之，[聖]375 有無，[宋][元][宮]402 馬勝於。

明：[甲]2299 第一義，[原]904 懺悔。

命：[宮]2121。

乃：[宮]1703 衆塵和。

能：[宋][元][宮]1434。

尼：[宋][元]203 有八種。

年：[明]125 老今在。

念：[明]1493 所有現，[三][宮]374 如是衆，[三][宮]397 以佛，[三][宮]1421 我此長，[三][宮]1428 便，[三]202 痛哉，[聖]1733 依信生，[聖]227 世尊若。

其：[甲]2195 智勝如，[甲]2274 我亦如，[甲]2276 中等字，[三][宮]、－[聖]376 說者是，[三][宮]626 佛者從，[乙]2263 多由彼，[乙]2263 過失也。

奇：[原]2271 者我亦。

起：[甲]1828 豈不相。

前：[明]1435 有比丘，[原]2196 道前未。

切：[和]293 具衆音。

去：[甲]2281 我量。

詮：[宮]2112 何矯。

人：[甲]2053，[明][宮]1425 汝布施，[三]202 今唯一，[三]375 病者昨，[三]1339 若言見。

忍：[三]200。

日：[明]2043，[三][宮]2040 不也欲，[三][宮]2042，[三][宮]2043，[三][宮]2058 恒河以。

容：[原]2208 亦同彼。

宍：[原]1829 不實可。

如：[三][宮]1549 一信餘，[乙]2408 決三。

汝：[三]531 當。

若：[宮]263 不，[宮]410 無有，[宮]1436 善哉執，[甲]2261 欲色界，[明]〔異〕220 如尊者，[三][宮][聖]1428 大德，[三][宮]1549。

善：[明]2122 實固可，[三][宮]1546 法者不，[三][宮]398，[原]2196 惡立名。

生：[三][宮]1571 聚，[聖]190，[聖]340 諸仁者。

聲：[三][宮]2121 而。

聖：[明]1571 令成多。

師：[三]168 不可審。

食：[聖][另]1442 世尊令。

實：[甲]2400 念誦法，[甲]1965 本願大，[甲]2285 法寶也，[乙]850 修行者，[乙]2391 經說也，[原]2435 即身成。

士：[明]1435 請。

示：[宮]225 作是守，[宮][聖]1509 佛所說。

事：[甲]2250 想異由，[明]1521 必皆實。

是：[甲]1816 無大悲，[甲]1821 遍知此，[甲]2006 用放下，[甲]2262 通說境，[甲]2263 性，[甲]2271 諸法皆，[甲]2274 不盡云，[三][宮]1546，[乙]1736 語。

室：[原][甲]2196。

視：[甲]2250 世俗智。

首：[明]2103。

受：[宮]1428 汝犯，[甲]2297 發心乃。

書：[和][內]1665 一者行，[明]

2076 年二十，[三][宮]2122 具也彼，[三]2122，[乙]2391 此處次，[乙]2408 付也。

數：[三]2103 驗之聖。

誰：[三][宮]2122 鬼。

說：[甲]、說言[乙]2296 一切衆，[甲]1698 如來得，[甲][乙]1822 云何無，[甲][乙]1821 神謂受，[甲][乙]1822 善修遠，[甲][乙]1822 在定，[甲][乙]1822 衆苦不，[甲]1710 真諦智，[甲]1816 不應取，[甲]1821 至無相，[甲]1828 法藏亦，[甲]2207 一切衆，[三][宮]1598 五識於，[三][宮][聖][另]717，[三][宮][聖][石]1509 色無生，[三][宮][聖]1436 諸比丘，[三][宮][另]1458 爲證之，[三][宮]650 不應求，[三][宮]746 一鬼問，[三][宮]1425 比，[三][宮]1428 沙門瞿，[三][宮]1432，[三][宮]1435 父母不，[三][宮]1509 除如，[三][宮]1509 五，[三][宮]1646 無答曰，[三][聖]190，[三]172 諸佛密，[三]190，[三]374 義不相，[三]375 亦不審，[三]1331 之大橫，[三]1525，[聖][石]1509 畢竟清，[聖]1851 爲證問，[另]285 察衆菩，[乙]1821 至如應，[元][明]1565 有法是。

宿：[甲][乙]2393 吉凶云。

所：[三][宮]2121 說人不，[元][明]598 說。

談：[三][宮]2034 得其，[三]1341 話談說。

唐：[甲]2266 未詳是。

吐：[三][宮]2042 此。

亡：[原]1776 慢。

王：[明]1340 梵天，[三]153，[三]
[宮]2121 前後殺，[三][聖]99，[三][聖]
375 如是妙，[三]1 今夜，[三]196 七
日當，[三]202 臣等，[宋][元]374 如
是妙。

微：[宮]2103 絕賢。

唯：[甲]2266 言斷今。

爲：[甲][乙][丙]2810 大，[甲][乙]
1909，[甲]2274 言，[三][宮]1435 毘耶
離。

謂：[宮]1462 捨戒戒，[甲]2230
以大慈，[甲]1736 此樹眾，[甲]1736
現量等，[甲]1924 約事辨，[甲]2289
論者建，[甲]2812 疑及邪，[三][宮]
1425，[三]1 有他世，[三]1532 我想
者，[聖]1562 謂彼論，[乙]1724 故經
云，[原]1957 彼富。

文：[宮]2121 久蘊漢，[甲][乙]
981 說性鋒，[甲]1816 須菩，[甲]
2263，[聖]2157 廣蓮花，[乙]2249 者
實以。

聞：[三][宮]2122。

問：[三][宮]397 姓何等，[三][宮]
1425 闍陀此，[三][宮]2121 何以答，
[乙]2309。

我：[宮]632，[三]202 善哉善，
[三]310 數來，[宋][元]1464。

吾：[宮]1509 信請。

無：[甲]1816 乃至乃，[甲]2263
量者比，[甲]2266 巨妨如，[三][宮]
1505 所傷受，[三]2060 血食眾。

五：[甲]1736 滅怖者。

相：[甲]1736 證道四。

心：[三][宮]606 柔懷毒，[三]485
爲神通。

信：[甲]1512 一向無，[明]1595
分別顯，[三][宮]398 順立，[三][宮]
633 是空是，[三]210 無誠實，[三]631
禪道，[三]1340 解亦，[聖][另]1543 盡
設諸，[宋][宮]1509 是可與，[宋]268
必成人，[元][明]2016 餘散心，[元]
[明]639 美妙。

虛：[甲][乙]2309 妄哉。

宣：[三][宮]657 說所示，[三]
[宮]722 說。

玄：[甲]2219 匠，[甲]2300 保冥
之，[甲]2266 詮稱共，[甲]2300 恐大，
[甲]2300 尚有昏，[三][宮]1562 義曾
所，[三]2145 難測自，[三]2145 也。

訓：[甲]2396，[甲]1728 即也即。

訊：[三][宮][聖]224 如是兩。

焉：[三][宮]、烏[聖]754。

言：[三]下同 375 猶未審。

研：[甲]2035 有失解。

顏：[三][宮]2042。

也：[甲][乙]2192，[甲]2207，[三]
[宮]1435，[三][宮][另]1458 阿，[三]
[宮]1458 戒經中。

一：[甲]1736 色形中，[明]2122
而柔順。

衣：[宮]1808 大德一。

遺：[三]2145 謬漢史。

亦：[三][宮]1562 是雜修，[三]
[宮]379 天龍夜，[三][宮]627 不，[三]
[宮]1509 爲後來，[三][宮]1579 論是

言，[聖]292 亦從有，[宋][元][宮]1670
無所。

意：[宮]741 四曰一，[甲][乙]
1822 初中，[甲][乙]1822 先法説，
[甲][乙]2263 限後得，[甲]1782 時道
以，[甲]1816 破此二，[甲]2274，[甲]
2371 也望法，[甲]2434 准上譬，[三]
[宮]2123 誓言斷，[聖]1733 必定無，
[宋][宮]513 人在水，[乙]2263 言總
含，[元][明]1509 求無上，[原]1700 義
亦同。

義：[甲][乙]2263，[甲]2270 意云
即，[三][宮]1559 譬如。

音：[宮]292 教從其，[宮]2112
不，[甲]1826 日，[甲][乙]2250 力見
切，[甲]1708 訛略，[甲]2207 此云，
[甲]2250 並有訛，[甲]2266 以申對，
[三][宮]2034 辭清巧，[三][宮][聖]
310 聲等是，[三][宮]263 教觀，[三]
[宮]415 遍滿恒，[三][宮]587 遮，[三]
[宮]1421 善法比，[聖]272 説令住，
[聖]278 彼稱如，[聖]664 是金鼓，
[聖]1428 比丘不。

尹：[明]2108 喜與聃。

應：[明]717 勝法者，[宋]1562
故非唯。

有：[宮]1489 天子普，[甲]2266
生得心，[甲]1736 決定，[甲]2261 句
言章，[甲]2266 此有，[明]375 一闡
提，[聖]1763 十住六，[宋][元]1579
起一心，[乙]1796 曰伽囉。

于：[甲]2397 從。

宇：[聖][另]1543。

語：[宮]816 不綺語，[宮]1435
汝，[宮]2121 問之答，[甲]2230 劫婆
羅，[甲]2787，[甲][乙]1069，[甲][乙]
1069 超四十，[甲][乙]2228 次當説，
[甲]1931 綺語兩，[甲]2129 訛轉也，
[甲]2290 兩舌惡，[明]1441 我，[明]
1450 已即從，[明]1505 兩舌麁，[三]
[丙]、言曰語[甲][乙]1211 曰，[三]
[宮]374 善能療，[三][宮]1482 慳貪
邪，[三][宮][甲][乙][丙]876 印加持，
[三][宮][聖]224 須菩提，[三][宮][聖]
1425，[三][宮][聖]1428 優波離，[三]
[宮][聖]1435 優婆塞，[三][宮]268，
[三][宮]294 誹謗皆，[三][宮]313 第
四若，[三][宮]382 便能，[三][宮]598
佛告龍，[三][宮]653 此非佛，[三][宮]
657，[三][宮]721 不隱覆，[三][宮]721
則爲毒，[三][宮]748 福報如，[三][宮]
1421 作是念，[三][宮]1425，[三][宮]
1425 闡陀很，[三][宮]1425 優，[三]
[宮]1425 諸比丘，[三][宮]1428 大姊
共，[三][宮]1428 如法得，[三][宮]
1436 咄汝小，[三][宮]1436 汝爲某，
[三][宮]1443 具，[三][宮]1509 菩薩，
[三][宮]1563 爲簡諸，[三][宮]1644
無貪，[三][宮]1646 苦言是，[三][宮]
2122 不辯了，[三][宮]2123 三者好，
[三][聖]26 新婦安，[三][聖]190 珂沙
書，[三][聖]375 耆婆答，[三]26 我
今殺，[三]125 已亦不，[三]143 身不
入，[三]157 兩舌惡，[三]192 非無
義，[三]375 爲衆故，[三]1331 阿難
我，[三]1427 我捨佛，[三]1463 四

不，[三]1548 無義語，[三]2063，[三]2122 於，[聖][另]790 笑視瞻，[聖][另]1431 大姊共，[聖]125，[聖]157，[聖]225，[聖]278 慰，[聖]383 向佛廣，[聖]663 慰喻許，[聖]1428 我見聞，[另]1428 我等不，[石]1509 深愛後，[宋][宮]2122 兩舌不，[宋][元]873 曰，[乙]867，[乙]867 十六大，[乙]1069，[乙]1069 力，[乙]1069 者欲共，[乙]1211 七遍然，[元][明][宮]374，[元][明]233 或漏盡，[原]1764 若得菩。

欲：[甲]1816 明微塵，[甲]1816 説。

願：[三][宮]277 若我宿，[三]198 皆低頭，[三]375 願令一，[石]1509 使我身。

曰：[煌]1654 差別如，[高]1668，[宮]677 如是淨，[宮]1546 無不共，[宮]272，[宮]279，[宮]672，[宮]1435 應作問，[宮]1515，[宮]1515 頗有衆，[宮]1631，[宮]2008 實是秀，[甲][丁]2092，[甲][乙][丙]1184，[甲][乙]1069 一百八，[甲][乙]1821 至故説，[甲][乙]1822 已下一，[甲]950，[甲]1040，[甲]1512 婬欲煩，[甲]1710，[甲]1736 被此法，[甲]1736 雙童現，[甲]1782 至行瞻，[甲]1823 淨不淨，[甲]2089 莫怖有，[甲]2270 自悟故，[甲]2401，[明]1451 我，[明]2122 汝今何，[明]209 咄婢我，[明]220，[明]665，[明]720 我有此，[明]1425 一千我，[明]1428，[明]1440 請某，[明]1442，[明]1450，[明]1450 不須憂，[明]1450 敬從王，[明]1450 轉轉乃，[明]1451 汝可吐，[明]1451 子佛已，[明]1562，[明]2121 是年少，[明]2122，[三]、告[宮]1425 諸比丘，[三]125，[三]171，[三]186 是名老，[三]1340，[三][宮]657 汝持此，[三][宮]1442 給孤獨，[三][宮]1537，[三][宮]1546 有隱沒，[三][宮]1559，[三][宮]1563，[三][宮][聖]278，[三][宮][聖]324，[三][宮][聖]416，[三][宮][聖]606 大王欲，[三][宮][聖]1421 不能，[三][宮][西]665 王，[三][宮]278，[三][宮]278 莫恐莫，[三][宮]310，[三][宮]318 佛不妄，[三][宮]416，[三][宮]426，[三][宮]477，[三][宮]478，[三][宮]497，[三][宮]534 明日欲，[三][宮]588 以諸，[三][宮]606，[三][宮]657，[三][宮]745 汝是可，[三][宮]754 是罪業，[三][宮]1421，[三][宮]1421 非婚姻，[三][宮]1421 我爲一，[三][宮]1425，[三][宮]1435 不應應，[三][宮]1435 得，[三][宮]1435 汝，[三][宮]1435 實作世，[三][宮]1435 應作問，[三][宮]1435 有如藍，[三][宮]1442 此，[三][宮]1442 爾，[三][宮]1442 我愛此，[三][宮]1442 賢首若，[三][宮]1442 賊城兵，[三][宮]1443，[三][宮]1443 笈多何，[三][宮]1443 禿沙門，[三][宮]1451，[三][宮]1451 阿母顏，[三][宮]1462 今往佛，[三][宮]1462 汝，[三][宮]1462 若在家，[三][宮]1462 無罪見，[三][宮]1462 因汝語，[三][宮]1462 周羅，

[三][宮]1464 眞，[三][宮]1464 諸賢當，[三][宮]1489 天子若，[三][宮]1509 不也，[三][宮]1509 佛身小，[三][宮]1509 愍之，[三][宮]1509 汝能就，[三][宮]1509 是二菩，[三][宮]1509 爲國王，[三][宮]1536，[三][宮]1546 除欲界，[三][宮]1546 大王當，[三][宮]1546 能時，[三][宮]1546 如是毘，[三][宮]1546 如是育，[三][宮]1546 若無知，[三][宮]1546 是斷無，[三][宮]1546 是無常，[三][宮]1546 無有體，[三][宮]1546 修治道，[三][宮]1546 以各於，[三][宮]1546 有答曰，[三][宮]1546 知諸衆，[三][宮]1558，[三][宮]1559，[三][宮]1563，[三][宮]1567，[三][宮]1595，[三][宮]1597，[三][宮]1609，[三][宮]1631，[三][宮]1646 汝從何，[三][宮]1650，[三][宮]1653，[三][宮]2085 作，[三][宮]2121，[三][宮]2121 女是何，[三][宮]2121 汝是迦，[三][宮]2121 若，[三][宮]2121 王不見，[三][宮]2122 實是大，[三][宮]2122 我於人，[三][宮]2122 修忍辱，[三][宮]2122 須酒五，[三][宮]2123，[三][宮]2123，[三][宮]下同 1443 仁，[三][甲]1313 汝於明，[三][聖]99，[三][乙]1092，[三]1，[三]1 不見王，[三]1 我不見，[三]1 我等飢，[三]1 我是汝，[三]1 香姓婆，[三]1 願樂欲，[三]6，[三]24，[三]46，[三]99，[三]99 其色黑，[三]100，[三]120，[三]125，[三]125 長者欲，[三]125 梵天之，[三]125 如，[三]125 如是夫，[三]125 我

不識，[三]125 以何等，[三]157，[三]157 汝是誰，[三]161 諾即父，[三]179 我等不，[三]184，[三]184 聞大王，[三]185 佛道最，[三]186，[三]186 大王安，[三]186 佛，[三]187 我今欲，[三]189，[三]189 今有，[三]193，[三]193 調達之，[三]196 不悔思，[三]200 此兒產，[三]200 斯事，[三]202 彼告我，[三]202 何甚所，[三]202 若有此，[三]202 善來比，[三]202 我，[三]202 我大識，[三]203 愛憎從，[三]203 實不相，[三]211 吾從遠，[三]212，[三]212 千鹿孚，[三]212 善哉善，[三]375 純陀汝，[三]642 菩薩不，[三]672，[三]682，[三]847 善女人，[三]1011，[三]1018，[三]1101 汝等應，[三]1339 當云何，[三]1451 實爾王，[三]1545 天魔所，[三]2063 不犯秀，[三]2122，[聖]200 汝但出，[聖]200 設福必，[聖]200 世尊今，[聖]200 我今，[聖]200 我今此，[聖]211 我有一，[聖]294，[聖]397，[另]1509，[石][高]1668，[石]1509，[石]1509 不也世，[石]1509 如是釋，[石]1509 汝須何，[石]1509 聲聞辟，[石]1509 我，[石]1558，[宋][明][甲]967 既不，[宋][元][宮]310，[宋][元][宮]1537，[宋][元][宮]1567，[乙]1723 世尊甚，[乙]1821 如無過，[乙]1822 至佛不，[乙]1822 至故説，[元][明]310，[元][明]310 此是無，[元][明]379，[元][明]1451 具壽我，[元][明]1462 善哉諸，[元][明]1464 我家，[元][明]1567，[元]201，[元]

[甲]2277 作有縁，[甲]2299 不異而，[甲]2299 五百部，[甲]2300 大覺也，[甲]2300 佛在時，[甲]2317 相違明，[甲]2322 得者，[甲]2339 但是，[甲]2339 機索身，[甲]2350 此名鉢，[甲]2392 怛他哦，[甲]2395 二月而，[甲]2409 三長曆，[甲]2412 即身，[甲]2412 寶瓶也，[甲]2412 密嚴花，[甲]2434 斷一，[甲]2434 法性身，[甲]2434 也，[明]1810 汝施與，[明]1810 自責汝，[三][宮][聖]376 如來治，[三][宮][聖]383 汝今身，[三][宮][聖]1428 毒龍者，[三][宮][聖]1452 是釋迦，[三][宮]584 喬答摩，[三][宮]721 一人云，[三][宮]1421 我共行，[三][宮]1435 隨意即，[三][宮]1647 觀結處，[三][宮]1810 諦聽今，[三][宮]2060 某國有，[三][宮]2060 王者修，[三][宮]2060 香行國，[三][宮]2087 待日光，[三][宮]2103，[三][宮]2122，[三][宮]2123，[三][甲]1227 苟杞作，[三][甲]1227 棘也薪，[三]179 學書得，[三]200 厨賓寧，[三]203，[三]1341 苦滅道，[三]1559 於無我，[三]1646 佛亦不，[三]2154 妙成就，[聖][甲]1733 香，[聖][另]1721 少年去，[聖]211 前庠，[聖]675 善男子，[聖]1509 我不行，[聖]1721 分，[聖]1721 無性性，[聖]1721 種種羊，[聖]1788 化身者，[另]1721 出來者，[石]1509 世尊其，[宋][元][宮]1810 施與某，[宋][元]901 無極高，[宋][元]1341 作亂其，[乙]2376 大眾，[乙]1723 或諸聖，[乙]1723 人等

有，[乙]1723 如諸經，[乙]1723 説佛難，[乙]1723 縁覺説，[乙]1724，[乙]1736 非初非，[乙]1736 根本有，[乙]1736 互爲疏，[乙]1736 或有佛，[乙]1736 涅槃以，[乙]1736 若並不，[乙]1736 若説法，[乙]1736 有爲眞，[乙]1736 之謂道，[乙]1736 衆，[乙]1821，[乙]1821 塵等未，[乙]1821 非初刹，[乙]1821 如無失，[乙]1821 一時一，[乙]2087 指鬘舊，[乙]2192 如來壽，[乙]2223 諸法如，[乙]2244 待日光，[乙]2263 凡因，[乙]2263 廣攝，[乙]2263 三獸渡，[乙]2263 世尊爲，[乙]2263 思量爲，[乙]2263 相應，[乙]2263 衆生，[乙]2425 識言總，[乙]2795 與飯等，[原]1851 果者，[原]1858 衆人若，[原]2208 唯明今，[原]2434 成實心。

責：[聖]1421 此等以。

章：[宋][元]、意[明]210 不義何。

者：[宮]2122 南無佛，[甲]2128 梵本無，[甲][乙]1822 境與根，[甲][乙]1822 顯所依，[甲][乙]2250 顯不具，[甲]1731 無方不，[甲]1744 妄想者，[甲]2128 也，[甲]2193 明失疾，[甲]2195 佛出世，[甲]2195 十，[甲]2263 簡他受，[明]100 我不學，[三][宮]1434 衆僧當，[三][宮]1462 行婬欲，[三][宮]1509 入般若，[三]192 恐更增，[三]1462，[聖]397，[宋][元]1615 彼王一，[元][明][宮]1545 世第一，[原]1776 對問辨。

之：[甲]1813 言同法，[甲][丙]

2812 三，[甲][乙]1822 爲滅，[甲]1736 相論云，[甲]1744 廣大者，[甲]2337 雖異以，[甲]2397 此無名，[甲]2412 意也，[明]1337 之下同，[三]203 不審往，[三][宮]1428 此牛何，[三]189 汝可還，[三]202 何以，[三]1585 肆茲遙，[三]2121 所須一，[乙]1830 所及何，[元][明]2059，[原]2202 所。

知：[甲][乙]1822 即人短。

直：[甲]1512 實相者。

旨：[明]2076 偈曰，[明]2076 因師曉，[三][宮]2102 顯乎下。

至：[甲]1789 於心行，[甲]2266 至教者，[三][宮]2121 到家若，[乙]1821 無多念。

中：[甲]2263 諸有情，[三][宮]1545 攝未至，[聖]99。

重：[甲]2281 量也，[甲]2299 轉重爲。

諸：[三][宮]1435 沙門釋，[三]99。

主：[宮][甲]1804 生疑偸，[三]100 實爾實，[聖]1425 相聽即，[宋][元][宮][聖]284 上頭見，[乙]1821 生彼便。

字：[甲]1830 各顯一，[甲]2221 合表一，[甲]2263 云云，[聖][另]1543，[另]1543。

宗：[甲]1724 不造業，[乙]2261 隨宜。

足：[乙]1715 以字詺。

作：[明]1549 佛眼也。

真：[甲]2273。

妍

好：[三]25 甚可愛，[聖]1548 膚嚴。

研：[三][宮]2102 仙道有，[三][宮]2103 織，[三][宮]2104 乘因趣，[三]945 究化性，[聖]2157 精祕奧，[宋][元][宮]2053 華柳翠。

岩

石：[甲]2207 窟中千。

巖：[甲]2035 集云武，[甲]2035 上見普。

炎

燈：[三]303 光摩尼。

焚：[三][宮]671 燒宮殿。

光：[乙]1796 者如，[乙]2215 如水波，[原]1205 焰其。

化：[三]201 知取堅。

灰：[三][宮]2121 墨新生，[中]440 眼佛南。

火：[明]2109 銷扇慧，[三]193 作如劫，[三]1549 先至上，[乙]2408 也若，[原]2408 羅沙門。

尖：[三][宮]397 鐵錐拳。

莫：[甲]1911 無非是。

受：[甲]1709 患動約。

鹽：[三]152 天次。

琰：[三][宮]1451 魔卒送，[三]2145 聰明有，[宋]2154 母字耆。

焰：[三][宮]578 摩天，[三][宮]下同 671，[三]1 熱有十，[三]185 烟，[三]193 出甚熱，[三]193 曜於夜，

[宋][元]、燄[明]398 天，[元]、燄[明]397 不可宣，[元][明]186 天兜術，[元][明]186 天子兜，[元][明]193，[元][明]193 熱，[元][明]193 雖滅餘，[元][明]384，[元][明]425 華。

焰：[明]2145 如來也，[三]375 愚癡之。

焱：[三]101 言當爲，[宋]、[宮][聖][元][明]639 電諸法，[元][明]101 說隨意。

燄：[明]190 熾大火，[三]23 提炎，[三]125 出高，[三]125 光三昧，[三]149 猶彼阿，[元]、[明]149 身下出，[元][明]190 經行之，[元][明]200 不可久，[元][明]414 焚諸煩，[元][明]下同 425 如來所。

艷：[乙]1978 王。

夜：[三][宮]721 摩天如。

災：[明]261 火渴愛，[明]1336 薩婆泒，[三]1006 旱以黃，[元][明]190 熾盛猶。

沿

舩：[甲]2129 省聲也。

哈：[石]1509 能入。

緣：[三][宮]2122 路遇值。

沼：[甲]2035 江淮州。

治：[宮]2041 斯已後。

挻

埏：[宋][元][宮]1546 作。

挺：[明]2145 以後緣。

莚

遴：[元][明]2145。

廷：[三][宮]2060 楹亂。

延：[甲]2167 法師，[明]202 滋，[聖]211 蔓。

筵：[三]2145 二十餘。

研

併：[宮]1462 心著心。

趼：[甲]1969 千里以。

掘：[三][宮]2059 其後智。

霓：[甲]1000 以。

形：[宋][元][宮][甲][乙][丙][丁]、一[明]866 以反提。

妍：[明]2123 響非習，[三]2122 久而未，[乙]1736 窮性相。

幽：[三][宮]2059 尋提章，[三][宮]2066 窮諸部。

研：[甲]2015 尋玩味，[明]2060 幾伏膺，[三][宮]2060 石而流，[聖]1537 磨以利，[聖]1595 習此，[宋][元]1069 通一切，[原]、[甲]1744 習爲妙，[原]1987 將去。

唌

涎：[三][宮]1421 唾善能，[三]99 唾起。

筵

延：[甲]1921 四門歸，[三][宮]1579 令坐若，[三]945 佛設齋，[宋][宮]2060 肆聆其。

綖

綵：[宮]1488 若以一。

經：[原]1744 本應言。

疋：[三][宮]2060 許十餘。

線：[內]2778 此因譬，[宮][聖]397 次名噉，[宮][聖]1435 囊爵提，[宮]1425 經中廣，[久]1488 施人繫，[三]2154 經方等，[三][宮]398 縷或寂，[三][宮]1435 乃至六，[三][宮][聖]1428 囊禪帶，[三][宮][聖]1428 若續，[三][宮]354 穿珠牽，[三][宮]617 穿珠如，[三][宮]619 貫珠如，[三][宮]848 經置於，[三][宮]1421 布施比，[三][宮]1421 縫著衣，[三][宮]1425 縷未離，[三][宮]1428，[三][宮]1428 縫若竝，[三][宮]1428 貫之有，[三][宮]1428 囊諸，[三][宮]1428 人共行，[三][宮]1428 若刀若，[三][宮]1428 若木若，[三][宮]1428 是比丘，[三][宮]1428 綴若斷，[三][宮]1451，[三][宮]1457 擁前復，[三][宮]1462 刺納毀，[三][宮]1462 貫穿者，[三][宮]1462 極細針，[三][宮]1462 若得此，[三][宮]1462 繡衣孔，[三][宮]1464，[三][宮]1546 不能制，[三][宮]1547 法故如，[三][宮]1547 結花作，[三][宮]1547 已結作，[三][宮]1549，[三][宮]1552 持衣如，[三][宮]1592 莊嚴論，[三][宮]1656 及扇等，[三][宮]2059 經方等，[三][宮]2121 結縷盛，[三][宮]下同 1428 連綴若，[三][宮]下同 1462，[三][宮]下同 1462 貫穿，[三][甲]1333 作，[三][聖]、一[知]1441 繩，[三][聖]1441 屧木屧，[三][聖]1441 若華果，[三]190 脫爾時，[三]201 縷，[三]721 種種色，[三]985 身上帶，[三]1093 爲呪索，[三]1300 得長一，[三]1334 作於呪，[三]1335，[三]1336，[三]1336 當爲繩，[三]1336 爲，[三]1336 呪，[三]1341 縷等彼，[三]1462 染色，[三]1464 結縷盛，[聖]1463 囊。

延：[元]403 以十八。

筵：[宋][元][宮]2121，[宋][元][宮]2121 王手，[宋][元]1 被褥入，[乙]2192 譬如是，[元][明]1509 雜，[元][聖]643 安置丹。

綎：[甲]1721 者。

緽：[宮]1421 布地令。

縱：[原]1744 本二名。

閻

闡：[甲]2130 提太子。

閔：[聖]2157 曼德迦。

鬪：[宮]2121 浮，[三]1043 婆。

閣：[甲]1103 第毘耶，[明]968 摩盧迦，[三]1335，[三][宮]397 婆迦質，[三][宮]397 羅叉五，[三][宮]461 異道人，[三][宮]620 鞞阿閣，[三]1336 奢那咩，[乙]1028 彌迦第，[元][明]993 鉗。

閤：[宋]845 母那河。

關：[甲]2266 五識此。

即：[元]、嚴[明]721 浮提人。

間：[宮]1421 浮提界，[明]2123 浮提地。

監：[知]741 王罪至。

闠：[三][宮]2122 興寺，[宋][元]
1336。

門：[元][明]425 其佛光。

闕：[三]2106 公則者，[宋][元]
2106 公則縢。

髯：[甲][乙]1225 二摩訶。

潤：[甲]2068 寺釋僧。

剡：[宮]2122 浮。

聞：[三]194 摩竭國，[元][明]、
問[聖]425 吼。

炎：[宮][聖]278 光。

鹽：[宮]729 法王默，[聖]1463
陀。

焰：[元][明]425。

醫：[宮]729 王王哀。

以：[乙]2391 方門次。

檐

襜：[宋][宮]225 所有福。

耽：[明]1636 痛苦有。

儋：[明]316 無義利。

擔：[宮][甲]1911 當知是，[宮]
1428 持佛言，[甲]2003 什麼檐，[甲]
[乙]2250，[甲]2250 恐是形，[明]2016
斯大事，[三]489 菩，[三]2122 抱又著，
[三][宮][聖][另]1442 來至耕，[三][宮]
[聖]310 醫神呪，[三][宮][聖]1443 食
辛苦，[三][宮]224 是修當，[三][宮]
374 分散聚，[三][宮]402 逮得已，[三]
[宮]1421 重檐，[三][宮]1443 息肩見，
[三][宮]1482 如月形，[三][宮]1495 肩
上或，[三]374 負歸家，[三]1106 二
合婆，[三]1116 柴女人，[三]1137 十

五耶，[三]1165 十，[三]1355 二合婆，
[三]1435 石土壒，[宋][宮]2060，[宋]
[明]310 想，[宋][明]下同 1401 二合
婆，[元][明]882 阿寫訖，[元][明]896
沒羅木，[元][明]1341 以杖拷。

枯：[聖]1425 周匝一。

簷：[三]2087 宇特起，[三][宮]
2060 將入函，[三][宮]2103 西暗日。

氈：[三][宮]下同 1506 衣隨坐。

顏

妙：[三][宮]512 色端正。

貌：[三][宮]1509 世無比。

顯：[原]2339 舊。

顏

額：[元][明]186 不知，[元][明]
186 不。

顧：[甲]2036 延之制。

湏：[宮]2122 色怡和。

頪：[元][明][宮]2060 頪沙門。

貌：[明]、類[宋][元]154 殊，[聖]
211 奇。

面：[三][宮]397 貌端正。

容：[明]1451 貌端正。

色：[明]1450 變，[宋][明]100。

順：[三][宮]2045。

頹：[宮]394 世尊寂。

顯：[明]310 益，[三]20 慚諸家。

形：[甲]857 色操持，[三][聖]190
容端正。

亦：[三]201 色濁。

嚴

報：[三]682。

備：[甲]1775 相好也。

變：[甲][乙]1822 體用香。

藏：[甲][乙]1866 界內摩，[甲]2337。

釵：[元][明]156 釧。

發：[甲][乙]2394 淨大寶。

飛：[三]1982 一一光。

伽：[甲]2396 說一切。

光：[三]982。

護：[甲]1828 根門是。

齋：[三][宮]2043 持香花。

艱：[三]2122 官問汝。

交：[原]1819 飾於。

挍：[三][宮]657 如來塔。

瞰：[三]1591 食觸女。

類：[甲]2219 好象名。

麗：[宮]263 殊妙常，[三][宮]2053 大車車，[三][甲]951 若鑄，[三]2088 又東南，[聖]201 婬女處，[宋][宮]、殺[明]1505 羊。

齊：[三]154。

器：[宮]414。

取：[原]2196 曉義猶。

染：[元][明]585 淨及與。

散：[三][宮]539 衆名華。

飾：[甲]1700 故四名，[明]24 復共集，[三][宮][聖][另]1428 者銅鐵，[三][宮][聖][另]1428 自捉若，[三][宮][聖]225 定五陰，[三][宮][聖]225 山不念，[三][宮][聖]754 清淨方，[三][宮][另]1428 自捉若，[三][宮][另]

1442，[三][宮]221 未曾所，[三][宮]278 令一切，[三][宮]309 一一寶，[三][宮]332 光，[三][宮]378 其身有，[三][宮]414 如前有，[三][宮]414 種種微，[三][宮]454 清淨福，[三][宮]2122 具如生，[三][甲][乙]1092 香華香，[三][甲]955 纔上有，[三][乙]1092，[三]1之，[三]186 棚閣軒，[三]186 要妙見，[三]187，[三]189 又勅嚴，[三]220 悅可衆，[三]2088 又東寺，[聖][另]310 將從衣，[聖]376 佛言，[聖]376 具器物，[聖]1421 塔若作，[聖]1851 故曰莊，[宋][元][宮]310 將從衣。

受：[甲]2068 應教。

威：[三]192 儀寂靜。

微：[三][宮]338 妙。

物：[宮]1458 或先犯。

校：[三][宮]2121 高車送，[三]1015 與大比，[三]1533 廣，[宋][元][宮]、較[明]1521 辭句有。

兄：[甲]2250 勇健無。

修：[三]194。

言：[甲]1735 道場次。

巖：[甲]2000 下下要。

嚴：[明]2076 下堂義，[三][宮]383 峻，[三]193 嚴飾光，[宋]2061 明訥言，[乙]2376 寺順曉。

儼：[明]2112 密不謝，[原]2369 法師義。

儀：[明]2053 之德，[三][宮][聖][另]281 學法王。

緣：[甲]1735 果故七。

正：[宮]310，[明]1507 於外表，

[三][宮]657 無諸臭。

莊：[明]586 飾之具，[乙]2157 法藏塵。

巖

崖：[甲]2017 赴火九。

岩：[元]、囐[明]2106 谷禽鳥，[元]2060。

顏：[甲]1986 問甚處。

嚴：[三][宮]2060，[三][宮]2060師明教，[三][宮]2060 崖，[元]2016 拔髮代。

簷

擔：[宮][甲]2087，[宮]2122 宇特異，[甲]2087 前諸國，[三][宮][甲]2087 崇臺重。

欄：[宮]397 雜寶欄，[明][宮]、[聖]1462 水所落。

塩：[聖][另]1451。

瞻：[明]279 蔔淨光。

榴

簷：[三][宮]1442 階下或，[三]190 垂珠羅。

囐

羅：[甲]1709 此翻爲，[乙]1709 弭多此。

巖

藏：[明]2076 禪師法。

嶺：[三][宮][甲][乙]2087 上有過，[宋]2088 間石室。

師：[甲]2006 云千日。

頭：[明]2076 拈拂子。

崖：[甲][丙]2087 岫回互，[明]2103 正肅拱。

嚴：[明]2123 應響福，[明]2102廓遊心，[三]2122 上泯，[宋][元]448，[宋][元]448，[元][明]721 山之林，[元]448 如來南。

簷：[乙]2092 前。

巘：[三][宮]2066 五塵無。

獄：[三]192。

淵：[三]203 赴火五。

鹽

埪：[甲]2135 羅嚩。

監：[宮]1646 兩經中，[甲]2362種性或，[明][宮]1646 兩經中，[三][宮]1537 母，[三]1336。

壜：[宋][宮]901 等鬼聞。

疆：[宮]1428，[宮]2122 以食蟹，[三][宮]2103 掌唯，[另]1443 河側劫。

殑：[三][宮]1442 河側劫。

醬：[三][宮][聖][石]1509 是衆味。

檻：[三][宮]607 王見。

鹹：[三][宮]272 味，[元][明]272味以常。

炎：[元][明]169 天上無。

閻：[明]2154 王五使，[三]86 王相見，[三]2145 王五天。

焰：[三]291 天上雨。

餤：[三]198 天爲諸。

㕤

名：[甲]2128 聲㕤緣。

肰

於：[甲]2128 肰音偃。

奄

唵：[丙]1076 泥娑嚩，[甲][乙]2397 字故謂，[甲]895 沒羅木，[聖]1723 含總相，[乙]1171 三麼耶，[元]、菴[明]2016 摩羅。

暗：[甲]2367 合。

淹：[三][宮]541 忽歿故，[三]202 沒不還，[宋][元][宮]541 忽而死，[宋]172 忽如今。

掩：[明]1425 其未陣，[三]1340 蔽我，[三][宮]1435 失財物，[三][宮]1428 地，[三][宮]1435 失財利，[三][宮]2060 燈令闇，[三][宮]2103 其功明，[三][宮]2122 入船，[三][聖]178 絕婬，[三]186 無耀，[三]211 蔽臭穢，[元][明]5 土，[元][明]99。

菴：[三][宮]468 者何義，[三][宮]1425 婆羅離。

罨：[聖]1723。

衍

乘：[宮]2047 經。

乘：[原]、[甲]1744 並非眞。

珩：[元][明]2110，[元][明]2110 識悟優。

愆：[宮]309 心六。

術：[明]2060 其不思，[乙]1709 經云阿。

所：[宋]2103 鑒霈垂。

行：[甲]2035 宣，[甲]2128 那唐言，[甲]1922 復次行，[三][宮][聖]224 已來大，[聖][另]765 那，[宋]1579，[乙]1796 那是處，[元]2016 寶嚴經。

演：[宮]1509 法中有，[甲]1811 布但以，[明]1442 那子所，[三]2153 優波提，[聖]211，[聖]211 品第二。

御：[三][宮]461，[三][宮]461 我等不，[三][宮]461 諸響。

弅

淹：[三]202 水。

兗

充：[三]2063 延之至，[宋][元][宮]2122 州。

宛：[聖]1723 反亦。

掩

唵：[東][元][宮]721 面漫，[元][宮]721 其口，[元][明]984。

覆：[三][宮]1454 除衆諍。

摳：[三][宮]、檢[聖]1435 作已。

帕：[甲]1040 覆其。

塞：[甲]1913 耳。

授：[宮]866 眼物密。

淹：[三]193 塵，[三]193 地塵，[三]2060 漬人物，[宋][元]202 塵土次，[元][明]、奄[聖]790 塵群妖，[元][明]158 以智慧，[元][明]202 塵土次。

愴：[元][明]2121 然大。

閹：[聖]125 耳而作。

奄：[甲]1969 然而逝，[三][宮]

1425 塵又取，[三][宮]1425 瘡門若，[三][宮]2103 諸髦彦，[三][宮]2122 汝爾時，[聖]1425 戶而，[宋]、淹[元][明]212，[宋][宮]2122。

撡：[三]125 耳而作，[三]262 蔽地上，[三]2110 頓。

拽：[三][宮]1425 之還時。

菴

庵：[三][宮]1509 邊而產。

唵：[明][甲]1003，[明]1442 敦鼻麗。

荅：[宮]721 婆。

若：[甲]1781 摩勒果。

奄：[久]485 摩，[宋][元][宮]1546 羅林中，[宋]191 居止修。

掩：[甲][乙]1866 摩勒果，[聖]223 羅果若，[石]1509。

眼

八：[甲]2312 等所。

報：[宮]1509 見故是。

藏：[乙]2408 云云。

腸：[甲]2882 今請。

唇：[乙]2408 或二。

德：[甲][乙]1909 佛南無。

獨：[乙]1816 顯於。

耳：[三]384 通耳，[聖]1509 可得見。

舫：[三]2106 聽往不。

佛：[三][宮]639 調伏上。

服：[丙]862 物密語，[甲]2128 反廣雅，[甲][乙]1929 翫皆，[甲]950 藥

雄黃，[甲]1002 即便除，[甲]1709 病故見，[甲]1828 藥或是，[甲]2067 如凡直，[甲]2067 武帝禮，[甲]2084 輕明來，[甲]2299 幢世界，[明]1299 造一切，[明]2131 足其人，[三][宮]1462 藥者陀，[三][宮]387 藥治諸，[三][宮]411，[三][宮]1459 藥佛說，[三][甲][乙]950 得聞持，[三]1428 紺色種，[聖]411 能自善，[宋][宮]901 十七輪，[宋][宮]2060 自分，[宋][明]1191 常觀世，[宋][元][宮]448 佛南無，[宋][元][甲]1080 藥言佩，[乙][丙]2087 多，[元]1579 處謂若，[原]1121 類青蓮，[原]1289 各捨邪。

蓋：[三][宮]2103 龜玉之。

根：[甲]2299 識二似，[甲][乙]1822 由此眼，[甲][乙]1822 不如是，[甲][乙]1822 各別發，[甲][乙]1822 故非，[甲]1268 跋，[甲]1799 今此不，[甲]1799 色爲緣，[甲]2261 色於識，[甲]2270 所取也，[甲]2270 之與識，[甲]2271 識色體，[明][甲][乙]901 清淨一，[三][宮]1545 所見老，[三][宮]1546 所見有，[三][宮]1548 觸樂受，[三][宮]1558 身唯得，[三]311 雷聲菩，[三]1005，[三]1646 是事不，[另]1543 持耳鼻，[乙]1821 見色已，[乙]2215，[乙]2261，[元]、[明]294 善男子，[元][明]440 佛南無，[原]1825 從大，[原]2339 六通。

恨：[宮]1428 相視善，[三]186 無所諍。

壞：[三][宮]2045 今獲。

見：[甲]1851 見說之，[原]2339 是法力。

界：[宮]237 佛。

俱：[甲]1821 見色以。

可：[明]1568 見先時，[明]2131 所見假。

貌：[宮]2042 最勝甚。

門：[三][宮][聖]397 觀諸法，[宋]624，[元]416 出此三。

眠：[宮]、眼睡睡眠[甲]1912 睡佛說，[宮]1555 等五根，[宮]1648 九時節，[甲]1830 識，[甲][乙]1832，[甲][乙]1822 等餘法，[甲]1912 睡耶那，[甲]2035 處生者，[甲]2130 也虛空，[甲]2250 等文等，[甲]2266 但有思，[甲]2266 伏者以，[甲]2266 故對治，[甲]2266 即是纏，[甲]2266 為有法，[明][宮]443 者如來，[三][宮]443 如，[三][宮]458 見佛者，[三][宮]1553 人心心，[三][宮]1559 故信等，[三][宮]1559 在後云，[三][宮]1647 中增長，[三]194 不移動，[三]1336 一切人，[三]1464 坐食時，[聖]1552 及眾具，[石]1509 能起身，[乙]2309 眼伏徒，[元][明]1545 味妙色，[元][明]2123 棄，[原]、[甲]1744 也。

妙：[明]1332 根。

民：[聖][另]285 見人生。

泯：[三]192 滅一何。

明：[宮]1566，[宮]2045 聚之法，[宮][聖]626 清淨所，[宮]310 能見夜，[宮]481 種清淨，[宮]617 開是身，[宮]657 佛不虛，[宮]657 佛上，[宮]866，

[甲]1733，[甲][乙]2390 者可通，[甲]952 金，[甲]1200 印誦明，[甲]1781 即佛眼，[甲]1821 等無眼，[甲]2073 一切諸，[明][和]293 故為於，[明]997 無翳障，[明]1562 又如世，[明]2121 保養，[三][宮]1487 所見沙，[三][宮]1562 應畢竟，[三][宮][聖][知]1579 見者無，[三][宮][知]598 清淨於，[三][宮]288 菩薩法，[三][宮]294 為失道，[三][宮]324 佛眼具，[三][宮]397 目天女，[三][宮]397 行善覺，[三][宮]398 淨，[三][宮]405 行邪道，[三][宮]459，[三][宮]606 根，[三][宮]622 悉見一，[三][宮]657 丹作明，[三][宮]657 佛白蓋，[三][宮]657 菩薩摩，[三][宮]721 見彼果，[三][宮]1462 遍知一，[三][宮]1548 緣，[三][宮]1562 識發必，[三][宮]1579 等，[三][宮]1584 等六入，[三][宮]1596 識增上，[三][宮]1604 得最極，[三][宮]2121，[三][宮]2121 淨，[三][宮]2121 為恩愛，[三]1 說諸緣，[三]5 滅何其，[三]26 者便見，[三]99 時二正，[三]187 幸我宮，[三]198 如行亦，[三]210，[三]263 躅除，[三]375 皆悉得，[三]682 是時復，[三]1534 闇人非，[三]1559 根有何，[聖]190，[聖]272 現見諸，[聖]278 菩薩普，[聖]397 空空名，[聖]1425，[聖]1509 得般若，[聖]1552 界食謂，[聖]1562 本凝寂，[聖]1562 色為緣，[石]1509 成就耳，[宋]、勝[元][明]440 佛南無，[宋][宮]702 八者，[宋][宮]222 淨無量，[宋][元][宮]2121

十，[宋][元]2045 我知本，[宋]5 滅佛告，[宋]1562 等若除，[乙]2404，[元]1563 等根，[元][明][宮]633 知，[元][明]403 者悉，[元][明]425 受上首，[元][明]440 佛南無，[元][明]623 見光賢，[原]1744 者如此，[中]440 丹明。

目：[甲][丙]2812，[甲]2219 騎白牛，[明]293 故無諸，[三][宮][聖]613 舉舌向，[三][宮]397 如是惡，[三][宮]403 以頭施，[三][宮]1464，[三]1564 者亦，[聖]375 以煩惱。

朋：[明]220 作是念。

清：[甲]1733 淨五得。

親：[甲][乙]2261 所得義。

色：[甲][乙]1822 說，[三]220 界乃至，[宋][元][宮][聖]222 空耳。

勝：[甲][乙]2259 根，[甲]1816，[明][宮]2042 始生之。

說：[聖]225 佛語善。

腿：[明]312 出或從。

暇：[甲]2217 有，[三]99 見答，[三]220 等持無。

賢：[甲]1735 下問答，[乙]2397 三昧門。

限：[宮]317 兩耳兩，[甲]2782 等隨類，[三][宮]434 其國有，[宋][宮]446 佛南，[宋]125 有色於，[元][明]125 前有罪。

現：[丙]2381 遠照預，[甲][乙]1822 見非汝，[甲]951 不可思，[三]1564 見而有，[乙]2249 在五根。

相：[三][宮]1488 見若與，[聖]

[另]1435 常喜遠，[乙]2404 舌。

曉：[三][宮]544。

胸：[原]1089 兩膝散。

言：[三][宮]613 是我眼。

眼：[甲][乙]877 腭咽喉。

曜：[乙]2408 五鵝乘。

耶：[宮]1451 時諸聲。

一：[宮]1552 識依亦，[宋]619。

意：[元]1548 識乃至。

銀：[中]440 佛南無。

有：[明]1545 境界同。

願：[三][宮][聖]279。

照：[乙]2232 者是佛。

眾：[三]1340 藥。

諸：[明]1 根食知。

偃

復：[聖]、[石]1509 息臥覺。

揭：[宮]374。

仍：[宋][元][宮]、盛[明]1458 之澄積。

堰：[明]1579，[三][宮]1442 之令斷，[三][宮]1545 是故偏，[元][明]1579。

優：[宮]2060 目連之。

琰

晱：[乙]877 琰莎。

睒：[甲]2035 彌國王。

郯：[甲][乙]1211 娑囀。

炎：[甲]1717 魔界從，[三][宮]2122 聰明有，[元][明][宮]2122 心欲當。

闍：[元][明]2123 摩王所。

焰：[宋][明]971 摩王界。

撳

唵：[三][宮]2122 米。

奄：[三][宮]2122 閉其衣。

掩：[宮]1509 羅婆利，[宮]2053 日，[宮]2122 日光作，[三][宮]2122 然俱燃，[三][宮]1562 蔽燈時，[三][宮]1675，[三][宮]2122 之俟三，[三]2145 目於道。

陳

險：[丙]2087 四絶。

演

布：[三][宮]657。

陳：[原]2339。

出：[宮]656 教遍布。

燈：[甲]2266 二本二。

獨：[宮]405 説除我。

而：[宋]374 説從信。

佛：[明]2076 教。

復：[宮]310 説無我，[明]1450，[聖]625 説如是。

廣：[三][宮]534 説道義，[三]99 説六入，[三]2154 嘗歎曰。

曠：[聖]2157 正法出。

解：[原]2897 説天地。

經：[元][明]1470 義理應。

開：[三][宮]664 分別。

流：[三]1 分布諸。

染：[三][宮]403 他穢若。

深：[乙]2218 廣無涯，[乙]2263 祕二釋。

説：[三][宮]811 如應修，[三][宮]1421 純淨義，[三][宮]2060 以開皇，[元][明]658 法彼惡，[原]、説[甲][乙]1796 阿字門。

顯：[三][宮]2123 經義喚。

現：[明]293 不可思。

宣：[甲]2337 説瑠璃，[三][宮]2060 涅槃則，[三][宮]2121 説法衆。

渲：[甲]1723，[甲]1069 嚲日，[甲]2173 正疏五，[知]598 法聲除。

延：[甲]2193 於一日。

衍：[宮]276 法澤洪，[甲]1811 竟即説，[三][宮]338 光普照，[宋][宮][聖]221 分別令，[宋][宮]2060 説各隨，[宋][宮]2104 説各隨，[宋]186 清淨光，[知]266 無根本。

焱：[宋][宮]、談[元][明]224 説耳佛。

宜：[三][宮]397 説阿耨。

誼：[甲]1782。

源：[宮]414 未得法。

蘊：[甲]2266 云意，[甲]2266 釋次下，[甲]2266 云此，[甲]2266 云第六，[甲]2266 云疏此，[甲]2266 云疏如，[甲]2266 云疏三，[甲]2266 云疏實，[甲]2266 云疏始，[甲]2266 云疏隨，[甲]2266 云位量，[甲]2266 云謂實，[甲]2266 云易了，[原]2262 云疏論。

諍：[甲]1816 説亦已。

蝘

繳：[宋]、[元][明]118 體服毒。

噞

僉：[甲]852 占襜染。

龔

龔：[甲]2036 初。

儼

徹：[甲]2087。

疇：[三]125 匹少欲。

後：[甲]2068 思不覺。

鎮：[三]125 頭可之，[三]125 頭嘆吒，[三]212 頭而去。

三：[甲]2128。

微：[三][宮]1547 色如是。

嚴：[甲]2335 尊者康，[三][聖]643 身之宮。

依：[甲]2195 然不散。

吟：[宋]1332。

魘

厭：[明][甲]1094 祷或被，[三][宮]635 亦不，[三][宮]2122 連呼不，[三][宮]2122 之河北，[三]945 蠱毒藥，[三]2154 夢跋陀，[聖]2157，[宋]945 鬼。

巘

健：[明][甲]1175 蕩。

獻：[甲]861 塗納婆，[明]1170 達哩嚩，[三]1257。

巘：[明]876 盪儗姸。

嶮：[明][丁]、獻[聖]1199 度，[明]473 達哩嚩。

巘：[宮]、巘[甲]2087 崇峻上，[明]1170 引駄引，[宋][元]、嶮[明]1032 蕩儗姸，[元][明]19。

巚

嶽：[甲]1830 而飛高。

黶

壓：[甲]1110 點，[宋][宮]2123 遍體状。

厭：[甲]1733 法等彌，[甲][丙][丁]1141 王菩薩，[甲][乙]852 菩薩無，[甲]850 尊三目，[甲]853 菩薩第，[原]1782 點疣贅。

咽

哽：[宋][元]208 摧慼劇。

喉：[甲][乙]2390 次。

嗟：[三]2060 無以加。

胭：[宋][元][宮]1546 喉中間。

困：[甲]2396。

面：[甲][乙]901 上額上。

目：[乙]2215 出現無。

食：[三][宮]、飡[聖]1471 十一者。

首：[三][宮]657 飾其珠。

哃：[三][宮]721 牝牡同。

筒：[甲][乙]1822 墮生。

胭：[宮]544 如針，[宮]736 喉不急，[宮]1505 瘻修姡，[宮]1506 如針，[三][宮]394 喉脣，[三][宮]1442 推出，[三][宮]1505 瘻名由，[三][宮]

1546 繫矍金，[三][宮]1562 惡業力，[三]1 名爲第，[三]152 飮其血，[三]190，[三]190 血出下，[三]1093 下即得，[三]1335 下入大，[宋][元][宮]721 令其悶，[宋][元][宮]1546 唾時彼，[元][明]674 飾半頸。

烟：[三][宮][知]741 火炎出，[三][宮]1458 鼻箭此，[東][宮]721 則如針，[宋]374 喉結痛。

㖒：[三][宮]310 入喉中，[元]2122。

噎：[明][和]261 悲哭各，[明]152 出與百，[三]374 而言苦，[三][宮]386 悶絕躄，[三][宮]507 斯須息，[三][宮]750 呼天怨，[三][宮]1559，[三][宮]2058 見佛言，[三][宮]2121 出與百，[三]152，[三]152 而言，[三]152 王重曰，[三]161，[三]184 悲不能，[三]184 悲泣莫，[三]374 爾時大，[聖]514 淚下交，[元][明][宮]614 塞命斷，[元][明]375 而言苦，[元][明]375 爾時大。

因：[三]1425 汁者應。

彦

產：[甲]2068 武三，[甲]2068 武三韓，[三][宮][甲]2053 各率縣，[三][宮]2102 眞大居，[乙]2261 芳聲流。

底：[丁]2244 或竪。

多：[甲]2039 升昭聖。

廖：[宮]2060 公和禪。

診：[三][宮]2103 以其不。

允：[三][宮]、亥[甲]2053 之所踐。

晏

安：[宮]737 然行第，[原]907 靜專城，[原]905 靜專城。

婁：[元][明]下同 624 摩休晏。

宴：[宮]1998 坐覩異，[甲]1782 烏見反，[甲]1828 默第，[三][宮]1462 然不來，[三]26 然不復，[乙]2207 反。

宴

安：[宮]278 寂於一，[甲]2068 坐乃見，[甲]2339 坐而已。

晏：[宮]310 坐，[甲][乙]1978 安無四，[甲]1929 坐復何，[甲]2035 駕上曰，[甲]2036 坐岩中，[久]761，[久]761 坐持戒，[三]2110 玉京以，[元][明]515 然已能。

燕：[德]26 坐於是，[三][宮][聖][另]342 處文，[三]26 坐以淨，[聖]26，[聖]26 坐或住，[聖]26 坐思惟，[聖]26 坐樂住，[聖]222 坐不毀，[石]1509 坐法不，[知]26 坐起堂。

㬫：[另]281 坐當願。

醮：[三][宮][聖]703 會作衆。

讌：[三][宮][聖][另]1442 樂欲與，[三][宮][聖]376 默學作，[三][宮][聖]1579 會，[三][宮]2121 會皆悉。

焰

炳：[甲]1512 然也是。

謟：[三]2122 患人。

熾：[三][甲]955 猛而普。

大：[甲][乙]1909 明佛南。

燈：[明]1562 爲燈故，[元][明]

302 摩尼珠。

梵：[三][聖]210。

光：[三]278。

灰：[三][宮][聖]627 雲霧污。

火：[三][宮]286，[三][宮]384 不能燒，[三][宮]414 聚中奮，[聖]613 如旋火，[聖]639 光除幽，[元][明]414 中初無，[元][明]658 欲如膿。

聚：[元][明]278 復得。

爛：[宋][元][宮]613 尋樹而。

爛：[宮]619 諸光前，[甲]1124 如夢如，[三]71 火祠諸。

然：[聖]476 不息而。

熱：[三][宮]、琰[聖]224 三昧怛。

肉：[三][宮]、炎[宮][石]1509 聚敗壞。

晱：[三]212 現已滅。

燒：[三]643 滿阿鼻。

頌：[甲]1736 云焰以。

踏：[三]25 熱東西。

㷁：[三][宮]645 然彼諸。

燄：[宋]1092 次院東。

惟：[明][乙]1092 當見。

錟：[甲]1821 名明以。

烟：[甲]2270 也先於。

煙：[甲]912。

炎：[煌][燉]262，[宮]309 勝于火，[三]1 天王復，[三]190，[三]190 熾甚可，[三]190 光倍勝，[三]190 暉赫其，[三]190 或復隱，[三]222 光猶如，[三]222 天兜率，[三]244 輪二中，[三]1105 二合曩，[宋][宮]384 熾，[宋][宮]384 益以乾，[宋][元]、炙[明]2085

光威相，[宋][元]244 日輪儀，[宋]212。

鹽：[三][宮][聖]222 天兜率，[三][宮][聖]222 天上兜。

琰：[明]1153 魔卒見，[明]1413 魔王界，[明]1692 魔惡趣。

焱：[三]639。

燄：[明]125 燒炙彼，[三]125 光泥。

艷：[三]192 極光澤，[聖]170。

豔：[三][宮]644 三昧九。

夜：[宮]1486 摩陀，[三][宮]2122 摩世間。

院：[三][甲]1085 圍遶。

照：[宮]1509 明忽然。

堰

悔：[三][宮]2123 過自責。

偈：[聖]1646 水時渠。

偃：[聖][另]765 塞於其，[宋][元]2122 斷水寠，[元][明][乙]1092 臥空中。

優：[聖][另]765 塞於其。

硯

蜆：[三][宮]2122 勅令審。

雁

復：[宮]2112 用。

鳥：[三]2088 塞之區。

爲：[甲][乙]2194 字紅胡。

烏：[明]2122 形依高。

象：[宮]2042 王飛至。

鷹：[三][宮]2059 愛，[三][宮]

2123，[聖]1543 鶴孔雀，[元][明][宮]2122 聞。

應：[宮]2123 欲。

嗿

誒：[乙]867 嗿。

獻：[乙]867 嗿馱。

彥：[宮]2059 云深量。

諺：[三]630。

焰

光：[三][宮]839 如泡如。

火：[宮]721 俱起焚，[三][宮]721 如是黑。

炎：[宮]732 出爲去。

琰：[明]722 魔殺鬼，[明]725 魔刹具。

艷：[三][宮]377 彩光明。

夜：[三][宮]、焰摩魔[聖]1579 摩天衆。

焱

猋：[明]2110 竪之文，[明]2122 從上下。

飈：[三][宮]2103 竪纖者。

六：[宋][宮]、大[元][明]810 門者。

炎：[宋]、火[元][明]2122 宅之既，[元][明]725 身抓相。

焰：[三][宮]、炎[聖]397 光明，[三]2103 一旬内，[聖]397 鳩。

榲

傴：[宋][宮]、摀[元][明]2085

載高二。

厭

逼：[三]2122 病。

二：[三][宮]2121 唯有母。

伏：[三][宮]1602 惡了知。

戡：[宮]1549 不用心，[三][宮]263 身懷或，[三]2145 然無際。

倦：[三][宮]1521。

離：[原]1775 善也肇。

滅：[三]211。

明：[甲]2299 苦樂求。

魔：[明]451 魅起屍。

能：[甲][乙]1822 惡聖道，[三]5 之何以，[聖]210 信知陰。

疲：[甲]2337 倦更欲。

慼：[甲]1709 非惡趣。

求：[甲]1709 有勝堪。

然：[甲]1921 三。

若：[三]168 之王。

散：[宮]266 不以劇，[宮]401 所生之。

體：[甲][乙]1822 惡劣法。

獻：[甲]1778 蓋如來。

懈：[三][宮]1646 倦又行。

押：[甲]、壓[乙]2879 油殃。

壓：[甲]、厭[甲]1782，[甲]2135 阿縛瑟，[三][宮]2060 藥勢侃，[三][宮]2103 名言，[三]210 病條至，[三]1331，[三]1464，[宋][宮]2122 時當須，[宋][明]、魔[甲]901 魅野道，[宋][元]2110 並得爲，[元][明]1331 笞不，[原]1203。

禰：[三]、魘[甲]1080 祷疔瘡，[三][宮]1428 祷呪術。

魘：[甲][乙]901 蠱野道，[明]1450 魅，[明][甲]901，[明]451 魅蠱道，[三][宮]383穰語水，[三][宮]534 鬼魅鬼，[三]185 其妻諸，[三]984，[宋][元][宮]、壓[明]553 我上者，[元][明]263 鬼餓，[元][明]429 鬼皆不，[元][明]638 鬼，[元][明]1331 人魅鬼。

黶：[甲]864 菩薩底，[三][宮]2123 或黒或。

猒：[宋][元]、敢[宮]398 愍哀其。

懕：[石]1509 畏苦痛，[石]1509 足故欲，[宋][元][宮]2102 殺此即。

依：[甲][乙]1821 此受。

斁：[元][明]2060 休。

影：[知]741 足故受。

欲：[元][明]1579 背性又。

縁：[甲]2266 所心滅。

致：[三][聖]210。

種：[聖]1851 苦樂求。

状：[乙]2394 印密印。

鴈

鳩：[甲]2128 來賔也。

鷲：[元][明]26 王是謂。

鹿：[三]310 遊止寂。

鳥：[知]418 王飛前。

象：[三]2151 王經一。

寫：[三]1336。

鷹：[宮]512 王，[宮]724 諸鳥子，[三]、應[宮]425 鳴毀散，[聖]210 將群避，[宋][元]1442 鴛鴦等。

應：[三]950 及迦陵，[聖]210 棄池量，[聖]1509 能遠飛，[宋]2145 行。

燕

鷰：[三][宮][聖]1456 鶴鷺雕。

荒：[丁]2244 亂人王。

薪：[三]125 油往耶。

胭：[明]1071。

烟：[三]1096 脂不得，[三]1097 脂和紫。

煙：[宮]2060 山之北。

咽：[三]100 斯二種。

宴：[明]318 處不思，[明]1435 坐語諸，[三]26 坐，[三]26 坐起，[三]26 坐起豫，[三]26 坐世尊，[三][宮]309 坐於，[三][宮]263，[三][宮]263 坐綢繆，[三][宮]263 坐行，[三][宮]317 坐思惟，[三][宮]429 坐若傳，[三][宮]459 坐住於，[三]22 其中離，[三]26，[三]26 坐，[三]26 坐彼，[三]26 坐彼樂，[三]26 坐稱説，[三]26 坐見已，[三]26 坐内行，[三]26 坐起，[三]26 坐起堂，[三]26 坐起往，[三]26 坐若彼，[三]26 坐説縁，[三]26 坐思惟，[三]26 坐有大，[三]26 坐於是，[三]46 處精進，[三]154 居獨處，[三]186 室寂莫，[三]212 不亂練，[三]1435 坐令諸，[宋][元]寂[明]212 役神方，[元][明]26 坐思惟，[元][明]810 處不自。

讌：[乙][丙]2092 正光初。

餤

炎：[宋]208 知此兒，[宋]99 諸

行如，[宋]208 土石俱。

諺

該：[甲]2837 空有而，[三][宮]2060 妄習偏，[原]2339 貫萬法。

瞻

詹：[明]、薝[宮]670 蔔日月。

鵪

鶊：[三]2121 住。

駭

驗：[三][宮]2122 合。

魘

魘：[三]984 殺毒害。

厭：[三][宮]2103，[三][宮]2103 惡血腥，[三]2110 及。

魘：[元][明]2103 兼捨身。

贗

諺：[三]152 矣方有。

嚥

咽：[三][宮][聖]278 食時當，[三][宮][聖]279 咀之時。

艷

炎：[三]643 亦不見，[元][明]643。

焰：[元][明]643 如摩尼。

焰：[三]、炎[宮]374 髦尾金。

豔：[甲]2128 美色也。

豔：[甲]2128 反說文，[甲]2128

間驗反。

豔：[丙][丁]2092 姿，[乙]2092。

嬿

燕：[三]22 處某有。

爛

爛：[三]950 光，[宋][宮]2102 耳今以，[宋]1092 供。

闍：[明]1153 魔宮。

琰：[明]1153 魔衆供。

焰：[明]1153 形置在，[三][甲]950，[三]2145 爛照。

鸚

雄：[甲]2129 鳳其雌。

驗

被：[甲]2006 天下衲。

部：[明]2122。

暢：[三]137 逸。

福：[甲]1178 即轉退。

撿：[宋][元]、檢[明]2087 遂入瞿，[原]1869 思可解。

檢：[甲]2401 出家以，[三]、而以下有石山本 2125 律文則，[三][宮]2122 覆方知。

驅：[甲]2204 自宗而，[乙]2376。

趣：[甲]2255 智。

人：[三][宮]2122 出，[三][宮]2122 出冥報，[三][宮]2122 出西國。

認：[甲]2006 向。

驕：[甲]1816 勝。

駿：[甲]1870 爲此偏。

駇：[宋]2122 出。

顯：[元][明]1562 知生因。

駿：[明]405 欲脫縶。

憶：[甲]2068 知在生。

譯：[宋]、詳[元][明]264 二譯定。

證：[三][宮]2085 於是外，[三][宮]2109 矣雖遭，[三][宮]2122 先請菩，[聖]514 也古。

誌：[三][宮]1458 若別人。

鴦

慈：[三][宮]638 母。

醮

喚：[三][宮][聖][另]1435 諸親族。

讌：[明]154 飲，[明]639 及乘騎，[明]2060 飲而嚼，[三][宮]2122 會皆悉，[三][宮]2122 聚隨便，[三][宮]2122 數日輒。

贗

厭：[三]1644 食想五。

讌

謙：[聖]190 會音。

宴：[三][宮]1452 會有，[三]2151 會王公，[元][明]630 而犯漏。

燕：[乙][丙]2092 會雖設。

醮：[三][宮]2103 而羊。

釅

嚴：[聖]1579 酢或如。

豔

炎：[宋]、[元][明]125 天兜術，[宋]、燄[元][明]113 第四兜。

艷：[三][聖]278 傾。

央

曾：[三]2123 休息唯。

叉：[明][甲]1175 拏二合。

塵：[甲]2068 數偈時。

方：[甲]2239 四智四。

復：[三]、殃[宮]2122 休息唯。

共：[聖]190 有一寶。

極：[三][宮]481 數劫不。

尖：[甲]2207 佛眼似。

失：[乙]2394 具梨過。

史：[宮]2122 作塘有，[甲][乙]1179 迦羅子，[明]2131 羅此云，[宋][宮]1674 具理摩。

數：[三][宮]263 衆知，[三][宮]433。

殃：[甲]1717 掘，[甲]1717 掘列衆，[三][宮]811 罪，[三]26 樂，[聖]225 濟衆苦，[聖]790 數劫爲，[聖]1723 三龍宮，[聖]2042 數人聞，[宋][宮]263 數億天，[宋][元][宮]2122 數劫有，[宋][元]190，[宋][元]1336 數生宿。

鞅：[博]262 數劫處，[宮]269 數皆神，[宮][聖]425 數劫不，[宮]263 數百千，[宮]263 數億百，[宮]292 數劫班，[宮]292 數劫行，[宮]536 數天共，[宮]598 數劫不，[甲]1718 未來不，[三][宮]342 數劫得，[聖]278 數

修諸，[聖]125 數，[聖]178 數百千，[聖]222 數者亦，[聖]223 數劫不，[聖]284 數佛七，[聖]285 數億百，[聖]288 數一切，[聖]291，[聖]613 數世彼，[聖]626 數拘利，[聖]816 數劫行，[聖]1509 數眾生，[石]1509，[石]1509 數世往，[宋]、懃[元]193 數人集，[宋]、殃[聖]125 數之變，[宋][宮]263 數億，[宋][宮]565 數不可，[宋][宮]565 數眾生，[宋][宮]221 數人或，[宋][宮]222 數億百，[宋][宮]263 數，[宋][宮]263 數人得，[宋][宮]263 數億，[宋][宮]263 數億百，[宋][宮]269 數至佛，[宋][宮]342 數人心，[宋][宮]345 數人取，[宋][宮]345 數眾志，[宋][宮]384 數，[宋][宮]384 數阿僧，[宋][宮]483 數菩薩，[宋][宮]606 數男子，[宋][宮]1421 數大眾，[宋][宮]下同 343 數人民，[宋][聖]125 數之眾，[宋][元]202 數眼正，[宋][元][宮]、殃[聖]1462 數劫我，[宋][元][宮]221 數劫都，[宋][元]23 數百千，[宋][元]42 數中皆，[宋][元]193 數出城，[宋][元]529 數皆得，[宋]125 數百千，[宋]125 數之，[宋]202 數歲雖，[宋]202 數眾爾，[宋]263 數劫有，[宋]309，[宋]1343 數世生。

鶖：[甲]2263 屈摩羅，[明]2149 掘摩經，[明]2149 掘摩羅，[明]2154 崛魔羅，[三][宮]2040 竭闍優，[三][宮]2040 掘魔比，[三]2151 掘魔羅。

夭：[原]1205 壽消除。

要：[元][明]98 亦善要。

益：[三][宮]731 數寒犁。

中：[甲]2391 鑁下左，[三][宮]610 若。

泱

映：[明]2103 流則十。

殃

惡：[宮]629。

咎：[三][宮]1471 四等枯。

快：[聖]190 我等今。

失：[甲]1239 禍，[元][明]309。

殊：[宮]2111，[甲]2214 過生生。

歎：[宮]784。

凶：[三][宮]263 罪猶如，[三][宮]477 禍，[三][宮]590 疫眾邪，[三][宮]736 萬罪還，[三][宮]739 衰，[三]2121 行仁群。

央：[明]1048 數阿素，[三][宮][聖]、鞅[石]1509 數劫不，[三][宮]2121 掘魔羅，[三]1331，[聖]211 尋聲即，[宋][宮]403 其意質，[元][明]2122。

鶩：[三]205 崛。

欲：[三][宮]491。

誅：[宋]167 一入地。

胦

鞅：[甲]1782 群響皆。

鞅

央：[元][明]2122 數百千。

鴦

央：[明]2145 掘髻經，[三][宮]1435 伽國摩，[聖]643 掘摩羅，[宋][元][宮]2122 掘魔經，[宋][元]2154 崛悔過。

殃：[聖]643 掘摩羅，[宋][元][宮][聖]1462 掘摩羅。

駚：[石]、烏[聖]1509 群梨摩。

羊

半：[宮]1457 甲。

筆：[聖]2157 寺出亦。

並：[三][宮]2122 唾之得。

羝：[三][宮]397 脚大。

鹿：[甲]1718 車下第，[原]1721 雖得出。

年：[宮]2008 終至曹，[甲]2120 豈歸依，[知]2082 僧。

牛：[宮]833 群中六，[明]2103 酒作禮，[三][宮]745 以血，[三][宮]2103 繫，[三][甲]1227 牛不走，[三]1331 駚。

群：[三][宮]606 鹿及諸。

辛：[元]2122 怪晋懷。

陽：[三][宮]2103 臨虛投。

楊：[明]2063 太山人，[三]2110 莫。

夷：[甲]2128 益反變。

芋：[宮]1545 與皮故，[甲]2128 益反又。

羋：[甲]2434 爲羝也。

佯

伴：[宮][聖][另]1442 死人見。

詳：[東][元]721。

羊：[三][聖]1354 病作者，[宋]186 聽十四。

徉：[三][宮]、伴[聖]1443 行取水，[三][宮]、陽[聖][另]790 行求索，[三][宮]816 心念言，[三][宮]1425 大小行，[三][宮]1547 遊行至，[三]26 往詣佛，[三]161 擔，[三]1435 來入更，[三]2121 而行魚。

陽：[宮]2060 狂不可，[三][宮][聖]425 愁而雨，[三][宮]2045 致重敬，[三]152 遠之數，[聖]125，[聖]125 舉聲，[宋][聖][另]、揚[宮]1428 跋行或。

揚：[宮]、楊[聖]1428 跋行或，[宮]1428 跋行或，[宮]2104，[三][宮][聖]395 清白是，[三][宮]721 跋行正，[三][宮]2103 癡不計，[宋]、楊[聖][石]1509 怖入王，[宋][宮]、陽[元][明]309 若不知，[宋]187 聽十四。

痒：[明]1435。

詐：[三][宮]2121 病困劣。

徉

揚：[宋]208 愛念劇。

洋

融：[久]1486 銅求死，[元][明]616 鍊如法。

鎔：[三][宮]1558，[三][宮]2121 銅潅其，[三][宮]2123 石作鐵，[三]

193 銅，[三]210 銅。

神：[三][宮][聖]2034 實明敏。

田：[明]2076 淺草纛。

祥：[宮]738 銅灌口，[甲]1782 河之象，[明]2076 州大巖。

詳：[宮]2122 既死太，[甲]2250 大水貌，[三][宮]2122，[宋][宮]2122，[宋][宮]2122 即元魏，[宋][宮]2122 齊沙門。

佯：[明]721 白，[三]125 街里朋，[宋]、烊[元][明]2121 銅手捉。

烊：[宮]1998 銅汁吞，[宮]493，[明]2123 銅手捉，[明]796 石作鐵，[明]2060 銅灌之，[明]2123 銅灌口，[三][宮]2123 銅，[三][宮]2123 銅灌口，[三][宮]下同 2123 銅灌注，[三]2121 銅溰之，[宋][元][宮]582 銅斯死，[元][明]721 金而，[元][明]721 金聚更，[元][明]721 金。

煬：[宋]、烊[元][明]152 銅沃口。

瀁：[三]2121 不能自。

澤：[三]630 法澤三。

烊

洋：[三][宮]1644 熱鐵，[三][聖]643 銅灌咽，[三]643 銅飲，[宋][元][宮]2122 銅沃其，[宋][元][宮]2123 銅灌口。

陽

腸：[三][宮]2104 自。

道：[乙][丙][戊][己]2092 門御道。

都：[三]2149 譯。

颰：[甲]1922 炎無暫。

綠：[乙]2092 春等茂。

湯：[三][宮]2060 陸村北，[三][宮]2060 陸家鎮，[宋][宮]2060 江總故，[宋][元][宮]2053 沐道實。

惕：[明][宮]2102。

詳：[聖]790 爲善内。

佯：[三][宮]1478 瞋怒，[三][宮]2121 爲牧人，[三]205 共鬪乎，[三]212，[三]606 如不視，[三]606 作俳戲，[三]2103 狂浪宕，[三]2103 狂如愚。

揚：[宮][甲]1912 數之極，[甲]2036 遠塗非，[甲]2128，[明]624 七復有，[三][宮]2122 夏烈温，[三]2145 郡，[三]2145 郡建康，[乙]1772 赤色含，[元][明]2103 巧笑峨。

楊：[宮]2059 尹孟顗，[甲]2271 處處之，[明]2145 韓林穎，[三][宮]2060 休之與，[三][宮]2066 一，[三][宮]2066 之八水，[三][宮]2122 梅之屬，[三]2110 文敦洽，[三]2145 尹孟顗，[三]2151 城侯劉，[三]2152 宮内譯，[宋][元]、揚[明]2145 尹顏竣，[宋][元]、揚[明][宮]2122 都唯將，[宋][元][宮]2059 尹沈，[宋][元][宮]2060 通闍梨，[宋][元][宮]2102 尹王瑩，[宋][元][宮]2122 人姓湯，[宋][元]2122 尚善撰，[宋][元]2145 郡。

暘：[甲]1733 谷之昇，[甲]1799 昇天光，[三][宮]2103 紀歲玄。

颺：[宮][甲]1911 焰苦既。

陰：[甲]2897。

影：[甲]2204。

隅：[甲]2087 有二，[三][宮]2060
開化大。

揚

場：[宮]2060 扇承脂，[宋]2122
名。

暢：[甲]1733 聲大叫，[三][宮]
[知]384 如來法，[三][宮]263，[三][宮]
285 妙聲柔，[三][宮]618 無量法，[三]
2149 佛宗之。

稱：[甲]1723 爲彼智。

持：[三][宮]278 諸如來。

賜：[另]1721 聲大叫。

地：[三][宮][聖][另]285。

奮：[三][宮]2122 耳而伏。

華：[宋][宮]1509 樹隨風。

偈：[甲]2167 法雲寺。

揭：[甲]2207 波言阿，[甲]2266
多舊言。

揭：[乙]1772 婆當車。

柳：[乙]2092 花樹如。

明：[三][宮]1462 佛法有。

擒：[三][宮]2059。

商：[三][宮]2104 推至五。

傷：[原]1700 故懷悲。

攝：[明]656 威儀身，[乙]2296。

歎：[三][宮]402 此經無，[三][宮]
1509 其名字。

錫：[聖]1670 米。

摘：[三][聖][知]1441 齒不得。

提：[宋][元]1092 掌結，[原]1744

妙法無。

物：[聖][甲]1733 化故六。

析：[宮]1530 語化第。

佯：[三]152 愚大士。

洋：[甲]2006 瀾左。

陽：[甲]1969 泊舟浦，[甲]1969
人後遷，[甲]2792 過六逢，[甲]2792
曆運預，[元]2122 慚於身。

楊：[宮]2080 法愼大，[宮][甲]
1998 州進云，[宮]1998 州乎，[宮]
2078，[宮]2085 州，[宮]2112 眉抵掌，
[甲]1335 聲大叫，[三][乙]1092 可反，
[三]2145 州瓦官，[三]2149 銜之撰，
[聖]、賜[乙]2157 綵四十，[聖]1602 聖
教論，[聖]376 如來天，[聖]1451 烏
下遂，[聖]1602 聖教論，[聖]1733 下
正授，[聖]1788 論十二，[聖]2157 人
仁壽，[宋][宮]2060 導華嚴，[宋][宮]
2104 僉議，[宋][宮]2122 讚唄幡，
[宋][元]2061 州西靈，[宋][元][宮]2059
州都督，[宋][元][宮]2060 越搜攞，
[宋][元][宮]2060 作鎮大，[宋][元][宮]
2103 功施天，[宋][元][宮]2122 郎將
姜，[宋][元][宮]2122 者我故，[宋][元]
984 結反多，[宋][元]1123 掌於乳，
[宋][元]2060 利涉時，[宋][元]2106
州僧釋，[宋][元]2145 權智賢，[宋]
[元]2149 州當有，[宋]220 妙，[宋]
2034 州瓦官，[宋]2103 仁，[宋]2106
沙，[宋]2106 州僧忘，[宋]2152 佛日
敬，[西]1496 化知衆，[元][明]2149
素見而。

颺：[三]125 治令淨，[元][明][知]

26 穀穀聚，[元][明]2122 埃坋人。

  謁：[乙]1709 天。

  猷：[三][宮]2102 妙範。

蚌

  蚌：[甲]1988 蟻子與。

  痒：[三]1451。

  癢：[甲]1579 悶粘疲。

楊

  搆：[甲][丙]973 枝亦準。

  黃：[三]375 葉實非。

  樹：[三]1331 枝取下。

  褐：[甲]2128 音昔。

  想：[丁]1831 及意，[元]、相[明] 2063 州刺史。

  陽：[甲]2036 州北距，[甲]2181 寺禪，[明]2145 郡建康，[明]2076 水 急魚，[三][宮]2103，[三][宮]2112 曜 裴玠，[三][宮]2122 晋，[三][宮]2122 以爲天，[三]2149 宅出僧，[宋][元] [宮]、揚[明]2122 州人卞，[宋][元] [宮]、揚[明]2122 州嚴恭，[宋][元] 2122 臨原人，[宋]2153 都及廬，[宋] 2154 郡。

  揚：[甲]2035 光遠爲，[甲]1718 須付流，[甲]1969 誘勸往，[甲]2006 無爲頌，[明][宮]2122 都，[明][宮] 2122 化寺，[明][宮]2122 越即有， [明]1425 州以，[明]2105 州界豫， [明]2122 都偲法，[明]2122 都高座， [明]2122 州白塔，[明]2122 州卞士， [明]2122 州江畔，[明]2122 州嚴恭，

[明]2122 州亦性，[明]2122 州右尚， [明]2122 州造東，[明]2145 州謝鎮， [明]2146 州律師，[明]2146 州譯， [明]2149 都譯，[明]2149 都譯群， [明]2149 州栖玄，[明]2149 州諸軍， [明]2153 都譯出，[明]2153 州道俗， [明]下同 2153 都譯出，[明]下同 2153 州道場，[明]下同 2153 州瓦，[明]下 同 2153 州謝鎮，[明]下同 2153 州 譯，[三]397 讚説釋，[三]2122 道產 家，[三][宮]269 光明，[三][宮]664， [三][宮]2060 都來化，[三][宮]2122 道 場釋，[三][宮]2122 都後陳，[三][宮] 2122 都及溢，[三][宮]2122 都求諸， [三]2122 州路中，[三]2122 州栖玄， [三]2149 都先是，[聖]2157 絢楊季， [宋]2122 生養雀。

  楊：[元][明]2016 權藏高。

  煬：[甲]2255 帝京師。

暘

  幽：[乙]2207 谷照桃。

煬

  惕：[宮]882 鉢。

  蕩：[三][宮]2122 於沈灰。

  洋：[宋]、烊[元][明]99 非不寂。

  烊：[三]1478，[元][明]152 膠。

  揚：[三][宮]2121 天龍福，[三] 152。

禓

  揚：[三][宮]664 勝一切。

瘍

傷：[三][宮]2122 痍形類。

痒：[三]、瘡[宮]2058 搔之有，[三]198 以手把。

錫

錫：[甲]2039 到宮門。

鷞

鵝：[宋][宮]378。

颺

揚：[三]1331 在於虛。

仰

岬，[元][明]2149 山沙門。

屵：[元]2122 山沙門。

昂：[宮]848 壤，[三][宮]270 一切皆，[三][宮]288 妙色煒，[三][宮]2122 更。

昻：[宋][明][宮]534 如人跪。

杵：[乙]2391 羿。

戴：[三]157 尊顏爾。

佛：[三][宮][知]266 尊顏目。

何：[聖]1428 向恚罵。

即：[宮]580 覩聖旨，[三][宮]1421 露應以。

假：[甲]2119 司南之。

敬：[甲][乙]2263 敬。

舉：[三][宮]2121。

克：[聖]2157 協天心。

柳：[丙]1184 相叉。

攞：[乙]850 惹拏那。

俛：[甲]2073 而進。

跋：[三][宮][甲]2053 銀鉤發。

卿：[宮]2121 報父母。

傾：[明]2131。

却：[原]1898 論元佛。

如：[宮]1651。

山：[甲]2006。

伸：[宮]2025 憑大衆。

鄉：[三][宮]2060 貧無衣。

卸：[宮]2122 視天形。

欣：[聖]211 奉顏，[另]1721 歸若林。

依：[甲]1723，[聖]200 爾時。

抑：[甲]2223 測章句，[甲]1723 城居勝，[宋][元][宮][甲][丙]、臆[明]2087 說隨所。

印：[甲]、作[原]2229 燒香等，[甲][乙]2391 第百三，[甲][乙]2391 中三十，[甲]1007 瞻佛面，[三][宮]2059 禪師下，[三]397 一切智，[三]2088 稅五科，[乙]2408 又樣。

迎：[甲][乙]1239 座，[甲]2067 止道宣。

於：[聖][甲]1733 法主有。

御：[三][宮]2121 王厨食，[聖]223 射空，[聖]2157 世之洪。

作：[丙]2381 啓十方，[甲][乙]2392 拍上方，[甲]1069 掌旋轉，[甲]1512 答如來，[甲]2087 視質義，[甲]2392 印手入，[甲]2400，[聖]1509 行，[乙]2261，[乙]2391 抽擲勢，[乙]2392 左手把，[乙]2404 按習三。

痒

癈：[明]816 思想生。

療：[宮]285，[宮]285 察其心，[宮]下同 285 故，[三][宮]433 陰想生。

詳：[明]328 行止臥。

想：[三][宮]585 行識亦，[三][宮]606 行識所。

癢：[宮]222 思想生，[明]190 我，[明]737 所更樂，[三]1301 四曰熱，[三][宮][聖][另]342 思想是，[三][宮]350 得，[三][宮]397 不可身，[三][宮]398 意三曰，[三][宮]414 如是不，[三][宮]477 如泡思，[三][宮]481 故，[三][宮]626 思想生，[三][宮]627 思想生，[三][宮]737 思想生，[三][宮]743 三，[三][宮]下同 481 想法亦，[三][宮]下同 602 出痛痒，[三]6 譬如力，[三]13 思想生，[三]13 意法亦，[三]31 新痛，[三]151 三者思，[三]184 三思想，[三]185 三思想，[三]186 從痛，[三]186 平復如，[三]196 老病死，[三]202 故揩頰，[三]361，[三]361 極時行，[三]361 生時甚，[三]362 生時甚，[三]418 思想生，[宋][明]2122 把搔，[宋][元][宮]222 思想生。

養

稟：[三][宮]534。

承：[甲]2089 三寶寫，[原]1287 勿令闕。

恒：[原]1112 訛摩五。

當：[元][明]425 奉事如。

等：[甲]1775 守護正。

飯：[三][宮][聖]376 如來難。

奉：[甲]1249 僧大悲，[三][宮]633 施佛爲，[三][宮]656 尊，[三][宮]1464 時阿難，[三]125 聖衆是，[三]152 沙門。

福：[元][明]212 證驗當。

盖：[元][明]99 者云何。

給：[三][宮]397 彼施主，[三][宮]1425 比丘爾，[三][宮]1428 復白世，[三]156 父母其，[聖]125 之具彼。

供：[宋][元]263。

故：[三][宮][聖]1509 讀誦般。

敬：[丙]2120 祭于故。

具：[三][宮]294，[三][宮][甲]901，[三][宮][另]1428 以最上，[乙]913 皆紫檀，[乙]1287 可，[元][明][宮][甲][乙][丙][丁]866 由金。

眷：[三][甲]2053 爲懷王。

糧：[甲]1805 五分願。

難：[甲]2317 云若由。

讓：[明]1332 父母慈。

散：[三][宮]285 衆會一，[三][宮]657 於佛塔。

善：[明]1636 於身安，[三]99 施以安。

施：[三][宮]425 其佛清，[三][宮]2122 善友任。

食：[宮]2059 紛集以，[甲][乙]894 囊莽夜，[三][宮]1421 亦給施，[三][宮][聖]376 願令我，[三][宮][另]1442 備辦願，[三][宮]724 常苦飢，[三][宮]1442 時諸，[三][宮]2121 而，[三][宮]2122 之謂法，[三]99 爾時世，

[三]190 此今是，[三]1340 時辟支，[西]665，[元][明]939 已將此，[元][明]1656 護。

事：[宮]323，[宮]2121 命在呼，[三]、具[宮]829 奉上於，[三][宮]1451 佛僧願，[三]125 此沙門，[三]187。

侍：[三][宮]585 萬，[三]185 故天獻。

受：[明]212 信施五。

泰：[宮]2034 筆受或。

爲：[宮]633 非化非。

喜：[三][乙][丙][丁]865 故諸法。

象：[三][宮]606 之者以。

仰：[宋]475 師樂廣。

痒：[甲]2128 疥之疾。

益：[宮]231 名如佛，[宮]745 迷惑衆，[甲][乙]1822 恭敬，[甲][乙]1822 故及體，[甲][乙]1822 婆沙，[甲][乙]2228 當立形，[甲]2196，[甲]2196 恐落歟，[甲]2263 身之義，[三]203 無幾若，[乙]2396。

義：[明]2121 釋提桓。

育：[三]1301 宿有五。

樂：[甲]2261 界，[三]360 國橫截。

之：[甲]1792。

衆：[三][宮]2042 僧長者，[三][宮]2060 僧。

諸：[三][宮]1421 徒衆爾，[三][宮]398 如來福。

尊：[甲]2396 次四，[三][宮]588 雄，[三][甲]2125 或。

益：[甲]2299 故出家。

駚

駚：[宋]、駚流之處逆水逆駚流水[宮]1451 流之處，[宋][元]、駚[明][宮]618 水漂浪。

使：[三]、駚[聖]1464 竟不中。

瀁

瀁：[明]2060 知入，[三][宮]2122 重蕩於。

癢

庠：[宮]2123 或赤或。

痒：[宮]2040 三思想，[甲]1997 漢進云，[甲]1997 饑鷹爪，[三]150 思想生，[宋][元][聖]100 痛。

快

快：[明]710 故名歎，[元]190 不樂執。

恙

志：[宋]2110 呼吸。

樣

色：[甲]1969 華。

漾

涎：[三]125。

樣

浮：[三][宮]2103 海因。

橛：[甲]1203 及布列。

禳：[明][乙]1092。

楹：[甲]2300 見矣俱。

歉：[甲]2277 也。

夭

忝：[宋][元]、懆[明]2154 惱經，[宋][元]、惱[明]2154 惱三處。

大：[元]719。

禾：[宮]721 時。

六：[三][宮]2103 極商也。

犬：[甲]2362 沒於如。

失：[明]2059 奇，[明]2103 而俗迷，[明]2131 命役無。

矢：[明]1347 反引。

天：[宮][甲]1912 命夫四，[宮]721，[宮]815 目連欲，[宮]2103 壽俱剪，[甲]2036 之，[甲]2128 氣齒人，[甲]2266 若中，[明]152 逝皆由，[明]721 以下中，[明]1559 釋曰於，[明]1562 受苦多，[明]2016 絕凡夫，[明]2034 命役無，[三]19 所謂嚩，[三][宮]1552 從彼般，[三][宮]1562 者餘蘊，[三][宮]2102 性靈坐，[三][宮]2122 殘之死，[三]220 處所以，[宋][宮]885 橫怖當，[宋]1402，[元][明]360 命不肯，[元][明]1563 及色無，[元]1579，[元]1579 喪殞，[知]384 剎土使。

友：[甲]1721，[宋][元]1092 疾等諸，[宋]901 正信家。

有：[乙]2249 耶。

爰：[丙]862 死墮地，[乙]1772 故。

妖

魃：[三][宮]2122 魅邪師。

妓：[聖]2157 官司推。

奴：[宮]2123 嫗，[三][宮]2122 矣兒暮。

天：[甲]2036 幻百端。

邪：[原]、邪[甲]2006 百怪出。

夭：[三][宮]2103 命，[三][宮]2103 信于指。

妖：[宮]450 之師妄。

祆：[甲]2035 言遂欲，[宋]2104 尋此二。

媛：[三]618 艷極姿。

殀

大：[宋][元]1603 由六因。

夭：[宮][聖][知]1579，[明]2103 年壽也，[明]2103 壽之，[三][宮]1545 唯除人，[三][宮]1562 必無是，[三][宮]2103 以攝養，[三][宮]2103 矣冉耕，[三][聖]157 臨捨命，[三][聖]1579 喪殞，[三]2110 吉凶，[三]2110 年盜跖，[三]2110 年壽也。

腰

膚：[三][宮]1509 姝。

肩：[明]261 腹次隱，[三][宮]397 有赤子。

脚：[聖]1425。

頸：[原]1141。

髖：[三]、骸[宮][聖]1443 據。

凸：[三]、胅[宮]724 髖。

腿：[三][宮][聖]1442 據一一。

胃：[石]、膚[宮]1509 有三孔。

膝：[甲]1065 上以大。

胸：[甲]2412 歸字本。

要：[甲]、腰乃至合十字乙本作本文 850 或內縛，[三]201 脈令其，[三]203 脈即時，[聖][另]1428 帶帽，[聖]125 鼓聲舞，[聖]125 劍，[聖]953 即差，[聖]1421 不應覆，[聖]1428 帶廣三，[聖]1428 若彼重，[聖]1441 繩彈反，[聖]2157 近，[石]1509 帶擲地，[宋][宮]626 而怖其，[知]1441 繩世尊。

邀

敷：[聖]2157 龍樹。

激：[三][宮]2059 譽一時。

斂：[甲]2128 遮其辭。

邅：[三]2060 引恭禪。

爻

卦：[三][宮]2108 不事王。

交：[宋][元][宮]2103 二乘始。

文：[甲]2053 博考墳，[甲]2128 教反韻。

友：[元]448。

肴

看：[甲]1805 書持往。

餚：[甲]2401 膳。

脩：[聖][另]1435 膳今此。

餹：[宮]2102 膳之甘，[三][宮]696 饌噉食。

饌：[宮]1425 膳自來。

姚

符：[聖]2157 秦天竺。

嬈：[宋][元]2103 菩提處。

偽：[甲]2195 秦弘始。

姓：[宋][宮]2034。

堯

克：[甲][乙]1796 紹轉輪。

老：[三][宮]2102 孔殊趣，[三]2108 孔殊趣。

業：[丙]2120 者紹帝。

摇

動：[三][宮][甲]2053 服尚乾。

住：[三][宮]398 方面曠。

傜

繇：[宋][明][宮]2122 役奪民。

娃：[甲]2400 反弭鉢。

殽

希：[甲]1719 也膳美。

肴：[甲]2035 果之供。

搖

採：[元][明]793 知為增。

捶：[甲][乙]1072 擊聲徹，[甲]1782 打由是，[三][宮]1425 復不覺，[三]190 掣，[宋][宮]、挿[元]2040 牙而盡。

擔：[聖]419 動譬如。

激：[甲]1000 擊出微。

抒：[明]309 示出入。

授：[宋]1435 身入家。

隨：[宮]810 之樹亦。

談：[原]2006 般若幽。

挑：[聖][知]1441 身行不。

望：[聖]211。

遙：[三]203 指異道。

遙：[甲]2035 詠命兩。

瑤：[宋][元][聖]210。

於：[甲]923 動少施。

震：[三][宮]657 動白世。

指：[三][宮]866 舉之。

挓：[宮]1470 使床有。

傜

傜：[宮]2034 二十進，[三]152 役。

謠：[三][宮]2122 也其後。

遙

道：[宮]624。

逢：[宮]1425，[三]212 見世，[三][宮]292 見菩薩，[三]1 見寶車，[三]125 見五百，[三]193 見大光，[三]211 見如來，[聖]125 見比丘。

經：[元][明]310 見城邑。

遷：[三][宮]2102，[三]203 於天上。

適：[宮]624，[三]186 見佛到。

遠：[三][宮]1425 有百，[元][明]281 望江海，[元]765。

遙

遍：[別]397 禮彼佛。

逗：[甲]2204。

逢：[宮]2121 見世尊，[三][宮]534 覲世尊，[三][宮]1421 見咸疑，[三][宮]1435 見梵志，[三][宮]2121

見如來，[三]1339 見此婆，[聖]425 見威光。

還：[宮]1464 見如來，[三][宮][甲]895 見彼人。

迹：[甲][乙]2397 隣補。

遷：[明]、徑[乙]1225 對於尊，[三][宮]2122 度十二，[三][宮]2122 而東行，[元][明][宮]2122 遠蘿影。

徑：[宮]402 向佛所，[三][宮]2121 到。

覓：[明]1450 見女遂。

逆：[宋][元][宮]2122 知。

遂：[三][宮]744。

途：[三][宮]510 見佛以。

萎：[三][宮]2053 末法初。

搖：[明]1276 灑其箭，[三][宮]415 動忉利，[三][宮]1462 頭現相，[三][宮]2123 頭典畜。

藥：[三][乙]1092 反下，[三][乙]1092 反下同。

豫：[三][宮]512 舉兩手。

造：[宮]263 見四部。

嬈

淫：[聖]222 妄。

瑤

搖：[宮]606 之，[三]154 之屬種。

淫：[原]1744 法師云。

瑤

寶：[宮]2103 燥濕無。

搖：[三][宮]332 華光珠，[元][明]511 華，[元][明]2040 持與其。

銚

純：[三][宮][聖]1462 形及竹。

鈍：[明]1988 不同問。

蕘

堯：[宋]2103 若不會。

嶤

遶：[三][宮]2102 闕。

窰

窟：[甲]2035 中忽失。

陶：[三]203 中先，[三][宮]、窯[聖]1425 師木師。

窯

陶：[三][宮][石]1509 燒器第，[三][宮]1464 家子便，[三]1340 中若聚，[聖]613。

窐：[甲]2073 藏之。

窨：[明]310 師及其，[明]2122 三十餘，[三][宮]1641 師埏埴，[三][宮]2060，[三][宮]2121。

餚

飯：[三]186 饌曰以，[聖]1 膳斯皆。

豪：[聖]125 饌今我。

膳：[三][宮]414 供養於。

飾：[宋]2125 饌飲食。

肴：[甲]1921 肥腴津，[三]152 膳以羹，[三]152 也王，[聖]310 膳無不，[聖]411 受。

綵

出：[甲]1792 自心因。

陶：[明]2103 玁犹孔，[三]2110 爲謨。

由：[甲]1792 心願，[甲]2006，[甲]2006 此諸義，[甲]2006 來不覆，[甲]2006 來法帝，[甲]2006 來顯妙，[甲]2006 立也又，[甲]2006 是，[甲]2006 填溝塞，[甲]下同 1792 愛其親，[甲]下同 1792 境勝心。

謠

風：[聖]790 俗可知。

謹：[宮]2045 言。

鎐

挿：[三][宮]1457 并木枕。

颲

飄：[明]347 颺鏗鏘。

㠯

里：[明]1048 左。

杳

兩：[甲]1736 冥。

香：[元]2061 前去詞。

窈：[三][宮]635 冥大千。

咬

皦：[宋][元]26 潔明淨。

舀

臽：[甲]2128 聲舀音，[甲]2128 聲舀。

窅

杳：[三][宮]2103 然是焉，[三][宮]2060 冥非企，[三][宮]2103 冥於伯。

窈：[三][宮]2111 兮冥。

窈

穿：[三][宮][聖]1421 領。

杳：[三]186，[三]206 冥迷惑。

究：[甲]1863。

冥：[三]361 冥莫不。

窕：[宮]2102 入冥冥。

杳：[三][宮]313 冥之處，[三][宮]459 冥，[三][宮]460 冥及一，[三][宮]606 冥者令，[三][宮]2104 冥逾要，[三]418 冥不起。

幽：[三][宮]403 冥施以，[宋][宮]403 隱皆明。

齩

嚙：[明][和]293 齒虬眉，[三][宮]2122，[三][宮]2122 人百節，[三][宮]2122 吾足，[三][宮]2122 又每年。

咬：[宮]2122 血塗枯，[三]1005 下脣喉。

要

安：[宮]2034 集法，[甲]1775 而身心，[甲]1512，[甲]1863 待種子，[甲]2339 穩得出，[三][宮]263 從精進，[三]220 住神通，[聖][甲]1733 疑方乃，[乙]1724 根熟故，[元][明]221 想作是。

案：[甲][乙][丙]2163 法儀圖。

必：[甲]2263 定通。

便：[明]1450 出家，[三][聖]125 不觸擾。

不：[三]186 成道德。

初：[三]1579 發心已。

處：[甲]1089 蓮華心。

惡：[宮]732 有還身。

惡：[德]26 不會彼，[宮]263，[宮]515 當瞑目，[宮]1421，[宮]1466 上急事，[甲]1816 義初文，[甲]957 語當觀，[甲]1781 人則訓，[甲]1782 須安寂，[甲]2290 須遍緣，[明][宮]269，[明][宮]1549 造惡續，[三]1562 愚眞滅，[三][宮][石]1509 女人之，[三][宮]352 他行稱，[三][宮]768 當慈，[三][宮]784 心垢盡，[三][宮]1525 自作，[三][宮]1552 與瞋，[三][宮]1646 欲還報，[三][宮]2121 不覩佛，[三][宮]2121 乃致茲，[三]99 者何足，[三]1130 即是三，[三]1557 道，[三]2027 餘，[三]2149 道經，[聖][知]1581 異學諸，[聖]99 不反，[聖]225 也，[聖]292 當備悉，[聖]1421 我等不，[聖]1421 於界內，[聖]1440 在比丘，[聖]1562 與慚愧，[另]1451 義已猛，[石]1509 時榮貴，[石]1509 言之無，[宋][宮]322 者衆祐，[宋][宮]342 於諸所，[宋][元][宮]2122 唯有四，[元][明]26 慧行欲，[原]1251 頓縛惡，[知]1581 言之有。

二：[聖]1733 下總結。

好：[元][明]425 而無雜。

會：[明]2121 當分。

慧：[宮]598 所作則。

即：[三][宮]374 有三念。

家：[三][宮]1650 縛著永，[聖]1541 使非使。

教：[三][宮]2121 誡汝等。

進：[乙]2263 云煩惱。

竟：[三]150 亦説善。

剋：[三]1458 心又。

密：[博]262 之，[乙]2397 之藏是。

蜜：[聖]2157 之藏無。

妙：[三]125 爾。

男：[元][明]1428 者共他。

如：[原]1700 而復淨。

軟：[宮]635 行之論。

若：[三][宮]619 言我見。

善：[三][宮]403 皆獲眞。

實：[甲][乙]1909 不慈一。

世：[甲]1828 法故亦，[甲]1828 法心王。

是：[明]2016 無分限。

妄：[甲]、－[乙]1822 前品緣，[三]2109 而競儒，[乙]2261 入無。

無：[三][甲]951 欲。

西：[三][宮]818 至如來。

悉：[乙]2263 由對治。

心：[三]26 世尊具。

秀：[甲]2195 豈略要。

焉：[甲]2195 抄之其。

腰：[甲][乙]2394 亦頗旋。

邀：[宮]660 期發願，[明]2154 請斆初，[三][宮]1421 意不答，[三][宮]2122，[三][宮]2122 人令譽，[三]2059

之負圖，[宋][宮]660 期智力。

一：[宋]2034 云如來。

益：[宮][聖]606 矣是謂。

意：[三][宮]741 一曰正。

由：[三]2149 途。

有：[甲]2787 所須令。

雨：[三][聖]291 雖有緣。

與：[原]2004 爾下箇。

欲：[甲]2006 荷負正。

約：[三][宮]745 王言汝，[三][宮]1421 於是推，[三]1 斷當亦，[三]186 誓於是，[三]192 誓試我，[三]192 言。

暫：[三][宮]281 念安世。

正：[三][宮]381 誼終不。

智：[三][宮]309 慧除去。

宗：[乙]2381 家破云。

藥

夜：[甲][乙]1821 又。

藥

病：[聖]200 發熱渴。

藏：[明]156 亦八萬。

草：[久]397 水火復，[乙]2393 安於坑。

垂：[原]2363 應諸鬼。

法：[聖]639 堪救療。

藥：[甲]2323 草故三。

果：[宋][元]1092 草之類。

菓：[宮][聖]376 清淨粢。

華：[元][明]310 鈎鬘百。

梨：[三][甲]1101。

療：[三][宮]2122 部。

氣：[甲]1333 者其藥。

若：[宮]901 滿足一。

山：[明]2076 云受戒。

攝：[宋][明][宮]1452 脂成七。

師：[聖]125。

樹：[聖]291。

蘇：[宋][明][宮]、酥[元][甲]901 服此酥。

痛：[三]174 當除睞。

養：[明][宮]425 侍者曰，[三]1080 物及灑。

鑪：[三][宮]310，[三][宮]310 此風能。

夜：[甲][乙]1072 又五摩，[甲][乙]2390 又諸，[甲]1097 又，[甲]2223 又二字，[乙][丙]2397 又等所，[乙]1250 又乾闥。

葉：[甲][乙]2296 摘夫。

業：[甲]1851 通如諸，[甲]2412 三病，[明]310 智如實，[三][宮][另]1453 或復請，[三]1451 此風能，[乙]1822 成業。

醫：[甲]、藥[甲]1782 之教術，[明]310 生贍部，[三]2063 所消貧，[石]1509 塗之其。

飲：[三][宮]2060 食無。

樂：[丁]2244 物，[宮]657 善，[甲][丁]、洛[乙][戊][己]2092 土，[甲]952 成就，[甲]1068 率帝，[甲]1727，[甲]1763 味其味，[甲]1820 者無取，[甲]2082 物無不，[甲]2130，[甲]2266 示現種，[明]665 而爲供，[明]1129 等獲壽，[明][甲]1119 四十四，[明]202

雜合令，[明]374 服之不，[明]658 樹云何，[明]1457 又神，[明]2154 流淥泉，[三][宮]397，[三][宮]1428 光明以，[三][宮][別]397 以是因，[三][宮][聖]397，[三][宮]585 除意瑕，[三][宮]639 如來猶，[三][宮]657，[三][宮]721 見衆天，[三][宮]721 攝取於，[三][宮]1428 故爲，[三][宮]1443 法式四，[三][宮]1509 一切衆，[三][宮]1509 於一切，[三]101 何以故，[三]193 挍飾甚，[三]199 者其福，[三]212 護心勿，[三]602 得，[三]721 爲第一，[三]1300 器習，[三]1428 故爲自，[三]1536 光，[三]2088 異香，[聖]231 施衆生，[聖][另]1459 持將與，[聖]379 及與於，[聖]425 佛，[聖]953 乞叉，[聖]1425 施者得，[聖]1462 杵法者，[聖]1509，[聖]1536 當受用，[另]1451，[宋][明]311 則便少，[宋]272 想者起，[宋]1333 者取，[宋]2058 人索呵，[宋]2087 果之名，[乙]2394 雖性分，[乙]2408，[元]587 又常，[元]1537 又聞是，[元][明][甲]951 之事作，[元][明]397，[元]176 服者不，[元]244 有最勝，[元]1443 此藥即，[元]2060 何所留。

籥：[元][明]2122。

宗：[甲]1724 草品云。

曜

諦：[三]2149 於洛陽。

觀：[三][宮]585 難當。

暉：[三]2063 法師講，[三]2063 尼弟子，[乙]2425 佛告四。

輝：[甲]1969 光輝。

羅：[宋][元][宮]2121 經第十。

昵：[三]187 左。

謙：[元][明]2145。

曜：[宋][元]1301 其身顏。

燿：[宮]310 可一切，[甲]1733 於時光，[明][乙]994 若人稱，[明]261 其，[三]、耀[宮]263 其體皆，[三]190 而有殊，[聖]222 復有，[宋][明]1128，[乙]1736 堂宇衆。

曜：[甲]2266 論云四，[明]310 於導師，[明]2154 出者是。

耀：[內][戊][己]2092 諸城內，[宮]263，[宮]278 除滅一，[宮]292，[宮]306 如盛，[宮]585 令癡行，[宮]606 現世間，[宮]633 天宮釋，[宮]2034 十一部，[甲]1718 曰五道，[甲][乙]850，[甲][乙]1239 威神，[甲]871 雨摩尼，[甲]953 乃至十，[甲]1736 不，[甲]1924 而覩林，[甲]2012 淨無纖，[甲]2087 靈臺子，[甲]2196 十方殃，[明]293 念彼諸，[明]261 如日流，[明]261 一切有，[明]293 類，[明]293 亦如聚，[明]312，[明]312 淨光明，[明]312 是光名，[明]312 是時此，[明]312 天人天，[明]312 無邊世，[明]882 廣大精，[明]1538，[三]、光[聖]291 而普悉，[三]279 於彼是，[三]279 雲，[三][宮]721 等圍遶，[三][宮][另]1443 彼處所，[三][宮]263，[三][宮]263 其佛變，[三][宮]263 如來至，[三][宮]263 三昧淨，[三][宮]263 十方悉，[三][宮]263 咸尋來，[三][宮]263 顯赫無，[三][宮]1443 過於三，[三][宮]1451 逝多園，[三][宮]1507 金，[三][宮]2034 靈，[三][宮]2108 在天標，[三][宮]2111 千乘萬，[三][甲]1009 得句義，[三]145 巍巍其，[三]152 香美非，[三]186 幽冥處，[三]190 次紹，[三]190 光，[三]193 於法炬，[三]279 於世間，[三]2087 陰影漸，[三]2112 以花開，[三]2145 經，[三]2149 靈於江，[聖]183 照千國，[聖]190 如日初，[聖]291 其心而，[聖]514，[另]1428 從輪出，[石]1509 地難勝，[宋][元][宮]379 十方爾，[宋][元][宮]2040 普，[宋][元]2087 寶飾煥，[宋]2151 經八卷，[乙]912 悉相應，[乙]2092 首寶玉，[乙]2263 天女，[元]、暉[明]425 施，[元][明]658 無量，[原]1859 韜光者，[知]598 面香潔，[知]598 所有塵，[知]598 意王現。

踊：[三]209 即便數。

躍：[明]2102 一，[三][宮]2040 波迦比，[三][宮]2103 日絕塵，[三][宮]2122 精神悅，[三]721 鱗行者，[宋][元]2110 彩華開。

照：[三]186 於三界。

燿

暉：[三][宮]815 煒煒生。

輝：[三][宮]310 彼佛刹，[三][甲]1123 誦此眞，[三]2149 天迦葉。

燿：[宋][宮]、霍[元][明]630 如常故。

懼：[聖]425 猶如一，[元][明][宮]

310。

　嚮：[三][宮]500 凡俗所。

　瑤：[宋]、搖[元][明]22 勝隨意。

　曜：[宮]310 無量無，[宮]402 晝夜度，[宮]2103 爾道之，[三]26 彼眾生，[三][宮]285 令習自，[三][宮]310 諸山王，[三]23 一分者，[三]26 暐，[三]26 暐曄晃，[三]199 所造福，[三]1104 妙容熾，[宋][元]、曜經[明]2145。

　耀：[宮]292 普有所，[宮]460 寶氏世，[宮]565 迥邈巍，[三][宮]263 煒曄，[三][宮]263 猶如愚，[三][宮]378 響三昧，[三]310 見一切，[三]2145 雨從龍，[宋][元][宮]721 電光遍，[宋][元]721 諸阿修，[知]598。

耀

　彼：[三]、一[聖]200 黑風風。

　超：[甲][乙]2207 經曰正。

　晃：[三][宮]2121 內外照。

　暉：[三]196 於世威。

　輝：[丙]2120 後學微，[宮]2103 於前驅，[甲]2053 慧日於，[甲]2119 紹法輪，[三][宮][聖]480 麗顯赫，[三][宮]302 天復有，[三][宮]2060 山勢初，[三]193 令天地，[三]2149 惟遠，[聖]1733 光救物，[宋][元][宮]1546 含生昏。

　明：[聖]279，[聖]663 如日初，[宋][明]969 照。

　昇：[三][宮]2112 青天滔。

　曜：[宮]278，[宮]279 解，[宮]279 世間速，[宮]279 心城謂，[宮]279 眼梵王，[宮]279 一切眾，[宮]279 一一塵，[宮]279 園中復，[宮]279 雲雨不，[宮]1545，[宮]278，[宮]278 明淨，[宮]279，[宮]279 百萬億，[宮]279 幢幡網，[宮]279 電光如，[宮]279 法界雲，[宮]279 復於宅，[宮]279 故佛子，[宮]279 何者，[宮]279 能令以，[宮]279 念可，[宮]279 如日，[宮]279 色身等，[宮]279 色示現，[宮]279 王我於，[宮]279 遇斯光，[宮]279 主火神，[宮]310 如來身，[宮]383 如忉利，[宮]414，[宮]415 但爲人，[宮]434 大千界，[宮]459 佛天中，[宮]460 此剎菩，[宮]581 得道非，[宮]722 於我等，[宮]2060 有掩堂，[宮]2121 內外通，[宮]2121 照三千，[宮]下同 279 音得能，[宮]下同 266 是輩功，[和]293 摩尼寶，[和]293 閻，[和]293 園中復，[甲]1799，[甲][乙]913 魔尼，[甲]1000 諸，[甲]1734 經第二，[甲]2130 經第七，[甲]2130 經第三，[甲]2196 譬道內，[甲]下同 1799 我心目，[明]2131 經云佛，[明][和]261 地，[明][和]293 種種殊，[明]293 普眼，[明]316 諸有情，[明]413，[明]549 光，[三][宮]279 遍十方，[三][宮]279 或爲眾，[三]379 來已不，[三][宮]1442 世尊告，[三][宮]2040 三達遐，[三][宮][聖]278，[三][宮][聖]278 皆是快，[三][宮]266 無，[三][宮]266 照十方，[三][宮]278 入諸辯，[三][宮]279 百萬夜，[三][宮]

279 城邑宮，[三][宮]279 爾時帝，[三][宮]279 摩，[三][宮]279 映蔽一，[三][宮]310 縱廣七，[三][宮]324，[三][宮]371 微妙服，[三][宮]383，[三][宮]445 世界，[三][宮]721 天主牟，[三][宮]721 顯赫多，[三][宮]721 猶如日，[三][宮]817 如華往，[三][宮]1442 乘空，[三][宮]1442 滿竹林，[三][宮]1506 覺習無，[三][宮]2040，[三][宮]2040 不可譬，[三][宮]2059 寺剃髮，[三][宮]2103 慧日霾，[三][宮]2108 於日月，[三][宮]2121 經，[三][宮]2121 天地復，[三][宮]混用 279 主林神，[三][宮]下同 310 世間勝，[三][甲][乙][丙]930 即想此，[三][聖]26 極照明，[三][聖]26 如是瞿，[三]26 如是，[三]26 暐曄夜，[三]190 世間內，[三]266 住無所，[三]291 度于法，[三]291 所以者，[三]291 無極威，[三]291 者悉蒙，[三]363 若彼衆，[三]413，[三]865 一切有，[三]945 中夜黑，[三]993 威勢蓮，[三]1014 明解亦，[三]2063 尼，[三]2063 尼傳第，[三]2145 耀因此，[三]2149 無方昔，[聖]99，[聖][另]310，[聖]224 悉照天，[另]1428 不淨純，[宋][宮]744 發清淨，[宋][元][宮]310 如大火，[宋][元][宮]2040 經云迦，[宋][元][宮]2121 經第三，[宋]279，[宋]279 佛號無，[宋]945，[乙][丙]2092 人目寺，[乙]953 兩，[乙]953 三，[元][明]310 因爲立。

耀：[三][宮]598，[三]152 似有乾，[三]193 消除晦，[聖]606 近慧明，[宋][元][宮]598 說，[宋][元][聖]222，[宋]2145 瓶上權。

儀：[三][宮]606 光顏一。

躍：[宮][甲]2053 化緣斯。

澤：[三]192 猶如。

昭：[三]、曜[宮]2112 洞紀。

鶲

鵑：[明]2076 冲天阿。

雞：[三][聖][宮]528 山中與。

鷄：[宮][聖]1462，[宮][聖]272 之類相，[明]536 山中，[三][宮]511 山中與。

鑰

崙：[聖]643 出內取。

樞：[三][宮]、篭[聖]1425 衣架餘。

鎖：[甲]997 唵字即。

龠：[宮]、篭[聖]1471 相付早，[聖]1464。

篭：[宮][聖]1463 木，[宮]1543 履屣鍼，[三][宮]1470 二者當，[聖]1441 戶鎖扇，[聖]1470 有五事，[宋][宮]2060 令自尋，[宋][宮]2121，[宋][宮]2121 不開四，[宋][宮]2122 四方游，[宋][元][宮][聖]1463 瓢杖浴，[宋][元][宮]2122 戶而出，[宋][元][宮]2122 甚謹還，[宋][元][宮]2122 中入云，[宋][元]2122 出內取，[宋][元]2122 孔中來，[宋]152 開門，[宋]152 排門兵，[知]26 還詣佛。

掖

夜：[宮]1435 諦掖，[三]987 多，[乙][丙]2092 將軍偏。

腋：[明]2122 下於是，[三][宮][聖]223 語老，[三][宮]1421 有諸比，[三][宮]1435 下何時，[三][宮]1464 聞臍兩，[三][宮]1509，[三][宮]1509 下汗出，[三]99 下緑斯，[三]152 俱絶墮，[三]212 不可得，[三]224 各持一，[元][明]461 現在不。

椰

邪：[甲]1733 子樹阿。

耶：[宮][聖]1425 子樹只，[三][宮]、邪[聖]1425。

擲：[聖]2157 子蕉子。

暍

喝：[甲]2261 羅語以。

噎

結：[三]201 氣塞持。

闍：[三]2103 沙門高。

嘔：[三]643 吐水漿。

咽：[明]167 涕泣悲，[明]515 喘息，[三][宮]513 以偈歎，[三][宮]1462 舶去之，[三][宮]2053 其處一，[三]5 云，[三]125 不樂復，[三]375 小便痳，[聖]190 而語問。

噫：[元][明]721。

暳：[明]2103 寒隴向，[三][宮]2060 而更通，[三][宮]2103 於茲排，[乙]2396 愛汙奧。

翳：[三]1 海出涼，[三][宮]278 普能照，[三]212 賢聖道，[三]212 以無上，[宋][元]、醫[明]212 是故説。

耶

闍：[三]1 維之於。

別：[甲]2274 者邑云。

播：[甲]1122 滿馱娜。

不：[明]1451 答曰我，[三][宮]847 舍利弗，[三][宮]1435 答捨者。

部：[甲]2261 但立二，[元]1566 如來無。

恥：[甲]973 反勃，[乙]2309 爲此二。

出：[元]1428。

此：[三][宮]606。

地：[甲]866 所生法。

等：[甲][乙]1822 答云若。

鄧：[三]2146 女經一。

都：[甲][知]1785 似小乘，[三]1549 無疑。

闍：[宋]155 旬起塔。

而：[甲]1828 答言如，[甲]1782 受諸受。

耳：[甲]1781 然穢土，[甲][乙]1736 疏若開，[甲][乙]2263，[甲]1929，[甲]2299 以淨壞，[三][宮]588 答言，[三][聖]190 未知，[三][聖]26 彼第二，[三][聖]1462 不用，[三]1 如是乃，[三]201 即默入，[聖]221 須菩提，[聖]225，[乙]2408 或人云。

法：[甲]921。

非：[三]99 法次法。

伽：[三][宮][聖]278 二天下。

根：[甲]1828 謂眼耳。

故：[甲]1736 疏四隨，[甲]2271。

郭：[元][明]1442。

何：[乙]2397 答俱舍。

乎：[宮]2078 而心白，[甲]1736
故不明，[甲]2195，[甲]2195 玄贊法，
[甲]2217 自性曾，[甲][乙]2211，[甲]
[乙]2259 答，[甲][乙]2288 答，[甲]
[乙]2288 答於十，[甲][乙]2288 地前
終，[甲][乙]2328，[甲][乙]混用 2328
答云此，[甲]1873，[甲]1873 答實爾，
[甲]2195，[甲]2195 答佛爲，[甲]2195
若爲小，[甲]2204 答蓮，[甲]2214 答
必定，[甲]2217，[甲]2217 答除蓋，
[甲]2217 答或云，[甲]2217 答無惠，
[甲]2217 答約用，[甲]2217 故上釋，
[甲]2263 故，[甲]2263 況憶，[甲]2263
又人師，[甲]2277 爲言，[甲]2281 答
九句，[甲]2281 答令體，[甲]2281 答
子孫，[甲]2281 如此相，[甲]2281 若
指喻，[甲]2281 有法自，[甲]2289，
[甲]2401 若至，[甲]2434 答釋論，
[三][宮]、于[聖][另]1543 當言欲，
[三][宮]374 菩薩爾，[三][宮][聖][另]
1543 答曰如，[三][宮][聖][另]1543
若沒者，[三][宮][聖]585 答曰平，
[三][宮]374 答言是，[三][宮]586 舍
利弗，[三][宮]606 我在風，[三][宮]
656，[三]185 佛言且，[三]205 母言
汝，[三]212 阿蘭曰，[三]375 菩薩
爾，[乙]2396 答上來，[乙]2263，[乙]
2263 燈，[乙]2263 例，[乙]2263 破有

財，[乙]2263 生，[乙]2263 疏云，[乙]
2263 無，[乙]2263 爰知五，[原]1858
然則玄。

即：[宮]1546 彼觀色，[甲]1780
三種二，[甲]2266 明色無，[甲]1736
以因緣，[甲]1828 尋思故，[甲]1847
其心馳，[甲]2266 八地已，[甲]2266
答除卒，[甲]2266 依他起，[三]1 答
曰不，[宋]1545 是清淨，[乙]1736 疏
五顯。

迦：[甲]1238 阿伽那。

教：[元]1543 答曰有。

解：[原]2196 云乃至。

經：[甲]1722 八者涅。

聚：[三]193 能忍不。

來：[聖][另]1435 皆。

郎：[宮]374 世尊心。

了：[乙]2263。

類：[甲]2312 答總判。

離：[甲]1841 判云理。

利：[三][宮]814 阿耆多。

隸：[宋][明][乙]921 娑噂二。

羅：[甲]2219 梵音轉。

麼：[明]2076 還有置。

昧：[甲]2402 耶會或，[甲]2400
字梵無。

藐：[三][宮]221 三菩，[三][宮]
458 三菩提，[三][宮]632 三佛名，[三]
[宮]816 三，[三][宮]816 三菩，[宋]
[宮]816 三，[元][明]1487。

明：[宮]1558 故，[甲]、耶[甲]
1782 故。

那：[高]1668 叉，[高]1668 根本

無，[宮]402 持智菩，[宮]574 女言
世，[宮]221 阿羅漢，[宮]221 而言
菩，[宮]221 佛報言，[宮]221 佛言
不，[宮]221 佛言如，[宮]221 佛言
諸，[宮]221 須菩提，[宮]221 言是
意，[宮]223 佛言如，[宮]223 如是
如，[宮]223 諸天子，[宮]224 佛言，
[宮]337，[宮]730 當須我，[宮]866
吽，[宮]901 迦葉那，[宮]下同 221
佛言，[宮]下同 221 佛言須，[甲]、
何[甲]、何耶[乙]2296 答失八，[甲]、
何[乙]2296 答案疏，[甲]、那[甲]1246
五提毘，[甲]1861 舍等唯，[甲][乙]
901 伽去音，[甲][乙]1072 阿度，[甲]
[乙]1822 此云身，[甲][乙]2394 亦是
護，[甲][乙]2397 此云心，[甲]901 伽
羅九，[甲]1201 麼莎縛，[甲]1735 曼
荼羅，[甲]1828 含天，[甲]1871 等五
勝，[甲]2044，[甲]2044 兒，[甲]2130
譯曰娑，[甲]2176 女貞元，[甲]2192
奴，[甲]2244 里娑婆，[甲]2261 毘婆
沙，[甲]2262，[甲]2337 及心體，[甲]
2337 斯若頓，[甲]2339 是知不，[甲]
2400，[明]1451 云耶舍，[明][乙]866
薩婆訶，[明][乙]1110 娑，[明]433 離
床榻，[明]866 哈，[明]1341 十三鼻，
[三] 200 王供養，[三]211 利白瑠，
[三]1441 尋，[三][宮]397 印耶，[三]
[宮]1464 答言飯，[三][宮]221 不行
六，[三][宮]671 娑者有，[三][宮]1425
是知而，[三][宮]1425 尊者大，[三]
[宮]1428 何故默，[三][宮]1435 摩那
伽，[三][宮]1435 我是即，[三][宮]

1464 長者答，[三][宮]1464 時優陀，
[三][宮]1507 長者思，[三][宮]1509
婆非，[三][宮]1546 者可，[三][宮]
2122 漢言，[三][宮]下同 1464 爲欲
犯，[三][乙]1092 反地播，[三][乙]
1200 摩奴沙，[三]1 尼爵單，[三]154
耶勿，[三]202 蜜羅，[三]984 夜，[三]
1332 兜提梨，[三]1334 七唵八，[三]
1335 婆娑婆，[三]1336 蜜皁胡，[三]
1336 婆乾連，[三]1336 若蜜耆，[三]
1336 悉波，[三]2087 伽國中，[另]410
那閦浮，[石][高]1668 利益意，[石]
1509 陀衆生，[宋]、得勒伽[元][明]
397 亦復，[宋]、邪[宮]2122，[宋][元]
1545 語行耶，[宋][元][宮]1425 白，
[宋][元][宮]1425 答言叛，[宋][元]
[宮]1425 一比丘，[宋][元][宮]1464，
[宋][元][宮]1464 闡怒，[宋]195 今者，
[宋]223 波羅蜜，[宋]310 二十，[宋]
397 尼洲中，[宋]702 舍譯，[宋]816
報言天，[宋]816 佛報，[宋]1058 怛
他，[宋]2040 難陀母，[乙][丁]2244，
[乙]1821 唐言身，[乙]1866，[乙]1866
答彼經，[乙]2397 知自性，[乙]2408
者穩，[元]2154 舍崛多，[元][明]100，
[元][明]397 婆叉婆，[元][明]901 柿
二，[元][明]993 引呵引，[元]1544 答
如是，[原]1290 三尸朋，[原]1249 薩
婆毒，[原]1251。

娜：[三][甲][乙][丙]954。

儞：[元][明][甲][乙]1022 參冒
馱。

毘：[宮]397 婆，[三]1058。

婆：[三][宮]1463 其餘一，[三][宮]1464 往。

祁：[宮]458 佛復語，[三]1354。

取：[宮]1435 是事白，[甲]1828 名者如，[甲]2362 答取意，[明]1544 答不爾，[三][宮]314 答曰世，[三][宮]341 捨戲論，[三][宮]2121 比丘，[聖]223 佛語舍，[聖]341 所謂不，[聖]1509 檀波羅，[宋][元]1092 便，[宋][元]1435 答言莫，[宋]144 和題俱，[宋]227 受想行，[元]2016 不也世。

然：[甲]1816 即此位，[原]、[甲]1744 今就文。

如：[明]221 意無兩。

刪：[三][宮]721 提次名。

蛇：[三]1336 南無達，[三]1343 三摩提。

舍：[三]1。

聖：[聖]1451 若如是，[宋][宮]1558 以大梵，[宋]2121 答言曾，[元][明]950。

師：[三][宮]1523 答。

時：[甲][乙][丙]1201 誦明曰，[聖]1425 佛言如。

識：[乙]2263 爲因緣。

使：[甲]1828 以緣第。

熟：[甲]1828 若即色。

數：[原]2254 有説但。

説：[甲][乙]1866 答以論。

所：[甲]1816，[甲]1816 取別屬，[甲]2299，[三]186 答曰佛，[原]1856 摩訶衍。

體：[甲]1821 若業，[乙]1816 答前説。

陀：[三][聖]190 羅多時。

鄔：[甲]2219 波。

顯：[乙]2309 者釋迦。

邪：[聖]26 漏盡比，[德]26 彼彼，[德]26 比丘者，[德]26 彼天答，[德]26 彼諸比，[德]26 爾時世，[德]26 陶師答，[德]1562 頌曰，[丁]2244 伽國有，[敦]450 是故勸，[宮]1559 對是重，[宮]1605 謂法界，[宮]1650，[宮]1664 慈氏白，[宮]225 不壞現，[宮]295 字時入，[宮]384 彌勒白，[宮]397 他那伽，[宮]866 跋折囉，[宮]866 哆，[宮]869 曼荼羅，[宮]895 行者凡，[宮]901 二十六，[宮]901 揭，[宮]901 昵婆訶，[宮]901 抪一，[宮]901 婆重音，[宮]901 七十六，[宮]901 三，[宮]901 三十二，[宮]1562，[宮]1598 見二者，[宮]1646 又四取，[宮]2059 山立懸，[宮]2108 精極而，[宮]2122，[宮]2122 從地，[宮]2122 答曰不，[宮]2122 今者必，[宮]2122 有，[宮]2122 曰是也，[宮]2122 衆服，[宮]下同 673 山頂上，[宮]下同 710 誰爲我，[甲]1795 喻猶不，[甲]2187 見以下，[甲][丁]2187 見以下，[甲][乙][丙][丁][戊]2187 律第六，[甲][乙]1816 見及五，[甲][乙]1816 見沈迷，[甲][乙]1822，[甲][乙]1822 答依所，[甲][乙]1822 行所以，[甲]1722 受稱妙，[甲]1733 歸，[甲]1733 歸依，[甲]1733 見，[甲]1733 曲託此，[甲]1733 正二彼，[甲]1763 見也等，[甲]1763 就文雖，

[甲]1763 正亦有，[甲]1781 道是正，[甲]1782 若無惡，[甲]1786 是故得，[甲]1816 取者初，[甲]1816 行即對，[甲]1828 成立故，[甲]1828 法無我，[甲]1828 分別，[甲]1828 信善中，[甲]1851 念風不，[甲]1911 若通慧，[甲]1932 能造所，[甲]1932 又若許，[甲]1932 余曰約，[甲]1969 三佛薩，[甲]2017 如無術，[甲]2168 正論一，[甲]2250 舍此翻，[甲]2261 復觀諸，[甲]2261 既許善，[甲]2266 答即此，[甲]2266 即對下，[甲]2266 見及邊，[甲]2290 耶地者，[甲]2402 含，[甲]下同 1821 酒即前，[甲]下同 1932 無常非，[久]397，[久]397 那國三，[別]397 反比利，[明]、那[甲]2087 衣朝霞，[明]316，[明]316 識造，[明]400 未來邪，[明]721 若懈怠，[明]721 沙吒鳥，[明]1442，[明]1537 酒及末，[明]2060，[明][丙]1214 麼，[明][宮]1664 又佛地，[明][宮]721 鬼中命，[明][宮]2104 先生鬢，[明][聖]606 入於貢，[明][乙]2087 衣及布，[明][乙]下同 1092，[明][乙]下同 1092 能成一，[明][乙]下同 1092 品第四，[明][乙]下同 1092 像品第，[明][乙]下同 1092 用金剛，[明][乙]下同 1092 餘箇反，[明][乙]下同 1092 真實不，[明]144 和題俱，[明]225 有，[明]316 所，[明]374 善男子，[明]598 今故遠，[明]721 阿修羅，[明]721 彼地獄，[明]721 彼以聞，[明]721 此優婆，[明]721 拘物頭，[明]721 絹及鳥，[明]721 尼人自，[明]721 若諸弟，[明]721 舍花莊，[明]721 舍山中，[明]721 時諸，[明]721 所謂，[明]721 一名清，[明]721 一切眾，[明]721 於命終，[明]721 中作天，[明]838 佛言婆，[明]843 若以，[明]890 第四手，[明]1092 二旖暮，[明]1092 若有有，[明]1092 者皆獲，[明]1450 答是外，[明]1450 道非清，[明]1450 見，[明]1450 行不妄，[明]1450 智不學，[明]1509 母言癲，[明]1571 餘契經，[明]2060 若指聖，[明]2087，[明]2087 對曰誕，[明]2087 國達羅，[明]2087 那提婆，[明]2087 遂登崖，[明]2087 犀那者，[明]2087 曰然此，[明]2087 曰知若，[明]2103 親不，[明]2103 所謂感，[明]2103 所謂憑，[明]下同、也[宮]2102，[明]下同 2087，[明]下同 721 彼見聞，[明]下同 721 大地所，[明]下同 721 所有外，[明]下同 721 為名聞，[明]下同 721 云何觀，[明]下同 843 佛言，[明]下同 1092 加持塗，[明]下同 2087 城中諸，[明]下同 2087 對曰然，[明]下同 2087 國南印，[明]下同 2087 開導末，[明]下同 2087 是時也，[明]下同 2087 唐言慈，[明]下同 2102，[明]下同 2102 何以奉，[明]下同 2102 能指白，[明]下同 2102 披尋第，[明]下同 2102 若夫魏，[明]下同 2102 昔人有，[明]下同 2102 顏延年，[明]下同 2102 又宜思，[明]下同 2102 原其所，[三]1014 耆跋帝，[三]1363 尼薩縛，[三][宮]、一[聖]

1543 邪，[三][宮]、耶字本文[甲]2053
二布路，[三][宮]309 見內見，[三][宮]
882 等四明，[三][宮]1546 作觀解，
[三][宮]1547 見永斷，[三][宮]1559 思
前際，[三][宮][甲][丙][丁]866 怛那，
[三][宮][甲][乙]848 火，[三][宮][甲]
901，[三][宮][甲]901 鞞羅皤，[三][宮]
[甲]901 二莎訶，[三][宮][甲]901 反
囉闍，[三][宮][甲]901 反者馬，[三]
[宮][甲]901 十四摩，[三][宮][甲]901
五婆羅，[三][宮][聖]1547 行也謂，
[三][宮][另]410 尼梨，[三][宮][乙]
[丙]876，[三][宮]322，[三][宮]322 恐
畏惡，[三][宮]397 那，[三][宮]397 婆
薩婆，[三][宮]498 若不然，[三][宮]
602 向習罪，[三][宮]608 向夢中，[三]
[宮]610 以爲，[三][宮]1421 非白衣，
[三][宮]1461 聚謂一，[三][宮]1505 未
斷乎，[三][宮]1507 說訖以，[三][宮]
1537 者謂諸，[三][宮]1543 邪見，[三]
[宮]1543 邪見道，[三][宮]1545 見愚
因，[三][宮]1546 不能令，[三][宮]
1547 受持，[三][宮]1549 定設諸，[三]
[宮]1549 見眾生，[三][宮]1559 釋曰，
[三][宮]1559 隨流淨，[三][宮]1571
謂，[三][宮]1579 補盧沙，[三][宮]
1605 不遮彼，[三][宮]1666 執，[三]
[宮]2028 來那近，[三][宮]2060 貴如，
[三][宮]2103 亦有難，[三][宮]2104，
[三][宮]2122 成不善，[三][宮]2122 婆
多波，[三][宮]2122 於佛聖，[三][宮]
下同 607，[三][甲]901，[三][甲]901
結大界，[三][聖]190，[三][乙]903，

[三]22 婁，[三]24 低寐彌，[三]26 離
竹林，[三]71 頻波羅，[三]73，[三]98
死思想，[三]190，[三]198，[三]204
魔謂已，[三]212 道人，[三]212 所屈
設，[三]212 所謂四，[三]220 天帝釋，
[三]375 佛，[三]375 見於，[三]865 神
通悉，[三]873 印契忍，[三]1132 唯
除不，[三]1331 也佛言，[三]1333 魖
魖皆，[三]1341 多名曰，[三]1341 念，
[三]1356 佛地，[三]1356 葛俾二，[三]
1375 野十五，[三]1558 不爾云，[三]
1559 生不，[三]1579 見由此，[三]2060
告曰，[三]2154 達比丘，[三]2154 經
一卷，[三]2154 匿王經，[聖]1585 有
義俱，[聖][甲]1733，[聖][甲]1763 見
也僧，[聖]606，[聖]1425 非也世，[聖]
1428 彼諸長，[聖]1428 不，[聖]1579
衣諸坐，[聖]1585，[聖]1585 見謂於，
[聖]1585 識異熟，[聖]1585 頌曰，[聖]
1585 有此識，[聖]下同 1602，[聖]下
同 1545 設等至，[聖]下同 1545 修四
波，[另]303 夜那舊，[另]1428，[另]
1428 比丘答，[另]1428 答言實，[石]
1558，[石]1558 頌曰，[石]下同 1558
見唯在，[宋]、時[宮]1543 至無，[宋]
375 不也世，[宋]1340 婆訶滯，[宋]
[宮]498 迦葉亦，[宋][宮]443 夜悉同，
[宋][宮]513 之等無，[宋][宮]665 跋蚷
達，[宋][宮]790 言命在，[宋][宮]824
怖畜生，[宋][宮]901 跋囉去，[宋][宮]
901 揭哩婆，[宋][宮]901 五嗚，[宋]
[宮]下同 542 祇經，[宋][明][宮]721
殺身餓，[宋][明][宮]2122 尼人飲，

[宋][明]195 惟檀其，[宋][元]2061 寬不抽，[宋][元]2061 神曰此，[宋][元][宮]1494 不也世，[宋][元][宮][甲][丙]866 微無桂，[宋][元][宮]498 此能歸，[宋][元][宮]869 法門，[宋][元][宮]2060 冑，[宋][元][甲][乙][丙][丁]866 怛那奉，[宋][元]144 和題俱，[宋][元]220 佛告善，[宋][元]1003 經般，[宋][元]1125 識中一，[宋][元]1200 不動尊，[宋][元]1544 見修所，[宋][元]1546 應廣作，[宋][元]2061 答云我，[宋][元]2061 任君拈，[宋][元]2061 所覽僧，[宋][元]2061 通曰難，[宋][元]2061 一云乙，[宋][元]2061 曰元，[宋]22 今離迦，[宋]144 游陀迦，[宋]195 尼國爲，[宋]375 善男子，[宋]375 衣革屣，[宋]901，[宋]901 十五瞿，[宋]901 印呪，[宋]1341，[宋]1341 都迦毘，[宋]1341 隣提衣，[宋]1341 破七十，[宋]1341 一鼻摩，[醍]26 謂輪寶，[萬]26 彼即答，[乙]1816 故彼，[乙]1822 清淨故，[乙]2215 也疏然，[乙][丙][丁][戊]2187 法自滅，[乙][丁]2244，[乙]1179 泥地，[乙]1816 定不可，[乙]1816 見故然，[乙]1816 執斷，[乙]2309 見繁發，[乙]2309 推甚哉，[乙]2391 言，[乙]2394 揭哩婆，[乙]2397 心非，[乙]下同 1822 執自立，[元]865 出，[元][宮][甲]901 飯塗麼，[元][明]401 此謂三，[元][明][宮]309 所能沮，[元][明][甲]901 寐十七，[元][明]80 子首迦，[元][明]377 爾時王，[元]

[明]1509 因緣亦，[元]1003 經般，[元]1543 答曰是，[原]1212 婬不，[原]1744 正更相，[原]1780 法耶，[原]2369 鉢以歸，[知]26，[知]418 佛言其，[知]418 三菩阿，[知]下同 418 佛品第，[中]236 須菩提。

唓：[高]1668 鄔婆帝，[三][宮]397 余歌，[三]1043 哋。

斜：[甲]2255。

行：[宮]1428 報言實。

琊：[宋]2154 經僧祐。

爺：[甲]1964 孃，[明]190 孃聽外，[三][宮]2121 可飛父，[元][明]190 女今身。

也：[宮]374 汝所有，[宮]1543 答曰若，[宮][聖]1543 答曰阿，[宮]374 何等名，[宮]374 若我常，[宮]374 諸佛世，[宮]656 答曰不，[宮]1425 答言持，[宮]1428，[宮]1646 答言不，[宮]1646 又若言，[宮]2121，[甲]909 耶，[甲]1775，[甲]1924 是故當，[甲]2277 大有合，[甲][乙][丙]1866 依他中，[甲][乙]1822 答生等，[甲][乙]1866 答此亦，[甲][乙]1866 是故當，[甲][乙]2263，[甲][乙]2309，[甲]1241 亘馱摩，[甲]1268 爐梨，[甲]1722 答此經，[甲]1722 答大品，[甲]1736 故今正，[甲]1763，[甲]1775，[甲]1873，[甲]1924 答曰此，[甲]1924 答曰違，[甲]2036 師於言，[甲]2068 僧愁愍，[甲]2262 設能入，[甲]2263，[甲]2263 何得簡，[甲]2271，[甲]2273 故說，[甲]2415 仰云

機，[甲]2428 答彼等，[甲]2778 答天
台，[明]2122 官問主，[三]、[宮]2040，
[三]201 沙彌答，[三]1301 答，[三]
1341 如是色，[三]1342 是，[三][宮]
374 答言猶，[三][宮]518 王言我，
[三][宮]703 王尋遣，[三][宮]1425 即
還精，[三][宮]1435 若言我，[三][宮]
1543 答曰或，[三][宮]1543 頗成就，
[三][宮]2102 絲縷同，[三][宮][聖]
[另]1451 以事具，[三][宮][聖][另]
1543 答曰有，[三][宮][聖][另]1543
頗不一，[三][宮][聖]586 舍，[三][宮]
[聖]754 耶輸陀，[三][宮][聖]1425，
[三][宮][聖]1488 或有，[三][宮][聖]
1543 起，[三][宮][另]1543 頗行無，
[三][宮][另]1543 頗修戒，[三][宮]
[另]1543 頗修身，[三][宮]310 答言
不，[三][宮]374，[三][宮]374 毀犯去，
[三][宮]374 菩薩住，[三][宮]374 如
佛所，[三][宮]374 善男子，[三][宮]
374 謂斷善，[三][宮]374 無善，[三]
[宮]374 一一音，[三][宮]374 於世間，
[三][宮]384 彼，[三][宮]389 汝等比，
[三][宮]556 不見卿，[三][宮]586 答
言若，[三][宮]586 答言於，[三][宮]
656 佛言不，[三][宮]749 向食已，
[三][宮]826 是人橫，[三][宮]1425 比
丘尼，[三][宮]1425 客比丘，[三][宮]
1428 彼言我，[三][宮]1428 大沙門，
[三][宮]1428 若言破，[三][宮]1428
時目連，[三][宮]1428 時那羅，[三]
[宮]1428 時尊，[三][宮]1428 爲以
犯，[三][宮]1428 諸比丘，[三][宮]

1435 答，[三][宮]1435 羅睺羅，[三]
[宮]1442 王曰我，[三][宮]1442 爲心
痛，[三][宮]1452 時諸，[三][宮]1509
王曰我，[三][宮]1543 頗成就，[三]
[宮]1546，[三][宮]1546 第二句，[三]
[宮]1546 謂色無，[三][宮]1546 又，
[三][宮]1548 世尊答，[三][宮]1552
作四句，[三][宮]1632，[三][宮]1632
答曰凡，[三][宮]1634 答曰諸，[三]
[宮]1646 答曰此，[三][宮]1646 又汝
言，[三][宮]1657 爲不熏，[三][宮]
2102 故雖復，[三][宮]2111 故經云，
[三][聖]190 説是語，[三][聖]26，[三]
[聖]26 是謂第，[三][聖]26 縁，[三]
[聖]190，[三][聖]190 即説偈，[三]
[聖]190 迦葉白，[三][聖]190 時優，
[三][聖]190 爲是龍，[三]1 答曰，[三]
24 諸，[三]76 來世事，[三]99 長者
白，[三]99 如説，[三]125 爾時彼，
[三]125 風種是，[三]125 世尊告，
[三]125 中沒者，[三]155 一種色，
[三]156 求阿耨，[三]185 佛遙知，
[三]189 世間之，[三]189 仙人答，
[三]196 間者那，[三]202 如來世，
[三]202 世間眼，[三]203 答言瞿，
[三]203 即白王，[三]203 若，[三]203
設失我，[三]203 我昔從，[三]203 兄
言何，[三]754 妄語戒，[三]865 二合
達，[三]1339 如是，[三]1339 爲三
界，[三]1339 我時答，[三]1341 爾時
彼，[三]1428 時彼比，[三]1440 答曰
佛，[三]1441，[三]1549 如扇，[聖]
10790 道人言，[聖]268 文殊師，[聖]

[另]1543 答曰或，[聖][另]1552 答，[聖]26 世，[聖]26 緣更樂，[聖]225 從法思，[聖]375 所，[聖]440 舍利弗，[聖]475 即聞空，[聖]512 為，[聖]1425，[聖]1425 佛言，[聖]1428 諸比丘，[聖]1543 答曰有，[聖]1552 答聞等，[聖]1721，[聖]1721 答身子，[聖]1763，[另]1543 答曰，[另]1721 答如大，[另]1721 答所以，[另]1721 答有論，[另]1721 又釋人，[石]1509 問曰若，[宋]、分段受呼[元][明]1339 佛告阿，[宋]、那[元]1057 切十，[宋]、邪[明]374 見於菩，[宋]、邪[明]374 善男子，[宋][宮]、不[元][明]1428 佛言自，[宋][宮]、耶[明]2102，[宋][宮]578，[宋][元]1543 答曰，[宋][元]374 所謂一，[宋][元]1549 答曰無，[宋]171 兒言我，[宋]203 答言實，[宋]374 佛，[宋]374 佛言善，[宋]374 能得善，[宋]374 如佛言，[宋]374 善男子，[宋]374 受者定，[宋]374 應定答，[宋]374 有遮法，[乙]2263，[乙]2263 若爾同，[元][明][宮]374，[元][明]408，[元][明]1523 而施識，[元][明]1549，[元][明]2122 如，[原]1775 肇曰諸，[原]1858 涅槃，[原]2425 答若能，[知]2082 辨曰。

虵：[宋]1083 十六虎。

虵：[三]203 奢二。

野：[丙]1246 婆路枳，[甲][丙]1209，[甲][乙][丙]1098 娑摩耶，[甲]868 耶薩，[明][乙]994 此云三，[乙]930 娑嚩二。

曵：[乙]867 耶室。

夜：[宮][聖][另]1463 輸陀善，[甲]1110 娑嚩二，[甲]2168 迦法，[明][乙]1110 摩訶迦，[三][宮]1464 舍將五，[三][宮]2122 奢羅漢，[三]1337 麼訶娑，[三]2154 隋云傳。

移：[聖]397 闍耶，[宋]1339 彌三。

已：[宋]也[元][明]203 兄不能。

矣：[甲]2300 答，[甲][乙]2263。

亦：[甲]1960 以罪既。

印：[宮]885 大，[甲][乙][丙]1184，[甲][乙]867，[甲]867，[甲]2287 能，[明][甲]1175 定慧為。

歟：[甲][乙]2263 答樞，[甲]2195，[甲]2195 故玄贊，[甲]2249，[甲]2249 答七慢，[甲]2271，[甲]2410，[乙]2263，[乙]2263 若，[原]2359 仰云取。

哉：[甲]2263 瑜伽非，[甲]2271，[甲]2271 若爾引，[甲]2271 若言作，[甲][乙]2263，[甲][乙]2263 云事，[甲][乙]2263 答燈有，[甲][乙]2263 加之，[甲][乙]2263 就中四，[甲][乙]2263 況五篇，[甲][乙]2263 明知唯，[甲][乙]2263 若依之，[甲][乙]2263 以知七，[甲][乙]2288 於同文，[甲]1805 答大小，[甲]2249 進云光，[甲]2263，[甲]2263 難也，[甲]2263 答餘無，[甲]2263 對法，[甲]2263 故鏡水，[甲]2263 故知，[甲]2263 是二若，[甲]2263 是以約，[甲]2263 我與蘊，[甲]2263 又疏六，[甲]2271，[甲]2271

況論中，[甲]2271 事，[甲]2271 釋云
爾，[甲]2271 又，[甲]2312 答所言，
[乙]、耶安慧義云、第六識二障二執
俱有、第七識唯煩惱障我執有、第八
識唯所知障法執有、五識法執所知
煩惱障有、護法義云、五識唯二障六
七二識二障二執俱有、第八識二障
二執俱無七十一字[乙]2263，[乙]
2263 彼寒熱，[乙]2263 彼
身子，[乙]2263 不許也，[乙]2263 次
第十，[乙]2263 答本疏，[乙]2263 答
不，[乙]2263 答不爾，[乙]2263 答不
攝，[乙]2263 答論云，[乙]2263 答祕，
[乙]2263 故知於，[乙]2263 花嚴遺，
[乙]2263 進云疏，[乙]2263 況當情，
[乙]2263 況因位，[乙]2263 兩方若，
[乙]2263 論不引，[乙]2263 人師所，
[乙]2263 若前後，[乙]2263 若生者，
[乙]2263 是以見，[乙]2263 爲言西，
[乙]2263 無垢稱，[乙]2263 依之，
[乙]2263 以無性，[乙]2263 又比量，
[乙]2263 又有練，[乙]2263 種是識。

則：[甲]2039 何顏以。

者：[甲][乙][丙]1866 答依華，
[甲]2218 答曰是，[三]1555 有作是，
[乙]1736 一義云。

之：[甲]2254 自患者，[甲]2263，
[宋]196 今佛所，[乙]1201 蘇悉地。

知：[元][明]375。

止：[宋]99 阿羅度。

衆：[甲]2299 彼無量。

足：[甲]2290。

罪：[元][明]1441 答爲過。

昨：[宮]2122 見有四。

爺

郎：[三][宮]1425 摩訶羅。

耶：[宮]2122 猪聞此，[三]190
今者何，[聖]190 悲切酸，[聖]190 或
復唱，[宋]190，[宋][聖]190 我今學。

也

八：[甲]1828。

包：[甲]2219 裏上也。

畢：[甲]2263 先定性，[甲]2277
如文易。

邊：[甲][乙]1821 若約相，[甲]
1823 謂於是。

不：[三][宮]749 僧護。

稱：[聖]2157 言諸群。

成：[甲][乙]2219 虛空無。

城：[甲]2130。

池：[甲][丙]、地[乙][丁][戊][己]
2092 緑萍浮。

出：[宮]1998 來道。

除：[甲]1736 自當第。

此：[甲][乙]2328 即終教，[甲]
1815 法身住，[甲]2128 嚴也謂，[明]
2087，[三]2154 言死捨，[原]2339 六
因唯。

得：[甲]2223 普賢受。

地：[丁]2244，[甲]、－[甲]866
跋折囉。

而：[甲]1839 以虛空，[原]、爾
[原]2266 異於一，[原]2339 雲花曰。

耳：[甲]1736 見修無，[甲][乙][丙]1866 此如龍，[甲]1775，[甲]1775 二乘在，[甲]1775 佛本，[甲]1775 菩薩心，[甲]1823，[甲]1823 一切俱，[甲]2217，[三][宮]537 死更苦，[三][宮]2066，[三][宮]2122，[三][聖]1440 若比丘，[三]156，[三]186 迦葉五，[乙]1736 疏是知，[乙]2192，[乙]2263。

爾：[元][明][宮]635 時阿。

二：[甲]1786 初，[原]1840 言此。

法：[甲]1799 亦云對。

反：[宮][乙]866 禰耶但，[甲]2128，[甲]2128 文字集，[甲]2128，[甲]2128 蔽微也，[甲]2128 下力輟，[甲]2270 速也説，[乙]1796。

犯：[三]1463 何者名。

非：[甲]2128。

故：[甲][乙]1821 以貪欲，[甲][乙][丙]1866 仍一非，[甲][乙][丙]1866 問無一，[甲][乙]1822，[甲]1723，[甲]1736 繁多興，[甲]2273 自所餘，[甲]2299 非定生，[明][乙]994 觀智相，[三][宮]1431，[三]1532 何者，[三]1532 名爲世，[乙]1736 疏故，[乙]1816 意。

果：[甲]1741 根種悉。

河：[甲]2083 西隋興。

乎：[甲]1775，[甲]2289，[三][宮]1632 問曰何，[聖]、一[另]1721 二文各，[聖][另]790 顧謂夫，[原]1764。

華：[甲][乙][丙]2397，[元][明]1428 大床。

或：[元][明]1462 若有人。

及：[乙]2261 佛地十。

即：[乙]2391 斷一一。

己：[三][宮]2122 是以經，[乙]2249 染汚。

迦：[甲]2266 及女人。

見：[甲]2129 故無垢。

教：[甲]1736 疏無性。

巾：[甲]2128 車氏即。

京：[明]1505 梵本四。

竟：[甲]1718 從憍慢，[三][宮][聖][另]1543 一。

九：[甲]1731 舍那亦，[宋][元]2087 聞之土，[原]2196 地具四。

救：[聖]790。

舉：[宋]、興[元][明][宮]461 其。

卷：[乙]2261 言七者。

可：[甲]2259 故且不。

苦：[乙]1823 非聖説。

了：[甲][乙]2394。

力：[甲]2244 羅或本，[聖]586 於諸法，[乙]1822，[元][明]227。

門：[甲]1705 地地上。

名：[甲]2128 方言吳。

乃：[乙]2192 十七名。

惱：[三]389 世，[三]1529 世相如。

品：[甲][乙]1822 而四，[甲]1705 又凡夫。

七：[原]2339 既有相，[原]2339 菩薩聞。

取：[原]1744 答此無。

人：[三][宮]2121 無，[原]1773。

如：[甲]2400 有云涅，[甲]2434 本經文，[乙]2297 故三十。

若：[甲]2249 爾，[三]203 即便遣。

色：[甲]1828 及無色，[甲][乙]1822 不可量，[甲][乙]2250 七支柱，[甲][乙]2394，[甲]1731，[甲]1754 不懷內，[甲]1782 香等故，[甲]1816 信者信，[甲]1828，[甲]1830，[甲]2128 而黃色，[甲]2130 是此間，[甲]2262 其王千，[甲]2266 若五別，[甲]2266 支攝故，[甲]2274 解後起，[甲]2394，[三][宮]2104 立姓趙，[三]1440，[乙]1796 更有蘇，[乙]1816 天親解，[乙]1821 應知除，[乙]1833 定者是，[乙]2164 亦祕密，[元]374 若性自。

山：[三]2088 接北山，[乙]2087 如來勤。

上：[宋][元]、已[明][宮]901 反三。

捨：[甲]1733 後五廣。

生：[甲]1763 隨字論。

聲：[甲][乙]2261 後六本。

臕：[甲][乙]2261。

世：[甲]2035 仁慈者，[甲][乙]1816 次善現，[甲][乙]1909 無常夫，[甲]850 惹曩，[甲]1111 尊觀照，[甲]1782 故有當，[甲]1816 歸敬，[甲]1828，[甲]2196 咸尊重，[甲]2250 五得，[甲]2266 界成即，[三][宮][聖]1563，[三][宮]493，[三]2060 八十餘，[聖]1763 俗善心，[乙]1796 濕附二，[乙]2261 謂立論，[乙]2408 會亦即，

[元][明]2060，[元][明]2060 後還京，[元][明]2060 五千餘，[原]、色[乙]2408 天大自，[原]1776 師舉，[原]1776 事明食，[原]2317 人但。

事：[甲][乙]2194 傍謂形。

是：[宮]1646 如說行，[宮]2122 故兩述，[三][宮]309 復有衆，[聖][甲]1733 此行相，[聖]2157。

釋：[甲]2214 字加空，[甲]2266 泰抄義。

受：[乙]1796 鉢吒㘓。

說：[甲][乙]1822。

巳：[甲][乙][丙]2394 如人爲，[甲][乙]2376 畢伏望，[甲]2128 糟曰粕，[甲]2196 火不能，[乙]2263 是如聾。

他：[甲]2036，[甲]1709 取相分，[甲]1733 修習下，[甲]1799 毘尼云，[甲]1805 部明相，[甲]2837，[明]2076 不憑，[明]350 用是故，[三][宮]1458 子漿是，[三][甲][乙]950，[三][乙]950 尾濕囀，[三]1547 他身轉，[聖]225 當作是，[原]、依[甲]、原本傍註曰述記作色 2339 不相應，[原]1212。

同：[甲]2219 大，[乙]2408。

土：[甲]1775。

柁：[三][宮]1641。

亡：[甲][乙]1822 火焰前，[原]2339 及其出。

王：[甲]2204 所化之。

爲：[聖]1458 言三時。

文：[甲]、－[乙]2207 經音義，[甲]、但作細註 2266，[甲]2195 又玄

贊，[甲][乙]1822 問增，[甲][乙]2288 問是摩，[甲][乙]2397 略有五，[甲]2207 經音義，[甲]2207 名義，[甲]2266，[甲]2266 安置善，[甲]2266 已上今，[甲]2299，[甲]2299 已上，[甲]2300，[甲]2339 自宗眞，[甲]2376，[甲]但作細註 2207 同性經，[甲]但作細註 2207 雪川新，[乙]2263，[原]2339 章唯指。

昔：[明]2087 如來在。

下：[甲]1736 難，[明]1299 宜結朋。

想：[三][宮]323 在閑居。

邪：[甲]、耶[乙]1929 答曰十，[甲]1932 若言但，[聖]1425 世尊，[聖]1425 世尊佛，[聖]1435 親里如，[另]1428 時王第。

心：[甲]2266 者對微，[甲]1922 但初信，[三][宮]461 十精進，[三][宮]630 喜樂皆，[三][宮]1509 復次財，[乙]2397 次東北。

形：[明]2087 靈異既。

性：[甲]1736 四。

姓：[甲]2339 一本性。

焉：[甲]1775，[三][宮]2040。

耶：[宮]1670 而令火，[宮][聖]1552 問神通，[宮]225 用是供，[宮]2058 即便飛，[宮]2123，[甲]、一[乙]2263，[甲]1708 應說聖，[甲]1929 復次今，[甲][乙]1929 仙人答，[甲][乙][丙]1098，[甲][乙][丙]1866 爲法如，[甲][乙]1822 論迦，[甲][乙]1822 答曰如，[甲][乙]1929，[甲][乙]1929 此

之七，[甲][乙]1929 答，[甲][乙]1929 答曰若，[甲][乙]1929 但二乘，[甲][乙]1929 過茶無，[甲][乙]1929 六明念，[甲][乙]1929 如此之，[甲][乙]1929 是則兩，[甲][乙]1929 問曰，[甲][乙]2263，[甲][乙]2263 依，[甲][乙]2309 答，[甲][乙]2309 如是佛，[甲]1225 娑嚩二，[甲]1717，[甲]1722，[甲]1722 答衆經，[甲]1736 故爲此，[甲]1775 肇曰同，[甲]1828 此法爲，[甲]1873，[甲]1873 答約實，[甲]1873 金剛，[甲]1873 爲有三，[甲]1929，[甲]1929 今謂此，[甲]1929 若斷別，[甲]2132 枳耶生，[甲]2214，[甲]2266 此文是，[甲]2270 不爾非，[甲]2271 答准般，[甲]2273 爲如自，[甲]2299，[甲]2322，[甲]2412 問觸地，[甲]2434 答，[明][甲]997 平二，[明][乙]1110 摩，[明][乙]1225 娑嚩二，[明]99，[明]310 除諸蓋，[明]665 南謨達，[明]1464 難陀若，[明]1549 或作是，[明]2076 更別有，[明]2076 仍述一，[三]26 賢者我，[三]125，[三]1339 文殊師，[三][丙]1202，[三][宮]、邪[聖]1549 彼曰實，[三][宮]382 善逝未，[三][宮]638 取無所，[三][宮]749 是地獄，[三][宮]1488 復次施，[三][宮]1546 提舍梵，[三][宮]1634 云何名，[三][宮][久]1488 誰有一，[三][宮][聖]376，[三][宮][聖]397 菩薩住，[三][宮][聖]1428，[三][宮][聖]1488 義菩薩，[三][宮][聖]1552 答，[三][宮]266 承佛聖，[三][宮]271，[三][宮]374

設遙見，[三][宮]397 將不謂，[三][宮]397 善男子，[三][宮]397 是無邊，[三][宮]512 先現光，[三][宮]656 種姓生，[三][宮]657 佛告舍，[三][宮]657 妙色答，[三][宮]657 妻即，[三][宮]657 唯然世，[三][宮]739 不能自，[三][宮]754 弟子今，[三][宮]754 羅雲白，[三][宮]810 計色自，[三][宮]1425 此非法，[三][宮]1428 願王便，[三][宮]1463 佛言憐，[三][宮]1476 若發心，[三][宮]1488，[三][宮]1488 善男，[三][宮]1488 世間罵，[三][宮]1523 答言無，[三][宮]1543 成，[三][宮]1546 答曰有，[三][宮]1546 設是明，[三][宮]1646，[三][宮]1646 是人貪，[三][宮]1646 以財物，[三][宮]1646 又善修，[三][宮]1650 即自決，[三][宮]2040 沙彌聞，[三][宮]2048 提婆曉，[三][宮]2122 舉其右，[三][宮]2122 鷹聞慚，[三][宮]下同 1543 設成就，[三][聖]26 於，[三][聖]26 帝比，[三][聖]26 世尊答，[三][聖]26 異學鞞，[三][聖]178 屬者言，[三][聖]200 汝於今，[三][聖]375，[三][聖]375 我即爲，[三][聖]1441 若彼作，[三]26 彼若因，[三]26 世尊答，[三]68 賴吒和，[三]125，[三]125 阿那邠，[三]125 彼報，[三]125 臣等啓，[三]125 佛報梵，[三]125 念訖，[三]125 是時均，[三]125 是時音，[三]125 王復，[三]125 爲非也，[三]156，[三]156 即問青，[三]186 爲太子，[三]203 答言少，[三]203 生活之，[三]374，[三]397，[三]1339 爾時佛，

[三]1339 善，[三]1546 若無者，[三]1568 庶以此，[三]2110 枉奪其，[聖]224 舍利弗，[聖][另]1543 頗自己，[聖][另]1543 三十六，[聖][另]1543 欲界，[聖]190 使女復，[聖]1428 時羅閱，[聖]1428 藥者酥，[聖]1428 自攝，[聖]1721 答菩薩，[聖]1721 答勸門，[另]410 我今，[另]1543 頗聚修，[另]1543 云何學，[宋][元][宮]、邪[明]2102，[宋][元][宮]749，[宋]790 道人曰，[乙]1736 三門雖，[乙]1736 微細頓，[乙]1822 答此總，[乙]2263，[乙]2263 答彼推，[乙]2263 答俱，[乙]2263 況，[乙]2376 勝意言，[元][明]1340 佛告梵，[元][明][聖]397 我於無，[元][明]24，[元][明]24 彼答我，[元][明]156 女言不，[元][明]273 爲，[元][明]471 舍利，[元][明]1339，[元][明]1523 答曰不，[原]2410 仰，[原]1858 是以言。

冶：[甲]1103 二。

野：[甲][丙]1209 薩嚩怛，[甲]1000 二合，[甲]1163 布引囉，[三][宮][甲][乙][丙][丁]848 字形或。

夜：[三][甲][乙]1092 反地，[三][乙]1092 反地瓠。

一：[原]2339 號解脱。

衣：[三][宮]、－[另]1428。

已：[原]1816 不可以，[宮]618 摩那斯，[和][內]1665 無去來，[甲]1782，[甲]2254 以人能，[甲][乙]1816 故，[甲][乙]1822 論此，[甲][乙]1822 論曰，[甲][乙]2254 此是論，[甲][乙]

2259 解，[甲][乙]2259 有體何，[甲]
[乙]2263 少劣云，[甲][乙]2391 申忍
願，[甲]1709 爲無爲，[甲]1736 後資
餘，[甲]1782 盡爲乞，[甲]1828 此牒
結，[甲]1830，[甲]1851，[甲]2087 談
不容，[甲]2255，[甲]2255 善業任，
[甲]2259 文意云，[甲]2261 問無量，
[甲]2269，[甲]2269 三種集，[甲]
2270，[甲]2299，[甲]2313 夫一心，
[甲]2395 而復示，[甲]2400 現其體，
[三][宮]1462 愛盡，[三][宮]2103，
[三][宮]2122 菩，[三]212 晝夜當，
[三]1421 自有，[三]2085 佛遺足，
[宋]26 愚癡人，[乙]、召[乙]2391 教
王經，[乙]1821 即哀，[乙]2223，[乙]
2223 此文爲，[乙]2261 闕本第，[乙]
2261 無住處，[乙]2263 令士，[乙]
2376 在佛時，[原]2262 有四佛，[原]
2271 仍疑，[原]2292 知諸菩，[原]
2339。

以：[三]212 是故説，[聖]1859 虛
不失，[乙]2394 前品中。

矣：[甲]、－[乙]2207，[甲][乙]
2263，[甲]1709，[甲]1709 從，[甲]
1709 從此第，[甲]1775，[甲]1775 生
曰迦，[甲]1881，[甲]1929 今明此，
[甲]2120 他日王，[三][宮][聖]1646
又使能，[三][宮]1451 二者法，[三]
[宮]2034 十九年，[三][宮]2102，[三]
[宮]2102 按李叟，[三][宮]2109 若以
無，[三][宮]2109 是以天，[三]145，
[三]152 佛告之，[三]152 王善鹿，
[三]2063，[三]2112，[三]2154 什公

卒，[聖]225，[原]1764 生六總。

亦：[甲]1778 七種方，[三]1339
如，[三]2060 判西域。

義：[甲]2219 指，[甲]2219 集會
者，[甲]2263 云云攝，[乙]1796 離行
也。

因：[明][宮]2087 命沒。

引：[乙]2391 乞叉。

由：[乙]2192 慈與悲。

又：[甲][乙]2207 戊己歲，[甲]
2412 梵天帝，[乙]2426 滅大虛。

歟：[甲]、也已上二義鏡水抄意
也文廣可見之細註[甲]2195，[甲]
[乙]、此下乙本奧曰奉寄進興福寺同
學鈔古寫本全部四十八册于時明治
二十三年六月中旬還佛會記念第三
回當日法隆寺管主大僧正千早定朝
2263，[甲][乙]2254，[甲][乙]2254 本
義抄，[甲][乙]2254 今疏第，[甲][乙]
2254 問生上，[甲][乙]2254 緣工巧，
[甲][乙]2263，[甲][乙]2263 如，[甲]
2195，[甲]2195 證明多，[甲]2217 非
有別，[甲]2217 謂持明，[甲]2217 又
我我，[甲]2254，[甲]2263，[甲]2263
次緣用，[甲]2263 故燈云，[甲]2263
攝論疏，[甲]2281 豈同數，[甲]2401
天使四，[乙]2263，[乙]2254 凡表依，
[乙]2263，[乙]2263 是則爲，[乙]2263
王所作。

豫：[明]2103 竊願高。

元：[三]2154 康元年，[乙]2408
行。

緣：[三]375，[三][宮]1543 見諦

成。

云：[甲]2128 攬也因，[甲]2275，[甲]2814 依阿黎，[甲]2239 以前所，[三]2106，[乙]2207 亦連綴，[原]2408 或云。

哉：[甲]2249，[三]2149 自秦世。

在：[乙]1211 平等無。

者：[宮]585 又問何，[甲]1718 如法相，[甲]1960 無苦苦，[甲]2075 即是無，[甲][乙]1822 節氣從，[甲][乙]1822 無間，[甲][乙]2317，[甲]1705 有三，[甲]1775，[甲]1782 驗也自，[甲]1847 此，[甲]1918 此四三，[甲]2219 即，[甲]2271 此語非，[甲]2290 下表始，[甲]2434 是未離，[甲]2748 一變亦，[明]474 所以者，[三][甲]、者左[乙]1125，[三]25 諸比丘，[三]78 谷言我，[三]1331，[三]1340 復次，[三]1341 是爲菩，[聖]790，[聖]1721 藉前三，[另]1721 此劫內，[乙]2227，[乙]2263，[乙]2309 即顯畢，[元][明]212 以離惱，[原]、[甲]1744，[原]2196。

之：[宮]2060 應之，[宮]2122 有頃吏，[甲]、之也[乙]2263，[甲]、矣[乙]2263，[甲]、之也[乙]894 次以真，[甲]、之也[乙]2263，[甲]2263，[甲]2263 意，[甲]2277 問，[甲]2299，[甲][乙]2394，[甲][乙]894，[甲][乙]2228 彼大日，[甲][乙]2254，[甲][乙]2263，[甲][乙]2263 總言之，[甲][乙]2390 私云次，[甲][乙]2397 阿闍梨，[甲]1722，[甲]1722 問今明，[甲]1733

下文云，[甲]1735 二講如，[甲]1781 生死無，[甲]1831 也奢，[甲]2015 故初已，[甲]2128 表也謂，[甲]2183 云云法，[甲]2195 若依先，[甲]2196，[甲]2196 廣如大，[甲]2196 時依思，[甲]2204，[甲]2215 二者此，[甲]2219 分限也，[甲]2231 第十五，[甲]2239 法界智，[甲]2239 謂明，[甲]2250 同，[甲]2262 印順俱，[甲]2263，[甲]2263 然而，[甲]2273 所須具，[甲]2274 何者二，[甲]2277，[甲]2277 問，[甲]2281〇文，[甲]2281 善珠平，[甲]2299，[甲]2299 吉藏昔，[甲]2299 淨影大，[甲]2305 即下門，[甲]2434 變易生，[甲]2434 一展轉，[明]2087 命使以，[三][宮]322，[三][宮]537，[三][宮]2034，[三][宮]2042 如我所，[三]2104，[三]2125 若恐，[三]2145，[三]2154，[聖]2157 幼懷遠，[另]1721 如是世，[乙]2390 定手，[乙]1202，[乙]1816 即是此，[乙]2249 即問過，[乙]2263，[乙]2263 彼相分，[乙]2263 但覺師，[乙]2263 爾者淄，[乙]2263 可，[乙]2263 是以今，[乙]2263 一具本，[乙]2309 四位以，[乙]2394，[乙]2394 上文自，[乙]2408，[乙]2408 故二，[乙]2408 云云，[原]2196，[原]2196 基云梵，[原]2196 取隋如，[原]2196 晝夜恭，[原]2408 時向西。

止：[宋]1694。

志：[三][乙]2087 故遂放。

智：[甲]2274 何故今。

中：[甲]1709 言大火，[甲]1816

前六之。

諸：[宮][聖]1543。

住：[聖]2157。

罪：[元][明]2122 若依摩。

冶

持：[三][宮]847 頗梨寶。

台：[甲]2128 氏也説。

治：[宮]901 二合闍，[宮]2059 城寺釋，[甲]2036 精金之，[甲]2128 家用吹，[甲]1727 鐵作器，[甲]1786 此，[甲]2035 金銅造，[甲]2087 容扶贏，[甲]2128 金也鐵，[甲]2128 者所以，[明][宮]2122 六，[明]2060 理，[明]2154 成範始，[三][宮]1451，[三][宮]2059 監有，[三][宮]2122 不知所，[三][宮]2122 乃止識，[三][甲]951 已，[三]375 轉更明，[三]2145 城寺經，[宋]672 鍊治已，[宋]2103 城寺，[宋]2110 之家，[元]2122 鑄後遭，[原]2362 如何可。

埜

野：[宮]2102 軒轅。

野

被：[三]1486 人所使。

虫：[三]737 狐所噉。

點：[原]1201 也。

蠱：[三]1093 道種種，[元][明][甲]901 道。

河：[三][乙]1092 所至之。

曠：[三][宮]2123 鬼神。

哩：[明]、也[甲]1277 帝，[三]

930 二合。

林：[三][宮]746 殘害衆。

馬：[三]212。

猛：[明]2060 火車在。

摩：[原]1201 即大空。

黔：[元][明]993 咥香利。

禽：[明]1463 獸依山。

舒：[三][宮]1817 四相等，[宋]310 王縣開。

邪：[明][乙]1092 六。

演：[乙]867 野曩，[原]2229 野曩嚩。

焰：[乙]921。

耶：[甲][乙]981 薩曇，[甲][乙]931 二十八，[甲][乙]1072，[甲]1056，[甲]1068 囉叉娑，[甲]1225 娑嚩二，[明][甲][乙]880 字門一，[明][甲]1175，[明][甲]1175 二渴誐，[明][甲]1175 吽，[明]1080 四摩訶，[明]1234 引弭薩，[三][甲]972 二，[宋][元]1092 三，[乙]1239 那，[乙]1821 怛那唐。

也：[丙]1056 二合，[甲]、一[乙]850 三吽，[甲]、一[乙]1244 娑嚩二，[甲][乙]1214，[甲]1277 二合吒，[明]、野二野三[甲]1000 二合毘，[明][甲]1175，[明][乙]994 二合此，[明]1234 地難挽，[三][乙]1022 四合地，[三]982 二合建，[乙][丙]1056 二合。

夜：[明][甲]1175 二，[明][乙]994，[明]190 叉耶，[三][甲]901 叉羅刹，[宋][元]187 干爲怪，[乙]1069 攞乞厠，[原]、野吠佉左嚕地頗多夜吠捨車羅底波哆[甲]1203 吠。

黚：[宋]、[元][明]443 圍。

黚：[三]1341 囉吒格。

黚：[三]1341 荼九計。

叶

料：[原]2409。

契：[甲]2314。

時：[甲][乙]2249 今論文。

協：[三][宮]2060 萬乘，[三]2152
夙懷遂。

曳

成：[甲]2270 宗故雖。

可：[明]1337 反十。

申：[宮]443 二三牟，[三][宮]
2122 珠履於，[聖]1440，[宋]2034 於
有無。

伸：[三][宮]541 頸長二，[三][宮]
2121 脚橙上，[三][宮]2121 至石上。

係：[乙][丙]873 都。

洩：[三][宮]1464 諸長者。

耶：[乙]867 曳五。

野：[甲]1151 吽，[明]1234 引娑
嚩。

抴：[宋]202 電星落。

曵：[明]1401。

異：[三][乙][丙]1076。

綻：[三][宮][甲][乙][丙][丁]866
都摩。

譯：[乙][丙]873。

由：[甲]2270 移結反。

庾：[甲][乙]850。

拽：[三][宮]1425，[三][宮]2122

細七莎，[元][明]2103 下殿初，[元]
[明]2121 出之而。

曳

伸：[三]154 歸到其。

抴

掣：[元][明]157 電聞佛。

檻：[三]984。

泄：[三]125 電爾時。

曵：[元][明]202 電星落。

枻：[三]993 地呵闍。

夜

便：[甲][丙]2227 持誦也。

徧：[三][甲]1227。

波：[三]985 三摩羅。

不：[三][宮]2122。

長：[宮]1579 常勤修。

處：[三]99 悉通達。

存：[乙]1775 誓願世。

地：[三][宮]1425，[三][宮]1435
了出門。

度：[甲]1080 行黑闍，[甲]1112
二合弭，[甲]1239 換食出，[明]1560，
[元][明]125 園觀雜。

反：[宋][明]2110 興毒念。

鬼：[甲]1715 叉競。

後：[三]193 興大雲。

壞：[宮]1435 提都不。

火：[聖]613 又以逼。

及：[元]1579 彼彼剎。

疾：[甲][乙]867 走無邊，[三]125
而般涅。

妓：[元][明]193 樂不鼓。

家：[三][宮]2122 失火皆。

駕：[三]2125 反既。

羅：[明]1441 提數數。

每：[甲]2250 舊言泥。

暮：[三][宮]1425 欲在某。

念：[三][宮]2122 念發造。

婆：[明]1336 那薩。

日：[甲]1163 二夜，[明]1451 龍女，[三][宮]224 夢中等，[三][宮]1435 去，[乙]1076 以油麻。

若：[三][宮]1428 已久衆。

色：[三][宮]883 或復半。

食：[明]1426 提。

時：[三][宮]2121 示現百。

使：[三][宮]674 被殺時。

宿：[宮]1543 行婬如，[三][宮]1430 除僧羯，[三][宮]1435 波逸提，[三][宮]1435 與不能。

夕：[三][宮]2059 行至廟。

夏：[明]1442 未滿共。

瓨：[元][明]1 食不受。

向：[三][宮]748 闇上廁。

炎：[宮]278，[三][宮]1552 摩天身，[宋][宮]397 摩天。

焰：[三][宮][另]1467 摩天壽。

要：[宮][聖]1585 迷杌等。

藥：[甲]2228 又此云，[甲]2250 又興大，[三][甲][乙]1022 又羅刹，[宋][元]1045 又若羅，[原]920 又羅刹。

披：[宮]1559 又神名，[聖]1595 又等來。

耶：[甲]2400 二合，[明][甲]1175，[明][甲]1175 引，[明][乙]1110 迦惡鬼，[明][乙]1110 曩謀，[元][明]468 雖言我。

也：[甲]1225 二合，[宋][元][明]1033 迦等戰，[宋][元]1033 二合駄，[乙]1069。

野：[宮][甲][乙][丁][戊]1958 又，[甲]952，[甲]1000 帝，[甲]1268 又縛鬼，[聖]190 又從彼。

唉：[宮]443 八。

衣：[甲]2128 又作野，[甲]1804 受法但，[聖]790 則困於，[聖]1425 提比丘，[聖]1437 提，[聖]1451 便作賊。

已：[宮][甲]1804 用三日。

以：[甲]1264 引曳平。

逸：[宮]1425 提八波，[甲]1729 提如與，[明]1425 提罪我，[三][宮]1463 提，[三][宮][另]1467 提偷蘭，[三][宮]1421 提比丘，[三][宮]1425 提如波，[三][宮]1435 提佛既，[三][宮]1435 提殺已，[三][宮]1435 提謂波，[三][宮]1460 提如有，[三][宮]1463 提不可，[三][宮]下同 1435 提尼薩，[三][宮]下同 1435 提爲比，[三]1435 提是中，[三]1440 提波羅，[聖]1428 提式叉，[聖]1441 提佛在，[另]1467 提如。

友：[三]2153 譯者第。

曰：[乙]2408。

月：[甲]1736 有光明。

閱：[宮]1435 又浮。

樂：[三]984 叉羅刹。

之：[宮]2122 一億家。

頁

而：[甲]2128 首也品。

見：[聖]425 上其佛。

順：[甲]2298 會諸同。

液

旅：[甲]2036 庭外家。

濕：[甲]、滋[乙]2254 性潤。

釋：[三][宮]1425 然後脫，[三]
26 流漫澆。

腋：[明]2131 汗出四，[三][宮]
1674 下新流。

緣：[甲]2167 述。

竭

揭：[高]1668 那那那。

葉

岸：[甲]2006 黃鸝空。

菜：[甲]1782 可薦鬼，[明]1435
食四，[三][宮][聖]1429 上大小，[三]
[宮]1431 上大小，[聖]1421 上，[知]
1785 無不低。

草：[宋][元]1351，[乙]2408 子
具。

乘：[甲]2130 薄俱羅。

等：[甲]2263 是云，[三][宮]1463
來到長。

荄：[三][宮]317 枝其胎。

蓋：[元][明]2016 等皆從。

更：[乙]2385。

光：[三]643 間有無。

果：[明]346 實具善。

菓：[甲]952 光茂佛，[三][宮]
456，[聖]278 或生落，[宋][宮]、果
[元][明]1488 善男子，[宋][元][宮]、
果[明]384 犯戒作，[乙]2408 之物。

花：[甲]2053 如金色，[乙]908，
[乙]1069 爐中應，[乙]2408。

華：[宮]225 花實，[宮]398 其光
遠，[宮]2060 塵尾振，[甲]2412 是八
葉，[甲]1731 是淨穢，[甲]2035 負才
不，[甲]2068 天人龍，[甲]2219 葉滋
榮，[甲]2228 即名蓮，[甲]2386 此一
句，[明][宮]1425 鍱僧坐，[明][甲]
951 座東第，[明][乙]1086 形，[三]
[流]360 光明無，[三][宮]425 佛，[三]
[宮]425 香美療，[三][宮]619 中其花，
[三][宮]721 迭互，[三][宮]721 光澤
猶，[三][宮]721 或有百，[三][宮]1425
庵，[三][宮]1428 聽分若，[三][宮]
1435 婆，[三]20 常冷塵，[三]643 一
一華，[三]1032 即身同，[三]1087 形，
[聖]397 青，[聖]1425 一切盡，[聖]
1460 著內衣，[宋]1509 香持詣，[乙]
2385 釋云行，[元][明]220 并餘無，
[元][明]721 遍覆池，[元][明]1421 其
外青。

荒：[宋]99 枯便死。

夾：[元][明][甲]1173 壇輪四。

堅：[三][宮]721 從口中。

荼：[原]、[原]1796。

莖：[宮]1648。

莖：[敦]262 金剛爲，[宮]286 中

有無，[宮]721 者或有，[三][宮]397 智慧。

猫：[明]1450 糞不應。

藥：[三][宮]263 用青。

皮：[三][宮]1428 作屐樹。

氣：[原]、氣[甲]2006。

棄：[宮]896 覆蓋安，[宮]2103 之旦，[甲][乙]2194 上廣下，[甲][乙]2194 騰竺法，[甲]2339 羅佛亦，[明][甲]997 大梵天，[三]2106 經投火，[聖]279 生時令。

莚：[乙]2092 金莖散。

蕊：[三]865 中指。

藥：[甲]2397 中置佛。

攝：[甲][乙]982 波，[三][宮][聖][另]1442 波如來，[三][宮]1451，[另]1451 波因過，[宋][元]、[宮]1451 波佛時。

盛：[三][宮]376 有時。

樹：[宮]721 林其刃。

條：[三][宮]1435 若五若，[聖][另]613 種子乃。

菓：[三]2125 根極爲。

縹：[三][宮]1425 佛言不。

芽：[明]2016 依種起。

要：[甲]2269 辨今論。

藥：[宮]1647 米麺油，[甲]2250 和合作，[三][乙]1092 蘇誦持，[三]190 根果，[三]192 斯等應，[三]209 裏實義。

業：[宮]2122 林，[宮]278 智華持，[宮]2060 相等情，[甲]867 一切金，[甲]1239 藥叉大，[甲]1875 資，

[甲]1921 是得證，[甲]2130 滿也第，[甲]2192 竟於此，[甲]2255 才力見，[甲]2400 方雜寶，[明]2149，[明]1579 言不威，[三][宮]288 無極之，[三][宮]425，[三][宮]462 華果名，[三][宮]720 汝今慧，[三][宮]721 花次名，[三][宮]1509 中生粳，[三][宮]1545，[三][宮]1648 四，[三][宮]2040 重，[三][宮]2059 並見重，[三][宮]2060 弗興敬，[三][宮]2102 而邁至，[三][宮]2102 栖信便，[三][宮]2103 滋多見，[三][宮]2122 秀滋四，[三][宮]2122 重暉所，[三]2087 於諸印，[聖][另]1459 上，[聖]1547 清淨戒，[另]1453 在，[另]1458 爲器或，[石][高]1668 乃至果，[宋]2110 相承尚，[宋][宮]2059 世不乏，[宋][宮]2103 之龜鏡，[宋][元][宮]1549 睡眠最，[宋][元]2108 今時未，[宋]157 般涅槃，[宋]1331 提，[宋]2088 護欲襲，[原]855 虛心，[原]1840 成功既，[原]2208 散心思。

鍱：[三][宮]1506 纒身如，[三][聖]125 纒裏其，[三]99 以纒其，[三]125 所裏所，[元][明]375。

鍱：[元][明]2049 以書此。

意：[甲]1731 二處。

印：[原]2404 無所不。

腋

肩：[甲]901 上著是。

膝：[甲][乙]1822 下有胞。

掖：[宮]1431 已下，[宮]1810 已下膝，[甲]1094 痛或陰，[明]2110 憑

向坐，[三][宮]1428 乳腰，[三][宮]1428 下未生，[三][宮]1463 下使破，[三][宮]2045 倒著中，[三]2149 經，[聖]1428 下耳鼻，[聖]1509 下我，[聖]1579 不流汗，[另]1428 繫腰臂，[宋]156 令不動。

蹠：[元][明]152 痒兩乳。

楪

褻：[元][明]、疊[聖]643 僧。

疊：[石]2125 或。

業

案：[宮][聖]1552 行也無，[聖]190 著一切。

寶：[甲][乙][丙]2381 虔誠。

報：[宮]384，[甲]2255，[明]1552 果，[明]1525，[三][宮]721 因彼夜，[三][宮]1546 道所，[三][宮]1550 障礙亦。

表：[甲][乙]1822 心唯修，[甲]2323 乃至。

藏：[三][宮]2122 淨身口。

常：[宮]223 供養供，[三]1564 云何生，[三]194 修一生，[宋]1509 無業因，[乙]2309 修福業。

乘：[宮]401 三曰入，[宮]285 合散所，[甲]、業通業道[乙]2317 通有無，[甲][乙]2263 文此即，[甲]1709 加持於，[甲]2195 故，[甲]2195 品引什，[甲]2217 世間，[三][宮][聖]272 姦偽，[三][宮]286 定相不，[三][宮]398 諸佛殊，[三]2063 禪祕無，[聖]1788 故如

似，[宋][宮]415 持護法，[乙]2296 上，[乙]2231 也，[原]2306 即爲三。

齒：[明]761 密遠離。

祟：[宮]2059。

處：[三][宮]397 來誰之，[聖]26。

叢：[甲]2266 山方名。

當：[明]721 劣故爲。

道：[甲]1912 非，[甲]2305 生何，[三]186。

得：[三]193 求水。

德：[明][宮]411 尠薄此，[三][宮][石]1509 以來佛，[三]1331 齋戒一，[聖]227 因，[聖]1462 可持。

等：[宮][聖]1602 四種應，[宮]278 瘡皆，[宮]278 無，[甲]、等[乙]1830 增長位，[甲][乙]1821，[甲]1821 生他有，[甲]1821 有中有，[甲]1841 以相依，[甲]2266，[甲]2266 空者亦，[甲]2266 是，[甲]2266 他許非，[甲]2266 無間緣，[甲]2266 者此是，[甲]2281 法體能，[甲]2339 故三妄，[明][宮]670，[明]1596 是一切，[三][宮]318 經，[三][宮]1550 性何處，[三][宮]1551 非業道，[三][宮]1558 有因有，[三][宮]1608 行不斷，[三][宮]1656，[三][乙][丙][丁]865 無量壽，[聖]190 行云何，[聖]1462，[聖]1509 人皆不，[宋]186 療一切，[宋]1562 由此因，[原]、[乙]1744 是變易，[原][甲]1851 相應之，[原]973 迴施衆，[原]1840 彼說離。

第：[甲]1816 五心前。

斷：[甲]2266 常文對。

惡：[明]721 已決定。

惡：[明]2016 思特違，[三]、一[宮]653 命不清。

二：[甲]2195 用云云。

發：[甲][乙]1822 故婆沙，[甲][乙]1822 即發，[甲]2219 心具足，[三][宮]1646 惡非意，[聖][另]1548 法煩惱，[宋][元]1075 心不散。

法：[宮]754 爾時會，[三][宮]398 一切自，[三][宮]1459 知量可，[三][宮]1552 最惡。

福：[三][宮][甲]2053 位爲人，[聖]211 淨修梵。

根：[明]1450 緣故於，[元][明]278 悉迴向。

共：[三]1548 是名非。

垢：[三][乙]1092 障重罪。

果：[甲][乙]1822 故，[甲][乙]1822 時名爲，[甲][乙]2219 展轉增，[甲]1821 爲一人，[甲]1828 必是善，[甲]1924 相應熏，[甲]2195，[甲]2263 異，[甲]2337 九十一，[甲]2412 障之義，[三][宮]657 報亦住，[三]2103 不以爲，[原]2340 定歟答。

還：[明]100 作快樂。

花：[宋][明]、葉[明]2102 親傳世。

華：[甲]1847 識染心，[三][宮]425 無罣礙，[三][宮]425 月光氏，[三][宮]2121 縱使見。

患：[聖]211 二。

集：[宮]397 常行不，[甲][乙]1929 不爲所，[甲]1828，[甲]1828 所，

[甲]2262 方乃，[甲]2412 也付此，[三][宮]2122 六賊亂，[元][明]2122。

結：[甲]2255 答曰趣。

界：[明]1548 品第。

禁：[三][宮][甲]2053 翹勤實，[三][宮][聖]285 戒道德，[三][宮]481 戒忍辱，[宋][宮]292 志性慧，[宋][元]1584 戒取煩。

經：[三][宮]1458 者應誦。

舊：[三]375 煩惱之。

舉：[甲]1839 也。

苦：[甲][乙]1821，[甲]1920，[甲]2290，[三][宮]1579，[三][宮]2123 報難排，[三]1331 報既無，[三]2145 陰因事，[聖]1579 能順非，[聖]663 障我當，[聖]1537 不相應，[乙]2376 墮於地。

來：[三][宮]1509 相續。

累：[元][明]2060 教之極，[原]2261 果無。

梁：[甲]1728 鬼毀。

量：[甲][乙]2317 當知亦。

論：[三][宮]2122 等若無。

昧：[明]1581 亦教人。

夢：[甲]、授[乙]867 與物獲。

密：[原]2220 平等功。

滅：[宮]402 所作彼，[甲]2217 即此理，[甲]2217 皆染污，[宋][元][宮]765 若盡滅，[原]2264 意也云。

命：[乙]1909 得智慧。

逆：[明]1591 爲任持。

撲：[甲][乙]2070 懺悔萬。

起：[甲][乙]2250 表業應。

棄：[久]1488 故施復，[元][明]
[宮]、葉[聖]1536 染。

愆：[三]1331 應墮八。

趣：[三][甲][乙][丙]930 衆生説。

若：[三]、苦[宮]587 田宅等，[宋]
1548 若口説。

善：[宮]271 報，[明][聖]663 願
於來，[三][宮]1530 樂等受，[三][宮]
721 因緣故，[三][宮]754 王白佛，[三]
[宮]1488 道，[三][宮]1521 道，[三]
[宮]1525 道，[三][宮]1563 道中前，
[三][宮]2109 信爲明，[三]203 自受
其，[聖]1548 斷是名，[宋][聖]279 果
報無，[宋]1211 觀於修，[乙]1822 容
俱作。

身：[明][宮]347 和合戀，[乙]
2263 所。

生：[石]1509 種種事。

實：[原]2254 論云見。

事：[甲][乙]2219 者，[甲]2196 故
本云，[三][宮][久]397，[三][宮]2103
已，[三]201 索是故，[三]982 獲大吉，
[三]2063 未集乎，[三]2122 于時住。

受：[原]2264 果大乘。

屬：[甲]1708 王位忉。

説：[甲]1828。

死：[甲]2255 准。

素：[三]2103 歸心勿。

塔：[三][宮]2121 十二，[宋][元]
2121 十二。

貪：[另]1458 煩惱制。

統：[元][明]2110 廓寧。

陀：[元][明]125。

未：[聖]754 有何因。

我：[元]374 緣墮地。

無：[聖]1509 無記四。

繫：[明]1544。

心：[三][宮]2122 由此便。

行：[宮]1581 性自柔，[甲]1763
也從此，[甲][乙]1909 以此三，[甲]
1960，[甲]2219 言，[甲]2266 如是尋，
[甲]2323 是行之，[明]2122 部，[聖]
[甲]1763 爲。

虛：[明]721 生於彼。

學：[三][宮][聖]1579 四者。

熏：[甲]1924 所熏故。

言：[甲][乙]2263 之因正。

藥：[甲]1736 自在隨。

葉：[宮]1458 亦不得，[宮]1549
無有利，[宮]2041 並超三，[甲][乙]
2309 秉逸群，[甲][乙]2387 金剛樣，
[甲][乙]2397 種，[甲]923 形即成，[甲]
1042 不可得，[甲]1735 名五辯，[甲]
1805 墮龍便，[甲]1912 何故論，[甲]
1924 尤重熏，[甲]2037 梅溪，[甲]2037
者多能，[甲]2068 讀法華，[甲]2274
功，[甲]2787 重一形，[三][宮]2060 故
放神，[三][宮]721 相似自，[三][宮]
1421 故名我，[三][宮]2059 璩既學，
[三][甲]989 龍王遍，[三]1，[三]908，
[三]2041 王有五，[三]2103，[聖]2157
筆受安，[聖]2157 自武帝，[另]1721
強，[乙][丙]2190 菩薩眞，[元][明]
2060，[元][明]2103。

鄴：[三][宮]2060 並齎新，[三]
[宮]2103 基累明，[三]2149 魏承漢，

[聖]1595 仍值梁。

意：[三][宮][聖]397 淨六者。

義：[宮]1509 以是故，[甲]2299 品疏云，[三][宮]263 超出本，[三]125 所以，[乙]2087 也如何。

因：[甲]1736 緣得成，[聖]613 緣生貪。

瑩：[三][宮]1509 此譬喻。

用：[乙]1821 證有由。

有：[明]2122 鏡者也。

餘：[甲]2275 句五業，[原]2249 十支者。

語：[乙]2249 通果心，[原]2317 即思今。

緣：[三]、業緣[宮][聖]292 緣是，[三][宮]721 流轉如，[三][宮]721 無因則，[聖]1548 與樂是。

願：[元]1605。

樂：[甲][乙]1822 力亦發，[甲][乙]2309 故稱爲，[甲]1816 見，[甲]1828，[甲]1839，[甲]1839 爲兩字，[甲]2261 意樂勢，[明][甲][丙]1209 心中心，[明]192，[明]1342 一切悉，[三]213，[聖][另]1548 法。

掌：[乙]2390 如蓋也。

障：[甲]982 並消除。

者：[三][宮]1588。

證：[原]2264 事讀師。

至：[甲]2339 轉現。

智：[三][宮]294 境界善。

種：[乙]1821 爲同爲。

衆：[三][宮]285 善權智。

諸：[元][明]930 障身不。

宗：[甲]2367 成俱二。

最：[甲][乙]1822 爲。

罪：[甲]1805 最重故，[甲]2068 障皆消，[乙]1816 不墮，[乙]1909 不稱揚。

曄

畢：[宮]2059 王曇，[宋][宮]、燁[元][明]324 如蓮華。

燁：[三][宮]2123 福盡罪。

燁

煒：[三][宮]590 見者心，[元][明]2123 髮黑齒。

曄：[三][宮]2104 玉清之。

鄴

隣：[宮]2102 而石虎。

善：[元][明]2059 龜茲于。

葉：[宮]2059 宮寺。

業：[三][宮]1593 仍值梁，[三][宮]2034 文帝，[三][宮]2059，[三][宮]2059 淮，[三][宮]2059 營立茅，[三][宮]2122 少出家，[三][宮]下同2059 十一出，[三]2110。

嶪

業：[三]982 播。

謁

藹：[三][宮]2122 咄陀達。

諎：[宮]2108 長揖至。

接：[三][宮]2060 山。

竭：[甲]2130 俞佛經，[明][聖]

[甲][乙][丁]、渴[丙]1199 陂池使，[明]443，[三]2121 皆恭事，[元][明]443。

渴：[聖]2157 羅槃陀，[宋][元][宮]1464 拜以是。

詢：[三][宮]2060 講至。

詣：[三][宮]2122 王請抄。

遊：[明]2103 方山靈。

語：[三]17 如。

詔：[三][宮]2103 天。

諸：[聖]425 一切現。

鍱

牒：[甲][知]1785 腹難石，[甲]2128 鍱音，[三]2145 難得之。

鎖：[三][宮]2122，[元][明]2123 慧人不。

鑠：[明]210 慧人。

葉：[宮]1509 以纏其，[三][宮][聖]310 纏被其，[聖]125，[聖]227 上疊無，[元][明]25 地獄狐。

礰

矖：[甲]1101 忿怒菩，[三][宮]1442 處或指，[三][宮]1442 赤礰，[三][宮]1443 處或指，[三][宮]1459 許非愆，[三]25 子遍滿，[元][明]下同 402 記處以。

一

阿：[三][宮]2122，[三][宮]2122 闡提則。

八：[甲]、一[乙]2396 萬四千，[甲]2266，[甲]951 日潔身，[甲]1735

爲龍龍，[明]、一第二小土城誦六字[明]26，[明]2131 日也住，[明]2121，[三][宮]1547 使或曰，[聖]790 人監護，[聖]2157 卷，[宋][元]2154 十八紙。

百：[三][宮]2121 藥膏各，[宋][元]1032 八葉白，[原]957 千遍二，[原]1238 萬鬼。

半：[甲]2036 夜之時。

包：[元][明]1566 六合。

本：[甲]1709。

必：[宋][宮][聖]1509 異等具。

芯：[三][宮]1442 弳。

遍：[明]1562 生沒已。

別：[聖]1582 則攝於。

不：[宮][甲]1998 分老少，[宮]901 次阿闍，[甲]1795 說此經，[甲]1828 續云何，[甲]1893 須陀洹，[甲]1851，[三][宮]1602 分，[三]2153 退轉輪，[乙]2261 不顯自，[原]、[甲]1744 同人，[原]2339 淨觀一。

出：[甲]2036 千二部。

初：[甲]1735 爲現在，[甲]1736，[甲]1736 合釋前，[甲]1736 列三名，[甲]1736 雙標二，[甲]1736 一切智，[甲]1736 直消文，[甲]1782 總標次，[甲]2255 依三身，[三][宮]1435，[聖]1721 明宅。

此：[宮]1425 僧伽婆，[甲]、一[甲]1782 道即支，[甲]1920 心，[甲]2250 即今釋，[三][宮]1536 黃相繫，[三][宮]2085 鉢鉢去，[三][宮]2122 賢臣仰，[三]1435 場衣在，[乙]1736

門者即。

次：[宮]2008 日韋刺。

麁：[甲]2263 相多分。

大：[甲]1961 豆火焚，[甲]2339 乘教説，[甲]2395 乘心地，[明]212 何以故，[三][宮]627 德鎧定，[三]99 苦聚，[聖]1421 比丘尼，[元][明]1341 海。

當：[三]211 隨王法。

地：[宮]1552 味相應。

等：[甲]2261 攝相歸，[乙]1736。

第：[甲]1829 一支。

丁：[宋]、專[元][明]1424 心專注。

定：[乙]973 手結心。

獨：[明]2131。

多：[甲]1731 處者如，[甲]1733 非。

而：[和]261 口二日，[甲]1718 往論必。

二：[宮]659 分乃至，[宮]1459 一村，[宮]1545 世滅二，[宮]1545 退法二，[宮]1552 想二受，[宮]1912，[宮]2025 時均遍，[宮]2025 時僧堂，[宮][甲]1799，[宮][甲]1805 種戒一，[宮][聖]279 一切諸，[宮][聖]1453 輕此中，[宮][聖]1462 身分未，[宮][聖]1579 一業道，[宮]425 億三會，[宮]585 了衆會，[宮]606 分髮百，[宮]616 分行是，[宮]882，[宮]882 句阿，[宮]882 句悉，[宮]1425 衆客比，[宮]1433 比丘對，[宮]1435，[宮]1435 比丘四，[宮]1435 比丘行，[宮]1435 舒脚二，

[宮]1541 陰攝九，[宮]1543 聰明慢，[宮]1545 無記根，[宮]1546 清淨者，[宮]1558 初無漏，[宮]1558 者謂得，[宮]1912 以所，[宮]2034，[宮]2034 卷，[宮]2034 卷一名，[宮]2034 卷與鬼，[宮]2034 月爲正，[宮]2053 烽恐候，[宮]2102 乘，[甲]、三[戊][己]2089 日丁未，[甲]1709 通明十，[甲]1721 出二乘，[甲]1731 種穢四，[甲]1733 初明果，[甲]1735 瑜，[甲]1735 智光普，[甲]1736 不來不，[甲]1736 慚二愧，[甲]1736 他受用，[甲]1750 順弘道，[甲]1786 智是般，[甲]1799，[甲]1805 九作持，[甲]1806 人抄同，[甲]1915 種，[甲]1960 不異而，[甲]2035 千歲計，[甲]2035 終，[甲]2036，[甲]2128 反下奴，[甲]2255 比丘尼，[甲]2269 雜，[甲]2270 轉更生，[甲]2274 宗故同，[甲]2281 云三句，[甲]2339，[甲]2410 年云云，[甲][丙]2396 種其佉，[甲][乙]2350 教授師，[甲][乙]2362 圓果，[甲][乙]981，[甲][乙]1705 種生，[甲][乙]1709 云一宿，[甲][乙]1751 令其下，[甲][乙]1799 體之觸，[甲][乙]1821 云又下，[甲][乙]1822，[甲][乙]1822 少鈍於，[甲][乙]1822 頌，[甲][乙]1822 太法師，[甲][乙]2092 日至孫，[甲][乙]2250 十五，[甲][乙]2259 根爲憂，[甲][乙]2261 分章歸，[甲][乙]2296 方言據，[甲][乙]2317 者有人，[甲][乙]2328，[甲][乙]2381 山各有，[甲][乙]2390，[甲][乙]2391 遍，[甲][乙]2397 相佛，[甲]850

薩怛嚩，[甲]967，[甲]1103 千八遍，
[甲]1123 儞哩二，[甲]1512 世界若，
[甲]1709 百二十，[甲]1709 各別故，
[甲]1709 即本願，[甲]1717 住中分，
[甲]1718 勸意佛，[甲]1718 行半正，
[甲]1719 劫會亦，[甲]1721，[甲]1721
乘者名，[甲]1721 以教惑，[甲]1731
處一不，[甲]1731 此開就，[甲]1731
見也，[甲]1731 質二見，[甲]1731 種
四，[甲]1733 念何等，[甲]1733 有世
界，[甲]1733 約所，[甲]1733 中初二，
[甲]1735 偈即一，[甲]1735 門明迴，
[甲]1735 滅障成，[甲]1735 品唯是，
[甲]1735 所化二，[甲]1736 別釋亦，
[甲]1736 分教，[甲]1736 幻有必，[甲]
1736 偈即一，[甲]1736 輪王之，[甲]
1736 名謂上，[甲]1736 師義難，[甲]
1736 識含此，[甲]1736 文，[甲]1736
約外道，[甲]1736 者上妙，[甲]1778
處觀成，[甲]1778 彌勒白，[甲]1782
答諸法，[甲]1782 空識二，[甲]1782
菩薩故，[甲]1782 釋迦現，[甲]1783
非一切，[甲]1784，[甲]1786 故法爾，
[甲]1789 意一離，[甲]1795 結益請，
[甲]1795 句反於，[甲]1795 起行，
[甲]1795 障不斷，[甲]1805 法衣相，
[甲]1805 句正示，[甲]1805 期攝入，
[甲]1805 有比丘，[甲]1805 字錯合，
[甲]1828 百五十，[甲]1828 地二六，
[甲]1828 各依自，[甲]1828 句非他，
[甲]1828 空及諸，[甲]1828 明諸通，
[甲]1828 是，[甲]1828 天皆是，[甲]
1828 添前爲，[甲]1828 心雖未，[甲]

1828 依現量，[甲]1828 障同事，[甲]
1828 者無愛，[甲]1828 執下，[甲]1830
抄引大，[甲]1863 云如是，[甲]1893
諦篇二，[甲]1912 道下有，[甲]1929，
[甲]1931 住至十，[甲]2006 識者皆，
[甲]2015 教據佛，[甲]2035，[甲]2035
部是雜，[甲]2035 初會現，[甲]2035
卷金剛，[甲]2035 年，[甲]2035 人投
之，[甲]2035 十四祖，[甲]2036，[甲]
2036 百八歲，[甲]2037 年七月，[甲]
2039 十三日，[甲]2039 仙子迎，[甲]
2128 體，[甲]2128 形非體，[甲]2128
形同於，[甲]2157 卷同帙，[甲]2167
卷，[甲]2168 策子，[甲]2174 紙，[甲]
2181 卷大乘，[甲]2183 卷傳云，[甲]
2183 卷同，[甲]2193 法，[甲]2196 月
爲一，[甲]2204 阿僧祇，[甲]2217，
[甲]2217 句，[甲]2217 釋何異，[甲]
2223 遍或二，[甲]2250 並非也，[甲]
2250 分一段，[甲]2250 途故不，[甲]
2250 形上，[甲]2253 解耶光，[甲]
2254 緣耶，[甲]2261 依法喻，[甲]
2261 云佛以，[甲]2263 釋，[甲]2263
唯有漏，[甲]2263 云等言，[甲]2266
抄及攝，[甲]2266 解疏或，[甲]2266
九右云，[甲]2266 四左，[甲]2266 云
起三，[甲]2266 障名少，[甲]2266 種
問如，[甲]2266 左云經，[甲]2269 緣
生執，[甲]2271 法自相，[甲]2274 法
自相，[甲]2274 時彼所，[甲]2274 義
即是，[甲]2274 之中一，[甲]2284 末
那已，[甲]2290 舉天祐，[甲]2299 已
上，[甲]2300 止諸惡，[甲]2301 部此

近，[甲]2317 智斷然，[甲]2337 法，[甲]2337 卷，[甲]2337 真諦境，[甲]2339，[甲]2339 出家外，[甲]2339 故，[甲]2339 爲，[甲]2339 章意在，[甲]2339 者一是，[甲]2358 三異已，[甲]2362 地方，[甲]2397 相即論，[甲]2400 八，[甲]2400 婆去囀，[甲]2901 心得大，[明]、－[丙]948 摩賀引，[明]220 千天子，[明]220 切如來，[明]244 句囀日，[明]1545 劫修習，[明]1545 心不作，[明]1546 亦有少，[明]1562 差別，[明]2016 邊故稱，[明]2131 十部并，[明]2154 闕，[明][宮][聖]1547 因二緣，[明][甲][乙]901 斤檀香，[明][甲][乙]1260 合八捨，[明][甲]1175，[明][聖][甲][乙]983 中指頭，[明][乙]1092，[明]1 語不煩，[明]190 升稗子，[明]244 合，[明]244 合摩寫，[明]278 性亦無，[明]745 時有惡，[明]760 歲菩，[明]848，[明]883 句，[明]890 鉢囉二，[明]1165 囀嚕拏，[明]1169，[明]1202 分於一，[明]1217 吽引發，[明]1339 俗服者，[明]1428 比丘得，[明]1435，[明]1463 聽一不，[明]1470 者當頭，[明]1536，[明]1543 見道斷，[明]1545 緣故捨，[明]1552，[明]1552 非，[明]1562，[明]1563 分生死，[明]1563 能緣二，[明]1571 念業與，[明]1644 方，[明]1644 小劫，[明]1656 一體不，[明]1808 種若作，[明]2016 知身同，[明]2034 卷於始，[明]2034 月八日，[明]2060，[明]2076 人，[明]2076 日進書，[明]2103 年外皆，[明]2103 十七卷，[明]2103 首沈，[明]2122 十八驗，[明]2122 驗出，[明]2131，[明]2131 非爲體，[明]2145，[明]2145 卷，[明]2146 因緣章，[明]2149 百卷一，[明]2149 卷三，[明]2149 紙一名，[明]2151 卷經數，[明]2153 部一千，[明]2153 卷十一，[明]2154 百八十，[明]2154 卷，[明]2154 卷見在，[明]2154 卷是目，[明]2154 譯，[明]2154 譯兩，[明]2154 譯與隋，[明]2154 帙，[三]、－[聖]1433 人爲伴，[三]220 分，[三]244 婆誐囀，[三]264 相，[三]1440 升半問，[三]1533 以何義，[三]1546 心頃得，[三]2122 戒俱等，[三]2149 紙，[三][丙]、引[甲][乙]930 鉢囉二，[三][丙]930 播引那，[三][宮]279 俱不可，[三][宮]775，[三][宮]1435，[三][宮]1509 者一切，[三][宮]1542 非暴流，[三][宮]1545 無心定，[三][宮][甲]901，[三][宮][甲]901 手中指，[三][宮][甲]901 呪有十，[三][宮][聖]480，[三][宮][聖]1562 千九百，[三][宮][聖][另]675，[三][宮][聖]278 名，[三][宮][聖]350 邊設無，[三][宮][聖]586 萬五千，[三][宮][聖]1433 第三亦，[三][宮][聖]1459 尋，[三][宮][聖]1462 百一十，[三][宮][聖]1544 結不相，[三][宮][聖]1544 現在一，[三][宮][聖]2034 卷，[三][宮][石]1509 得般若，[三][宮][石]1509 者無法，[三][宮][知]384 是謂無，[三][宮]263，[三][宮]278 者生大，[三][宮]309 那術百，

[三][宮]337 尊復尊，[三][宮]376 者弊惡，[三][宮]397，[三][宮]397 數是名，[三][宮]402 幢頭以，[三][宮]434 之乘於，[三][宮]443 鉢囉羶，[三][宮]556 千人遠，[三][宮]624 以相無，[三][宮]721 是攢，[三][宮]732 天爲四，[三][宮]798，[三][宮]848 阿鉢囉，[三][宮]901 座於中，[三][宮]1425 越比，[三][宮]1428 說戒，[三][宮]1438 人其餘，[三][宮]1451 相遍身，[三][宮]1488 正因一，[三][宮]1521 異不成，[三][宮]1542 處五蘊，[三][宮]1542 斷，[三][宮]1544 少分幾，[三][宮]1545 見品謂，[三][宮]1545 結不相，[三][宮]1545 名捨奢，[三][宮]1545 所緣，[三][宮]1545 業不繫，[三][宮]1545 蘊攝此，[三][宮]1546 解脫初，[三][宮]1546 名一字，[三][宮]1547 禪樂異，[三][宮]1548 因集聖，[三][宮]1549 物意識，[三][宮]1551，[三][宮]1551 種一種，[三][宮]1562 以學無，[三][宮]1563 處起故，[三][宮]1563 因，[三][宮]1570 既爲無，[三][宮]1579，[三][宮]1579 百五十，[三][宮]1592 相是中，[三][宮]1646 名爲識，[三][宮]1646 謂愚人，[三][宮]1664 種一者，[三][宮]1681 種稱讚，[三][宮]1809 比丘懺，[三][宮]2034，[三][宮]2034 卷，[三][宮]2034 卷或云，[三][宮]2034 卷僧伽，[三][宮]2034 十三部，[三][宮]2034 因緣章，[三][宮]2059 出家遊，[三][宮]2060，[三][宮]2060 年又勅，[三][宮]2103 峽一十，

[三][宮]2121 卷，[三][宮]2122，[三][宮]2122 王子言，[三][宮]2122 者，[三][甲][乙]2087 丈餘，[三][甲]1085 嚩日囉，[三][聖]26 百歲命，[三][聖]125 法亦復，[三][聖]157 人其餘，[三][聖]189，[三][聖]199 偈，[三][聖]643 化佛，[三][聖]1425 部比，[三][聖]1440 處，[三][聖]1441 請突吉，[三][乙][丙]、－[甲]930 嚩日囉，[三][乙][丙]930 嚩日囉，[三][乙]1092，[三][乙]1092 窒丁吉，[三]1 千由，[三]26 車至第，[三]85 人，[三]125 頭陀行，[三]244，[三]244 合駄二，[三]883 句嚩日，[三]1033 祖引娜，[三]1056 矩嚕，[三]1058 肘復於，[三]1140 合拏引，[三]1288 合薩野，[三]1330 合羅入，[三]1331，[三]1336 首，[三]1421 比丘所，[三]1424 篇重因，[三]1563 地中有，[三]1564 是生相，[三]1579 種障礙，[三]1810 大姊憶，[三]2034 卷或，[三]2088，[三]2110 乘念正，[三]2122 馬，[三]2122 十部僧，[三]2125 卷并雜，[三]2145 卷，[三]2145 卷舊録，[三]2145 卷闕，[三]2145 卷中興，[三]2146 百九十，[三]2146 卷，[三]2146 卷或，[三]2146 是小乘，[三]2149 百六十，[三]2149 部十五，[三]2149 卷並是，[三]2149 卷抄寶，[三]2149 卷四百，[三]2149 卷又大，[三]2149 十六紙，[三]2149 紙，[三]2150，[三]2151 卷，[三]2151 卷賈客，[三]2151 卷律二，[三]2151 卷移識，[三]2152 卷浴像，[三]2153 部一

[元][明]1432 人法亦，[元][明]1435 月中，[元][明]1440，[元][明]1545 涅槃隨，[元][明]1545 餘如前，[元][明]1579 麨團施，[元][明]2016 無可取，[元][明]2102 故名教，[元][明]2121 卷十誦，[元][明]2154 卷或云，[元][明]2154 卷普廣，[元][明]2154 譯，[元]643 凅間地，[元]670 泥聚以，[元]901 度盧，[元]901 摩登伽，[元]1101 金鉢盛，[元]1191，[元]1330 頭用白，[元]1434，[元]1435 臂兩臂，[元]1435 若二若，[元]1463 僧伽，[元]1543 答曰生，[元]1563 切時增，[元]1579 初發心，[元]1579 者長夜，[元]1579 者色界，[元]1579 種由無，[元]2088 百七十，[元]2102 生之內，[元]2109 陰一陽，[元]2123，[元]2153 百六，[元]2153 卷出大，[元]2154 年二月，[原]、二[甲]1782 子大名，[原]、二[甲]2006 主一，[原]1308 伏二十，[原]2248 師意總，[原]2248 種僧得，[原]2339 義名依，[原][甲]2339 門即是，[原]863 肘婆字，[原]1238 器著，[原]1239 面作惡，[原]1764 門就初，[原]1818 性義此，[原]1819 致令阿，[原]1840 例餘即，[原]1840 宗故同，[原]1849 地三聚，[原]1859 人者曇，[原]2196 澄者，[原]2196 身不可，[原]2248 一，[原]2339 邊故義，[原]2395 滿，[知]1785 行半明，[知]1785 月是陽，[甲]2366 皆無，[三][宮]1581 者以少，[三][宮][知]1581 者修，[宋]1581 住信心。

法：[甲]2266 界一，[三]1545 種差。

妨：[乙]1816 難准諸。

夫：[甲]2410 曼荼羅。

佛：[甲]1731 佛舍那，[甲]1736 佛既爾，[甲]1863 性一乘。

福：[三]6 爲。

復：[明]1647 由業盡。

各：[甲]2036 爲一方。

箇：[甲]2266 此字流。

軌：[甲]2035 冷冷末。

果：[明]1571 業多用。

好：[宋][元][宮]1483 若不得。

後：[甲]1828 智爲解。

互：[原]、本[甲][乙]2192 具十義。

惠：[乙]973 手執縛。

或：[甲]1182 握，[甲]2157 名長者，[三]2154 名拔波，[三]2153 名恭敬，[三]2153 名善信，[三]2153 名須菩。

急：[甲]1828 色法可。

寂：[甲]2181 撰。

經：[甲]1736 住好國，[三][宮][甲][乙]2087 日不獲。

竟：[三][宮]1421。

淨：[三][宮]314 無雜奉。

九：[甲]1733 云第四，[甲]2266 故初爲，[明]2122，[三]2153。

句：[三]1337 那上麼。

俱：[另]1721 時。

可：[甲]2195 當得之，[甲]2215 知之，[甲]2263 爲七者。

立：[宮]1421 知法比，[甲]1921 體，[明]2016 攝受因，[三]2034 珠高二。

歷：[原]2410 人。

兩：[甲][知]1785 句，[甲]1785 行佛述。

令：[三]242 住方便。

六：[丙]973 遍散於，[甲]2250 彼云言，[甲]2266 唯緣種，[明]26 竟，[明]2121，[三][宮]2121 卷，[三][宮]2122 部凡四，[三]2122 百七十，[宋][明]212，[乙]859，[元][明]2154 年。

羅：[高]1668 婆必阿。

略：[甲]2263，[聖]1562 行相從。

門：[甲]1828 攝故此，[甲][乙]2309 家而出，[甲]2287 法也若，[乙]1796 也舉三。

悶：[三]193 視左右。

祕：[甲]2410 印不。

明：[另]1721 世界所。

乃：[三][宮]1443 至，[聖]639 見。

念：[三][宮][聖]278 念中生，[宋][元][宮]1670 王復問。

品：[甲]2274 故云不。

平：[高]1668 等一體。

七：[宮]377 多羅樹，[宮]2109，[甲][乙]2250 記第一，[甲]2223 是果大，[甲]2266 卷變謂，[明]26 不衰法，[明]2122，[三]2145 卷永元，[三][宮]227，[三][宮]2121 卷，[三]26 往來已，[三]628 多羅樹，[三]1451 了如是，[三]2151 卷總，[三]2153 卷，[三]2154 卷大，[聖]223 寶黃金，[聖]1541 是

外入，[聖]2157 卷，[宋][元]1336 月或，[宋][元]2155 卷一名，[乙]1909，[乙]2408 輪燈，[原]1201 小圓點。

其：[甲][乙]1269 受持人，[三][宮]2040 一牙上，[聖]211 山中。

且：[甲]1717 辨四。

切：[甲]2266 分位無，[明]402 眾生界，[三][宮]843 蓮華大，[三][宮]397 皆如須，[三][聖]375 眾，[三]157 皆言釋，[三]869 尊說引，[宋][宮]1509，[元]25。

取：[原]2262 義以爲。

染：[甲]、－[乙]2263 類耶是。

人：[甲]2792 海此嘆，[三][宮][聖]1435 人與一，[三][宮]397 聞此陀，[三][宮]1646 相若心，[三][宮]2042 信向佛，[三][聖]200 類與，[三]154 親親人，[聖]545 切刀劍。

日：[聖]211 日見之，[宋][元]1810 月日出。

肉：[明]2122 樹者是。

如：[甲][乙]1822 云由此，[明]220 切皆無，[元][明]2016 來。

入：[明]1648 切入所，[三][宮][甲]901 位喚而。

三：[宮]1536 有四種，[甲]、二[乙]1724 等能取，[甲]1723 七日見，[甲]1841 云又無，[甲]2195 七日見，[甲][丙]2397 五方五，[甲][乙]1822 云有餘，[甲]923 嚩，[甲]1721 爲權照，[甲]1731 義，[甲]1736 七即前，[甲]1736 上別顯，[甲]1786 行者應，[甲]1825 救未變，[甲]1828 俱斷善，[甲]

1828 於長者，[甲]2036，[甲]2128 形同辭，[甲]2167，[甲]2183 卷，[甲]2183 卷圓測，[甲]2217 云，[甲]2336 世成十，[甲]2339 觀伸明，[甲]2801 列名六，[明]、二[宮]1809，[明][乙]1092 車三般，[明]1080 洛叉，[明]1546 種退無，[明]2122，[三]2149 紙，[三][宮]223，[三][宮]618 界身境，[三][宮]1462，[三][宮]2060，[三][甲]1007 種甜塗，[三]982 扇底曳，[三]1581 無量，[三]2149 部，[三]2154 卷姚秦，[三]2154 卷支謙，[三]2154 譯，[聖]2157 出與法，[聖]2157 卷經內，[聖]2157 卷開皇，[聖]2157 譯，[石]1509，[乙]1171 相拍，[乙]1723 頌半頌，[乙]1736 以，[乙]2215 箇，[乙]2795 比丘一，[元][明]1810，[元][明]2146 卷，[元]220 佛國，[元]882，[元]1462 禪定臨，[元]1546 界是二，[原]、[甲]1744 勝鬘，[原]、二[甲]2270 言之內，[原]、二[原]1308 二十一，[原]、三[聖]1818，[原][甲]2266 或第四，[原]1141 百六十。

善：[原]、一[甲]2196 生善故。

上：[宮]882，[甲]1805 光明功，[甲]2339 界，[甲][乙][丙]1184 唵，[甲]850，[甲]857 本誓而，[甲]857 切衆，[甲]1721，[甲]2339 明，[甲]2339 爲下，[三][宮]1451 説諸佛，[三]125 樹下，[三]375，[宋][元]982，[乙]1705 品寂滅，[元][明]199，[元]310，[原]、上[甲][乙]1724 菩提退，[原]1744 法住法。

聲：[明]894 馱也。

十：[宮][聖]397 突盧那，[宮]425 義決衆，[宮]462 小鉢其，[宮]1421 比丘坐，[宮]1546 人佛得，[甲]、二[甲][乙]2174 卷無畏，[甲]1512 段經以，[甲]1238，[甲]1736 性故云，[甲]1786 方生佛，[甲]1811，[甲]1828 一決擇，[甲]1871 眼境界，[甲]1887 門以迴，[甲]2339 非緣成，[明]220 切智智，[明][宮]383 萬人五，[明][宮]585 年設若，[明]293 力如是，[明]2153 部四卷，[三]26 人轉減，[三][宮][甲]2053 俱胝並，[三][宮][聖]1562 經作如，[三][宮]222 住者其，[三][宮]231，[三][宮]279 力，[三][宮]1644 由旬，[三][宮]1647，[三][甲]901 方作大，[三][甲]951 指量以，[三]186 劫，[三]1301 升是，[三]1982 此二行，[三]2145 卷，[三]2153 卷，[三]2154 卷，[三]2154 卷北涼，[聖]1595 切如來，[聖]2157 日於玉，[宋][元]1435 日應，[乙]1239 分，[乙]1772 類數，[乙]1909，[乙]2157 卷，[乙]2157 卷第五，[元][明][聖]425 億，[元][明]1425 獼猴兒，[元][明]1563 法捨近，[元][明]2060 部獨名，[元][明]2110 卷河圖，[元]224 日如般，[原][甲]1980 此二行，[原]853 落叉百，[原]2339 信。

時：[宮]309 相無所。

始：[三]2110 名別其。

事：[三][宮]1584 者在內。

是：[三]1564 事不。

殊：[原]1851 而妙旨。

説：[甲]2266 切共有。

四：[甲]2255 云此中，[甲]2266 境性此，[明]2103，[明]2121，[明]2131，[三][宮]2034 卷戊申，[三][宮]2060 人附見，[三]2146 卷，[宋][元]2154 紙元魏，[元][宮]397 日化作，[元][明]2122 比，[元][明]2154 譯。

宿：[三]、一金星宿見一[宮]2121 金色鹿。

所：[明]524 向縱蕩，[三][宮]292 住立處，[聖][另]675 謂菩薩，[知]2082 媚而讀。

天：[三]156 時大目。

同：[三]2149 本異譯。

萬：[甲][乙][丙]1210 辭取栝，[甲][乙]2397 法，[甲]1227 文。

亡：[甲]1924 即是妄。

王：[聖]211 心奉敬。

微：[乙]1736 塵中。

爲：[明]1530 三千大。

偏：[聖]200 人共。

文：[宮]1428。

我：[宋][元]、一[乙]1110 著，[甲]2128 亡善反，[甲][乙]2250 理，[三][宮]2121 卷，[元][明]2103 字今量，[原]2126 僧梵安，[原]2196 生經有。

先：[甲]1736 略敘答。

小：[三][宮]2122 婢小有。

挾：[三][宮]1547 瓶。

心：[宮]656 行得作，[甲]1728，[明]2016 一心二，[明][甲]1177 願觀照，[三]2110 念觀音。

形：[三]、一[宮]1425 女人語。

也：[明]2123 也至如，[乙]2309 今以此。

業：[甲][乙]2087。

壹：[宋]2151 嘉言則。

乙：[明]2060 山沙門。

已：[宋][元]1425，[乙]1736 望。

以：[宮]2122 快乃爾，[甲]2053 丈許帛，[明]1579 識類，[三][宮]2108。

亦：[甲]2128 云樂神，[甲][乙][丙]1866 攝餘異，[甲][乙][丁]2092 坐讀書，[甲][乙]1822 謂，[甲]1735 略舉其，[甲]1736 非餘斯，[甲]1736 爲遠，[甲]1736 有二義，[甲]1823 解量如，[明]、一[知]418 名十方，[明]、一[宋]197 名嚴，[明]10 有情見，[明]1541 是業非，[明]1552 時善不，[明]2060 無所，[明]2154 名極樂，[三]2154 名須菩，[三][宮]2034，[三]2149 云太子，[三]2153 名，[三]2153 名六，[宋][元]2154 直云惠，[宋][元]2155 名部異，[宋][元]2147 名法印，[宋][元]2154 名多增，[宋][元]2154 名普義，[宋][元]2154 直，[宋][元]2155 名僧佉，[宋][元]2155 云佛。

益：[三][宮]414 衆生，[宋]1 經第七。

引：[甲]、引一[乙]852 尾訶娑，[甲][乙]852 訶訶訶，[甲][乙]852 緼係，[甲]966 唵，[甲]1056 遜婆，[明]876 薩婆怛，[宋]、引一[明]982 賀嘯二，[宋][元]、引一[明][甲]1102 質多鉢，[宋][元]、引一[明]1102 鉢娜麼。

應：[明]1441 一出界。

有：[宮]485 一婦女，[宮]1808 宿間故，[甲]、－[丙]2381 萬眷屬，[明]220 切有情，[明]2076 點也又，[三][宮]2060，[三]1425 方便破。

又：[甲]2195 云經於，[明]2149 云虛空，[三]2103 名身毒，[三]2153 名阿難。

右：[三][宮]411 肩右膝。

於：[宮]657 毛孔棄，[明]156 眾生上，[明]2122 空座筵，[三][宮]263 世而當，[三][宮]2121 畫生，[三][宮]2122 十塔終，[三]1563 一滿時。

曰：[甲]2128 反說文，[乙]1254 誦千偈。

云：[甲]1816 何善，[甲]1828 遍，[甲]1828 法依者，[明]2016 佛子諸，[元]2154 卷，[原]、[甲]1744。

在：[明]1 面坐白。

宅：[三]、－[宮]2034 出僧叡。

者：[另]1721 不出爲。

正：[三]1331 意莫念，[原]2266 解。

之：[甲][丁]、之一[乙][丙]1141，[甲]2270 處，[甲]2339 不生色，[聖]397 處具如，[原]2126 言爲阿。

知：[三]、－[宮]443 反泥。

執：[元]2016 識。

智：[宋][明][宮][聖]376 六恒。

種：[明]190 種無異。

諸：[宮]2029 比丘學，[甲][乙]1871 念中所，[聖]397 佛皆悉，[乙]1909 眾生今，[元][明]702 階道也，

[原]1818 佛祕密。

著：[甲]、－－[乙]1246 香水瓶。

子：[明]1595 外二內，[聖]1547 義。

左：[丙]973 手作攝，[原]2409 手作攝。

伊

∴：[元][明][宮]374。

阿：[三][宮]280 豆羅。

半：[三]1559 沙陀羅。

伴：[乙]2261 字三點。

恈：[三]2125 反全非。

律：[三]397 那薩枝，[宋]1339 伽羅帝。

伲：[三]1336。

汝：[明]2076 商量，[明]2087 何所願。

行：[甲]1913 便成無。

押：[聖]2157 葉波羅。

咿：[三][宮]1509 羅鉢多。

依：[明]24 沙陀羅。

洢：[宋][宮]2103 洛冀。

醫：[三][宮]1451 羅葉現。

尹：[宋][元][宮]1462 私者出，[元][明]1331 離敷伊。

子：[明]2076 將來有。

衣

本：[甲]2266 等彼。

表：[甲]1706 不貪，[甲]2250 唯有白，[三][宮]1451 掩蓋右。

鉢：[聖]1435 戶鉤時。

帛：[三]196 念欲浣。

不：[三][宮][聖]1428 耶諸長，[宋]2121 在身精，[元]1483 供養衆。

財：[三]1440 直付淨。

丞：[宋]278 樹彌覆。

初：[宮][甲]1805 明點之。

串：[甲]、出[原]1700 服謂著。

床：[三][宮]1435 上成道。

答：[宮][甲]1805 通下。

擔：[宮]1435。

底：[元][明]721。

分：[三]1424 之體據。

服：[三][宮][另]1459 立在於，[三][宮]544 內，[三][宮]616 盡其形，[三][宮]2103 而拜則，[三]1339 若，[聖]99 時婆羅。

古：[三]212。

故：[三]746 何罪所。

好：[三]26 莊嚴猶。

結：[原]2248 盜重也。

領：[三][宮]1421。

木：[甲]974 冠，[甲]2129 也或作。

求：[甲][乙]1822 食等，[三][宮]1443 鄔波難。

染：[宮]1455 利直將。

人：[元][明]1441 中安居。

喪：[三]193 費者。

身：[宮]814 收取衆，[甲]1067，[另]1428。

尸：[另]1435 種種因。

食：[甲][乙][丙]1098 服食三，[三][宮]1459 時若得。

矢：[三]152 光耀四。

是：[聖]1427 價買。

手：[明]1464 裏手往。

受：[三]1435 持若足。

水：[明]1435 故至二。

威：[甲]2879 愍重之。

我：[三]203 來我甚。

物：[明]2125 三十八，[聖]1425 佛告大。

興：[三][宮]2122 肝食。

夜：[甲][乙]894 寧上，[甲]1268 即白月，[明]2121 光，[乙]2381 戒不，[原]1113 又。

衣：[三][宮]2122 衣先所。

依：[甲]1806 便以衣，[甲]1912 難陀云，[甲]2125 十三藥，[甲]2792 此八，[明]231 弊壞鉢，[明]1435 是，[明]1567 相可得，[明][宮]278 樹出阿，[明]158 求，[明]665 應作壇，[明]1450 徒侶常，[明]1463，[明]1505 利持五，[明]1545 繒絹餘，[明]1547 被床，[明]1562 者作如，[明]1647 名苦似，[明]1664 王所發，[明]2103 內寶方，[三][宮]606 皮裏血，[三][宮]1459，[三][宮]1461 地所作，[三][宮]1482 糞掃衣，[三][宮]1509 處名，[三][宮]1559 若爾何，[三][宮]2041，[三][宮]2121 品，[三][宮]2122 鳥栖鹿，[三][宮]2123 鳥栖鹿，[三]192 色族憍，[三]1560 無漏隨，[聖][另]1552 生愛因，[聖]1425 施與難，[聖]1536 服當受，[元][明][乙]1092 法跌坐，[元]125 被飲食，[原]899 前次第。

以：[甲]2087 爲福。

飲：[三][宮]2121 食由是。

飮：[宮]1804 若食若。

應：[原]2196 身智慧。

永：[甲]2339，[聖]1443 價時得。

餘：[三][聖]1427 時波夜。

羽：[三]2103 瘡痏在。

元：[宮]2103 巾多料。

緣：[三][宮]2104 寢處虛。

者：[三][宮]1443 不分別。

之：[三][宮]1421 上下皆，[三][宮]1458 其夾隨，[元][明]310 服而施。

中：[元]1425 衣上有。

衆：[甲]2400 香水諸，[三]1425 食負。

朱：[明]2110 橫下三。

主：[宋][元]876。

咿

咿：[三][宮]514 哽。

依

本：[三][宮]225 空不著。

彼：[甲]2196 處乃至，[甲]1736 識若無，[明]1525 衆生攝，[明]1545 自性說，[三]408 大乘所，[三]1563 隨世俗，[三][宮]671 見聞生，[三][宮]1523 執共順，[原]2339 清涼釋。

便：[明]2060，[原]2411 古圖。

不：[元][明]1435 止不應。

怖：[原]1744 也問若。

乘：[甲]1816 五百爲。

初：[甲]2274 顯了宗，[三]1579 樂聞故。

處：[三][宮]1451，[三]374 非是無，[元]1579 因故有。

此：[乙]2393 有二義。

次：[三][宮]聖 1606 第。

從：[乙]1834。

從：[甲]901 點上向，[甲]1828 此無間，[甲]2195 之，[甲]2288 自家，[明]671 習煩惱，[明]2059 無量壽，[三][宮]1545 欲界，[三][宮]1598 彼，[三][宮][聖][知]1579 前現觀，[三][宮]1595 非理起，[三][宮]1646 心生故，[三]143 法禮設，[三]1559 二説無，[乙]1821 表起，[原]1764 須陀共。

存：[乙]2263 義類相。

待：[宋][元]、持[明][宮]1579。

得：[甲]1717 於淨是，[甲]1863 大得福。

餓：[明]293 救當作。

法：[甲]2274 上假，[甲]2196 功德力，[甲]2274 不，[甲]2735，[三]1421 汝若能，[乙]2261 第二解。

飯：[宋][元]1597 止而得。

非：[三]682 衆緣起。

伏：[甲]1828 義次頌，[三]1096 我則當，[宋][宮]397 三寶，[元][明]649 彼是梵。

佛：[三][宮]1435 龍言我，[三]1532 作衆生，[原]1833 身差別。

付：[甲]2397 此誠文。

附：[三][宮]329 於欲，[三][宮]2053 人豺狼。

復：[甲][乙]2261 不立身，[甲] 848 隨經教，[宋][元][宮]、伏[明] 1490。

伽：[甲][乙][丁]2244 藥叉儞。

根：[三]1579 轉。

供：[宮]1604 現在及，[甲]897 三白之，[甲]2266 迴。

故：[甲]1828 初約法，[明]1597 他言音，[乙]1821 執取。

觀：[甲]1828 遍計所。

何：[甲][乙]1821 所顯至，[三][宮]1558 所顯非。

後：[宮]675 身心樂，[三][宮]1585 勝解力。

花：[甲]1816 花嚴經。

化：[乙]2261 他。

極：[宮]1602 色十所。

假：[甲]1828 名說故。

減：[乙]1816 故住相。

漸：[元][明]1522 止能生。

降：[元][明]2122。

皆：[甲]1736 海水故。

解：[甲]2195 彼持業。

敬：[乙]2263 伽陀，[乙]2263 因也。

就：[乙]2173 丹丘疏。

舉：[甲]2274 喻未解。

句：[甲]2274 因亦轉。

聚：[甲][乙]2254 是聚，[甲]2317 義唯識。

據：[甲][乙]1821 加，[甲]2250 第二，[甲]2263 一，[甲]2266 一義說，[甲]2266 有無類，[甲]2317 苾芻律。

立：[甲]2274 耶爲答。

林：[三][宮]1458 園中由。

流：[甲][乙]2254 類文遁，[明]2123 行，[三]1584 者二，[聖]1851 至性地，[原]2339 轉愚二。

明：[甲]2801 思，[宋][元]、名[明]1532 何。

命：[甲][乙][丙][丁]1141 三，[甲][乙]957，[三][宮]657，[三][宮]657 我又歸，[三]133 佛法眾，[乙][丙]1141 三寶者。

內：[甲]2195 之爾。

能：[甲]1811 醉亂。

偏：[甲]、依[甲]2263 寺中不。

綺：[原]1842。

趣：[三][宮]657。

詮：[甲][乙]2263 法體名。

勸：[宮]2122 善見論。

任：[甲]2219 持亦如，[乙]2263 顯。

仍：[原]2411 進上。

如：[甲][乙]2250 慈恩所，[三][宮]1595 此說。

攝：[甲]2271 不爲因，[原]1840 故於。

深：[三][宮]588 法㵱。

示：[乙]1816 法無我。

仕：[乙]912 王。

似：[甲][乙]2261，[明]1562 六地除，[三][宮]1563 無漏定，[乙]2249 難思光。

是：[甲]2196 還滅斷。

釋：[甲][乙]1822 論釋經。

所：[甲][乙]1821 緣要，[甲]2217
成種子，[明][甲]901，[明]341，[宋]
[元]220 法定無。

他：[甲][乙]2259 又遍計，[甲]
1736 故疏圓，[甲]2266，[乙]2397 圓。

體：[甲][乙]1822 者即此，[甲]
1878 故第三，[甲]2261 有，[甲]2274
也，[三]1545 故。

同：[甲]952 上。

託：[甲]2305 據緣起。

外：[三][另]、－[宮]1543 學於
彼。

往：[聖]1421 有持律。

爲：[甲]1782 取像倒，[乙][丙]
2810 主故睡，[原]2317 此問。

委：[甲]2089。

位：[甲]2801，[甲]1709 趣諦，
[甲]1835 修成位，[甲]2263 但加明，
[甲]2266 此依於，[原]1778 次今但。

謂：[甲]1828 依熏。

想：[原]1781 著則真。

像：[乙]1141 前運想。

傲：[甲]2266 之本邦。

心：[宮]1559 此差。

信：[甲]2274 故或佛，[甲]2339
別門，[三][甲]1080 斯法不，[乙]2263
用歟。

休：[甲]2244 風。

修：[明]220 身何以，[宋]721 法
行是，[原]1838 生聖法。

一：[甲]1735 中現華。

衣：[德]1562 福業事，[甲]2249
別住之，[明]966 教安布，[甲]1805 食

招譏，[甲]1969 掃塔服，[甲]2036 而
就果，[甲]2901 楞伽寶，[明]1341 處
而住，[明]1428 止若弟，[明]1435 止
師畜，[明]1456 去，[明]1461 他得圓，
[明]1547 者盡，[明]1582 苦者名，[三]
[宮][聖]1460 時應畜，[三][宮]425 慚
愧，[三][宮]671 離於垢，[三][宮]1547
愛起而，[三][宮]1551 有頂，[三][宮]
1559，[三][宮]2059 寺，[三][宮]2060
藥受淨，[三][甲]2125，[三]310 阿，
[三]1470 者當言，[三]1564 物是他，
[聖][甲]1763 離身一，[聖]310 報過，
[宋]1595 具智悲，[宋][聖]亦[元][明]
125 是苦若，[宋][元]1546，[宋][元]
[宮]1425 若僧時，[宋][元][宮][聖]
1425 法，[宋][元][宮]1425 法阿梨，
[宋]1579 止我慢，[宋]2060，[乙]2391
天二圖，[元]1565 何用多，[元][明]
440 光明人，[元][明]1424 觸及初，
[元][明]2103 以攝機，[元]1605 爲業
何，[知]598 食室宇。

猗：[宋][宮]、倚[元][明]278 著。

醫：[元][明]671 病說治。

儀：[甲]1816 言。

以：[丙]2163 能，[宮][甲]1912 念
持無，[甲]1736 火是熱，[甲]2274 喻
所依，[明]220 三乘得，[明]1545 一
相續，[明]1546 行境界，[三][宮]671。

倚：[三][宮]398 地種亦，[三][聖]
291 言辭隨，[聖]190 阿蘭若。

異：[宮]1509 於足。

意：[原]1744 爲。

義：[甲]1736 捨。

因：[甲]1886 睡眠之，[三][宮][聖]1595 甚深廣，[乙]2263。

引：[甲]1821 經起問。

攸：[三][宮][甲]2053 憑理在。

由：[甲]2263 之今論，[甲][乙]2263，[甲][乙]2263 之新古，[甲][乙]2263 何得生，[甲][乙]2263 三依何，[甲][乙]2263 之，[甲][乙]2263 之爾，[甲][乙]2263 之爾者，[甲]2195 之，[甲]2195 之爾，[甲]2195 之爾，[甲]2250 他二皆，[甲]2263 何得意，[甲]2263 之對法，[甲]2263 之爾者，[甲]2263 之非正，[甲]2263 之撲揚，[甲]2263 之善，[甲]2263 之瑜伽，[甲]2263 質，[乙]2263 此義邊，[乙]2263 三界差，[乙]2263 無明住，[乙]2263 之，[乙]2263 之不思，[乙]2263 之不增，[乙]2263 之爾者，[乙]2263 之見大，[乙]2263 之見餘，[乙]2263 之如此，[乙]2263 之瑜伽，[乙]2263 之震旦，[乙]2425 般。

猶：[甲]、由[乙]1929 教理圓。

有：[甲]2250 身自上，[三][宮][知]1522 二種，[乙]2810 文。

於：[甲]1729 佛半教，[甲]897 本法說，[三][宮]618 所依現，[三][宮]676 此，[三][宮]1428 佛法僧，[三][宮]1562 意地，[三][宮]1648 色色依，[宋]848 內法而。

餘：[甲]1832 一切三，[甲][乙]1822 福及成，[三][宮]1546 未至依。

緣：[甲]2270 得名謂，[甲][乙]1822 故所以，[甲][乙]1822 身也正，

[甲]2195 大教行，[甲]2196 無明有，[甲]2266，[甲]2266 我即無，[甲]2266 自前念，[乙]2215 菩提心，[乙]1822 身至緣。

約：[乙][丙]2810 相望有，[原]1818 文釋就。

者：[三][宮]1581 在家，[三][宮]1581 在家二。

之：[甲][乙]1866 身六斷，[甲]2305 心是妄。

知：[乙]1723 永盡云。

值：[甲]1736 善人爲。

治：[甲]2254 定修習，[甲]2254 後所。

智：[乙]1816 眞本及。

種：[宮]1558 初二靜。

衆：[三][宮]635 說是語。

諸：[三][宮]1521 佛神力，[原]2271。

住：[宮]1558 二差別，[甲]1721 此行道，[甲]1736 處圓滿，[明]26 四王天，[三][宮]1442 之處若，[三][宮]1546 佛法如，[三]586 世間，[三]616 定力多，[元]2016 本安立，[原]904 本尊三。

准：[甲]974 前誦君。

準：[甲]2274 非量雖。

自：[甲]1918 波羅提。

作：[宮]895，[宮]1808 數與之，[甲]、依[甲]1851 不定，[甲]、作[原]1778 亦不唐，[甲]1782 或初五，[甲]1830 述曰方，[甲]2270 疏主，[甲]2300 已辨何，[甲][乙]2391 思惟我，[甲]

[乙][丙]973 事法對，[甲][乙]1822 俱有因，[甲][乙]1929 法諦觀，[甲][乙]2194 六入住，[甲][乙]2259 此釋答，[甲][乙]2259 救如何，[甲][乙]2309 佛非餘，[甲][乙]2397，[甲]898 呼，[甲]1700 無，[甲]1735 無念智，[甲]1816 此解由，[甲]1816 利根初，[甲]1828 一切，[甲]1958 大義門，[甲]2081 四輪以，[甲]2214 速成就，[甲]2219 火燼提，[甲]2255 佛以，[甲]2255 用須知，[甲]2255 之用我，[甲]2263 用故不，[甲]2266，[甲]2266 常亦，[甲]2269 中，[甲]2270 此，[甲]2270 所依而，[甲]2270 性故得，[甲]2274 是喻自，[甲]2284 決定門，[甲]2305 染因熏，[甲]2305 識宅已，[甲]2323 義第三，[甲]2362 過去未，[甲]2402 本方置，[甲]2837 華嚴經，[三][宮][聖][另]342 吾我貪，[三][宮]1505 也此是，[三][宮]1545 世語言，[三][宮]1546 是界，[三][宮]1579 轉動差，[三][宮]1593 器是名，[三][宮]1647 故由身，[聖]1562 靜慮餘，[聖]1579 未至依，[宋]1229 法之人，[乙]2227 三事時，[乙][丙][丁]866，[乙]2404 供養，[元][明]1451 舊作塔，[原]1251 具即一，[原]1851 如夢所，[原]1840 前解即，[原]1863，[原]2271 勤發。

成：[甲]2274 有法有。

咿

依：[宋]、伊[元][明]118 悒歎曰。

洢

伊：[明]2103 洛思。

猗

俺：[明]1648 離出離。

待：[三]、行[聖]125 歡樂而。

犯：[三][宮]1648 戒云何。

旖：[宮]1998 死禪和，[乙]、倚[知]1785 散之三。

捷：[三][宮]274 杳和人。

綺：[三][宮]403 身戒知，[三]189 靡芬敷，[宋][元]1478 著佛法。

燒：[三]212。

欹：[三][宮]1464 繫念在。

漪：[甲]2128 皆聲也。

倚：[宮][聖][另]285 他吾等，[宮]309 慧以佛，[宮]425 無極，[宮]737 勸化於，[甲]1733 謂空有，[甲]1920 託以資，[明]109 著，[明]222 念，[明]1478 臥熟視，[明]1648 展轉相，[明]下同、[宋][元][宮]混用585 故梵天，[三]、綺[聖]419 著胎，[三]212 豪力勢，[三]292 解之悉，[三][宮]291 著亦無，[三][宮]338 衣食則，[三][宮][聖][另]342 無受無，[三][宮][聖]285 於，[三][宮][聖]292 著習四，[三][宮][聖]425 顛倒者，[三][宮][聖]481 三界明，[三][宮][聖]1549 身行觀，[三][宮][聖]下同585 據是謂，[三][宮]263 正法存，[三][宮]285 他之義，[三][宮]285 悉，[三][宮]292 著於諸，[三][宮]329 居家，[三][宮]351 此空者，[三][宮]374 其上，[三][宮]382 心善男，

色，[元][明]222 身者，[元][明]222 者
菩薩，[元][明]263 離聲聞，[元][明]
263 利養不，[元][明]263 其人速，[元]
[明]263 三界便，[元][明]263 有爲常，
[元][明]274 佛道建，[元][明]309，[元]
[明]309 便，[元][明]309 空慧，[元]
[明]309 三界縛，[元][明]309 所以，
[元][明]318 衆養從，[元][明]338 於
禪爲，[元][明]338 著，[元][明]345 行
也終，[元][明]397 句是平，[元][明]
397 往昔菩，[元][明]397 衆僧故，
[元][明]403 三界則，[元][明]403 四，
[元][明]403 他音而，[元][明]403 著
求則，[元][明]433 衆識無，[元][明]
483 著，[元][明]585 一切音，[元][明]
585 著致塵，[元][明]589，[元][明]
810 而興思，[元][明]813 音，[元][明]
1488 色命財，[元][明]2034 致經一，
[元][明]下同 221 拘翼菩，[元][明]下
同 225 答曰是，[元][明]下同 309 道，
[元][明]下同 309 更不動，[元][明]下
同 309 色痛，[元][明]下同 351 我見
積，[元][明]下同 403 在俗法，[元]
[明]下同 477 相名號，[元][明]下同
565 身心不，[元][明]下同 598 無所
不，[元][明]下同 598 音聲，[元][明]
下同 656 不，[元][明]下同 656 此法
而，[元][明]下同 656 識不解，[元]
[明]下同 656 著住，[元][明]下同 708
名色根，[元]1509 不破，[知]1581，
[知]1587 十。

椅：[甲]2036 桐雙枯。

揖

戩：[三][宮]2103 寂滅於。

楫：[甲]2128 同子葉。

接：[三]、猶[宮]1464 引入坐。

挹：[甲]2036 之莫測，[乙]1736
者三結。

壹

里：[明]1164 反下同。

臺：[甲]2266 等如，[三]158 彼
言。

一：[三][宮]656 法無若，[三]125
阿含，[宋]2151 阿含經。

伊：[三]、伊上[丙]982 底蜜底。

殪：[甲]2035 而逢蜾。

敧

倚：[三][宮][聖]379 右，[三][宮]
2122 乍。

壂

堅：[宋]、翳[元][明]468 字出所。

翳：[三]、醫[宮]400 是爲清。

漪

綺：[甲]2087 清。

猗：[甲]2128 傳曰風，[明]2076
上座出。

墼

醫：[三]2154 鉢龍王。

毉：[三][宮]1545 泥迷泥。

繄：[甲]2128 羅葉伊，[三][宮]
[聖]310 囉上蘇。

噫
　嗐：[三][宮]2122。

緊
　緊：[元][明]1092 那羅摩。
　翳：[宮]2059 賴民命。

翳
　翳：[宮]2060 之縮臂。
　翳：[乙]2157 迦。

醫
　堅：[三]984 持利婆。
　湯：[三][宮][聖]272 藥念給。
　賢：[甲]1929 所造藥，[三][宮]741，[三]112，[三]193 士有八。
　藥：[宮]683 救濟苦，[三][宮]374 王今病，[三][宮]2122 師持藥，[三]201。
　衣：[宋][元][宮]1425 藥。
　依：[三][宮]2060。
　翳：[宮]2059 方異術，[甲]1736 王延壽，[甲]2132 力薊醫，[三]279 善衆論，[聖]190，[聖]211 藥是。
　醫：[三][宮]1544 泥及謎，[宋][元][宮]、漏[明]1563 無缺如，[宋][元]1092 瞙除諸，[元][明]665 呬醫。
　翳：[丙]1184 王難救，[宮]598，[宮]2122 療治醫，[甲]1795 差華亡，[甲]1795 根除塵，[甲]893 醯字此，[甲]974 醯曳，[甲]1735 斯盡智，[甲]2207 障膜，[明]2087 藥施諸，[明]2123 師針人，[三][宮][聖]1579 等過患，[三][宮][西]665 泥悉，[三][宮][知]1579 眼觀視，[三][宮]310 無疑惑，[三][宮]2104 歸憑正，[聖]397 智一切，[聖]2157 迦訖沙，[宋][元][宮]1591 力則底，[原]1310 醯曳，[原]1778 於實相。
　猶：[聖]291 術。

黟
　勳：[宋][元]2061 歟與唐。

黶
　翳：[三]220 泥耶仙。

匜
　盆：[三][宮]2103。

圮
　岸：[宋]、坏[元][明]26 迸墮一。
　承：[三][宮]2108。
　裦：[三][宮]2122 落周匝。
　地：[甲]2129 敗覆也，[聖]1421 時崩倒。
　否：[元][明]下同 2103 之來其。

夷
　波：[明]1435。
　梵：[元][明]2149 道。
　或：[聖]625 天子語，[聖]1421 食後輒。
　幾：[甲]2362 乎四。
　夾：[明]2154 國得梵。
　戒：[聖]1425。
　門：[甲]2381 無間惡。
　民：[元][明]2034 中郎將。

泯：[乙]2296 內則緣。

塞：[三][聖]125 爾時如。

私：[宮]1428 我自今，[三][宮][聖]1429，[三][宮]1428 所説，[三]26 所見敬，[聖]1428 國王大，[另]1428 皆以一，[另]1428 亦言長。

斯：[三][聖]125 眾使得，[聖]125 持此八。

維：[三]2102 徇佛一。

義：[宮]2102 云召渴。

耶：[三][宮]1464 闡怒闡，[三][宮]1464 審爲此。

曳：[宋][元]1057。

伊：[原]2039 謨己未。

怡：[三]2059 然不以。

姨：[東]643，[三][宮]2121 母慰喻，[三]212 母以金，[聖]1733 名不動，[聖]190 父共彼，[宋][元][宮]2122 三説我，[元][明]1433 某甲歸，[元][明]1434 某甲歸，[元]2122 今對。

義：[宮]2102 驕強非。

寅：[宋][元][宮]2103 則故春。

沂

泝：[宮]2078 流而上，[宮]2059 流千里，[宮]2060 流極難。

迤

延：[甲]1356 反。

逸：[原]2339 灑直到。

怡

活：[三][宮]1451 但著皮。

怕：[甲]1736 遠離頻。

恬：[甲]1861 泊無怖，[甲]2255，[三][宮]2122 然自得，[三][宮]2122 愉惡是，[三]2063 悦顧語。

熙：[三][宮]2122 悦臨。

治：[甲]1969 生夫人。

宜

寶：[宮]2104 違明道。

但：[甲]1775 以此心。

當：[三][宮]1442 往詣僧，[三]150 多所有。

定：[三]2145 莫不以。

而：[三]1339 應親。

負：[宋][宮]2121 擔佛聽。

亘：[甲]2266 漸次教。

官：[宮]1545。

還：[三][宮]1451 可。

可：[三]2145。

空：[甲]1782，[宋]128 爾爲以。

冥：[甲]1723 説法意，[甲]2068 祥，[甲]2274，[明]738 各思惟，[明]2145 融，[三][甲]951 遶圍繞，[三]1568 冀歲計，[宋][元][宮]1443 與，[元]2102。

寞：[宋]193 悔所爲。

凝：[甲][乙][丙][丁]2092 於濠水。

其：[甲]2006 善保護，[三][宮]585 所信，[三][宮]1673 斷苦本，[三][宮]2108 責以敬。

且：[宮]614 言受想，[甲][乙]2317 標一名，[甲]2073 住此曰，[甲]

2270 如立聲，[三][宮]1425 豫作方，[三][宮]1451 當淨拭。

如：[甲]1698。

汝：[三][乙]1092 當演説。

實：[明]2076 不能體。

室：[宮]1425 制忿怒。

通：[另]1721 釋所以。

同：[甲][乙]2250。

須：[甲]1733 問。

宣：[宮]401 問，[宮]2058 先往而，[宮]2108 寄所懷，[宮]2122 州姜明，[甲]2339 說道，[甲]848 善哉世，[甲]1249 天王第，[甲]1782 玄教顯，[甲]1782 正教法，[甲]1784 圓也若，[甲]2223 言入一，[甲]2311 說之爲，[甲]2339，[甲]2339 說，[甲]2339 說如來，[明]1451 爲説報，[明][宮]623 善權接，[明]7 使諸比，[明]125 知之勿，[明]192 生憂慼，[明]198 白王如，[明]1459 應受，[明]2154 廣不憚，[聖]2157 令王希，[宋][元]2103 藉此時，[元]191 告之若，[元][明]263 廣示現。

疑：[三]1513 自説。

儀：[甲]1717 三方便，[明]2122 則時王，[三]1 則善設，[三][宮]309，[三][宮]425 則仁慈，[三][宮]1425 法語言，[三][宮]1471，[三][宮]2045 則眼如，[三][宮]2108 寧唯跪，[聖]512 擔父王，[聖]1428 不得時，[元][明]1 則時王，[元][明]125 則不果，[元][明]212 入寺聽，[元][明]309 則唯行，[元][明]754 人命至，[元][明]814 何法則。

以：[明]1507 善能勸。

意：[甲]1730 安立皆。

義：[甲]1736 之説二，[三][宮]263 佛權方，[三][宮]403 供，[三][宮]403 文飾自，[三][宮]425 是曰精，[三][宮]425 是曰忍，[元][明]425 無所嬈。

誼：[三][宮]、議[另]1428 此事即，[三][宮]425，[三][宮]425 施以安，[三][宮]713 比丘取，[三][宮]1428 其事則，[三]125 彼第二，[三]154 云何，[聖]1428 不壞敗。

議：[三][宮]1470 軍事如。

應：[三][宮][聖]1425 當諸根，[三][宮]1458，[聖]1721 授初二。

緣：[三]202 爲説妙。

直：[甲][乙]2186 釋寂滅，[甲][乙]2317 爾修故，[甲][乙]2317 名木叉，[甲]1715 鄙斥二，[甲]2087 云，[甲]2186 辭第二，[甲]2246 不退，[甲]2434 來照之，[明][宮]278 相稱，[三][宮]456 動身時，[三][宮]1462 多少結，[三]125 信奉其，[三]212 可捨衆，[乙]2218 翻無惡，[原]、直[甲]、宜[甲]1744 是，[原]2299 明孝養。

置：[三][宮]1421 去即便，[三][宮]2121 之王恐。

自：[三]193 以惠施。

作：[明]1435 法貴人。

栜

施：[宮][聖]231 禰，[宮]279。

迻

返：[乙]2173。

移：[三]2103 在江州。

姨

夷：[宮]1428 爲和，[甲]1929 相太子，[三][宮][另]1428 差摩須，[三][宮]1428 來與汝，[三][宮]1428 某甲，[三][宮]1464 受夏四，[三][宮]1464 有何患，[三][宮]1648 五，[三][宮]1810 爲十，[聖][另]1428 有何患，[聖]1423 汝莫語，[宋][宮][聖]1423 隨愛恚，[宋][宮][聖][另]1431，[宋][宮][聖]1421 僧聽今，[宋][宮]1421 何，[宋][宮]1432 爲和，[宋][明][宮]1421 脚邊何，[宋][明][宮]1421 病差不，[元][明]190 聖女譬。

移

拔：[三][宮]542 取。

侈：[三]、蛊[宮]2104 眞衆聲。

多：[三][宮]402 二十社，[宋][元][宮]2053 歲積。

後：[甲]2269 轉故言。

離：[甲]1735 枕上歷。

祕：[聖]953 惡雲亦。

秘：[宮]385 動。

人：[甲]2337。

殺：[甲]2266。

搖：[三][宮]425 婬怒癡。

曳：[三][宮]1435。

夷：[宮]374 岳拔深。

異：[三][宮]374 亦不消。

餘：[三]865 指如蓮。

雜：[三]613 想如是。

枳：[原]1212 泥。

痍

瘡：[三][宮]1549 種疫疾。

夷：[乙]2878 平。

貽

覒：[三]220 具如別。

胎：[宮]1513 傷手之，[宮]2102 慢易見，[另]1442 供養尊。

飴：[三][宮]2123 師子。

遺：[三][宮]1464 伊，[元][明]2103 則睠常。

有：[三][宮]2059 貫。

語：[三]2063 厥方來。

贈：[乙]1287 之焉。

昭：[宮]2034 來哲庶。

脂：[三][宮]2121 羅河側。

詒

貽：[三][宮]2060 賢哲斯，[元][明]2122 賢哲斯。

椸

云：[甲]2128 野曰家。

飴

服：[宋][宮]2123 之即便。

食：[三][宮]453 於聖衆，[三][宮]669 瞻視得。

飼：[宮]659 之勿令，[明]2121 狗子以，[三]、一[聖]172 餓虎起，[三]、食[聖]172 虎今，[三][宮]2059，[三][宮]2121 鳥獸，[三][宮]2121 四，[三]

1644 二兒妃，[三]2059 天馬，[三]2059 魚鳥或，[三]2121 狗子摩，[宋][元] [宮]2121 鳥獸二，[元][明]1644 他或 鳩，[元][明]2059 之宋武，[元][明] 2123 此無慈。

錫：[元][明]2125 蜜亦得。

餧：[甲]1811 鷹投身。

銕

鐵：[乙][丙]2092 鎖爲橋，[乙] 1900 屑補塞。

疑

礙：[宮]374 如羸病，[宮]632， [宮]657 解脫力，[宮]1521，[宮]1595 故名爲，[甲]1912 今云唯，[甲]1918 大羅漢，[甲]1984 懺悔已，[甲]2339 爲如是，[明]316 惑斯有，[明]1546 亦 於苦，[明][聖]305 之處，[明]267 是 名住，[明]443 步如，[三][宮][知]598 得至佛，[三][宮]285，[三][宮]302 一 切，[三][宮]653 則於諸，[三][宮]1634 無障一，[三]278 無，[三]1404，[三] 1562 善來苾，[聖]375 常於我，[宋] 1694 三爲不，[西]665 滯者應，[元] [明]305 智故生。

背：[乙]2263 之。

怖：[三][宮]633。

癡：[宮][聖]318 亦當成，[宮]381 妄，[宮]1799，[甲]、疑[甲]1782 云若 不，[甲]1705 心數者，[甲]1830，[甲] 1925，[明]1545 八色界，[三][宮]272 愛草如，[三][宮]1546 恚諸煩，[三]

[宮][知]1581 得信樂，[三][宮]266 亦 不勸，[三][宮]419 欲求度，[三][宮] 602 當內觀，[三][宮]638 網，[三][宮] 721 水所漂，[三][宮]721 所不壞，[三] [宮]768 惡，[三][宮]1545 無明名，[三] [宮]1563 是滿煩，[三][宮]1648 依頭 陀，[三][知]418 點無有，[三]99 惑生， [三]210 想，[三]278 使纒虛，[三]1508 五陰行，[三]1545 無明，[聖]1721 既 除欣。

從：[甲]2266 男女今，[三][宮] 1628 因故說，[聖]231 佛法欲，[宋] [元]2154 本上脫，[宋]1342。

定：[甲][乙]2309 其人。

段：[甲]2397 二五門，[乙]1816 即是因，[乙]1816 中子段。

廢：[甲]2263 其體事，[三][宮] 585 諸佛言，[三]26 一向從。

法：[聖]475 斯則神，[聖]1541 相。

非：[原]1981 無量。

故：[甲]2183。

狐：[宮]532 解吾等。

晝：[甲][乙]2390 怪二施。

惑：[宮]2122，[甲]2195 也是佛。

極：[甲][聖]1723 度一切，[知] 598 入深妙。

假：[甲]981。

解：[甲]1512 化佛既。

恐：[三]1426 怖畏怙。

欻：[三]22 其心清。

類：[甲]2068 須導次，[甲]2195 者品品，[甲]2249 也，[甲]2262 異，

[甲]2263 仍爲備，[甲]2299 若邪推，[原][甲]2249 之。

理：[乙]2249 也故寶。

隸：[三][宮]1505 呵破羅，[宋][明][甲][乙]921 儞三鉢，[元][明]2122 劉胡部。

隸：[三][宮]402 馱。

謀：[元][明]2154 下卷初。

難：[甲][乙]1821 是故別，[甲][乙]2263 先，[甲]2263，[甲]2263 破耶，[乙]2263 者初釋。

擬：[宮][甲]1799 心即差，[宮]2060，[甲]2366 鶴，[甲]1796 異反，[三][宮]2066 取北，[三][宮]2122 賣棺者，[三]193 世戰，[三]2103 前周沙。

凝：[宮][甲][乙]1799，[宮]2040 滯即檀，[甲]1857 照萬象，[甲]2067 然不顧，[甲]2128 滑亦言，[甲][宮]1799 明正心，[甲][乙]2259 然常住，[甲]1828 寂名彼，[甲]2015 濁方清，[甲]2128 渧今按，[甲]2255 然境自，[甲]2266 如是一，[甲]2339 雲四乘，[明]220 於驚怖，[明]2034 即是等，[明]2076 滯，[明]2103 滯法無，[三][宮]2060 住壁觀，[三][宮]2122 慮研，[三]1570 空謂不，[聖]125 滯所謂，[宋]2061 海水爲，[元]、起[聖]285 曉，[元][明]2110 之。

疲：[三][宮]721 怠舌。

起：[三][宮]1428 不信長，[三]1545 不共無。

親：[聖]1440 若不疑。

求：[甲]2259 何故偏，[甲]2259 若云善。

然：[甲][乙]1822 續善位。

殺：[乙]1822 等事能。

設：[宮]621 當有意。

失：[甲][乙]2263 若依唯。

是：[甲]2250 貳寶師，[甲]2250 然宿曜，[甲]2250 諸師以。

數：[宮]425 不計，[甲]1816 惑多生，[三][宮]292 無所説。

説：[甲]1830 他世至。

雖：[甲][乙]2263 證無垢。

所：[三]397 莊嚴。

題：[甲]2263 自由耶。

望：[三][宮]816 於佛。

我：[宮]607 若。

無：[三][宮]1548 善法除。

誤：[丁]2244 味仙人。

心：[三][宮]1548 除無想。

修：[宮]2112 釋欣然。

言：[甲]955 分別求。

耶：[甲]1828 義曰從。

依：[甲][乙]1822 因果感。

宜：[明]2108 出家棄。

義：[甲]1828 實隨。

嚱：[甲]2135 誐曩，[甲]2207 叮賀鉢。

盈：[三][宮]618 患。

願：[原]2266 常。

云：[甲]1816 云。

增：[乙]1822 畢竟不。

執：[乙]1724 故説於。

智：[宮]616 慧而。

難：[甲]2263，[甲]2263 如何，[乙]2263 耶若以。

遺

達：[原]1309 之道莫。

道：[宮]2041 令必共，[宮]2060 業也天，[甲]1884 智方誥，[明]、遺[聖]157 法唯除，[三]2149 定行摩，[三][宮]2102 重根躁，[三][宮]2122 恩，[三]2123 則禍從，[聖]2034 定行經，[宋][明][宮]、導[元]2122 我今須，[元]1483 亡或是，[原]2270 根等有。

遁：[甲]2128 身舍利。

貴：[甲]2266 旨，[甲]2167 愛寺慧，[甲]2266 是法以，[明]2103 陰德顯，[三][宮]2121 遠煩官，[三]2145，[聖]225 普慈言，[聖]2157 化也權，[宋]、責[元]、貢[明]278 知識或。

建：[聖]1723 使方降。

進：[三][宮][石]1509 百味歡。

愧：[三]152 後。

匱：[宮]638 之欲令，[明]2110 然對凶，[三][宮]2103 趙壹文，[三][宮]2111，[三]6 河取水，[聖]1723 乏苦小，[宋][元]2145 矣但優，[原]2196 四七曜。

領：[三][宮]2045 荒民便。

婁：[甲]2035 約。

遣：[宮]1602 餘貪瞋，[甲][乙]1832，[甲][乙]2263 者空觀，[甲]895 耳語，[甲]1973 化身，[甲]2039 僧調信，[甲]2039 也置遣，[甲]2196 前又

七，[甲]2261 部此云，[甲]2261 此即大，[甲]2261 教無，[甲]2266 阿頼耶，[甲]2266 不離，[甲]2266 難文演，[甲]2274 若同無，[甲]2339 之畢竟，[甲]2397 在梨耶，[明]1462 落，[明]1562 身置，[明]2087 流周而，[明]2145 悉不受，[三][宮]1470 上座處，[三][宮]397 如是陀，[三][宮]1459 言與苾，[三][宮]1462 勅舍利，[三][宮]1656 商侶平，[三][宮]2060 既深處，[三][宮]2060 手疏請，[三][宮]2104 錫糧粒，[三][聖]643 六大兵，[三]2145 書，[三]2154 任歸本，[聖]、獲[聖]200 婬女思，[聖][另]1451 佛告諸，[聖]2157 任歸本，[宋][宮]2060 表訖便，[宋][元][宮]2103 蔆莪之，[宋]2034 民見肇，[乙]2379 山童門，[乙]2408 結，[乙]2408 之云云，[元][明]2102 其禮，[元]2123 恩得爲。

施：[三][宮]2059 悉皆不。

送：[三]2145 米千。

忘：[三][宮]2060 食屢。

唯：[三][宮]2121 有骨在。

惟：[三][宮]338 誓樂何。

違：[甲]1735 即是，[甲]1826 雖各述，[甲]1830 難量云，[甲]2313 外境義，[明]2076，[宋]、道[宮]1509 法度衆，[元][明]1339 三世諸，[原][甲]1825 言之過。

疑：[乙]2092 已。

遺：[宮]760，[三]735 送財寶。

造：[甲][乙]2309 准之會。

之：[聖]200 恩得存。

著：[三][宮]2103 道性故。

資：[三]125 糧爾時。

儀

懺：[甲]1805 法宗計。

德：[三][宮]415 第一彼，[三][聖]397，[三]375 清淨顏。

法：[明]2125。

梗：[甲][乙][丙]2381 如然請。

觀：[三]2063 峻整戒。

光：[三][宮]402 熾盛及。

軌：[乙]2408 置之。

候：[甲][乙]1822 變改是。

穢：[聖]376 於惡世。

機：[甲]2335 從。

貌：[三][宮]、狠[石]1509 何似。

他：[甲]2371 示退失。

通：[乙]1978。

威：[三][宮]720 容嚴，[三][宮]1484 神出沒。

我：[甲]2395。

犧：[三][宮][聖]1462 一具阿。

像：[甲]2035 鳳元年，[甲]2217 故即，[三][宮]2053 何在報，[三][宮]2053 去像四。

依：[甲][乙][丙][丁][戊][己]2092 此。

宜：[宮]310 節志亦，[甲]1775，[三][宮]1507，[三]291 觀美德，[聖]1 禮成就，[聖]1425 法見已，[乙]1822 相當皆。

疑：[甲]2128 後丞左。

義：[宮]606 凡有八，[甲]、義[乙]

1796 如般若，[甲]853 令非器，[甲]1735 謂制聽，[甲]1735 意後正，[甲]1736 中圓頓，[甲]1744 第二正，[甲]1763，[甲]1782 後答見，[甲]1828 須安立，[甲]2125 若在寺，[甲]2128 云掌節，[甲]2214 相承云，[甲]2214 也如妙，[甲]2223 一切佛，[甲]2255，[甲]2266 常行慧，[甲]2266 根本，[甲]2266 戒者，[甲]2266 善權，[甲]2305，[甲]2339 佛號弟，[甲]2339 三云共，[明]887 軌依法，[三][宮][聖]223 不應載，[三][宮]288 雅同一，[三][宮]310 而可開，[三][宮]1462，[三][宮]1488 若自在，[三][宮]1509 不應載，[三][宮]2085 遇客甚，[三][宮]2122 神足第，[三][聖]199 身服赤，[三]1，[三]100 應當至，[三]118 不敢許，[三]882 成就大，[三]2125 特欽尼，[三]2145 偏，[聖][乙]953 清淨者，[聖]223 若行若，[石]1509 爲客復，[宋]152 厥義何，[宋]1694 處世如，[乙]2376 輕心惡，[乙]2408 也又一，[乙]2288 爲眞言，[乙]2296，[乙]2782 住二說，[元][明][石]1509 意北方，[元][明]313 故哀念，[元][明]2103 責罰尤，[元]639 取相者，[原]907。

議：[甲][乙]1822 無間，[甲][乙]2219 業作境，[甲]1718 所伏行，[甲]1744 盡於，[甲]2214 三相謂，[甲]2254 於已墮，[甲]2266 經云一，[甲]2266 與下言，[甲]2394，[明]2103 像聖，[三][宮][聖]1579，[三][宮]2103 斯國之，[三]220 四句仰，[另]1721 未改，

[宋]、一[聖]225 緣，[乙]1821 相，[乙]1822 相當故，[乙]2157 六卷，[元][明]2060 高論但。

因：[甲]1735 同謂神。

欲：[聖]1563 欲正受。

緣：[甲]2339 有限説。

種：[三][宮]2060 名駭昔。

頤

頰：[聖]1442 沈吟路。

頗：[明][聖][甲][乙]983 合囉咧。

傾：[甲]2087 大顙情。

項：[三][宮]607 頭頤。

瞶：[三]2103 蘊。

瞶：[三]2145 奧邈，[宋]2060 貴識同，[元][明]2145 心術之。

嶷

凝：[甲]1763 然為。

嵸：[三][宮]2122 梁州刺。

彝

柔：[三][宮]2060 弘雅達。

尋：[三][宮]2060 訓通別。

乙

己：[宮]2034 未高帝，[三][宮]2034 丑生桓。

甲：[明][乙]1110 今於此，[元][明]1256 知彼摩。

七：[三]993 利闍他。

乞：[甲]1092，[宋]1092 反。

一：[宮]1912 之初神，[甲]1765 詞既野，[明][乙]1092 反囉麼，[聖]1421 師達多，[元][明]2122 夜義琰。

已

安：[元][明]220 住不退。

巴：[甲]1912 吒羅長，[宋][元]2059 東赴遂。

包：[原]2339 括二邊。

畢：[乙]2263 散眼耳。

邊：[三][宮]1428 一手舉。

博：[三]2063 究經論。

不：[宮]278 見善男，[三][宮]397，[三][甲]901 去者自，[原]2262 得約當，[原]1816 退法六。

纔：[乙]1909 訖巧風。

曾：[乙]1909 作如是。

出：[宮][聖][另]1435。

此：[明]1450 度大雨。

次：[甲]1709 明。

旦：[甲]1804 至中所。

得：[聖]1721 成佛，[元]945。

定：[三][宮]1451 手自奉，[聖]1428 捨。

度：[宮]588。

惡：[宋][元]1428 晨朝著。

而：[甲]2378 更作者，[明]1562 滅度而，[三]2063 篤執心，[宋]971 白帝釋。

耳：[三][宮]2122 不得聞。

二：[元]1428 自相謂。

法：[三][宮]657，[另]1721 説而。

凡：[宮]2122 見此景，[聖]1421 後常供，[宋][元]2102 當有在，[元]1604 説菩薩。

犯：[甲]1805 四即無，[甲]1805 中初明。

佛：[宮]1421 告諸比。

故：[甲]1736 知竟無。

還：[甲][乙]1909 得虧尊，[乙]1909 復一朝。

後：[三][宮]374 隨其方，[三]264 若人善，[宋][明][宮]262 若人善。

忽：[知]741 過去。

化：[三]125 諸人得。

即：[宮]664 不生希，[甲]1782 如法贊，[甲]1828 得羅漢，[元][明]1435 到隨順。

己：[宮]229 是行最，[甲]1828 得退失，[甲]1828 有我能，[甲]1736 知以授，[甲]1771 人間相，[甲]1828 頂上似，[甲]1828 平者等，[明]316 而般涅，[宋][元]729 樂從，[宋][元]984 利已，[宋][元]984 龍王得，[宋][元]984 杻奴履，[宋][元]2122 非毀於，[宋]617 閉一，[宋]984 里底，[宋]984 死瞿，[宋]1582 身不修，[元][聖]1582 務甘心。

幾：[甲]1969 曰其馴，[三][宮]2121 等有出，[三]200，[宋][元][宮]2121 等有出。

既：[甲]2219 生已今，[甲][乙]2263 不簡知，[甲][乙]2263 許有引，[甲][乙]2263 損伏種，[甲]2266，[甲]2266 即，[甲]2274 有多種，[甲]2301 釋四義，[三]1440，[三][宮]397 滿至，[三][聖]189 畢即便，[三]26 許問梵，[三]2122 到舍內，[聖]1421 至比丘，

[聖]1721 除故歡，[聖]1721 竟故結，[乙]2778 了理圓，[原]1818，[原]1818 聞法不。

既：[甲][乙]2263 違論文，[甲]2263 云貪行，[乙]2263 漸教證。

見：[三][宮]2102 在不住，[聖]1548 彼命終，[宋][元]1085 退散馳。

教：[甲]2300 後諸方。

皆：[甲]2313 顯已何。

今：[甲]1909 受苦者，[三][宮]374 成就樂，[三][宮]1451 差具壽。

經：[甲]1961。

竟：[甲]861 安珠於，[三][宮]1431 乃至衣，[三][宮]1435，[三][宮]1435 佛語諸，[三][宮]1435 後還説。

久：[甲][乙]2263 亡故也。

具：[甲]2255 釋者如。

口：[元]1425 經久修。

來：[原]1818 然後令。

了：[甲][乙]867 對於壇，[甲]2231 今總明，[明]1539 了別，[三][宮]2103 于時自，[乙]2263 後。

立：[明]2076 差本來。

令：[甲]2281 歸意，[宋]156 得涅槃。

卯：[甲]2039 立理三。

名：[三][宮]1552 還俗應。

末：[元][明]、末[宮]1548 生欲令。

母：[宋][宮]1462 問傍臣。

尼：[宮]1428 告諸比，[宮]1810 忍，[明]380。

頻：[三]374 見月蝕。

七：[宮]1810 教誦十，[宋]969。

乞：[宋][元][宮]1428 與某甲。

起：[元][明]681 風疾。

訖：[三]26，[三]202 竟各共，[三][宮]1435 自，[三][聖]100 洗鉢洗。

請：[三][宮]1435 居士知。

人：[元][明][宋]2102 忍辱也。

日：[宮]1562 成立有，[甲][乙]1909 得信心，[三][宮]1421 後聽，[三][宮]1425 後不聽，[三][宮]1425 後禪，[三][宮]1425 後應二，[三]1424 足爲我，[三]2122 無，[宋][元][宮]1425 後不聽，[元]227 常應。

如：[甲]2299 上，[明]145 滅度。

三：[甲]2269 説至應。

色：[宮]411，[宮]1488 見於雜，[宮]1558 獲得色，[甲]1735 證理故，[明]1546 斷若不，[三][宮]1542 正當了，[三][宮]1579 與異，[三][宮]1595 尋思唯，[三][宮]1656 云何近，[三][宮]2121 與前天，[三]99 不起色，[宋][元]189 漏盡意，[宋][元][宮]1558 淨等等，[宋]1 還出浴，[宋]1559 次於中，[宋]1579 説四種，[元][明]156，[元][明]1579 作證具。

上：[宮]866 准前誦，[甲][乙]2263 下皆説，[乙]2391 四印名，[乙]2394 蒙引入。

身：[明][甲]1174 同於誦。

勝：[甲]2075 弟子有。

尸：[明]1425 還坐隨，[明]1451 於諸煩，[三]865 由金剛，[宋]415 有佛名，[宋]1425 不轉與。

屍：[宋]1566 有而。

時：[甲]2339 來界一，[三][宮]1451 見摩，[三][宮]613 身心歡，[三][宮]1463，[三][宮]1536 諸苾芻。

始：[三][聖]189 畢唯願。

似：[宮]2042 後常求，[三][宮]2042 供養諸，[聖]1425，[原]1724 合成。

事：[三][宮]、一[聖]380 心生，[三][宮]1581 捨不饒。

説：[聖]318 解脱度。

死：[三][宮]2122。

巳：[明]2153 經一卷。

誦：[乙]2391 了開掌。

雖：[三]203 歡喜情。

隨：[元]901 隨取其。

所：[甲]1830 解如眼，[三][宮]1547 有自然。

他：[原]2317。

通：[三][宮]657 達此衆。

亡：[丁]2244 婢反矢，[宮]414 從三昧，[宮]2074 者以誦，[甲]1830 餘有漏，[甲]1851 名害伴，[甲][乙]1833 何得難，[甲][乙]2070 後於經，[甲][乙]2254 不分弟，[甲]1708，[甲]1709 未離相，[甲]1783 一身也，[甲]1813 日講法，[甲]1833 樹何，[甲]1847 二先除，[甲]2089 願坐死，[甲]2299 之難猶，[甲]2337 同時顯，[甲]2339 曰盡即，[三]23 其精神，[乙]2249 退之，[乙]2379 海東誕，[原]1849 約義大，[原]1776 懷稱捨，[原]1776 詮示，[原]1849 故此位，[原]1882，[原]

2339，[原]2339 是非務。

王：[甲][乙]1822 與一，[三][宮]377 即聽前。

惟：[三]152 喟然而。

爲：[宮]588 至大乘，[明]620 爲說，[三][宮]1428 驅出成，[聖]223 反觀，[元][明]1426 須衣時。

未：[宮]、－[聖]223 生惡不，[宮]1458 知人有，[明][甲]997 修善根，[明]2034 永始元，[三]、－[宮][另]1543 盡護根，[三][宮]、無[聖]1544 得無漏，[三][宮]1539 斷因謂，[三][宮]1539 斷其體，[三]1537 離欲，[元][明]99 起者亦。

位：[甲][乙]2263 亦審思，[甲][乙]2219 別淺深，[甲]2263 亦，[原]2263 有時現。

謂：[甲]2195 證增上。

我：[甲]1721 等不預，[三]100 家云何。

無：[宮]310 盡更無，[元][明][宮][聖]310 問説，[元][明]210 往來。

五：[元]2102 明其宗。

希：[元][明]387 有心。

悉：[明]278 成。

先：[三]1564 成何用。

現：[明]1594 作善惡。

象：[三]1547 王乘。

心：[宮]310 必得廣，[甲]2195 還發次，[三][宮][聖]310 愛樂無，[元][明]375 爲人天。

行：[三][宮][聖]625 如説行。

性：[三]1566 滅之法。

言：[宮]310 發菩提，[三]346 乃發聲，[三][宮]1458，[三]189 即於諸，[三]192 除起而。

養：[三][宮]657。

也：[丙]862，[宮]2121 便去二，[甲]、也[乙]1816 趣入者，[甲]、也已[丙]2286 同梁家，[甲]1834 照觸柱，[甲][乙]1822，[甲][乙]1822 便作是，[甲][乙]1822 離欲者，[甲][乙]1822 上説修，[甲][乙]1822 下第八，[甲][乙]1822 下重釋，[甲][乙]1822 自性斷，[甲]1700 莫作是，[甲]1816 不羅，[甲]1828 靜息者，[甲]1828 所治若，[甲]1863 此亦不，[甲]2214 所以大，[甲]2223 舊，[甲]2230，[甲]2244 復有一，[甲]2250，[甲]2261 通達四，[甲]2269○第四，[甲]2270 在於前，[甲]2271，[甲]2286 同梁論，[甲]2299 清淨法，[甲]2299 然此釋，[甲]2299 又至，[甲]2299 作論中，[甲]2367 如上説，[甲]2397，[甲]2434 應捨無，[明]1617，[三][宮]1549 亦失是，[三][宮]1551 問曰何，[聖]200 今寧聞，[聖]222 不當思，[聖]1549 得斷智，[聖]1763 而常法，[另]1453 聽許由，[宋][元][宮]1421 歎言未，[乙]1775 矣豈別，[乙]2228 次入五，[乙]2254 廢餘六，[乙]2263 悶絶等，[元][明]2102 流而無，[原]1849 不説功。

一：[三]205 兄便隨。

衣：[甲]951 披著身。

以：[丙]2092 後賜宅，[丙]2397 上得十，[丙]2777 下備列，[博]262 爲

汝等，[博]262 遊行到，[博]262 於夜後，[丁]2092 後肅，[高]1668 來平等，[宮][聖]下同 292 成今成，[宮]262 具足舍，[宮]263 功德，[宮]286 滅盡，[宮]309，[宮]309 斷無復，[宮]310 聞世尊，[宮]313 脫重擔，[宮]374，[宮]374 遠離一，[宮]403 等諸法，[宮]411 往永不，[宮]585 解諸法，[宮]588 捨，[宮]598 斷，[宮]602 行具足，[宮]604 生惡法，[宮]616 來無時，[宮]624 所有而，[宮]626 頭面作，[宮]626 衆絕寶，[宮]657 逮無上，[宮]1425 曾如是，[宮]1425 聞者，[宮]1425 詣優陀，[宮]1425 坐諸比，[宮]1435 知而故，[宮]1483 受臘得，[宮]1523 不能害，[宮]1604 得大悲，[宮]1670 竟澡手，[宮]1703 來未曾，[宮]混用 624 法等心，[宮]下同 1521 結戒復，[和][內]1665 灰身滅，[和]293 具足廣，[和]293 來於佛，[和]293 先發，[甲]1735 盡故三，[甲]1735 明今問，[甲]1736，[甲]2324 上無五，[甲]2339 上出分，[甲][乙][丙]1098，[甲][乙][丙]1098 起大悲，[甲][乙][丙]1098 整理衣，[甲][乙][丙]2810 爲，[甲][乙]950 次漸，[甲][乙]1069 了，[甲][乙]1822 彼劣故，[甲][乙]1822 過去，[甲][乙]1822 利根故，[甲][乙]1822 智類同，[甲][乙]1866 不若有，[甲][乙]1866 還有分，[甲][乙]1866 來不，[甲][乙]1866 去並不，[甲][乙]1866 去方可，[甲][乙]1866 上，[甲][乙]1866 上寄一，[甲][乙]2219 還寄同，[甲][乙]2228 上四，[甲][乙]2263 前菩薩，[甲][乙]2263 去無異，[甲][乙]2263 上或地，[甲][乙]2263 上菩薩，[甲][乙]2263 上現起，[甲][乙]2263 上有色，[甲][乙]2263 說在大，[甲][乙]2309 下有五，[甲]997 而白，[甲]1007 却出更，[甲]1705 辨竟今，[甲]1717 後亦住，[甲]1717 略解竟，[甲]1717 名佛，[甲]1718 成佛何，[甲]1718 見我故，[甲]1718 來常，[甲]1719 表當說，[甲]1719 會若開，[甲]1719 三重總，[甲]1722 後諸方，[甲]1722 來，[甲]1722 來未具，[甲]1724 上得種，[甲]1728 來皆無，[甲]1728 無量，[甲]1735，[甲]1735 含有故，[甲]1735 結故，[甲]1735 上後一，[甲]1736，[甲]1736 鞭杖楚，[甲]1736 得般若，[甲]1736 得解脫，[甲]1736 來數早，[甲]1736 明疏前，[甲]1736 施訖，[甲]1736 釋言不，[甲]1736 外法故，[甲]1736 無得等，[甲]1736 無得即，[甲]1736 相續，[甲]1736 約，[甲]1736 證法門，[甲]1736 證滅道，[甲]1736 宗，[甲]1775，[甲]1775 過肇曰，[甲]1775 上心智，[甲]1775 上豫入，[甲]1775 屬人，[甲]1775 下名有，[甲]1782 上任運，[甲]1795 來念念，[甲]1795 喩顯法，[甲]1816 得攝受，[甲]1828 彼救已，[甲]1828 外有別，[甲]1828 下明起，[甲]1958 足菩薩，[甲]1961 來造無，[甲]1964 上菩薩，[甲]1969 後常生，[甲]2036 來不能，[甲]2036 知之及，[甲]2214 下，[甲]2214 下諸品，[甲]2217

去各於，[甲]2263 前其，[甲]2263 前亦通，[甲]2263 上俱起，[甲]2263 上起初，[甲]2263 上耶故，[甲]2266 初地入，[甲]2266 上三地，[甲]2266 下，[甲]2270 解了一，[甲]2274 上即用，[甲]2274 下有十，[甲]2339 去寄是，[甲]2401 注之，[甲]2412 前補處，[甲]2748 遊，[甲]2778 斷此，[甲]2792 上不得，[甲]2879 辨爾時，[金]1666 來一切，[明]、已[宮]2060 舊事賢，[明]、尊[宮]2122 來兄弟，[明]190 還縮依，[明]212 得休息，[明]220 來，[明]220 授我大，[明]264 曠大，[明]322，[明]322 爲，[明]997 恭敬遠，[明]1450 知訖故，[明]1562 遣無顛，[明]1653 廣説，[明][宮]603，[明][和]1665 超三界，[明][甲][乙]901 下，[明][甲]1110 經無量，[明][甲]1119 前矚視，[明][内]1665，[明][乙]895 不清淨，[明]1，[明]1 不著則，[明]1 來父母，[明]24 集，[明]24 下一切，[明]70 棄，[明]99 解脱人，[明]144 受佛便，[明]156，[明]158 得滿於，[明]190，[明]190 後還林，[明]191 否二迦，[明]191 否迦葉，[明]193 爲汝等，[明]209 來法常，[明]212 後聽爲，[明]220 來數數，[明]220 已遠離，[明]228 曾得聞，[明]261 乘之或，[明]261 捨故不，[明]318 來如七，[明]322 居山澤，[明]374，[明]375 示竟爾，[明]589 等吾我，[明]616 答生著，[明]682 日光如，[明]847 聞法故，[明]1039，[明]1126 來一切，[明]1425 後應著，[明]

1425 與何故，[明]1435 入若門，[明]1450 麁惡言，[明]1450 穢惡之，[明]1462 學繫心，[明]1520 下示，[明]1530 趣大菩，[明]1537 三轉十，[明]1549，[明]1596 於彼衆，[明]1665 悟法本，[明]2016 法無不，[明]2060 東水皆，[明]2076 後，[明]2087 上分現，[明]2110 來以縣，[明]2122 來每有，[明]2122 來年載，[明]2122 去但有，[明]下同 2121 得出勢，[三]、－[宮]637 故爲是，[三]、－[宮]2104 來常，[三]、－[聖]1427 上肩，[三]、便[宮]403 等衆生，[三]1 來父母，[三]1 滅，[三]99，[三]157 來爲經，[三]158 發阿耨，[三]186 復七，[三]187 降魔怨，[三]190 來從於，[三]374 久度煩，[三]2121 爛熟傷，[三][丙]930 來一切，[三][宮]、聖]1462 去日日，[三][宮]309 除身，[三][宮]309 生未生，[三][宮]310 於先佛，[三][宮]729 後魂魄，[三][宮]730 有三十，[三][宮]1425 悔前所，[三][宮]1425 勸喻作，[三][宮]1435 後起無，[三][宮]1464 往不得，[三][宮]1546 成就言，[三][宮]1557 有證道，[三][宮]1559 滅品中，[三][宮]1559 無貪爲，[三][宮]1562 上有，[三][宮]1585 上菩，[三][宮]1606 學現觀，[三][宮]1610 成物者，[三][宮]1646 贏，[三][宮][久]761 於一切，[三][宮][別]397 來，[三][宮][聖][另]285 具，[三][宮][聖][另]281 皆拜汝，[三][宮][聖]292 無一倚，[三][宮][聖]376 來自於，[三][宮][聖]376 離食想，[三][宮][聖]625

遣大樹，[三][宮][聖]1425 後不聽，
[三][宮][聖]1425 後聽諸，[三][宮]
[聖]1425 示，[三][宮][聖]1425 於屏
處，[三][宮][聖]1425 制當隨，[三][宮]
[聖]1425 作制限，[三][宮][聖]1462，
[三][宮][聖]1470，[三][宮][聖]1523 攝
者令，[三][宮][聖]1539 後亦都，[三]
[宮][聖]1602 失若諸，[三][宮][另]
1543 退便發，[三][宮][另]1543 知，
[三][宮][另]1543 智聰明，[三][宮][知]
266 散佛上，[三][宮]221，[三][宮]221
得脫，[三][宮]221 來至於，[三][宮]
221 受是光，[三][宮]221 自降伏，[三]
[宮]223 後六十，[三][宮]224 生若善，
[三][宮]232 於先佛，[三][宮]263，
[三][宮]263 得佛道，[三][宮]263 奉侍
億，[三][宮]263 見，[三][宮]263 蠲盡
音，[三][宮]263 來假使，[三][宮]263
滅度其，[三][宮]263 散佛專，[三][宮]
263 諮嗟億，[三][宮]265 來過恒，[三]
[宮]268 知其性，[三][宮]274 住在誹，
[三][宮]278 來大海，[三][宮]280 來
諸所，[三][宮]309 除衆垢，[三][宮]
309 斷悉知，[三][宮]309 降當降，
[三][宮]310 來經於，[三][宮]313 棄於
惡，[三][宮]325 來所作，[三][宮]345
捨却離，[三][宮]374 成金多，[三][宮]
374 得第一，[三][宮]374 歸德七，[三]
[宮]374 有丈，[三][宮]381 斯法行，
[三][宮]384 復生識，[三][宮]384 經
九十，[三][宮]389 捨飾好，[三][宮]
397 願力是，[三][宮]403 達逮得，
[三][宮]403 發心者，[三][宮]403 淨者

貪，[三][宮]403 滅能達，[三][宮]403
啓受諷，[三][宮]403 悉過皆，[三][宮]
411 往永，[三][宮]585 生進不，[三]
[宮]586 了知故，[三][宮]588 寂如是，
[三][宮]588 覺故，[三][宮]588 立禪
住，[三][宮]588 知住法，[三][宮]598
畢却住，[三][宮]603 斷空無，[三][宮]
606 得道證，[三][宮]606 得第一，[三]
[宮]606 得度無，[三][宮]606 後皆當，
[三][宮]606 歡然天，[三][宮]606 具
足，[三][宮]606 能中大，[三][宮]606
脫恐難，[三][宮]607 燃次舍，[三][宮]
616 斷苦今，[三][宮]616 求二禪，[三]
[宮]616 在此衆，[三][宮]616 止息心，
[三][宮]618 廣説，[三][宮]618 修，
[三][宮]624 色見亦，[三][宮]624 爲劇
求，[三][宮]630 生死爲，[三][宮]632
後便得，[三][宮]635 自投忽，[三][宮]
637 無作之，[三][宮]637 由遠五，[三]
[宮]638 順道，[三][宮]656 具知願，
[三][宮]656 滅行豈，[三][宮]656 生不
淨，[三][宮]657 敷座唯，[三][宮]657
後更不，[三][宮]657 爲大利，[三][宮]
666 佛眼見，[三][宮]731 復持熱，[三]
[宮]732 欲，[三][宮]738 得人身，[三]
[宮]754 得智慧，[三][宮]761 隨喜有，
[三][宮]869 即入，[三][宮]1421 何時
當，[三][宮]1421 後遂成，[三][宮]
1425，[三][宮]1425 八日更，[三][宮]
1425 辦宜知，[三][宮]1425 除貪欲，
[三][宮]1425 從僧乞，[三][宮]1425 得
具足，[三][宮]1425 過二諫，[三][宮]
1425 後，[三][宮]1425 後不，[三][宮]

1425 後不聽，[三][宮]1425 後聽食，[三][宮]1425 盡受五，[三][宮]1425 來父母，[三][宮]1425 來貪欲，[三][宮]1425 來未曾，[三][宮]1425 來作，[三][宮]1425 離宿是，[三][宮]1425 屏處三，[三][宮]1425 棄之若，[三][宮]1425 取汝船，[三][宮]1425 如法，[三][宮]1425 上者髀，[三][宮]1425 下，[三][宮]1425 顯露以，[三][宮]1425 與諸弟，[三][宮]1425 再三諫，[三][宮]1425 制當隨，[三][宮]1425 作失想，[三][宮]1428 不諫遮，[三][宮]1428 得身樂，[三][宮]1428 得衣亦，[三][宮]1428 請佛及，[三][宮]1428 去不得，[三][宮]1428 受王瓶，[三][宮]1428 所著衣，[三][宮]1428 有諍，[三][宮]1435，[三][宮]1435 僧，[三][宮]1435 上得波，[三][宮]1435 上受八，[三][宮]1435 聽我等，[三][宮]1435 同阿，[三][宮]1435 下應分，[三][宮]1435 小浣更，[三][宮]1435 占取，[三][宮]1451 鉢，[三][宮]1451 後作殺，[三][宮]1462 便利天，[三][宮]1462 長大爲，[三][宮]1462 成，[三][宮]1462 何道殺，[三][宮]1462 蛇爲，[三][宮]1462 說故不，[三][宮]1462 無數方，[三][宮]1462 一錢故，[三][宮]1464 得脫王，[三][宮]1464 來至今，[三][宮]1464 訖大王，[三][宮]1464 失神，[三][宮]1464 往聽沙，[三][宮]1470 汚手正，[三][宮]1471 許，[三][宮]1484 爲本，[三][宮]1488 淨物施，[三][宮]1488 有芽人，[三][宮]1521 盡美髮，

[三][宮]1521 外唯佛，[三][宮]1523 釋，[三][宮]1530 後於一，[三][宮]1543 怖懅心，[三][宮]1546 來取汝，[三][宮]1547 知智滿，[三][宮]1550 十，[三][宮]1551 捨於前，[三][宮]1579 後復經，[三][宮]1589 未得，[三][宮]1592 來性一，[三][宮]1593 上退墮，[三][宮]1595 上乃至，[三][宮]1595 西，[三][宮]1598 上於貪，[三][宮]1606 爲覺悟，[三][宮]1610 上至七，[三][宮]1611 下即依，[三][宮]1631 說一切，[三][宮]1646 能成就，[三][宮]1646 破故又，[三][宮]1646 說壞敗，[三][宮]1646 說深修，[三][宮]1646 先意思，[三][宮]1648 斷苦故，[三][宮]1659 曾供養，[三][宮]1672 難忍況，[三][宮]2027 崩，[三][宮]2034 來名臣，[三][宮]2040 自覺心，[三][宮]2059 死何容，[三][宮]2060 前代，[三][宮]2060 至於斯，[三][宮]2104 除義，[三][宮]2104 現一卿，[三][宮]2108 緇素事，[三][宮]2121 白佛，[三][宮]2121 畢景福，[三][宮]2121 見道士，[三][宮]2121 來經數，[三][宮]2121 暮木師，[三][宮]2121 至時女，[三][宮]2122，[三][宮]2122 竭諸，[三][宮]2122 上煖氣，[三][宮]2122 印我面，[三][宮]下同 285 一時受，[三][宮]下同 309，[三][宮]下同 736 無所，[三][宮]下同 817 聞是法，[三][宮]下同 1520 善得心，[三][宮]下同 1521 命終而，[三][宮]下同 2034 來已五，[三][甲]901 竟次阿，[三][甲]955 陳，

惡趣者，[三]212 壞，[三]212 來不憶，[三]212 來怨能，[三]212 離三，[三]212 受色界，[三]263 畢竟從，[三]263 斷常無，[三]263 見佛言，[三]263 尋時，[三]268 逮此現，[三]291 成，[三]291 無有量，[三]292 用化衆，[三]361 來未曾，[三]374 獲大利，[三]374 來，[三]374 來輪轉，[三]375，[三]375 滅如是，[三]375 說其義，[三]375 爲他所，[三]411 後於我，[三]627 離二故，[三]627 住吾我，[三]642 後漸漸，[三]643 來恒隨，[三]743 淨猶若，[三]826 得爲人，[三]865 成如初，[三]865 令調伏，[三]1011 如應行，[三]1011 無賊害，[三]1424 禮請，[三]1435 頭面禮，[三]1440 不賣突，[三]1441 割截壞，[三]1462 至某處，[三]1485，[三]1485 十度爲，[三]1485 願爲本，[三]1522 顯方便，[三]1527 上至法，[三]1532 證智者，[三]1549 此道而，[三]1564，[三]1564 至從法，[三]1568 說因緣，[三]2059 長齋菜，[三]2063 耆艾而，[三]2087 太甚夫，[三]2110 東名爲，[三]2110 東爲陽，[三]2111 昭彰，[三]2145 後叡哲，[三]2153 前僧祐，[三]2153 上二經，[三]2153 上漢時，[三]2153 上七十，[三]2154，[三]下同 1441 作竟但，[三]下同 375 來至我，[聖]、一[中]223，[聖]99 於雙樹，[聖]125 衰耗，[聖]268 能通達，[聖]643 來恒値，[聖]1421 爲我滅，[聖]1721 後爲供，[聖][宮]1595 後如此，[聖][另]410 獲證諸，[聖][另]285

有三昧，[聖]1 即白佛，[聖]1 集，[聖]26 供給財，[聖]125，[聖]125 辦更不，[聖]125 辦王知，[聖]125 成阿羅，[聖]125 成佛道，[聖]125 成如來，[聖]125 熾盛還，[聖]125 除，[聖]125 達迦毘，[聖]125 墮師子，[聖]125 發便身，[聖]125 告婇女，[聖]125 共相問，[聖]125 後不復，[聖]125 後當以，[聖]125 後如，[聖]125 後唯願，[聖]125 緩今日，[聖]125 集唯願，[聖]125 減少如，[聖]125 降之終，[聖]125 盡，[聖]125 盡更不，[聖]125 盡見聞，[聖]125 盡唯有，[聖]125 經七日，[聖]125 來，[聖]125 來承事，[聖]125 來未，[聖]125 來至刹，[聖]125 立所作，[聖]125 滅度我，[聖]125 訖王知，[聖]125 取命終，[聖]125 然可我，[聖]125 生此，[聖]125 生求方，[聖]125 生求令，[聖]125 熟爾，[聖]125 行心意，[聖]125 永息不，[聖]125 有便自，[聖]125 語沙門，[聖]125 在如來，[聖]125 走，[聖]125 作灰，[聖]157 往莊挍，[聖]157 心大歡，[聖]190，[聖]190 坐菩提，[聖]200，[聖]200 莫不歡，[聖]210 絕是，[聖]211 安不慍，[聖]211 來，[聖]211 上衆僧，[聖]211 信樂正，[聖]211 行貪，[聖]221 逮於諸，[聖]221 竟於，[聖]223 爲過去，[聖]223 總攝五，[聖]224 來爲，[聖]224 來作功，[聖]225 復亡之，[聖]225 供養無，[聖]225 盡，[聖]227 滅，[聖]284 常當與，[聖]285 超越聲，[聖]285 成起若，[聖]310 盡，[聖]376 入身中，[聖]397 調

一切，[聖]416 隨喜生，[聖]585 超度所，[聖]586 來離貪，[聖]586 作佛事，[聖]643 上三十，[聖]663 曾供養，[聖]663 消滅國，[聖]1425，[聖]1425 後，[聖]1425 後不，[聖]1425 後不聽，[聖]1425 屏處三，[聖]1425 如法行，[聖]1425 信，[聖]1428 去聽比，[聖]1428 聞世尊，[聖]1437 下至，[聖]1463 去不聽，[聖]1470 去不應，[聖]1562 斷無所，[聖]1581 來空無，[聖]1721 來都是，[聖]1721 來見眾，[聖]1733 境界等，[聖]1763 復住廣，[聖]1763 上雖無，[另]1428，[另]1435 先住六，[另]1543 倍，[另]1543 修已，[另]1721 爲大火，[宋]、－[元][明][宮]273 寂滅生，[宋][宮][聖]816 如是求，[宋][宮][知]384 稱言，[宋][宮][知]384 周遍，[宋][宮]223，[宋][宮]223 來常清，[宋][宮]223 來常行，[宋][宮]223 來以我，[宋][宮]309 辦無復，[宋][宮]310 來所作，[宋][宮]329 便作是，[宋][宮]329 而，[宋][宮]329 會與諸，[宋][宮]585，[宋][宮]598 到唯加，[宋][宮]656，[宋][宮]2040 除，[宋][宮]2058 滅度既，[宋][宮]下同 734 來資財，[宋][聖]375 患臭若，[宋][聖]125 出家學，[宋][聖]125 除於是，[宋][聖]125 定手自，[宋][聖]125 獲世俗，[宋][聖]125 集世，[宋][聖]125 離俗修，[宋][聖]125 命終時，[宋][聖]125 取涅槃，[宋][聖]125 死慘然，[宋][聖]125 朽邁，[宋][聖]200 辦唯聖，[宋][元][宮]、－[明]2121 歲數，[宋][元][宮]328 天華，[宋][元][宮][聖]1425 曾爾耶，[宋][元][宮][聖]1425 過二諫，[宋][元][宮][聖]1428 去欲説，[宋][元][宮]328 屬須賴，[宋][元][宮]734 來恒患，[宋][元][宮]826 日久亦，[宋][元][宮]1425 曾如是，[宋][元][宮]1425 過二諫，[宋][元][宮]1425 過餘二，[宋][元][宮]1425 後嚏應，[宋][元][宮]1425 聞者當，[宋][元][宮]1428 去聽諸，[宋][元][宮]1428 去與比，[宋][元][宮]1464 上法耳，[宋][元][宮]1520，[宋][元][宮]1611 下功德，[宋][元]1 白言此，[宋][元]1 不能報，[宋][元]1 集者放，[宋][元]5 八百八，[宋][元]62 到心所，[宋][元]186 得佛道，[宋][元]191 乃於如，[宋][元]310 盡其心，[宋][元]603，[宋][元]603 竟往來，[宋][元]1057 曾，[宋][元]1441 捨去此，[宋][元]2153 上四十，[宋]1 辦不受，[宋]23 解自然，[宋]23 下復有，[宋]108 盡，[宋]125 除成就，[宋]152 許之作，[宋]171 許之何，[宋]186，[宋]186 得之不，[宋]186 盡識便，[宋]186 離愛欲，[宋]186 訖還在，[宋]196 降受法，[宋]196 作沙門，[宋]200，[宋]200 訖持種，[宋]200 熟應受，[宋]202 來屠殺，[宋]211 辦，[宋]211 達不聞，[宋]212 不作，[宋]212 觀已，[宋]362 來甚久，[宋]362 來一劫，[宋]374，[宋]374 後滿八，[宋]374 來身心，[宋]374 離憂悲，[宋]374 攝在四，[宋]375 遠離憍，[宋]588 得堅強，[宋]626 眾寶，[宋]945 休更不，[宋]1006 入於一，[宋]1057

曾供養，[宋]1185 受持持，[宋]1425
去若有，[宋]1694 得泥曰，[宋]1694
斷謂，[宋]1694 竟往來，[宋]1694 意
得愛，[醍]26 後當教，[乙]1796 此事
故，[乙]1796 來具足，[乙][丙]2092 來
二百，[乙][丙]2810 此無漏，[乙]1069
訖應作，[乙]1171 即想自，[乙]1723
起至有，[乙]1723 前名，[乙]1723 上
離分，[乙]1736 壞波矣，[乙]1816 受
爲，[乙]1822 斷八倒，[乙]1822 生爲
緣，[乙]1822 説爲自，[乙]1871 爲一
百，[乙]2092 不，[乙]2192 上釋勢，
[乙]2223 上任蓮，[乙]2223 下第二，
[乙]2223 下至神，[乙]2232 加持身，
[乙]2261 上流義，[乙]2263 上一切，
[乙]2263 下文顯，[乙]2393 此四種，
[元][明]190 不汝若，[元][明]190 不
相慰，[元][明]2110 不案陶，[元][明]
[宮]614 一心覺，[元][明][宮]637 故
爲諸，[元][明][宮]292 成至道，[元]
[明][宮]614 飲方向，[元][明][宮]624
爲會，[元][明][宮]626，[元][明][宮]
744 來隣國，[元][明][宮]下同 266 故
謂往，[元][明][甲]951 不去來，[元]
[明][聖]125 無短乏，[元][明][聖]190
不，[元][明][聖]190 不佛，[元][明][乙]
895 首諸過，[元][明][乙]895 聞，[元]
[明]1 不，[元][明]25 不彼人，[元][明]
58 有不善，[元][明]81，[元][明]99 不
尊者，[元][明]186 逮得是，[元][明]
190，[元][明]190 不，[元][明]190 不
阿難，[元][明]190 不彼人，[元][明]190
不彼尊，[元][明]190 不佛，[元][明]190

不難陀，[元][明]190 不菩薩，[元][明]
190 不若小，[元][明]190 不時淨，[元]
[明]190 不提婆，[元][明]190 不一切，
[元][明]196 居家有，[元][明]202 爲許
可，[元][明]268 知此法，[元][明]297
迴向普，[元][明]585 光莊嚴，[元][明]
589 當何因，[元][明]606 不，[元][明]
658 無蓋障，[元][明]1011 厭惡於，
[元][明]2122，[元][明]2122 瞋恚罵，
[元][明]2122 後百千，[元][明]2122 來
曾修，[元][明]2122 污不可，[元][明]
下同 624 者是爲，[元]175 死，[元]
223 自起殊，[原]1796 能習行，[原]
[甲][乙]1796 來無動，[原][甲]1778 無
心意，[原]1744 有因二，[原]1778 無
心意，[原]1796 發哀愍，[原]1818，
[原]1818 失，[原]1819 下此是，[知]
598 寂分別，[知]598 立德根，[知]598
如是如，[知]598 無所憂，[知]741。

矣：[甲][乙]2207 顏氏曰，[甲]
2006，[明]322 寧可得，[三]2103 立
身治，[乙]2092 樂中國。

亦：[甲]1736 如前引，[甲]1786
足何故，[明]1562 具分，[三][宮]1566
判西域，[三][宮]665 懺悔我，[三][宮]
1428 死伎樂，[三][宮]1435 入已藏，
[三]1564 不生。

邑：[三][宮]1451 住升攝，[三]
[宮]374 不見一，[三][宮]1428 外便
聽，[三]1 金。

異：[甲][乙]1822 熟則無。

意：[甲]2339 斷竟無。

印：[甲]1103 口誦眞。

應：[甲][乙]1909 有無量。

用：[三]375 療治百。

有：[宋]1057 十五唯，[原]、[甲]1744 四歎今。

與：[甲]1828，[三][聖]99 不尊者。

欲：[乙]1736 參涉。

圓：[甲]1863 滿。

曰：[明]155 後天旱，[明]155 悉皆如，[明]365 行者即，[明]2016 汝太癡，[三]2154 訖有二，[元]、日[明]1462 令知者。

云：[甲]2300 明一切。

在：[三][宮]1435 一面。

占：[三][宮][聖]627 畢退坐。

照：[明]261 影透內。

者：[甲]2195，[三][宮]1488 所得果。

正：[甲]1816 釋前福。

之：[甲]1719，[甲]2195，[三][宮]278 悼惻悲，[三]202，[三]2103，[聖]125，[宋]190，[乙]2296 所説而，[乙]2394 各各示，[原]2339 上具足。

知：[和]293 堪任一。

止：[甲]1830 遂染母，[甲]1866 而分之，[甲]2204 審慮之，[三][宮]、正[另]1428 大殺衆，[三]1 諸比。

中：[甲]1112 方作摧，[三][宮][另]1458 安置衣，[三]174 宣令國，[三]1462 定天，[三]1568 更無，[聖]383。

主：[甲]2339。

自：[甲]1736 具今略。

足：[宮]278 與無量，[甲]2232 唯願諸，[明]1520 次説如，[三]950 而起如，[三][宮]1442 爲辦種，[三][宮]1421，[三][宮]1442 白言聖，[三][乙]970 右遶七，[聖]190 却退坐，[乙][丙]873。

作：[三][宮]1435 種種因。

以

安：[明]2154 宋朝譯。

八：[甲][乙]1822 六，[甲][乙]1822 五十，[甲][乙]2328 刹那滅，[甲][乙]2397 陀羅尼，[三][甲]、入[丙][丁]866 名號也，[宋][元]、入[明]1457 夢，[乙][丙]2394 大塔中，[乙]1821 爲問聲，[原]2264 地滿心，[原]2264 地以上。

北：[聖]1721 東西無。

本：[三]157。

比：[甲]1098 此藥和，[甲]1512 相見故，[甲]2299 此同悉，[三][宮]2053 是西域，[三][宮]2060 妙莊嚴，[三]1527 教故道，[聖]1425 是因緣，[原]、此[甲]1744 二住明，[原]2270 喻，[原]1818 類而知。

彼：[甲]2214 後得智。

必：[甲]2217 當計著，[甲]2250 此二種，[三]1437 彼力治，[三]2103 時。

不：[甲][乙]1821 斷障故，[甲]2266 不斷種，[三][宮]1584 現心識，[三]1440 異物補，[原]2266 先成第。

草：[三]2060 薦瓦椀。

成：[甲][乙]2231 實名花。

承：[三]1485 佛。

乘：[聖]2157 斯破竹。

持：[三]190 種，[聖]224 經布。

初：[甲]1828 合辨初。

川：[乙]2215 下是也。

此：[丁]2244 爲，[甲]1912 即與不，[甲]1086 歌印奉，[甲]1512 牒所疑，[甲]1512 釋此經，[甲]1735 化，[甲]1782 病皆從，[甲]1816 中有二，[甲]1875 見於塵，[甲]1929，[甲]2195 五義證，[甲]2207 喻也，[甲]2217 心離相，[甲]2261 之爲好，[甲]2270 疏意唯，[甲]2286 十善五，[甲]2336 經云若，[甲]2339 三所以，[甲]2339 上二事，[甲]2386 三字變，[明]1545 不善對，[三]1579 假言説，[三][宮]2102 雷同爲，[三][宮]2103 爲稱靡，[三]226 優婆，[聖]1509 慈悲息，[宋][宮]1452 紫礦爵，[原]、[甲]1744 文中略，[原]、[乙]1744 下明斷，[原]1832 論云然，[原]1781 言子謂，[原]2301 有爲必。

次：[丙][丁]1141 西畫那，[宮]262 金銀琉，[宮]1545 理難言，[甲]1823 以糞水，[甲][乙]1822 通名説，[甲][乙]2387 印寬寬，[甲][乙]2390 輪布十，[甲][乙]2390 最後仰，[甲][乙]2404 前三會，[甲][乙]2404 下引後，[甲]1512 爲眞道，[甲]1512 相成，[甲]1709 檀波羅，[甲]1731 非淨非，[甲]1731 正果亦，[甲]1781 者何四，[甲]1782 當生下，[甲]1805 明對答，

[甲]1816 九，[甲]1816 世尊於，[甲]1816 一當十，[甲]1828 證得無，[甲]1929 明諦理，[甲]1965 如上輩，[甲]2196 得無上，[甲]2214 一切如，[甲]2239 無緣大，[甲]2249 彼未來，[甲]2262 現行潤，[甲]2281 下文乍，[甲]2299，[甲]2299 具有三，[甲]2299 其內説，[甲]2299 受識灌，[甲]2299 知然耶，[甲]2376 能得色，[甲]2392 印五處，[甲]2400 印當心，[三][宮]1428 何因緣，[三][宮]1546 念處能，[三][宮]1559 光飾爲，[三]846 彼莊嚴，[三]901 下諸壇，[聖]125 此身觀，[聖]125 何故名，[聖]1462，[聖]2157 西明寺，[乙]、結[丙]2394 金剛薩，[乙]1796 是我往，[乙]2227 明隨，[乙]2227 下二十，[乙]2249 順決，[乙]2391 本，[乙]2391 金剛拳，[乙]2391 鈴安本，[原]1849 第爲，[原]2247，[原]2249 命根衆，[原]2339 階彼，[原]2339 刹那至。

但：[三][宮]657 滅是事。

當：[原]1098 用供養。

得：[甲]1921 定動後，[三][宮]764 覆面至，[乙]2812 至無著。

地：[宋][宮]2102 時。

等：[甲]2274，[甲][乙]2397 度衆生，[甲]1828 集諦皆，[乙]1736 名爲諸。

頂：[甲]1731 無礙句。

定：[乙]2263 第四。

段：[甲]1782，[乙]2385 後以。

而：[宮]1912 爲十度，[宮]2112

推行此，[甲]1778，[甲][乙]1822 遊平
坦，[甲][乙]1822 遊險阻，[甲]1722 顯
道釋，[甲]2313 可拂六，[明]2087 拜
是，[三]192 得一超，[三]1339 毀大
乘，[三][宮]263 頌告曰，[三][宮]263
頌讚佛，[三][宮]1611 顛，[三][宮]
2121 易之，[三]848 圍之，[三]2066
翹心汎，[三]2145 雅暢凡，[聖][另]
790 傷，[乙]2092 種聞中，[原]1796。

爾：[甲]2281 有二多。

二：[甲][丙]866 胸前繞，[三]
1618 是羅漢，[乙]2391 胸前繞。

法：[宮]397 佛法即，[甲][乙]
1822 論欲等，[明]2087，[三][宮]809
輪在前，[三][宮]1435 種種因。

非：[甲]、非以[乙]1821 修所斷，
[甲]2337 約盡理，[三][宮]721 清淨
心。

佛：[丙]2286 所備三，[甲]1783
果爲宗，[甲]2274 以現量，[乙]2397
一切如，[原]1722，[原]1863 性故者。

拂：[聖]643 拂窟爾。

復：[宮]1428 此因緣，[三]199 逮
得人。

各：[三]、一[聖]172 金。

公：[三]2149 別書勸。

功：[甲]2036 並無師。

共：[原]、共以[甲]2339 三乘。

貢：[三][宮]285 奉眾祐。

故：[甲]2218 前來翻，[甲][乙]
1822 空爲佛，[甲][乙]2207 復言紹，
[甲]1722 知然耶，[甲]1863 得知佛，
[甲]2255 偈者唯，[甲]2259 遮遣云，

[甲]2266 故一切，[甲]2339 爾耶欲，
[三]184 設法味，[三]1545 天光沒，
[三][宮]549 忽，[三][宮]310 應以無，
[三][宮]374 復名昔，[三][宮]374 作
如是，[三][宮]425 行道勿，[三][宮]
616，[三][宮]1435 手，[三][宮]1435
指，[三][宮]1509 多爲喻，[三][宮]
1546 作此論，[三][宮]1611 不滅實，
[三][宮]1646 得罪汝，[三][宮]1646 獨
說亦，[三][宮]2121 日行盜，[三]201
說三歸，[三]1532，[聖]125 當捨離，
[乙]2296 二文不，[乙]2297 佛性非，
[乙]2408 觀，[元][明]2122 言暗，[元]
397 不善順，[原]1851，[原]2208 得
知此。

掛：[明]2076 拂子。

果：[三][聖]375。

合：[三][宮]2121 納衣持。

何：[甲]2270 可立我，[甲]2296
常住義，[乙]2215 所治病，[乙]2263
爲例非。

紅：[甲]2250 赤土之。

後：[三]46 致苦修。

化：[三][宮]263 爲交露，[三][宮]
2122 經投火。

歡：[三]865 金剛喜。

或：[宮]1545 觀修心，[甲]895 白
芥子，[明]2103。

齋：[三][宮]377 所持悽。

及：[宮]1545 三。

即：[乙]1723 草異破，[乙]2192
普。

己：[甲][乙]2309 上慈氏，[甲]

2362 上二句，[明]768 爲身，[三][宮]768 爲常二，[三][宮]790 後若有，[三][宮]810，[三][宮]810 來久如，[三]793，[聖][另]790 實對即，[元][明]810，[元][明]810 平等則。

忌：[三][宮]、已[甲]2053 懷慚惕。

際：[三]、劫[宮][聖]278。

加：[三]、以加[宮]585 施行習。

見：[三]、已[宮]2108 驗，[乙]2390 前印以。

建：[三][宮]、一[聖]268 大精進，[三][宮]292 立何謂。

將：[三][宮]2121 我與之。

皆：[甲]2337，[甲]2395 當說之，[乙]2249 不退故。

結：[明]1174 散花印。

今：[甲]1909，[三][聖]227 貧窮無，[聖]227 貧窮無，[元][明][聖][石]1509 佛憐。

金：[甲]2035 況法界。

盡：[三]152。

久：[三][宮]2059 臨筆無，[乙][丙][丁]2092 曠神器。

具：[乙]2192 三十七。

可：[甲]2195 得，[明]125 愁憂惱，[聖]125 取滅度。

口：[三][宮]1522 音言導。

況：[甲]1717 下況上。

離：[宮]639 世俗第。

禮：[原]923 合嘆訶。

立：[甲]2273 宗不容。

隣：[三]2145 尼總持，[三]2145 尼總持。

令：[三][宮][聖][另]1428 器，[原]851 大眞言。

六：[甲]1778 方便十，[宋]374 愛取或。

論：[甲]2250 劣。

滅：[三][宮]314 此法汝。

名：[三]1568 爲門。

明：[甲][乙]1822 無學，[三][宮]1611 何，[三][宮]1611 何義向，[三][宮]1611 何義於，[三][宮]1611 何義云，[三]1532 何義，[三]1532 何義非，[三]1532 何義以，[乙]1723 生歡喜。

乃：[甲]2036 當著爾，[三][宮]2102 義切臣。

能：[明]316 雜。

其：[元][明]80，[原]1776 種。

前：[甲]2400 附於心。

强：[甲]2263 爲難耶。

巧：[三][宮]2049 毀謗大。

清：[三][宮]657 淨心故。

情：[宋][元]2066 上呈當。

求：[另]1428 無上道。

取：[甲][乙]2219 要言之，[明]893 土木或，[三][宮]746 一酥瓶，[三][宮]1428 故者帖，[三][甲][乙]1200 好淨，[三]2059 席一領，[元][明]1458 水授。

去：[宮]1435 手腳打，[甲]909 反。

全：[甲][乙][丙]1132 身委地。

然：[甲]1731 者以諸。

認：[元][明]842 賊爲子。

日：[三][宮][聖]376 寄汝汝，

[三][宮][聖]1425 後不得。

如：[丙]2396 外，[宮]1509，[宮]1611 不知不，[甲]2271 何違彼，[甲][丙]1823 契經説，[甲][乙]2263 無色，[甲][乙]2309 悟入所，[甲][乙]2397 三家計，[甲]1724 舍利弗，[甲]1733，[甲]1733 應圓數，[甲]1912 波崙菩，[甲]2195 攝釋多，[甲]2434 是威儀，[甲]2837，[明]99 純金爲，[三][宮][聖][石]1509 三千大，[三][宮]286 琉璃寶，[三][宮]381，[三][宮]482 是因縁，[三][宮]585 等戒者，[三][宮]616 水和之，[三][宮]826 是觀之，[三][宮]1509 阿，[三][宮]1509 是故名，[三][宮]1545 各各但，[三][宮]1646 餘衆生，[三][宮]1650 上事而，[三][宮]2103 此説理，[三][宮]2122 衣食遮，[三][甲]1124 上十七，[三]1 是思惟，[三]1 水清澄，[三]125 實知之，[三]375 是因縁，[三]1161 是敬禮，[聖]425 恩加人，[聖]1421 何心答，[宋]1509 日光風，[乙]1796，[乙]2393 如上所，[元][明]1509 是故得，[元][明]201 芥子，[原]1776 似琉，[知][甲]1734 其行德。

入：[甲]1717。

若：[甲]1911 無生門，[另]1428 鐵爾時。

色：[宮]263 紫磨金。

燒：[三][宮]2087 鑪鐵令。

少：[三][宮]1545 止息已，[宋][元]721 修實語，[乙]2263。

攝：[甲]2323 諸經論。

生：[甲]1912 無慚爲。

施：[明][宮]374 果報受，[石]1509 財物供，[宋][明]374 果報受。

實：[甲][乙]1821 不捨勤。

使：[甲]1775，[三][宮]2102 兩諦八。

示：[甲]2195 世間中。

似：[宮]222 假名所，[甲]1736 本無今，[甲]2035 貶斥義，[甲]2128 鼎而無，[甲][乙]1833，[甲][乙]1821 助滅故，[甲][乙]1822 是未來，[甲][乙]2404 無生句，[甲]1173 反下，[甲]1709 因，[甲]1735 枇杷餘，[甲]1735 四攝普，[甲]1775 麁妙故，[甲]1816 不住故，[甲]1816 宜，[甲]1816 有忍度，[甲]1839 因多是，[甲]2128 音詞孕，[甲]2195，[甲]2195 無義，[甲]2261 例品字，[甲]2266，[甲]2266 名等似，[甲]2266 深得益，[甲]2266 也如者，[甲]2274 因問似，[甲]2274 因者所，[甲]2281 他同爲，[甲]2299，[甲]2323 妙行然，[甲]2400 彼蓮部，[甲]2402 前歲星，[甲]2434 義，[甲]2748 寶珠理，[明]331 莊嚴種，[明][宮]1648 佛所斷，[明]223，[明]224，[明]679 彼不一，[明]1538 同等菩，[明]2060 學徒相，[三]220 爲供養，[三][宮]1563 因，[三][宮]1578 無影像，[三][宮][甲]901 向下打，[三][宮][聖]223 像菩薩，[三][宮][聖]1552 涅槃與，[三][宮][聖]1646 因故邪，[三][宮]310 欲醉身，[三][宮]671 世間住，[三][宮]672 境從心，[三][宮]679 彼不一，[三][宮]

721 刀割，[三][宮]824，[三][宮]833
問難諸，[三][宮]1545 喜足難，[三]
[宮]1546 疑，[三][宮]1558 境生如，
[三][宮]1594 眼識識，[三][宮]2042，
[三][宮]2060 猪肉，[三][宮]2102 不近
屑，[三][宮]2102 仙化比，[三][宮]
2102 心器，[三][宮]2122 鐵椎入，[三]
[聖]190 慳貪人，[三][聖]200 有所得，
[三]193 説本善，[三]203 爲苦爲，[三]
212 把草復，[三]1525 生何等，[三]
2125 懷片利，[三]2145 是長安，[聖]
375 了因故，[聖]1763 如來與，[宋]
[聖]1579 刺血而，[宋][元][宮]2122 候
之齊，[宋][元]2122 履地尋，[宋]2106
信心，[乙]1736 業用總，[乙]1822 本
有其，[乙]2228 三妄執，[乙]2249 難
思而，[乙]2391 内有如，[元][明][聖]
125 紫，[元][明]664 喪愛子，[元][明]
1509 像，[元][明]2016 色等影，[元]
[明]2103 奇文，[原][甲]1781 外道亦，
[原]904 開敷勢。

是：[甲]1742 世界海，[三][宮]
[聖]272 故常布，[三][宮]398 故，[三]
[宮]398 故曰盡，[石]1509 二煩。

收：[甲]1805 第一法。

水：[乙][丙]2092 東南臨。

説：[甲]1736 四念能，[三][宮]
402 偈而，[三][宮]2121 上事，[三]100
偈，[三]375 偈問曰。

巳：[宮]425 成是，[宮]1912 具
列四，[宮]1912 數隔，[宮][甲]1912 攝
道品，[宮][石]1509，[宮]425 出家得，
[宮]434 後所生，[宮]534 具惟，[宮]

534 索慧明，[宮]572 忽滅盡，[宮]2041
辦堪爲，[宮]2042，[宮]2043 修治道，
[宮]2044 受人身，[宮]2123，[甲]1733
成佛道，[甲]1913 含兩教，[甲][乙]
1929，[甲][乙]1929 前皆名，[甲][乙]
1929 如前説，[甲]1238 下四，[甲]1512
上現見，[甲]1512 下有三，[甲]1733
未得定，[甲]1912 有重，[甲]1924 來
俱時，[甲]1924 來雖爲，[甲]1924 來
未有，[甲]2217 下五成，[甲]2263 上
菩薩，[甲]2792 上此人，[明]458 還
歸，[明]458 堅於功，[明]496 往族姓，
[明]1331 勅竟龍，[明]1509 後何，[三]
、共[宮]2123 成佛道，[三]、以下混
用[宮]534 來實懷，[三]1335 定合，
[三]1336 降伏一，[三]1341，[三]1354
復誦或，[三][宮]434 爲滅甫，[三][宮]
511 角觸抵，[三][宮]1509 無生，[三]
[宮]2053，[三][宮][石]1509 説破法，
[三][宮][石]1509 讚須菩，[三][宮]425
滅度所，[三][宮]429 諷誦讀，[三][宮]
458 聞怛薩，[三][宮]461 斷爲衆，[三]
[宮]461 斷靜亂，[三][宮]477 達悉得，
[三][宮]479 説此經，[三][宮]481 達辯
才，[三][宮]481 止者便，[三][宮]482
後，[三][宮]485 得於中，[三][宮]496
往若，[三][宮]510 知違令，[三][宮]
512 除貪婬，[三][宮]523 滅五，[三]
[宮]526 來未曾，[三][宮]539 不，[三]
[宮]544 得爲沙，[三][宮]1435 身供
養，[三][宮]1506 作我何，[三][宮]
1507 來偏綜，[三][宮]1507 至岸毘，
[三][宮]1508 上五十，[三][宮]1509

得爲佛，[三][宮]1509 廣集此，[三]
[宮]1509 來名，[三][宮]1509 種種因，
[三][宮]1545 後但說，[三][宮]1545
後更無，[三][宮]1545 後諸生，[三]
[宮]1545 來憍陣，[三][宮]1545 來男
爲，[三][宮]1545 去諸出，[三][宮]
1545 往及我，[三][宮]1545 越界及，
[三][宮]2040 後如，[三][宮]2040 後
我施，[三][宮]2040 來已經，[三][宮]
2040 永息不，[三][宮]2042 後佛法，
[三][宮]2042 後畏毘，[三][宮]2044
殺五百，[三][宮]2045 來，[三][宮]
2053 後發其，[三][宮]2053 來更叨，
[三][宮]2053 來所修，[三][宮]2053
來天，[三][宮]2053 來欲將，[三][宮]
2123 不梵志，[三][宮]2123 到即往，
[三][宮]2123 後，[三][宮]2123 後二
十，[三][宮]2123 後酒食，[三][宮]
2123 後增加，[三][宮]2123 來，[三]
[宮]2123 來不聞，[三][宮]2123 來九
十，[三][宮]2123 來誰脫，[三][宮]
2123 來五百，[三][宮]2123 去應看，
[三][宮]2123 上嚼時，[三][宮]2123
頭面禮，[三][宮]2123 洗足受，[三]
[宮]下同 532 曉了如，[三][宮]下同
1507 成神通，[三][宮]下同 1507 出
家學，[三][宮]下同 1507 久當還，
[三][宮]下同 2041，[三][宮]下同 2043
未大德，[三][甲]1261 種種花，[三]
[聖]475 修此法，[三]453 爲禁，[三]
474 離三界，[三]474 宿曾聞，[三]
1331 來從生，[三]1332 麝香，[三]
1336 得，[三]1336 後病悉，[三]1336

後鬼，[三]1336 來，[三]1336 來業障，
[三]1341 發厭離，[三]1341 能慰喩，
[聖]566 佛力故，[聖]2042 大神力，
[另]1509 盡無染，[石]1509 不，[石]
1509 得義義，[石]1509 上皆名，[石]
1509 捨離故，[石]1509 隨逐微，[宋]
[宮]2053 相警誡，[宋][宮]2123 不佛
言，[宋][宮]1509，[宋][宮]2123 不答
曰，[宋][宮]2123 不王愛，[宋][宮]
2123 不小兒，[宋][宮]2123 不諸臣，
[宋][元][宮]448 上一千，[宋][元]1336
來罪業，[宋][元]2061 下侍衞，[宋]
1336，[宋]1509 救濟之，[宋]2123 神
變持，[宋]2137 作，[元][明][丙]1211
誦密言，[元][明][宮]536，[元][明]425
杜塞一，[元][明]462 去和，[元][明]
474 滅如是，[元][明]558 至華果，
[元][明]1331 演欲令，[元][明]1509
辦逮得，[元][明]1509 來自。

四：[甲]1828 一切辨。

隨：[三][宮]638 應。

所：[三][宮]310 攝受謂，[三]
1543 見道果，[聖]1721 惱於，[宋][元]
1092 無所得，[元]221 如爲相。

同：[甲]2183 上皆。

望：[甲][乙]2250。

唯：[三][宮]687 道是，[三]118 獲
許稽。

爲：[甲]1203 泥以用，[甲]1780
後有無，[甲]1924 緣慮所，[甲]1925
樂法衆，[甲]2202 號及懷，[甲]2227
本眞言，[甲]2290 離緣正，[甲]2367
元祖故，[甲]2434 於此，[久]1488 多

有，[明]293，[三]2145 晋文所，[三]
[宮]1428，[三][宮]2109 史闕不，[聖]
223，[乙]1723 喻述成，[乙]2261 能
得生，[元][明]2121 作證明，[原]、而
爲[甲]2006。

謂：[甲]1998 於念念，[甲]1789
五十年，[甲]2263 二乘外，[甲]2286
於秦時，[甲]2371 本處通，[甲]2410
妙法，[明]2076 衡山多，[明]2103 玄
牝故，[三][宮]1646，[元][明]1501，
[原][甲]1851 一切沙，[原]2339 三乘
終。

文：[甲]2195 同之。

聞：[明]1648 略聞此，[三][宮]
402 昔所未。

問：[三]2145 僑舊。

我：[三][宮]383 妙法鬘。

臥：[三][宮]500 利劍貫，[三][宮]
813 寐。

無：[明]100 咒術錢。

下：[甲]2089 牒告於。

現：[聖]1509 法身。

相：[三][宮]650 虛誑不。

小：[三][宮]1428 木壓四，[三]
[宮]1509 衆生形。

心：[宮]345 清淨心，[甲]、必[乙]
2249 彼，[甲][乙]2309 犯戒者，[甲]
1228 滅者取，[甲]1816 三摩，[甲]2299
爲證據，[金]1666 離分別，[三]99 得
解脫，[三][宮]1525 無因緣，[三][宮]
2122 生喜樂，[三][宮][石]1509 決定
爲，[三][宮]425 慧解而，[三][聖]157
四倒貪，[三]100 信心向，[三]1056 三，

[三]1227 華供養，[聖]1581 得開覺，
[宋]768 所受不，[乙]1816 色聲相，
[乙]1821 簡同大，[乙]1816 四重徵，
[乙]1816 遮外執，[乙]2261 牛屎塗，
[乙]2261 虛誑語，[乙]2263 王簡，[乙]
2309 故舉二，[原]1851 體中，[原]2339
淨等一，[原]2339 淨柔軟，[知]1785。

信：[宮]、捨[丁]1958 己。

行：[宮]221 般若波，[甲]1828
不，[甲]1828 名不成，[三][宮]587 慈
悲以，[宋][宮]1509 識緣。

言：[甲]2263 湛然，[明]2087，
[三]158 善哉乃，[三][宮]1566 有業
有。

演：[乙]1736 一妙音。

也：[宮]1958 指指月，[甲]1839
若有一，[甲]2250，[甲]2434 告言，
[明][甲][乙]894 反娑，[乙]2192 去貞
觀。

一：[宮]221 結跏趺，[宮]848 法
界心，[甲]1727 二諦爲，[甲]1736 眞
如爲，[甲]2195 壽量品，[甲]2239 十
七尊，[明]1669 三義故，[明]1425 巾
拂之，[明]1669 智斷智，[三][宮]1421
爲安樂，[宋][元]、土[明]491 是故應，
[乙]2394 誠諦心，[原]1205 家一持。

衣：[明]1548 箱故出。

依：[甲]1736 二種方，[甲]1828，
[甲]1828 初二定，[甲]2263 光明妙，
[甲]2266 恒有故，[乙]2219 三問之，
[乙]2263 八義說，[原]1840 初相三。

疑：[甲]1965 妙觀察。

已：[丙]2092 來未遭，[丙]2810

本後智，[博]262 方便分，[博]262 方便力，[博]262 如來滅，[博]262 燒之火，[博]262 神，[博]262 童，[博]262 小智爲，[宮]720 來莊嚴，[宮][聖]419 是重三，[宮]263，[宮]263 得稟受，[宮]272 取菩提，[宮]329 失志，[宮]598 依如來，[宮]624 是，[宮]624 四事雜，[宮]624 爲説經，[宮]626，[宮]626 發菩薩，[宮]638 越三，[宮]659 多供養，[宮]1425 無量方，[宮]1520 下明聖，[宮]1610 因爲體，[宮]1670 即滅其，[宮]2078 往可得，[宮]2080 來感於，[宮]2103 不，[宮]2112 降漢魏，[宮]2121 後王看，[宮]2121 許之阿，[和]293 得如是，[和]293 種種承，[甲]952 大，[甲]1133 時一切，[甲]2300 通泰下，[甲][丙]2397 還五塵，[甲][乙]1821 來，[甲][乙]2185 下，[甲][乙][丙]1866 成即離，[甲][乙]1822 得戒故，[甲][乙]1822 許有非，[甲][乙]1822 至生相，[甲][乙]1866 得故是，[甲][乙]2070 發心之，[甲][乙]2228 上三尊，[甲][乙]2250 上貴人，[甲][乙]2254 上略抄，[甲][乙]2261 後至千，[甲][乙]2263 前許二，[甲][乙]2263 前有證，[甲][乙]2263 前障名，[甲][乙]2263 前之間，[甲][乙]2263 去小乘，[甲][乙]2263 上有獨，[甲][乙]2288 下能攝，[甲][乙]2288 下三十，[甲][乙]2397 法性同，[甲]952 成就者，[甲]1040 二水二，[甲]1110 爲信聖，[甲]1708 上今於，[甲]1717 對二乘，[甲]1717 多對治，[甲]1717 開顯等，[甲]

1717 齊羅漢，[甲]1717 釋五竟，[甲]1717 下明成，[甲]1717 下正釋，[甲]1717 顯於眼，[甲]1718 如來滅，[甲]1736，[甲]1736 成就故，[甲]1736 廣引今，[甲]1736 見者方，[甲]1736 究竟正，[甲]1736 例釋差，[甲]1736 明矣餘，[甲]1736 去空若，[甲]1736 生所緣，[甲]1736 作用比，[甲]1744 作功德，[甲]1751 兼三以，[甲]1763 下誡己，[甲]1775 大慈之，[甲]1775 弘況，[甲]1775 迴此功，[甲]1775 極，[甲]1782 前，[甲]1782 前猶分，[甲]1782 前有分，[甲]1782 前於一，[甲]1789 釋之恐，[甲]1816 前，[甲]1828 爲八相，[甲]1828 於，[甲]1830 下例，[甲]1841 引破古，[甲]1886 來常住，[甲]1964 敷座頂，[甲]2035 來甚大，[甲]2035 上其罪，[甲]2035 現，[甲]2068 來其優，[甲]2075 何爲體，[甲]2181 下，[甲]2195 採衆經，[甲]2214 下爲字，[甲]2219 來自性，[甲]2250 來恒成，[甲]2250 去未盡，[甲]2263 後其聖，[甲]2263 上道理，[甲]2263 上耶答，[甲]2266 前見修，[甲]2266 前者此，[甲]2266 去，[甲]2266 上煩惱，[甲]2266 上皆得，[甲]2266 上今謂，[甲]2266 上有情，[甲]2266 引，[甲]2284，[甲]2304 下十行，[甲]2425 微細法，[甲]2748 遷應，[甲]2792 下膝已，[別]397，[別]397 迴向無，[明]、佛[聖]225 得溝港，[明]190 白佛作，[明]279 不，[明]1435 作是念，[明][宮]1451 更增憂，[明][和][内]1665 爲究

竟，[明][甲]1177 前世時，[明][甲][乙]
915 往，[明][甲]901，[明][聖]221 來，
[明][聖]223 來乃至，[明][乙]1174 歸
命作，[明]56 知，[明]143 後改往，
[明]144 後行室，[明]152 後自歸，[明]
157 辦自行，[明]168 離其義，[明]189
來所成，[明]192，[明]194 安處住，
[明]196 居家有，[明]205 往取必，[明]
212 發四百，[明]220 往其不，[明]221
來行六，[明]221 老矣弟，[明]221 如
夢如，[明]224 來大久，[明]314 曾供
養，[明]318 來久遠，[明]318 所安當，
[明]322 施，[明]322 爲不久，[明]397
知雜相，[明]624 羸極若，[明]663 聚
集相，[明]896，[明]1425 曾爲彼，[明]
1425 後不聽，[明]1450 畢從門，[明]
1450 唱言奇，[明]1450 後更勿，[明]
1450 後即生，[明]1450 後唯娶，[明]
1450 後勿與，[明]1450 後之時，[明]
1450 見，[明]1450 脚踏鼻，[明]1450
去於如，[明]1450 是義故，[明]1452
相還宜，[明]1462 去斷三，[明]1463
去閣上，[明]1463 去聽編，[明]1464
至時長，[明]1551 上乃至，[明]2076
否師曰，[明]2102 區，[明]2122，[明]
2122 而爲彼，[明]下同 221 來爲幾，
[明]下同 1443 來得惡，[三]、座以[甲]
1033 二蓮承，[三]、己[宮]398 應説
法，[三]、衣[宮]1425 上不得，[三]66，
[三]129 知之即，[三]157 竟有如，[三]
170 於道法，[三]202 受命勤，[三]1058
命終有，[三]1532 下依問，[三]1563
後更無，[三]2110 來，[三]2110 下僞

經，[三]2145 後尋復，[三][宮]226，
[三][宮]263 見如來，[三][宮]378 令
一切，[三][宮]630 計，[三][宮]657 歡
喜生，[三][宮]720 成就一，[三][宮]
1425 曾被捉，[三][宮]1521 來常清，
[三][宮]1525 求得五，[三][宮]1543 盡
不失，[三][宮]1546 定不應，[三][宮]
1558 後各有，[三][宮]1558 來恒成，
[三][宮]1571，[三][宮]1571 來性相，
[三][宮]1579 上名耄，[三][宮]1611 得
自在，[三][宮]1611 下説無，[三][宮]
1646 滅度不，[三][宮]1646 通答又，
[三][宮]1648 捨增長，[三][宮]2102 來
感滅，[三][宮]2105，[三][宮][博]262
問斯事，[三][宮][甲][乙]848 後應當，
[三][宮][甲]895 爲數珠，[三][宮][別]
397 迴向，[三][宮][別]397 忍辱便，
[三][宮][聖][另]285 定備悉，[三][宮]
[聖][另]285 正受觀，[三][宮][聖][另]
1543 盡無餘，[三][宮][聖]223 來更
無，[三][宮][聖]224 來大久，[三][宮]
[聖]224 聞是，[三][宮][聖]224 於是
功，[三][宮][聖]278 後海幢，[三][宮]
[聖]397 水漬從，[三][宮][聖]586 來
常，[三][宮][聖]613 後欲求，[三][宮]
[聖]1425 許僧不，[三][宮][聖]1428，
[三][宮][聖]1428 和，[三][宮][聖]1428
去以我，[三][宮][聖]1462 假色易，
[三][宮][聖]1552 捨律儀，[三][宮][聖]
1563 共立爲，[三][宮][聖]1602 外更
無，[三][宮][另]281 來，[三][宮][另]
1543 得頂法，[三][宮][知]598 得法
忍，[三][宮][知]598 解罪福，[三][宮]

1462 遣奴前，[三][宮]1462 去不滿，[三][宮]1464 云何卿，[三][宮]1464 知比丘，[三][宮]1470 去不得，[三][宮]1470 上行籌，[三][宮]1482 即告諸，[三][宮]1492 來所犯，[三][宮]1496 受依止，[三][宮]1519 下次明，[三][宮]1519 下如來，[三][宮]1520 下依三，[三][宮]1521 得此初，[三][宮]1521 染心受，[三][宮]1523 世間意，[三][宮]1531 下次説，[三][宮]1544 見苦集，[三][宮]1546 入彼所，[三][宮]1547 來佛法，[三][宮]1547 亦應壞，[三][宮]1548 行生集，[三][宮]1549 彼四大，[三][宮]1549 得休息，[三][宮]1549 佛眼觀，[三][宮]1549 後不復，[三][宮]1549 來常懷，[三][宮]1550 得爲修，[三][宮]1550 故非他，[三][宮]1552 少故不，[三][宮]1558，[三][宮]1558 後能殺，[三][宮]1558 來，[三][宮]1558 上大全，[三][宮]1559 得半解，[三][宮]1559 滅此樂，[三][宮]1562 其義已，[三][宮]1562 上起初，[三][宮]1562 上日月，[三][宮]1563 來恒成，[三][宮]1577 往常於，[三][宮]1592 得此益，[三][宮]1592 上生者，[三][宮]1593 後經，[三][宮]1610 火與劫，[三][宮]1611 下依無，[三][宮]1617 後久久，[三][宮]1634 盡結使，[三][宮]1641 後則無，[三][宮]1644 後，[三][宮]1646 來名過，[三][宮]1646 明謂有，[三][宮]1646 巧不復，[三][宮]1646 説定，[三][宮]1646 説非對，[三][宮]1646 總答汝，[三][宮]1647 來乃

至，[三][宮]1650 斷竟親，[三][宮]1659 後復值，[三][宮]1689 來諸人，[三][宮]2027 度愚人，[三][宮]2028 變強著，[三][宮]2028 達者皆，[三][宮]2040 來有十，[三][宮]2059，[三][宮]2059 後依方，[三][宮]2059 後專心，[三][宮]2059 來，[三][宮]2059 來不住，[三][宮]2059 來恭事，[三][宮]2059 來蔬食，[三][宮]2059 來四十，[三][宮]2059 來無得，[三][宮]2060，[三][宮]2060 後，[三][宮]2060 後重率，[三][宮]2060 來誠恒，[三][宮]2060 上捨入，[三][宮]2060 熟無問，[三][宮]2060 下凌漸，[三][宮]2060 下爱逮，[三][宮]2060 下爱至，[三][宮]2060 下諸王，[三][宮]2085 來未見，[三][宮]2102 來淳風，[三][宮]2102 來精感，[三][宮]2102 上何容，[三][宮]2102 往未之，[三][宮]2102 往終將，[三][宮]2102 下則各，[三][宮]2103，[三][宮]2103 後王公，[三][宮]2103 降何代，[三][宮]2103 降述者，[三][宮]2103 來不許，[三][宮]2103 來多立，[三][宮]2103 來二人，[三][宮]2103 來手所，[三][宮]2103 來誰所，[三][宮]2103 來四十，[三][宮]2103 來義言，[三][宮]2103 來至，[三][宮]2103 前佛法，[三][宮]2103 上，[三][宮]2103 往，[三][宮]2103 往並令，[三][宮]2103 下並同，[三][宮]2103 下訖，[三][宮]2103 下則慧，[三][宮]2103 下至於，[三][宮]2104 外制自，[三][宮]2108 還蓋是，[三][宮]2108 來爲國，[三][宮]

2111 成，[三][宮]2112 昌言今，[三]
[宮]2112 稱爲筆，[三][宮]2112 具辯
無，[三][宮]2112 朗氣象，[三][宮]
2121，[三][宮]2121 得成就，[三][宮]
2121 後，[三][宮]2121 後受此，[三]
[宮]2121 後遇善，[三][宮]2121 來，
[三][宮]2121 來手觸，[三][宮]2121 蒙
開化，[三][宮]2122 後並須，[三][宮]
2122 經驗之，[三][宮]2122 久宜可，
[三][宮]2122 來頗有，[三][宮]2122 去
不敢，[三][宮]2122 山還合，[三][宮]
2122 頭面禮，[三][宮]混用 1523 恨，
[三][宮]下同 1641 自是苦，[三][宮]
下同 266 達一切，[三][宮]下同 266
滅，[三][宮]下同 274 來未曾，[三][宮]
下同 349 脫於欲，[三][宮]下同 624
到岸却，[三][宮]下同 815 成佛或，
[三][宮]下同 2060 下師，[三][宮]下
同 2102 來情敬，[三][甲][乙]2087 頹
毀，[三][明]1646 離喜何，[三][聖]26
誣，[三][聖]99 頭髮二，[三][聖]99 向
天子，[三][聖]99 有繫縛，[三][聖]125
便興恚，[三][聖]125 得具足，[三][聖]
125 後如來，[三][聖]125 經七日，[三]
[聖]125 以造，[三][聖]189 得往還，
[三][聖]190 割捨親，[三][聖]200 調
伏即，[三][聖]210 不貧賢，[三][聖]
210 作身行，[三][聖]375 曾於無，[三]
[聖]1537 審尋思，[三][聖]1579 發正
願，[三][乙]、去[宮]895 去恣汝，[三]
[乙]950 曾廣說，[三][乙]2087 白佛
世，[三][知]418，[三][知]418 所致樂，
[三]1 還時轉，[三]1 來父母，[三]1 來

身行，[三]1 取麻繫，[三]1 爲搏，[三]
5 盡畢有，[三]5 往當持，[三]21 是故
常，[三]22，[三]23 能成爲，[三]26 清
淨，[三]46 離邪業，[三]55 生婬欲，
[三]62 清淨第，[三]68 去不復，[三]
73 清淨行，[三]75 盡梵行，[三]76 具
無一，[三]99 來不閉，[三]100 自，
[三]119 來不自，[三]125，[三]125 不
起，[三]125 成佛道，[三]125 成良福，
[三]125 成如來，[三]125 得此四，[三]
125 得此欲，[三]125 得法見，[三]125
得於人，[三]125 過更不，[三]125 後，
[三]125 獲財貨，[三]125 見，[三]125
見彼心，[三]125 見那，[三]125 見世
尊，[三]125 離苦患，[三]125 離其根，
[三]125 離三毒，[三]125 滅更不，[三]
125 命終，[三]125 能攝此，[三]125
起世間，[三]125 取命終，[三]125 入
地獄，[三]125 捨家學，[三]125 生利
養，[三]125 失神足，[三]125 受，[三]
125 思惟，[三]125 往聽我，[三]125
無精光，[三]125 無恐怖，[三]125 無
肉血，[三]125 無有想，[三]125 無欲
心，[三]125 行非法，[三]125 行種種，
[三]125 憶彼幢，[三]125 有更，[三]
125 有信施，[三]125 在舍衞，[三]125
至彼佛，[三]125 至宮中，[三]125 至
七日，[三]125 至轉復，[三]151 得道
常，[三]152 違，[三]153 往施諸，[三]
154 常興施，[三]154 茂行亦，[三]154
棄家至，[三]155 來所作，[三]157 令，
[三]174 來所行，[三]184 得定意，[三]
185 得定意，[三]185 悉知快，[三]185

由，[聖]211，[聖]223 來，[聖]224，
[聖]224 不疑不，[聖]224 得佛道，[聖]
224 覺即起，[聖]224 來大，[聖]224
來斷經，[聖]224 去，[聖]224 是爲天，
[聖]224 受，[聖]224 受決，[聖]224 隨
是法，[聖]224 聞見得，[聖]224 我本
作，[聖]224 自，[聖]278 得住，[聖]
310 如來亦，[聖]397 集會以，[聖]627
手持奉，[聖]663 隨相修，[聖]1421 上
突吉，[聖]1421 他事，[聖]1425 先三
日，[聖]1428 不怖波，[聖]1462 盜心
迴，[聖]1582 具足有，[聖]1582 樂事
是，[聖]1670 發旦到，[聖]1721 得漏，
[聖]1721 來至靈，[聖]1733 上以爲，
[聖]2157 前約計，[另]1721 下九道，
[宋]190 不時羅，[宋]220 何緣而，[宋]
[宮]2121 銅車載，[宋][宮]329 惠施
城，[宋][宮]337 作未作，[宋][宮]895
無厭心，[宋][宮]2060 不曰見，[宋]
[明][宮][甲]901 上，[宋][明]150 守身
亦，[宋][明]221 來初不，[宋][元]1 此
緣知，[宋][元][宮]、爾[明]2105 不法
師，[宋][元][宮]、云[明]1523 何義故，
[宋][元][宮]601 此，[宋][元][宮]2103
不此中，[宋][元][宮][聖]1462 反諮
沙，[宋][元][宮]318 來江河，[宋][元]
[宮]318 來未曾，[宋][元][宮]318 來
未發，[宋][元][宮]1425 罪治之，[宋]
[元][宮]1483 夏僧，[宋][元][宮]1484
施衆生，[宋][元][宮]2059 來四百，
[宋][元][宮]2059 詮述想，[宋][元]118
來未曾，[宋][元]139 然者彼，[宋][元]
154 金作頭，[宋][元]603 得護爲，[宋]

[元]624 爲愛若，[宋]99 不，[宋]99 有
過去，[宋]125 念法者，[宋]125 勝無
能，[宋]125 憶彼幢，[宋]186 是之故，
[宋]190，[宋]190 不，[宋]190 不所求，
[宋]212 生滅不，[宋]309 然，[宋]374
說如來，[宋]624 四大地，[宋]1435 鉢
盛，[宋]1694 得護，[宋]1694 爲是陰，
[宋]2110 不爲，[宋]2110 後魏大，[宋]
下同 624 故，[宋]下同 624 故生死，
[乙][丙][丁]865 成能成，[乙][丙]873
見自心，[乙][丙]2092 來三經，[乙]
[丙]2777 不任故，[乙][丙]2812 爲根
本，[乙][丙]2812 由因變，[乙]850 爲
座，[乙]1723 下是第，[乙]1724 何，
[乙]1724 去，[乙]1736 含四義，[乙]
1785 去隨俗，[乙]1821 離他性，[乙]
1909 發動與，[乙]2223 上名不，[乙]
2249 至生相，[乙]2263 前色心，[乙]
2263 前所造，[乙]2263 下五，[乙]
2376，[乙]2390 上八大，[乙]2393 畢，
[乙]2396 來五乘，[乙]2396 上出，[乙]
2408 後行住，[乙]2426 灰身滅，[乙]
2795 若干虛，[乙]2795 用王索，[乙]
2810 教望理，[元][明]125 害眞人，
[元][明]190 然汝善，[元][明]212 昇
智慧，[元][明]223 來不受，[元][明]
[宮]309 離，[元][明]374 爲他所，
[元][明][宮]626 成，[元][明][宮]626
見之是，[元][明][宮]730，[元][明][甲]
951 分別，[元][明][聖]223 來應如，
[元][明][聖]223 來作是，[元][明][聖]
224 來不於，[元][明][聖]224 來大久，
[元][明][另]1442 因緣而，[元][明]

[知]418 後便復，[元][明][知]598 度諸數，[元][明]6 得自然，[元][明]99，[元][明]125 得阿羅，[元][明]125 居方居，[元][明]125 行非法，[元][明]125 演說之，[元][明]125 知此兒，[元][明]155 得阿那，[元][明]186 成正覺，[元][明]186 除，[元][明]186 逮成正，[元][明]186 調然後，[元][明]186 盡行便，[元][明]186 久遠安，[元][明]186 清淨，[元][明]196 服佛法，[元][明]200 出世得，[元][明]203 請使，[元][明]212 備六藝，[元][明]212 成就是，[元][明]212 逮安樂，[元][明]212 逮及當，[元][明]212 全戒則，[元][明]223 後多，[元][明]223 來不遠，[元][明]224 來，[元][明]225 來，[元][明]239 來未曾，[元][明]278 息一切，[元][明]309 漸漸與，[元][明]309 興惡者，[元][明]313 見諸菩，[元][明]313 脫重擔，[元][明]323 後益恭，[元][明]356，[元][明]361 來不可，[元][明]361 一時俱，[元][明]362 來不可，[元][明]375 具足檀，[元][明]384 捨壽，[元][明]411 往，[元][明]585 枯涸然，[元][明]585 爲建立，[元][明]598，[元][明]598 除生死，[元][明]602 斷是爲，[元][明]626 辦於衆，[元][明]626 得陀隣，[元][明]626 淨以得，[元][明]642 得住三，[元][明]658 訖彼諸，[元][明]734 來恒患，[元][明]745 來未滿，[元][明]895 行，[元][明]1007 念言願，[元][明]1007 說汝今，[元][明]1442 方，[元][明]2016 廣明今，[元][明]

2122，[元]945 成業同，[原]、已[甲][乙]1796 見濕泥，[原]1796 來常自，[原]2359 後可爾，[原][丙]1832 緣境生，[原]965 從，[原]1098，[原]1098 住最勝，[原]1744 必切身，[原]1776 見佛用，[原]1796 後漸次，[原]1796 來，[原]1796 來有種，[原]1796 滿開衆，[原]1832 於此地，[原]1979 如來智，[原]2425 不依修，[知]598 道無不，[知]598 爲成醫，[知]598 周畢欲，[知]741 在八，[知]1785 下是梵，[知]2082 來久禁。

亦：[宮][聖]223 七寶周，[甲]1736，[甲]1736 善調練，[三][宮]221 不見法，[三][宮]374 有邊故，[三][宮]461 寂寞但，[三][宮]2059 超，[三][聖]1440 無偏不，[聖]223 無所得，[乙]2396 此三土，[原]2317。

異：[明][甲]951 反摩，[三][宮]、已[聖][另]285 意唯，[三][宮][聖]1602 分別者，[三][宮]743 中有，[三][宮]1425 是中將，[三][宮]1464 諸頭陀，[三]152 乎答曰，[乙]2777 外空耶。

意：[甲][乙]1822，[甲][乙]1822 招，[甲]2399 何答自，[甲]2400 灑臘音，[乙]2309 爲語四，[元][明]2122 言筌意，[原]1776 勝也於。

義：[原]、[甲]1744 如來知。

翼：[乙]867 以乞。

因：[三]2122 也又菩。

應：[三][宮]1435。

用：[宮][聖]223 般若波，[甲]2266 聞，[三][宮]223 神通力，[三]

[宮]223 是物施，[三][宮]223 一念相，[三][宮]1458 爲期，[三][宮]2053 塗三藏，[三][宮]2060 同弘，[三]155 付其弟，[三]1007 白檀塗，[三]1096 此呪結，[三]1331 好色土，[聖]223 是因緣，[石]1509，[石]1509 眼，[石]1509 一切法，[乙]1736 盡，[元][明]152，[元][明]152 斯子爲。

由：[甲]1735 由化衆，[甲]2266 問如初，[甲]2266 意云若，[明][和]261 貪，[三][宮]425 是之故，[乙]2263。

油：[甲]、油以[乙]1225 進火中。

遊：[三][宮]2059 賓禮策。

有：[宮]1912 大悲視，[宮]2102 數旬旋，[甲]1735 十門辯，[甲]1735 智論三，[甲]1828 如勸導，[甲]1736 智論三，[甲]1961 久來之，[甲]2128 角能入，[明]847 四十五，[明]1579 宴默云，[三][宮]1509 此二印，[三][宮]1521 寶師子，[三]100 衣服瓔，[三]125 此三不，[聖]1425 手拍頭，[聖]1851 有果報，[元]454 起塔供，[元][明]310 善法化，[元][明]2121 他力必，[元]1579 者何爲。

又：[三]1532 非聖者，[乙]1821 此十法，[乙]1821 世親論，[元][明]278 願莊嚴。

於：[甲][乙]867 五智光，[甲][乙]1072 一切佛，[甲]1727 劫壽不，[甲]1727 水草日，[甲]1727 俗，[甲]1729 極樂及，[甲]2035 華林園，[甲]2266 此五取，[明]299 等持而，[明]538 是，

[明]1452 信心投，[明]2122 此祇夜，[三][宮][聖]1602 自，[三][宮]309 過去諸，[三][宮]310 虛空界，[三][宮]464 此問於，[三][宮]498 虛空，[三][宮]883 彼中間，[宋][元]、于[明]682 娑婆丘，[宋][元][宮]、于[明]721 法伴當，[乙]957 自身心，[乙]1736 下，[元][明]310 明修習，[原]1829 實有情。

輿：[甲]1912 池喻雅，[甲]1912 五逆。

庤：[聖]1851 示人名。

與：[宮]1509，[宮]1509 非福何，[宮]2123 施人，[甲]1735 寂滅爲，[甲]1929 不空聲，[甲][乙]2296 龍樹論，[甲]1718 爲隣，[甲]1736 色等而，[甲]1828 不答，[甲]1828 習氣後，[甲]1828 顯一，[甲]1912 圓空假，[甲]1921 陰界入，[甲]1929 無緣大，[明][甲]997 和合珠，[明]322 血肉使，[三][宮]268 非時，[三][宮]272 不善無，[三][宮]451 上妙飲，[三][宮]1435 一弗肉，[三][宮]1552 無明相，[三][聖]125 四部，[三]193 向仁等，[三]193 一指舉，[三]203 頭一切，[三]375 不成未，[三]375 酒肉不，[三]945 華屋雖，[聖][另]1435 好草醎，[石]1509 第一佛，[乙]2296 果運他，[乙]2296 雜藏，[元][明]277 洗除，[元][明]425 棄愛，[元][明]670 滅正受，[原]1825 理爲門，[知]598 法界爲。

欲：[甲]1912，[甲]1912 大慈悲。

緣：[明]2016 謂因前，[三]1562

昔智爲。

曰：[明]318 道者假，[三][宮]425 禪定以。

云：[甲]2362 眞如所，[甲][丙]2397 禪提比，[甲]1736 中流亦，[甲]1742 無礙清，[甲]2266 以定，[甲]2313 如睡凡，[三]474 何奉持，[乙]2391 自背後，[元][明][甲]893 何法請。

在：[元][明]606 鐵車守。

則：[原]2362 汝難進。

擇：[甲][乙]2087 對舊。

者：[甲]1848 如佛以，[三][宮]1458，[聖]211 妻子眷。

正：[原]1764 破之若。

之：[高]1668 金輪東，[宮]744 請佛亦，[甲]1718 師弟皆，[甲]2036 神，[甲]2274 望敵者，[三][宮]739 後衰喪，[三][宮]1425 不與自，[三][宮]1458 成醋藥，[三]185 天道曰，[三]2110，[聖]2157 義和三，[乙]1736 言直詮，[乙]1796 忿，[原]1744 以其不。

知：[宮]632 勞不用，[甲]1732 旨南之，[甲][乙]2263 如圓測，[甲]848 此方便，[甲]1709，[甲]2195 非本脫，[甲]2195 專證明，[甲]2215 法花經，[甲]2215 疾義也，[甲]2263 第六定，[甲]2313 但是，[三][宮]1509 一切種，[三][宮]2060 大小兩，[三][宮]2103 大易經，[宋][宮][聖]1509，[乙]2263 小乘等，[元][明]223 是。

指：[宋][元]1057 頭相拄。

至：[明]1425 神變持，[明]1546 種種行，[明]2122 繩勒牛，[三][宮]2122，[乙]2227 次第也，[元][明]1593 室家若。

呪：[甲][乙]1822 無貪之，[甲]1239 刀指之。

諸：[三][宮]294 淨耳海。

竹：[宋]220 箭仰射。

著：[甲]901 朝霞裙。

莊：[元][明]、－[宋][宮]2122 嚴身天。

捉：[宋][明][宮]1428 手拭若。

子：[宮]2122，[三]2103 爲審分。

自：[甲]2207 穴，[三][宮]741 爲叢林，[三]203 杖捶用，[聖]278 莊嚴身。

總：[甲][乙]1822 思爲體。

縱：[甲][乙]2317 論中説。

足：[三]200 神力令。

作：[三][宮]1435 是因緣，[三]1096 二手無，[乙]2385 施無畏。

坐：[聖]99 生不善。

拖

拖：[三][宮]468 制點耽。

苠

茨：[甲]1912 子也。

矣

彩：[三][宮]2060 近有從。

稱：[原]1776 大十方。

耳：[甲]2305 言，[甲]2305 言報心，[三][宮]263 如來云，[聖]225 佛言無，[乙]1736 故下。

夫：[宮]310 大寶積。

故：[甲]1709 問瑜伽，[甲]1709 從此第，[甲]1709 如水上，[甲]1709 由心迷，[甲]2270 者初釋。

後：[明]2087 志。

乎：[甲]2087，[甲]2073 帝深信，[甲]2217 若，[甲]2299，[明]2087 是知候，[三]152 太。

幾：[宮]2034 乙。

美：[甲]1918 三斷不，[宋]2061 則眞金。

念：[三][宮]425 求于總。

千：[甲]2397 栗駄是。

去：[三]202 爾。

人：[明]2087。

若：[原]899 飢荒之。

舍：[甲]2204 云云。

失：[宮]425 是爲六，[甲][乙]1821 婆沙，[甲][乙]2309 會，[甲]2266 文義蘊，[甲]2337 所以何，[三][宮]1464 又，[乙]2296 已上何，[乙]2408 餘皆准，[原]1863。

矢：[宋]、失[元][明]397 尼。

釋：[甲]2371 此解釋。

俗：[明]2087 詳問土。

天：[甲]2299 義。

文：[甲]、－[乙]2207，[甲]2371 若依之，[甲]2217，[甲]2217 此意以，[甲]2254，[甲]2254 以上，[甲]2301 師云釋，[甲]2371 既佛在，[甲]2371 既流轉，[甲]2371 利鈍二，[甲]2371 權教，[甲]2371 如何答，[甲]2371 攝，[甲]2371 一心，[甲]2371 一心當，[甲]2371 以之得，[甲]2371 以之准，[甲]

2371 云云，[甲]2371 章安御。

奚：[甲]954 切二悉。

相：[甲]1709 有説無。

笑：[甲]2035 盍各言，[三]152 各執六。

焉：[甲]1924 淨業熏，[甲]2068，[甲]2289 諸師異，[三][宮]2103。

炎：[甲]2204 即是諸。

耶：[乙]2263 彼瑜伽。

也：[甲]1805 婬戒佛，[甲][乙]1796 施無畏，[甲][乙]1866，[甲][乙]1866 以，[甲]1709 從此第，[甲]1709 又若大，[甲]1775，[甲]1792 二教發，[甲]2298 重牒八，[甲]2299，[三][宮]1689，[三][宮]2103 案地理，[三][宮]2108，[三][宮]2111 若乃庖，[三]196 而有斯，[乙]1796 毘目底，[乙]1823，[乙]2263 已上稟，[原]2271 爲欲憶。

已：[乙]1736 何得執。

以：[甲]1969 龍樹所，[甲]2036 哉惜其，[三][宮]2102 修之國。

意：[甲]、失[甲]1816 欲令捨。

義：[甲]2266。

歟：[甲]2263，[甲]1805 敍意初，[乙]2263。

遇：[三][宮]647。

云：[甲]2371 攝論八，[甲]2371，[甲]2371 此文存，[甲]2371 此文正，[甲]2371 此意也，[甲]2371 第八識，[甲]2371 第三重，[甲]2371 佛性眞，[甲]2371 觀行即，[甲]2371 或離有，[甲]2371 迹門心，[甲]2371 既南岳，[甲]2371 今所云，[甲]2371 內證既，

[甲]2371 三世諸，[甲]2371 上根塵，[甲]2371 宿緣速，[甲]2371 妄想法，[甲]2371 一切，[甲]2371 以之例，[甲]2371 又云惠，[甲]2371 於中道，[甲]2371 正三賢，[甲]2371 直，[甲]2371 中道諸，[三]2106。

允：[甲][乙]2087。

哉：[甲]2087 斷父之，[三][宮]2102，[乙]2263。

者：[甲][乙][丙]2778 不以文，[甲]2307 也加以。

之：[三]2087 摧彼必。

知：[甲]2305 文矣故。

衆：[明]2087 如來在。

卒：[元][明]2145 成之。

族：[宋][明]2145。

倚

傍：[明]1442 房前答，[乙]2296 大聖教。

倍：[宋]1579 樂臥。

何：[甲]2128 反正作。

荷：[宮]425 之是曰。

敆：[三]1460 足入白。

掎：[知]266 如虛空。

借：[甲]2305 言説。

奇：[聖]285 所作。

祇：[明]2103 支之服。

騎：[三][宮]2103 棺而哥。

綺：[宮]403 貢，[乙]1822 互明。

繩：[宮]374 床一一。

侍：[三][宮]754 立合掌。

停：[宮][甲]1805 廢二年。

信：[三][宮]330 飾。

傴：[三]6 右脇屈。

依：[明]817，[三][宮]310 俗法猶。

猗：[宮]657 息是中，[宮][聖]1421 王勢不，[宮]263 六十二，[宮]278，[宮]761 身心，[宮]1421 力不得，[宮]1425 恃官力，[宮]下同 425，[甲]2196 樂，[三]1485 一心四，[三][宮]1478 來在，[三][宮][別]397 不，[三][宮][聖]225 無倚，[三][宮][聖]272 法定法，[三][宮]234 著諸法，[三][宮]263 佛六通，[三][宮]263 在於，[三][宮]397 八解脫，[三][宮]1550 覺，[三][宮]1604，[三][宮]1604 修令進，[三][宮]1648 依倚，[三][宮]下同 310 是集義，[三]184 之慈積，[三]211 貪身更，[聖]26 不縛不，[聖]26 杖而立，[聖]222 觀於諸，[聖]222 立色於，[聖]222 諸陰不，[聖]285 已吾我，[聖]606 以三達，[聖]1462，[另]1435 若立亦，[宋][宮]、次下混用 585 泥洹於，[宋][宮][別]397 著菩薩，[宋][宮][別]下同 397 著，[宋][宮][聖]222 倚，[宋][宮][聖]222 因緣，[宋][宮][聖]381 所有，[宋][宮][聖]下同 606 四大，[宋][宮][知]598 而求，[宋][宮]221 事令諸，[宋][宮]221 亦無所，[宋][宮]234 著及其，[宋][宮]263 恃怙於，[宋][宮]263 斯忍界，[宋][宮]263 亦不自，[宋][宮]318 佛法無，[宋][宮]318 有常是，[宋][宮]337 淨慧則，[宋][宮]338 名稱不，[宋][宮]419 著定故，[宋][宮]

425 求音響，[宋][宮]656 空不著，[宋][宮]656 前白佛，[宋][宮]657 息是中，[宋][宮]770 三界一，[宋][宮]778 著上無，[宋][宮]816 菩薩名，[宋][宮]1509 是而生，[宋][宮]1525 著所生，[宋][宮]下同、[元]混用 221 是時，[宋][宮]下同 221 禪亦不，[宋][宮]下同 477 慕斯有，[宋][宮]下同 221 痛想行，[宋][宮]下同 221 無所壞，[宋][宮]下同 221 諸佛世，[宋][宮]下同 221 作是念，[宋][宮]下同 345，[宋][宮]下同 817 欲如虛，[宋][明][宮]397 口行得，[宋]26 名色者，[宋]234 無處亦，[宋]263 住路側，[元][明]445 息世界。

已：[宋]210 以爲安。

倚：[宋][宮]381 見身及，[宋][宮]656 菩薩慧。

憶：[聖][另]342 想求安。

致：[宋]、[知]418。

著：[三]478 於諸法。

旖

阿：[宋][甲]1092 暮伽王，[宋]1092 暮伽王。

縛：[三][乙]1092 暮伽上。

訶：[三][甲][乙]1092。

椅

停：[宮]1998 蒲團爲。

猗：[明]、椅[明]2103 明翩眇。

倚：[宮]1998 子白雲，[宮]1998 蒲團上。

鉉

枝：[宋][元]1646 又具二。

踦

崎：[三][宮]2103 嶇何足。

螘

蟻：[甲]1804 難或嚼。

錡

琦：[宮]1435。

蟻

蛾：[三][宮]1521 蚊蚋虻，[三][宮]2123 一切値，[三][别]397，[三]86 如是之。

蟣：[三][宮]721 子不起。

破：[甲]2255 外上半。

螘：[甲]1804 封相者。

顗

鎧：[聖]2157 者誤。

頭：[三][宮]2060 膝上陳。

齮

齰：[三][宮]263 齧音聲。

乂

爻：[久]1452。

又：[甲]1934 安深，[甲]2035 巡檣外，[明]2152 蘇頲徐，[三][宮]2103 宣勅語，[三][宮]2104 宣，[三]2122 一代之，[聖]1442 我豈自，[聖]2157，[聖]2157 甚盛能。

弋

戈：[宮]2060 僧告曠，[甲]1912
擊也用，[三]2103 已戢秋，[宋][宮]
2122 仲事石。

吉：[甲]2128 繳音矵。

七：[宋][元][宮]2122。

杙：[三]2088，[宋]、[明]2060 傳
身擧，[元][明]2145 先拔下。

刈

扠：[三][宮][聖]1462 斷與餘。

劃：[三]212 除遂增，[三]212 垢
淨除。

川：[明]1599 等七迴，[宋]2034
而不存。

割：[宮]1602 能斷無，[三][宮]
403 棄，[三]26 至七日，[宋]26 至七。

刊：[甲][乙]1822。

刹：[甲]1030 囉二合。

收：[宮]1425 殺生苗，[三][宮]
606 頃卒有。

文：[宋][宮]2060 章句。

又：[宮]425 斯四，[三][宮]2121
生。

伇

伎：[原]899。

設：[三]201 使行諸。

疫：[三]2154 毒流行。

亦

安：[甲]1834 立因，[甲]1816 無
有失，[甲]1816 自。

薄：[三][宮]223 婬瞋癡。

本：[三]36 比丘。

必：[甲][乙]1822 能忍可，[甲]
[乙]1866 有終盡，[甲]1203 有災難，
[甲]1781 是眞實，[甲]1830 是離欲，
[甲]2270 應有故，[甲]2274，[三][宮]
376 無彼影，[三]643 當如是，[三]
1336 應如是，[乙]1821 隨動者，[原]
864 降雨假。

辨：[聖]1433 當更重。

并：[三]13 筋入火，[三][宮]1425
洗浴。

並：[甲]1813 應不犯，[三][宮]
1458 成足數，[三]2154 是疊果，[三]
2154 一經兩，[乙]2261 是善性，[元]
[明]2154 云識譯。

竝：[乙]2390 立火如。

不：[宮]1523 見名及，[宮]384 入
於金，[宮]632 非偶，[甲]1736 應如
是，[甲][乙]1822 同問斷，[甲][乙]
1822 緣於上，[甲]1698 空所以，[甲]
1735 思議解，[甲]1781 告也復，[甲]
1782，[甲]1863 緣從何，[甲]2223 復
廣釋，[甲]2279 失言顯，[明]888 然，
[明]2016 帶相起，[明]2040 說法石，
[明]1539 得或不，[明]1563 能觸者，
[明]1571 得，[三][宮]397 知二淨，[三]
[宮]824 生疑，[三][宮]1425 能具持，
[三][宮]2123 無失也，[三][甲][乙]
2087 甚高大，[三]192 然，[三]682 見
有無，[三]2154 名三歸，[聖]1763 得
名疑，[聖]1788 言離於，[元][明]1545
名，[原]2271 得爲宗，[原]1844 爾此

中，[原]2339 通五識。

才：[甲]1775 知法之。

長：[三]643 丈六入。

常：[三]157 當願施。

乘：[原]1863 無滅一。

赤：[甲]1232 色以龍，[三][宮][甲][乙][丙][丁]848 如無，[三][宮][聖]419 見空隨，[三][宮]2066 無過，[三][宮]2103 乘船兮，[宋]1340 無譬喻，[乙]2194 准正經，[乙]2408 不能，[原]2241 黑色持。

蟲：[乙]2207 動也准。

初：[三][宮]310 入胎已。

此：[丙]1866 辯同，[甲]1721 是增上。

大：[甲]2266 同，[三][宮]1604 苦得復。

且：[甲][乙]1822 如，[乙]1822 如一頌。

但：[甲]、且[甲]1863 有漏，[甲]2217 互不相，[乙]2215 可有，[原]1840 有兩俱。

當：[聖]227。

道：[甲]2128 同。

得：[甲]1710。

等：[宮]221 不見須，[甲]2266 古，[甲]2274 順瑜伽，[甲]2434 名隨事。

定：[甲]1832 無文障。

多：[甲]2299 墮常邊，[聖]1509，[聖]1509 學畢竟。

惡：[宮]618 如是，[宮]1809 行如上。

而：[甲]1924 可得除，[甲]2053 忘遠躬，[甲]2266 不俱行，[甲]2270 皆不被，[三]14，[三][宮][聖]223 不證實，[三][宮]263 復示現，[三][宮]403 不可盡，[三][宮]425 無有失，[三][宮]460 不動搖，[三][宮]585 不受穢，[三][宮]627 不肯受，[三][宮]1509 是第一，[三][宮]1546 不說者，[三][宮]1646 有，[三][宮]2103 有藏史，[三][宮]2104 賴，[三][聖]99 得樂無，[三][聖]172 隨太子，[三]153 未永離，[三]185，[三]1564 不常，[元][明]2103 顯論所。

爾：[宮]1604 無分別，[宮]2121 不取人，[甲]1816 不相違，[甲]2266 緣上地，[明]1421 有悔過，[明]2076 食不得，[三][宮]1547 如所欲，[三]2149 不見乃，[乙]1736。

二：[甲][乙]1822 他身所，[甲][乙]1821 不立爲，[甲][乙]1821 非俱害，[甲][乙]1822，[甲][乙]1822 得學心，[甲][乙]1822 皆同地，[甲][乙]1822 可通謗，[甲][乙]1822 破，[甲][乙]1822 是期心，[甲][乙]1822 無遣他，[甲][乙]1822 心處滅，[甲][乙]1822 引當有，[甲]966 通從輪，[甲]1512 非異者，[甲]1821 無違不，[甲]1828，[甲]2157 名，[甲]2157 名師比，[甲]2157 名事佛，[甲]2157 云集諸，[甲]2195 斷煩，[甲]2259，[甲]2261 蘊爲自，[甲]2266 非同異，[甲]2305 容並起，[甲]2397 然四祕，[甲]2397 入此三，[明]1565 相似生，[三][宮]2122

名爲賢，[三][宮]478 生未曾，[三][聖]1440 俱得是，[聖][甲]1733 攝一切，[聖]1462 擲石所，[聖]1463 脱僧伽，[另]1509 如是復，[另]1733，[乙]2396 同冥初，[乙]1821 説名爲，[乙]2390 羽各舒，[乙]2397 名大圓，[原]1089 成大護，[原]1776 故曰爲。

乏：[宋][聖]、不[元][明]210 用後悔。

法：[明][宮]603 餘相連。

方：[宮]1458 申請問，[甲]1736 成了因，[甲]2262，[明][甲][乙]1225 復入檀，[三][宮]1547 當還生，[三]1340 盡器皆，[聖]1563 應然差，[另]1453 復如是，[石]1509 當愛敬，[乙]2157 始，[原]1840 爲九過。

非：[甲][乙]2263 無量，[甲]1830，[明]1542 相應故，[明]1648 爲達有，[三][宮]2103 異道而，[原]2283 同自位。

復：[甲]2401 從何生，[甲]1736 倍壽，[甲]1887，[甲]2266 是見，[三]、一[宮]397 過爾所，[三]2125 何益必，[三][宮]585 無法想，[原]2317 由所緣。

各：[甲]1830 爾，[甲]2266 有決定，[三]2154 存其目，[原][甲]1851 有二果。

給：[甲]1828 水器者。

恭：[明]318 恪住。

故：[甲]2266 舉不還，[甲]2270 不違，[甲]2270 亦可簡，[三][宮]657 不能信。

乖：[甲]1816 名妙大，[甲]1816 通十地。

廣：[甲]2119 皆空，[乙]2397 説三十。

歸：[原]1744 得道對。

過：[三]24 千由旬。

和：[甲]2400 得通用。

赫：[三]360 然，[元][明]425 然。

忽：[甲][乙]2219 違，[甲]2195 得六根，[甲]2217 爲得道。

互：[丙]2777 可前是，[甲]1830 能取聲，[甲][乙]1822 能作因，[甲][乙]1822 是互爲，[甲]1724 兩種初，[甲]1724 應普賢，[乙]1821 爲善業。

火：[三][宮]309 不。

或：[甲]2270 六七古，[甲]2276，[三]、一[乙]2434 言亡慮，[甲]1848 相好爾，[甲]2266 現食力，[甲][乙]2192 奚曉要，[甲][乙]2390 爲五部，[甲][乙]2390 有二地，[甲]1158 現無量，[甲]1709 一乘或，[甲]1709 正住無，[甲]1724 退席故，[甲]1724 無久近，[甲]1728 應更成，[甲]1735 結通所，[甲]1763 魔道也，[甲]1813 其圖策，[甲]1816 説此故，[甲]1830 常，[甲]1830 得初起，[甲]1830 緣俗故，[甲]2087 多人利，[甲]2129 出彼，[甲]2239 互皆悉，[甲]2239 惠，[甲]2239 以方便，[甲]2239 異或以，[甲]2250 有，[甲]2266，[甲]2266 眼界耶，[甲]2290 爾四是，[甲]2395 成四處，[甲]2400 供養軌，[甲]2434 此隨，[甲]2434 非一切，[甲]2434 如是經，[明]293 聞

所轉，[明][乙]1225 大忿怒，[明]293 生世間，[明]1545 不違理，[三]220 現自行，[三][宮]1631 法自體，[三][宮][聖]485 汝當信，[三][宮]379 生彼已，[三][宮]421 現成熟，[三][宮]421 現生死，[三][宮]425 往上佛，[三][宮]649 如空中，[三][宮]668 三種，[三][宮]1435 以爲村，[三][宮]1604 遠近是，[三][宮]1660 以般若，[三][宮]2122 不殺生，[三][宮]2122 得照，[三][聖]1440 其不空，[三]152 榮祿之，[三]210 導世間，[三]384 現對無，[三]682 現種種，[三]682 想，[三]760 物，[三]1345 諸法本，[三]1485 現，[三]1524 應化身，[三]2154 現道貧，[聖]1435 應如法，[聖]1463 得顯佛，[聖]1579 未永斷，[聖]1721 道理有，[聖]1733 則是無，[石]1509 無所著，[乙]2157 孫皓者，[乙]2390 爲地蓮，[乙]2391 可用二，[乙]2391 現大小，[元][明]278 不究竟，[元][明]624 現過於，[元][明]672 現然不，[原]1700 令成，[原]920，[原]1700 無我見，[原]1776 默，[知]1579，[知]1579 得圓。

是：[甲][乙]1822，[明][宮]1544 慧謂除，[三][宮]414 爲一切，[三][宮]676 名非圓，[三][宮]1435 名得清，[乙][丙]2190 相似牛，[元][明][甲]1173 無第一。

數：[三][宮]1462 不得出。

思：[甲]1828 過去之。

巳：[聖]1509 滅不生。

所：[宮]329 曾聞見，[甲][乙]

1821 成堅故，[甲][乙]1821 平等住，[甲]2006 不載，[三][宮]1563 如是觀，[三][宮]2060 以禪績，[三]384 不知，[元][明]658 印可諸。

題：[三]2154 云四。

體：[甲]2270。

同：[甲]904 眞如法。

痛：[元][明]13 不苦。

妄：[甲]2261 有相。

唯：[甲][乙]1821 成就過，[甲]1080。

爲：[宮]1509 有四種，[明]1808 遠矣。

未：[甲]1736 觀未來，[明]2076 休此箇，[三][宮]2121 能發聲。

文：[三][宮]2121 同，[乙]2297 不定與，[原]、文[乙]1724 無以異，[原]1829 是煩惱。

無：[宮]221，[甲]952 上成就，[甲]2266 復是苦，[甲]2339 有二義，[甲]2412 能轉，[三][宮]656 劫無有，[聖]222 空彼何，[聖]224 復無行，[東][元][宮]、明註曰亦二藏作無非721 上中下，[原]2208。

五：[甲][乙]1822 兼其六，[甲]1828 破外人，[甲]2259 應雨大，[乙]1723 云，[乙]2391 荷葉。

悉：[三][宮]1509 由吾我，[三][宮]1646 捨離故，[乙]1736，[乙]1736 然有一。

相：[明]220 不應住，[聖]223 空以是。

小：[甲]2339。

心：[三]、心亦[聖]125 不諷誦，[三]847 莫起分，[三][宮]810 無所，[宋]、又[宮]268 令將來。

行：[丙]2231 必修行。

興：[三]155 難值唯。

須：[元][明]227 當説是。

言：[宮]1562 能感生，[明]1545 得善名，[三][宮]398 無誤失，[三][宮]1509 如是功，[三][宮]1513 是無即，[聖]1523 向捨下，[原][甲]1851 妄中境。

耶：[明]1549 當言色。

也：[甲][乙]1822 無違，[甲]2274 故云正，[乙]2261 勝義者。

一：[甲]1735，[甲]1736 可，[甲]1736 前即不，[甲]1736 如，[甲]1736 小異若，[甲]1736 圓教，[甲]1736 字同此，[明]220 復，[明]1421 言隨從，[明]1545 滅云何，[明]1552 説家家，[明]1563 從二無，[明]2153 名六向，[明]2153 名提婆，[明]2154 名兜，[明]2154 名弗沙，[明]2154 名迦葉，[三][宮]2031 無所，[三][宮]2034 云辯，[三][宮]2034 云禪法，[三][宮]2034 云正，[三]2149 云不思，[三]2149 云大明，[三]2149 云四月，[三]2149 直云如，[三]2153 名悔過，[三]2154 名遺教，[元]446 名集諸。

依：[甲]1735 十見無。

已：[和]1665 應捨，[甲]1786 極故種，[三][宮]263 復從受，[三][宮]1425 曾如是，[三]212 復凋落，[聖]663 於無量，[乙]1834 無如何。

以：[宮]657 處，[甲]、六[乙]1822 對治各，[甲]1735 爲，[甲]1789 何故生，[甲]2223 究，[三]、言[宮]1562 攝能緣，[三][宮]1494 難，[三][宮]223 無所得，[三][宮]309 無殃釁，[聖]292 復不得。

易：[三][宮]1505 名耳如。

意：[甲]2195 云，[乙]1822。

義：[甲]1841 不然此。

因：[甲]1828 名神通。

印：[甲]2870 可菩薩。

應：[甲]2219 是妙善。

猶：[宋][宮]657 如水中。

有：[甲]1735 四一問，[甲]1969 異今有，[甲]2366 邊，[三][宮][石]1509 無漏或，[三][宮]1581 二種一，[三][宮]1646 三種謂，[宋][元][宮]1451 稀北方，[乙]1821 得有情。

又：[丙]2396 爲二身，[丁]2244 焉向反，[甲]、亦[甲]1782 能堪忍，[甲]1782 有聲聞，[甲]2195，[甲][乙]1238，[甲][乙]1822 遍知彼，[甲][乙]1822 名根餘，[甲][乙]1822 説應捨，[甲][乙]1822 業流出，[甲][乙]2250 無巨，[甲][乙]2263 可爾，[甲]923 復合掌，[甲]1238 拜三拜，[甲]1238 以二頭，[甲]1708 有五句，[甲]1724 大悲攝，[甲]1724 復如是，[甲]1724 然，[甲]1724 有文，[甲]1733 是不同，[甲]1782 不可得，[甲]1782 稱揚故，[甲]1782 即法花，[甲]1782 來，[甲]1782 體空，[甲]1782 一相身，[甲]1782 云空，[甲]1804 云造立，[甲]1841 云云

何，[甲]2157 云獨證，[甲]2157 云老女，[甲]2250 南山不，[甲]2263 不可爾，[甲]2263 可，[甲]2263 以同之，[甲]2263 自金輪，[甲]2266，[甲]2266離如，[甲]2266 名唯識，[甲]2266 然雖爲，[甲]2266 實能見，[甲]2274 不遍，[甲]2274 爾，[甲]2299 云除第，[甲]2399 有種種，[甲]2402 畫二跋，[甲]2415 三種，[明]220 復爲，[三][宮][聖][石]1509 能令衆，[三][宮]482 令衆生，[三][宮]1435 不請王，[三][宮]1503 復不能，[三][宮]2122 疲極，[三]1038 得成就，[三]1339 能吐水，[聖][另]1721 二前頌，[聖]586 令衆生，[宋][元][宮]1484 不異不，[乙]1709 云稽首，[乙]1816 云此明，[乙]1822 非爲依，[乙]2215 別例破，[乙]2263，[乙]2263 不，[乙]2263 可爾次，[乙]2263 證大覺，[乙]2381 正梅悒，[乙]2391 云每一，[原]1782 不可以，[原]2248 非其能，[原]2362 愚耳自。

於：[甲]2195，[明]201 作要誓。

與：[甲]1828 舊別唯，[三][宮]2104 一代之。

云：[甲][乙]1822 以四蘊，[甲]2253 不云暫，[甲]2261 瑜，[甲]2266漏隨順，[三][宮]2122 制諸聲，[另]1543 不不處，[乙]2263 通情本，[乙]2408 文有之，[原]1827 並非正。

則：[甲][丁]2092 倒百姓，[三]1428 應受五，[三][宮]653 亦不聽，[三]374。

照：[宋][宮]585 不住立。

者：[甲]2299 不定是，[甲]1863作親因，[甲]2274 如大乘，[三]212 不應與，[乙]2263 躁擾，[乙]2394 是空點。

珍：[宋][元]1545 乖。

證：[甲]1719 不可説。

之：[己]1958 不然何，[甲][乙]1821 如彼名，[甲][乙]1822 得名爲，[甲]1811 不應三，[甲]1821 名再，[甲]1842 因明並，[三][宮]2103 言道士，[另]1548 如是，[乙]1723 衆也卉，[乙]1821 能顯字，[乙]2186 可見，[原]、之[甲][乙]1796。

知：[乙]1821。

只：[甲]1715，[甲]2266 得者此，[甲]2290 由不失，[甲][丙]2397 是三德，[甲][乙]1822，[甲][乙][丙]2286諸，[甲][乙]1822 無勝劣，[甲][乙]2286 爲求，[甲]1918 是一法，[甲]2263，[甲]2337 如思禪，[甲]2396 於，[甲]2400 引胎藏，[乙]1821 不相違，[乙]1929 用一偈，[乙]2263 如本質，[乙]2296，[乙]2296 是體體，[原]2271爲。

至：[甲]1816 下當。

炙：[宮]2059。

終：[宋][宮]660。

衆：[甲]1512 有善惡，[乙]2397像，[元][明]310 生煩惱。

著：[三]、貪[宮]657 著持戒。

自：[宮]279 復然十，[明]2076 難見王，[三][宮]2121 不，[另]1435 羞言，[元][明]93 當歸之。

宗：[甲][乙]2397 云百界。

總：[甲]、亦[甲]1782 能善攝。

作：[明]1546 名爲作。

异

并：[宋][宮]2103 釋典。

忌：[乙][丙]2092 怪。

抑

抄：[原]2339 名因縁。

拒：[明]2076。

可：[三][宮]403 制無福。

柳：[宋][宮]2108 僧拜咸，[宋][元][宮]、－[明]2053 鷄反濕。

排：[聖]627 挫犯禁。

推：[甲][乙][丙][丁]2187 彌勒宜。

析：[丙]2120 充二千。

押：[甲]2195。

仰：[丙]2286 於，[三][宮]2103 損下，[三][宮]2122 惟常理，[三][聖]120 逼威顔，[宋][宮]2060 慧燈望，[宋]2122 之則得，[元][明]、抑[宮]2122 判。

意：[甲]1736 不堪次。

憶：[聖]425 伏其志，[宋][宮]268 持。

臆：[甲]1733 度就前。

御：[明]293 怖三宰，[三]196。

折：[宮]231 挫而受，[宮]2121 之乎日，[甲][乙]1821 沈心，[甲]2250 挫，[三][宮]2102 至尊之。

作：[三]152 印詐爲。

杙

筏：[三][宮]1566。

机：[另]1428 上。

祕：[三]1 莬阿頭。

我：[三][宮]1547 彼因堅。

弋：[宋]2145 孔處處。

邑

芭：[甲][乙]2244 是製聲。

包：[甲]2281 法師等。

國：[三]2149 珍喪宗。

聚：[三][宮]1464 落從非，[三][宮]1464 問中人。

名：[甲]2261 法師如。

色：[宮][聖]1509 會何其，[宮]2103 匪獨危，[甲]2186 中有德，[明]2060 仁壽之，[三][宮]1505 使作主，[三][宮]1505 是，[三][宮]1506 身見者，[宋]190 處，[宋]1092 反步，[元]99 而行時。

師：[乙]2092 比丘悉。

巳：[三][宮]2123 有穢惡。

我：[三][乙]1092 反。

也：[甲]2782 王勅國。

揖：[三][宮]2103 不肖於。

已：[三][宮][聖]1462 王得大。

悒：[三][宮]553 日久必。

邕：[甲]2167 撰。

足：[聖]272 七寶莊。

劜

劫：[明][甲]、瞋[甲]951 癡愛染。

佚：[三][宮]2123 三者有，[宋]

[宮]、泆[元][明]2123 無道逼，[宋][宮]2123 圖欲興。

泆：[三]、佚[宮]2123 多求不。

佀

但：[甲]2775 於自。

佚

迭：[宮]2103 忽於所。

俟：[甲]2036 因請擇。

件：[聖]2157 列之如。

失：[宮]2103 之弔死。

矢：[宮]2103 弔之三。

泆：[明]293 妄言綺，[明]293 性難調，[三]1579 貪故常，[乙]、洪[丙]2381 二殺害。

逸：[甲]1728 無度或，[三]185 貪求快。

役

彼：[甲]2300 神明避。

便：[甲]1260 使法者。

促：[宋][宮]2060 反天常，[乙]2249 故不分，[乙]2249 晝次第。

後：[三]1471 勞愼無。

伎：[宮]657 弊惡之，[宮]1509 求離。

家：[宋][元]1442 可爲我。

沒：[甲]1828 即捨心，[三][宮]2121，[三][宮]2122 南海親，[原]1890 於。

没：[甲]1925 運動不。

使：[聖]1421 之法悉。

授：[聖]200 身出力。

投：[宋]2121 田園困，[乙][丙]2092 諸元殲，[乙]2408 物。

伇：[宋][元]982 呼召。

疫：[明]2102 而不知，[三]1336 死鬼市，[元][明]2060 毒流行。

引：[乙]2810 心爲業。

傭：[甲]2128 從人庸。

易

場：[宋][明][宮]397 能演説。

得：[三][宮]1462 食不犯。

端：[原]2196 正譬虛。

故：[甲]1736 下。

果：[三]1005 成就一。

曷：[原]2196 羅。

即：[甲]1816 不重釋。

見：[甲]1724 也一者，[甲]1816 知勝天，[明]2145 銷荔葩。

乃：[宋][元][宮]2103 於。

難：[三][宮]1579 得世尊。

傷：[宋]23 我謂爲。

示：[聖]291 本形知。

通：[甲][乙]1822 暢諸。

徒：[三]125 樹下露。

爲：[明]1551 修禪中。

勿：[宮]1451 即於好，[宮]1549 得云何。

楊：[甲]2067 雅。

移：[甲]1722 如涅。

已：[三]150 解諦若。

以：[三][聖]190 能。

亦：[聖]1462。

奕：[明]2102 放蕩而。

傷：[明]225 賢人無，[三]292，[元][明]624 無智者。

異：[甲][乙]2263 等流，[甲]1736 不可破，[甲]1909 承此念，[明]2060 處失燥，[三][宮]374 復次善，[三][宮]374 或聞常，[三][宮]1546 所以者，[三][宮]1657 得謂惑，[三][宮]2123，[三][乙]1056 緣於圓，[宋]1509 持故或，[乙]1736 法非如，[元][明]2016 故諸，[原]1863 以無生。

譯：[三][宮]2112。

眞：[三]1644 珠摩尼。

至：[明]2102 矣故老。

自：[三][宮]2122 尊。

難：[甲]2299 解故名。

洣

沃：[元]125 復教他。

洗：[聖]1475 無禮故。

佚：[宮]635 行建志，[三][宮]411 愛欲色，[三][宮]1521 遠離世，[宋][宮]2123 不祥幻，[宋][宮]2121 如持炬，[宋]204 乃無法，[元][明][宮]309 者如來。

沴：[甲]2128 也説文。

妷：[宮]2060 佛在世，[三][宮]1425 人，[三][宮]1474 何謂不，[宋]、逸[元][明]152 豫兄心，[宋][宮]492 抱銅柱，[宋][宮]541 如火燒，[宋][宮]606 及怒癡，[宋][宮]下同、逸[聖]下同 397，[宋][宮]下同 282 菩薩在，[宋][元][宮]403 盛某貪，[宋]125，[宋]793 六者瞋，[宋]1013 皆已無。

逸：[三][宮]2122 有敬之，[宋]125，[宋]152 最惡，[宋]212 教人婬。

溢：[三][宮]403 不息願，[三][宮]1478 其已能。

躁：[三][宮]1509 不定譬。

妷

嫉：[三][宮]1425 婦女乃。

殊：[宋][元]、泆[明]、佚[宮]729 放意於。

佚：[宋]、泆[明]212 四，[宋]、泆[元][明]212 妄語十，[宋]、泆[元][明]360 煩滿，[宋][宮]、泆[元][明]2045 慳貪，[宋][宮]、泆[元][明]2121 樂與女，[宋][宮]、泆[元][明]2122 無道逼，[元][明]125 復教他。

泆：[宮]、逸[聖]1425 人擲團，[明]281 態若上，[明]292 妷妄言，[明]729 犯他人，[明]1425 女人賣，[明]2122 今身婬，[三]361 瞋怒之，[三][宮]624 不知，[三][宮]729 無所畏，[三][宮]1471 而生垢，[三][宮]1492 所犯瞋，[三][宮]1509 之人當，[三]148 貪利嫉，[三]152 蕩不從，[三]507 猶火燒，[三]673 莫使暫，[三]732 有五罪，[三]738 色欲好，[元][明]、嫉[知]418 不入觀，[元][明]、佚[宮]2040，[元][明]、欲[聖]361 犯愛他，[元][明]151 五不飲，[元][明][聖][另]790 嗜酒，[元][明][聖]211 三，[元][明]6 不欺偽，[元][明]21 者云何，[元][明]185 敗德令，[元][明]277 無有慚，[元][明]398 四，[元][明]418 意捨所，[元][明]

629 瞋怒愚，[元][明]2122 皆因慳，[元][明]2122 圖欲興，[元][明]下同 760 何故得。

逸：[明]1450 與外象，[三]、欲 [宮]2121 無道逼，[三]212 盜竊性，[宋][宮]、泆[元][明]511 故不得，[宋][元][宮]2122 者作鶴。

溢：[宮]1478 而生。

淫：[三]125 亦復教。

婬：[三][宮][另]790。

枻

撲：[三][宮]606 之著地。

弈

易：[宮]374 如是之，[宮]2103。

奕

棄：[宮]2087 世以迄，[宋][元]2103 自行婬。

亦：[和]293 如盛滿，[三]2145 內侍來。

易：[明][甲]1177 世典文，[宋][宮]2122 如是之。

弈：[三][宮]694 如。

懌：[元][明]100 如真金。

疫

病：[明]1644 及餘輕，[三][宮]2103 疫兢起，[三]2145 三災記。

度：[敦]361 長者安，[聖]2157。

疾：[甲][乙]2309 病劫起，[甲]897 病亢旱，[甲]2266 病怨，[明]997 毒惱，[三][宮]2121 敢侵飢，[三][甲]

[乙]1076 病，[三]220 之仙丸，[三]1394 鬼神不，[聖]1435 病多有，[宋]2153 毒神呪，[元]2122 病部刀，[原]905 地土。

戾：[三]203 閉門拒。

疲：[原]1771 極八無。

瘦：[聖]224 者其餘，[聖]380 為賊所。

疼：[原]1205 楚。

役：[聖]1579 正現前，[宋]1103 消滅能。

抱

抱：[宮]2103 喜，[甲]1782，[三][宮]2102 唯深柳。

絕：[明]2123 其因。

揖：[三]945 世間永，[宋]、抗[元][明]、扤[宮]2103 人生樂。

愊：[三][宮]2059 及後從，[三][宮]2104。

振：[宮]2059 其戒範。

唈

愊：[三]411 烏合反。

傷

傝：[甲]2131。

傷：[甲]2129 也甚非。

易：[甲]2128 也從心。

益

薄：[宋]220 我故來。

畢：[甲]1735 無。

竝：[甲]1805。

長：[明]278 菩薩根。

答：[宮][石]1509 行，[宮]1425 第三分，[甲]1821 三，[甲][乙]1822 故先應，[甲]1708 薩婆多，[甲]1708 依本記，[甲]1873 中明過，[聖]189 生恭敬，[聖]1509 其，[另]1543 進得無，[另]1721 異者與，[乙]1816 凡行施，[乙]1816 生。

大：[三]185 善卿是，[元]1465 忿怒君。

當：[丙]1202 自。

盜：[三][宮]1595 等行亦，[聖]1462 我已。

盜：[三]2154 布施經。

德：[甲]1735。

登：[宋]1558 上品諸。

發：[甲]1736。

盖：[宋][元]2122 福生善。

蓋：[甲][乙]2254 女名淨，[三][宮]2122 憍慢未，[三]2125 兼中。

蓋：[宮]288 三世有，[宮]567 後至，[宮]606 羅網常，[宮]1471 水棄灰，[宮]2112 虛也撿，[甲]、益[甲]1781 物故托，[甲]1706 不言等，[甲]1718 眾生故，[甲]1795 隨眾生，[甲]1821 此，[甲]2196 本，[甲]2266 眾生故，[明]2034 長者子，[明]2145 意經二，[明]293 尊，[明]1602 等相言，[明]1604 是名見，[三][宮]460，[三][宮]1546 於，[三][宮]1602 等相者，[三][宮]2059 徒煩費，[三][宮]2103 淺良由，[三][宮]2103 少舊憶，[三][宮]2109 爲明矣，[三][甲]951 身任所，

[聖]272 者，[聖]350 身也自，[聖]1477，[聖]1763 少今以，[宋]2087 國滋臣，[乙]1909 佛南無，[元][明][甲][乙]1211 須歷然，[元][明]443 如來南，[知]1785 事多上。

根：[三]1582 調伏眾。

果：[甲]2196 有二初。

盍：[甲]2290 損事等。

兼：[三][宮][聖]1421 深便作。

見：[三]196 明眾義。

漸：[三][宮]585 廣大。

盡：[甲]1717 名爲無，[元][明]、一[聖]211 壽，[元][明]155。

利：[乙]2263 菩薩實。

孟：[三][宮]2122 冬盛寒，[三]2110 之書風，[宋]2151 長者子。

念：[甲]2312 大乘。

盆：[甲]2266 受。

氣：[三]1352 力其。

然：[宮][聖][另]310 貪欲求。

三：[宋]890 安樂一。

善：[元][明]220。

捨：[宮]397。

甚：[三]171。

食：[宋]1340 濟度如。

損：[甲]2075 之。

所：[甲]1735 由以能。

爲：[宮]1626 眾生，[聖]1428 眾人莫。

息：[甲]2228。

現：[甲]、益[甲]1796 爾時即。

行：[元][明]397 若同事。[甲]1705 同事四。

養：[甲][乙]2254 是有爲，[甲]1816 事，[甲]2174，[甲]2397 衆生事，[甲]2870 慳貪積，[三][宮]660 常能知，[三][別]397 滿足四。

一：[宮]2078 以大理，[甲]1735 方在一，[明]1592 心者，[三][宮]2040。

亦：[甲]1736 稱敬願，[明]1604 少未入，[聖]1763。

邑：[甲]2035 空荒七。

溢：[三]193。

憶：[明]377 即與弟，[元][明]292 衆無迫。

翳：[三][宮]2103 佐禹治。

優：[三]2110 野老聞。

與：[三][宮]1435 何以溢。

約：[甲]1873 當時爲。

樂：[甲]1782 精進如，[甲]1829 諸有情，[甲]1920，[甲]2268 一切，[三]203，[三][宮]414 諸人天，[三][宮]482 受諸苦，[三][甲]1003 諸有情，[聖]2157 無，[乙]2309 精進也。

增：[乙]2207 業深行。

者：[三]1339 亦教。

諸：[聖][另]310 世間。

慍

抱：[宮]2034 蘊弟子，[三][宮][聖]481 怯弱心，[三]198 愁而坐，[宋][元]583 懷不知。

色：[宋][宮]2121 日久必。

損：[三][宮]2122 頻遣三。

爲：[宋][宮]292 結愍哀。

邑：[宮]292 慼入，[宮]292 慼之，[宮]292 心好正，[宮]425 慼傷雨，[三][宮]2102 有懷，[三][宮]2103 良深春，[三]202 遲宜時，[聖]125 象舍利，[聖]627 濡首童，[聖]1425 我當語，[聖]1547 四利，[聖]1859 者近更，[聖]下同 625，[宋]、靜[宮]263 慼，[宋][宮]292，[宋][宮]292 使發道，[宋][宮]345 見佛弟，[宋][聖]375 遲之想，[宋][元]、[聖]375 遲却後。

把：[宋]374 遲之想。

憂：[三][宮]、邑[聖]512 所以然。

陭

崎：[三]、欹[宮]2060 岸屢有。

異

八：[甲]2195 生等菩，[甲]2305 問答於，[三]152 方欣。

寶：[聖]663。

暴：[聖]1442 常流耽，[乙]2157 志謗佛，[知][甲]2082 病死三。

卑：[元]152。

畢：[宮]310 與本不，[宮]2041 緒或是，[甲]2036 時，[明]2154 文同經，[三][宮]1421 常限餘，[聖]1443 常人宜，[聖]1509 不佛答，[聖]2157 譯龍朔，[宋][元][宮]2102 孰乖，[元]1425 是故説，[元]1563 故由此。

辨：[宮]1552 者。

變：[甲]1736 中邊論，[聖][另]790 能。

別：[宮]709 故不從，[甲][乙]1821 與前，[甲][乙]1866 故權實，[甲]

[乙]2263 耶，[甲][乙]2263 也本，[甲]
[乙]2263 也若利，[甲]1866 耶答前，
[甲]1929 理實無，[甲]2249 之旨故，
[甲]2263 耶是以，[甲]2263 自本無，
[甲]2274 品且言，[三][宮]1425 住，
[三][宮]1425 住，[三]2149 譯，[三]
2153 譯，[乙]1821 者釋第，[乙]1736
謂釋立，[乙]1736 云何問，[乙]2263
仍不，[原]2208 爲別義，[原]2339 故
者定。

差：[元][明]675 異名相，[原]
1863。

悵：[三][宮]2122 曰吾子。

乘：[三]2145 之軌轍。

大：[甲]2195 乘心正。

第：[甲]1723 二信。

典：[宮]2108 恒倫豈，[三][宮]
2060 爵爲衆，[三]2149 從大經。

二：[甲]1736 耶答梵。

法：[明]220 門經於，[聖]1509 法
不名。

非：[三][宮]2108 搢紳之。

糞：[宮]1551 和合生，[甲]1863
方得言。

佛：[聖]361 國第五。

改：[甲]2298 至解。

共：[宮]1458 故是。

乖：[宮]2112 凡俗之，[三][宮]
2102 事高世。

怪：[三][甲]2087 人以指。

關：[甲]1841 經中所。

果：[宮]310 報明眼，[宮]1545 執
顯有，[宮]1521 是亦希，[宮]1562，

[宮]2122 比丘白，[和]261 報輪，[甲]
1830 熟愚修，[甲]2370 後終到，[甲]
[乙]1822 故無斯，[甲][乙]1822 名也，
[甲]1709 自受用，[甲]1731，[甲]1775
若因持，[甲]1830 名識若，[甲]1863
乘故有，[甲]2266 不約種，[甲]2269
相故所，[甲]2273 轉三標，[甲]2290
作也，[甲]2299 名也會，[甲]2337 行
異，[明]1559 此位名，[三]1525 因問
曰，[三]1545 熟則應，[三]1562 故知
因，[三]1563 熟因率，[三][宮]1521 事
答曰，[三][宮]1539 於彼言，[三][宮]
1563 前因不，[三][宮][甲]901 食備
辦，[三][宮][聖][石]1509 因時皆，[三]
[宮][石]1558 熟何處，[三][宮]1544 三
惡行，[三][宮]1545 稱，[三][宮]1622
功能此，[三][宮]1646，[三]1331 藥，
[三]1559 此過，[三]1562 故不可，[三]
1563 故於半，[三]1609 相續能，[三]
2123 報或生，[三]2137 是事不，[聖]
225 端，[聖]1509 於外道，[聖]1552
相，[聖]1562 生果中，[聖]1763 昔八
萬，[乙]1723 故，[乙]2309 者其意，
[乙]2404 相好等，[元]1579 生世，
[原]、苦[原]2317 故生死，[原]2270 無
果是，[原][乙]1724 者離攝，[原]2270
相法門。

菓：[甲]1072 食辦備。

過：[原]2339 通喻於。

黑：[甲]1736 異熟或，[明]1563
赤想爲，[三][宮][聖]1579 教而決，
[三][宮]263，[三][宮]354 搖者身，[三]
[宮]1521 論説，[三][宮]1562 熟業等，

[三][宮]1646 又白鑯，[三]193 山頂，[三]721 處彼。

後：[三][宮]1425 時若撿。

會：[乙]1822 名也。

吉：[甲]2249 云云此。

冀：[甲]1805 其改往，[明][宮]2108 於督以，[三][宮]2102 其能生，[三]2122 也誘之，[宋]202 愛念我，[元][明]187 常得莊。

界：[甲]1805 名一長，[宋]1545 異生及。

竟：[原]、[甲]1744 有。

具：[宮]221 衣供養，[甲]、其[甲]1816 杜顗，[甲]1709 三也然，[甲]1731 今處亦，[甲]1782，[甲]1816 故但説，[甲]1816 前位所，[甲]2219 如次下，[甲]2339 判言爲，[原]2205 本經在，[原]2249 也何定。

卷：[甲]2299 前三種。

絕：[三][宮]2102 常品非。

累：[三][宮]2102 傷人，[三]2145 教慇懃。

類：[三][宮]833·諸色莊。

離：[甲][乙]2250 體如如。

里：[甲]1934 對云爾，[另]1435 是。

立：[原][甲]1851 諸佛有，[原]2271 因。

兩：[三][宮]2122。

量：[甲]2270 品大乘，[三]、果[宮][聖]397 果，[三][宮]814 覺者彼，[三][宮]1628 諸門分，[三][宮]1629 諸門分，[三]1509，[原]2196 無。

留：[元][明]309 難如彼。

略：[甲][乙]2250 直言汝，[甲][乙]2397 名即毘，[甲]1851 名字如，[甲]2183 可尋之，[甲]2217 之而幻，[甲]2261 發智一，[甲]2337 故今，[甲]2337 取文尋，[乙]2261 內非羯，[原]2248 名文。

滅：[甲][乙]2254 不住也，[甲]2434 義故。

涅：[宮]2060 道俗嗟。

其：[甲][乙]1822 名，[甲]1731 釋迦在，[甲]2270，[三][宮][乙]2087 人王曰，[宋]566 名須菩，[宋]1562 由田異。

奇：[三]2154 能無不。

起：[甲]2299 名也又。

去：[甲]2217。

瑞：[明]2087 乃使召。

善：[甲]1822 我説，[甲]2196 因緣也。

生：[三][宮]1646 故亦不。

勝：[三]192 子。

失：[甲]2263 端乎，[甲]2409 乎道具，[甲][乙]1822 論，[甲]2217 於處中，[甲]2261 者謂鈍，[甲]2299 疏云燒，[甲]2311 本心知，[甲]2367 不可得，[甲]2409 乎故軌，[三]2154 譯莫，[原]2208 乃至。

時：[甲]2778 三時明。

實：[甲][乙]1822 故以此，[甲][乙]2254 並名爲，[甲]1828 取內道，[甲]1922 是，[甲]2262 二分等，[甲]2814 除隨，[聖][甲]1733 也於中，[乙]

2263 非五識，[乙]2263 故佛所，[乙]2263 故難不，[原]2248 教人偷。

似：[甲]2006 嬰兒得。

是：[甲]2249 文正理，[甲]1731，[三][宮]1548 因有，[三][宮]1559 此六識，[三][宮]1584 根，[聖]1562 種類貪。

釋：[甲][乙]2263 師誰。

受：[久]1488 受譬如。

殊：[甲][乙]2254 體無異，[甲][乙]2263 定，[甲][乙]2263 前十支，[甲]2266 是俱無，[乙]2263 何對辨，[原]2248。

屬：[甲]2274 可有隨。

衰：[宋][元][宮]1551。

思：[甲]2266 緣爲説，[甲]2266 作可悉，[三][宮][聖]222，[宋][元][宮]2104 前言老。

損：[三]2145 權大嗟。

特：[宋][明][宮]、持[元]263。

體：[三][宮]1572。

同：[甲]2270 不闕宗，[乙]1736 體門後，[原]、果[甲]2270 體故云，[原][甲]1851 無常雖。

外：[三][宮]2053 道事天。

妄：[甲]1799 執，[原]、一[甲]1851 相之有。

唯：[甲]1156。

爲：[甲]2261 故有漏，[甲]2270 他句餘。

畏：[宮]2103，[甲]2299 論，[三][宮]263 本以權，[三]1051，[三]2154 色光慚，[元][明]2016 法，[原]、[甲]

1744 無量佛，[原]、[甲]1744 義竟從，[原]2196 故二處。

無：[甲]1709 熟果攝，[甲]1731 處者前，[明]1545 熟捨此，[三]1564。

信：[三]2087 歎。

序：[三]125 然此等。

言：[乙]1822。

一：[三]1564。

已：[甲][乙]2263 滅無自，[原]2339 説當説。

以：[甲][乙]1822 此則應，[甲]2787 文牒聖，[明][甲]951 反搽，[三][宮]2103 採芙。

矣：[甲]1851 如實，[甲]2217 故，[甲]2261 言諸行，[甲]2266，[甲]2299。

易：[己]1830 有易脱，[甲][乙]1069 論欲得，[甲]1912 同故可，[三][宮][聖]1562 生聖補，[三][宮]2066 節，[乙]1736 無，[乙]2309 故說爲，[元][明]375 無智慧，[原]1289 聞難行，[原][乙]917 成就既。

意：[甲]1826 者前以，[甲][乙]2397，[甲][乙]1822 釋也，[甲][乙]1822 說也此，[甲][乙]1822 言因謂，[甲][乙]1822 因是親，[甲]1763，[甲]1822 何緣於，[甲]1913 不同以，[甲]2183 可詳，[甲]2263 界地，[甲]2404，[明]220 法界真，[明]681 分別，[明]1536 熟不可，[乙]1822 我體既，[乙]2397 別圓菩，[元][明]2122 至元，[原]961 願一切，[原][乙]917 無以雜。

義：[明]1632 而重分，[明]2053

者無乃，[三]374 故一時，[乙]2215
也疏由。

　翼：[乙]2092 天情俯，[原]、翼
[甲]1782 不貪故。

　譯：[三]2149。

　用：[元][明]278 故。

　有：[甲]2219 功德豈。

　於：[甲]1736 前文唯。

　愚：[宮]1459 此得輕，[三][宮]
1558 生未見，[三]212 學顛。

　餘：[三]179 觀何以，[三][宮]
1425 處覆藏，[石]1509 處是故。

　與：[甲]2068 西域而，[三][宮]
310 誰以何，[三]2149 冥祥旌。

　者：[甲]2322 體展轉。

　眞：[明]1647 一切智。

　之：[甲]、－[乙]2249，[乙]2263
世。

　中：[甲]1863 云密意。

　諸：[三]1 比丘而。

鈌

　杙：[元][明]下同 345 如來蹈。

逸

　邊：[三][宮]1579 差別二。

　達：[三][宮]2103。

　迭：[甲][乙]1822 故亦得，[三]
2088 多。

　吉：[明]1164 反二十。

　免：[宮]2060 功，[甲]2792 斯過。

　迄：[三][宮]2123。

　色：[聖][另]1431 提法已。

　失：[三][宮]292 是。

　實：[三][宮][石]1509 樂行者。

　送：[甲]1805 食長壽。

　逃：[三][宮]2104 者捕獲。

　晚：[宮]2060 還益部。

　迅：[三]2103 鶪促椿。

　夜：[宮]1435 提者，[明][宮]1428
提若使，[明]1435 提有比，[三][宮]
[聖]1428 提式叉，[三][宮]1428 提此
尼，[三][宮]1428 提是坐，[三][宮]
1435 提，[三][宮]1435 提隨畜，[三]
[宮]1435 提罪有，[三][宮]1463 提，
[三][宮]下同 1435 提，[三]1440 提若
作，[聖]1428 提比丘，[聖]1428 提彼
比，[聖]1428 提如是，[聖]1428 提時
有，[聖]1428 提眾僧，[聖]1435 提突
吉，[另]1428 提時有，[另]1435 提若，
[宋][元][宮]1428 提觸惱，[宋][元]
[宮]1428 提如是，[宋][元][宮]1428
提若比，[宋][元][宮]1428 提眾僧，
[宋][元][宮]1435 提又比。

　佚：[甲]1786 若無，[三]2145，
[宋]、泆[元][明]212 作眾罪。

　泆：[明]2110 者作，[明]190 不
妄語，[三][宮]2122 自恣亦，[宋][元]
1 無禮虛，[宋]1011 念七日，[元][明]
1 不善法，[元][明]1 所行清，[元][明]
1 妄語飲，[元][明]1 妄語踰，[元][明]
2058 其母即。

　姝：[宋]、泆[元][明]1 妄語兩，
[宋]、泆[元][明]1015 皆已無，[宋]、
泆[元][明]1341 之，[宋][宮]、泆[元]
[明]2122 立瓶上，[宋]泆[元][明]1 轉

增遂，[宋][宮]、泆[元][明]495 抱銅柱。

溢：[三][宮][乙]895 盪由，[元][明]403 能變。

譯：[三][宮]2087 經之學。

欲：[聖]125 後故入。

之：[明]2131 非止。

恣：[三][宮]606 不得自。

翊

朗：[甲]2120 縣。

翔：[甲][乙]2211 心王爲，[三][宮]2122 徧不言。

翼：[明][乙]、－[甲]1276 金翅鳥，[三][宮]2122 從充，[三][宮]2122 賛妙典。

翌

翊：[宮]2059 人晉氏。

楖

掖：[三][宮][聖]224 其影無。

枝：[宋]、掖[元][明][宮]461 終不恐。

軼

不：[宮]1808 具如後。

暘

賜：[三][宮]2103 燭於無。

緤

拽：[宮]681 其心於。

肄

隸：[甲]2129 省作積。

隸：[宋][元]2061 習律部。

肆：[甲]2035 業之地，[宋][元]2061 研覈律。

詣

譜：[宋]1451 剃髮人。

從：[三][宮]1464 長者家。

到：[甲]1733 勝，[三]186 佛所稽。

訪：[聖]26 偏袒著。

告：[三]26 尊者阿。

詰：[聖]310 譯。

許：[宮]2060 明。

即：[三]1005 昇七寶。

階：[三][宮]606 況有里。

就：[宮]585 異世界，[聖]1。

來：[乙]1736 後遊東。

請：[宮]1442 王及妃，[宮]2058 毱多而，[甲]897 取壯士，[甲]1735 如來八，[三][宮]1432 一舊比，[三][宮]2034 佛供養，[三]2149 佛供養，[三]2151 彌勒彌。

趣：[宮][聖]223 疊無竭。

設：[知]567 佛所稽。

誦：[宮]2060 謂爲大，[甲]952 海。

諳：[三]154 家家與。

往：[宋][元]1 彼彼不。

謂：[宋]、語[元][明]、－[聖]125 謂曰此，[元][明]2154 佛説子，[元]665 彼長。

向：[乙]1736 佛。

諸：[三][宮]263 父時知。

修：[三][聖]、涼[宮]425 佛在世，[乙]2390 羅六瞿。

詢：[元]1025 世尊所。

燕：[三][宮]263 在於山。

曳：[乙]850 躓。

藝：[三]2059 法師而，[乙]2157 法師而。

譯：[甲]2036 辭季龍。

又：[宋]、藝[元][明]2154 法師而。

於：[明]2122 長者家，[明]293 彼設大，[明]2122 所在是，[三][聖]211 市，[三][宋]337 城中順。

語：[三]1，[三][宮]1421 長，[三][宮]2122 猷曰法，[三][聖]125 不奢蜜。

在：[三]125 難檀槃。

諍：[明]191 寂。

證：[三]193 明人事。

直：[三]2151 不加潤。

旨：[宮]1566 若含通，[三]2110，[宋][元]2060 及開目。

指：[宮]1799 眞實邊，[甲]2266 王爲將，[甲]2299 靈山，[三][宮]2060 朝求木，[三]154 流水側，[三]2146 明以懲，[乙][丁]2244 告衆曰。

至：[明]2122 佛所而，[三][宮][聖]1464 園觀看，[三][聖]189 佛所而，[三]86 王前白，[三]100 佛所，[三]1435 佛所頭。

州：[宋][元]、詣州[明][宮]2122

刺史張。

諸：[宮]279 一，[宮]1615 佛所頂，[宮]279 彼問菩，[宮]310 室羅伐，[宮]665 法會所，[宮]2060 賊登其，[宮]2122 中國上，[甲]、詣敬[甲]1816 承事問，[甲]1928 聞見如，[甲]852，[甲]1709 會擧波，[甲]1724 耆闍崛，[甲]1733 佛，[甲]1736 佛所等，[甲]1742 佛承事，[甲]2087 神祠重，[甲]2230 尊前及，[甲]2250 菩提，[甲]2434 南天竺，[明]309 彼如來，[明]316 十方聞，[明]2145 佛説偈，[明]228 於，[明]309 十方諸，[明]991 反十，[明]1191 淨光天，[明]1435 比丘所，[明]1450 國王宅，[明]1450 如，[明]2123 佛所遙，[三]1442 天處，[三][宮][聖]292 佛國稽，[三][宮][聖]310 法門猶，[三][宮]310 佛樹下，[三][宮]414 大長者，[三][宮]721 天衆受，[三][宮]810 佛善權，[三][宮]1451，[三][宮]1451 苾芻所，[三][宮]1451 餘寺或，[三][宮]2041 天，[三]189 國界遊，[三]200 天宮佛，[三]291 佛道樹，[三]999 離車尾，[三]1005 虛空與，[三]1442 苾芻所，[聖]639 佛，[聖]99，[聖]272 一切諸，[聖]310 餘精舍，[聖]1428，[聖]1428 六，[聖]1462 跋闍子，[聖]1464 如來所，[另]1435 園林中，[另]1509 餘處，[宋][宮]2122 東北方，[宋][明][宮]278 善知識，[宋]5 王訟曰，[宋]19 佛所佛，[宋]231 佛生慧，[宋]278 此土爲，[宋]337 佛文殊，[宋]397 妙寶洲，[宋]440，[宋]690 佛所到，

[宋]1425 佛所頭，[乙]2390 羅仙權，[元][明]202 梵王所，[元][明]721 衆雜林，[元][明]2146 佛説子，[元]15 佛所親，[元]125 彼城是，[元]1421 官言人，[知]384 忍世界，[知]598 海龍王，[知]598 靈鷲山。

諸：[甲]2778 佛而獨。

裔

彎：[三][宮]2103 道有常。

齊：[甲]2128 反説文，[知]598 弘多。

裳：[宮]2104 行三張。

曳：[三][宮]310 翩翻滿，[三][宮]2121。

葉：[甲]2222 之美聲。

胤：[三][宮]2122，[三][宮]2122 光音色。

意

愛：[三][宮]511 三爲智，[三]1546 行應説，[乙]1822 事。

輩：[聖]2157 經一卷。

本：[宮][聖]421，[甲][乙]2259 識相應。

邊：[甲][乙]2263 不可相。

病：[三][宮]1428 食若不。

不：[宮]1509 貴阿耨。

常：[甲]下同 2259 如何也。

乘：[甲]2266 如是深。

詞：[原]、詞[甲][乙]1822 不得論。

慈：[三][宮]1547 方便或。

當：[甲]2261 衆。

道：[甲]2196 違此有，[甲]2230，[三][宮][聖][另]281 開達聞。

得：[丙]973 遂意。

德：[宮]2103 覆雲名。

定：[甲][乙]1821 地所攝，[甲][乙]1822 亦同，[三][宮]263 得至大，[三]1 增盛慧。

惡：[甲]1781 思惟若，[甲]2217 爲愧皆，[三][聖]210 不，[三]193 寂然定。

二：[甲]1736 中云猶。

法：[明]221 隨其善，[三]220 界自性，[宋][元]1549 謂清淨，[原][甲]2271 若共比。

方：[三][宮]754 令得滅。

分：[石]1509 有言八。

福：[三][宮]500 違天神。

過：[三][宮][聖]1425 時達膩。

暉：[甲]2254 取意也。

恚：[甲]1782 等故贊，[聖][另]1548 觸苦受。

惠：[甲][乙][丙]2381 名無盡，[甲]2250 顯盡智，[甲]2401 命也備，[原]2395 寶性論。

慧：[甲]1911 歷一一，[甲]2196 解節論，[明]293 如來隨，[三][宮]606 解了無，[三][宮]425 是曰精，[三][宮]657，[三][宮]1521，[三]1024 菩薩彌，[聖]221 故得道，[聖]278，[宋]475 菩薩曰，[乙]2391 菩薩也，[乙]2250 名爲忍，[元][明]407 是諸一。

或：[元]212 欲云何。

寂：[宋][元][宮][聖]310 成最正。

家：[乙]2263 先爲遮。

兼：[甲][乙]1822 別。

見：[宮]325 色。

建：[三]125 遠離斯。

將：[三][宮][另]1442 或復滿。

解：[宋][宮]281。

經：[甲]1731 爲欲教，[聖]2157 論等編。

竟：[德]1563 成支體，[宮][聖]310 語靡不，[宮]223 相不學，[宮]263 還歸鄉，[宮]461 得定而，[宮]603，[宮]1435 用是行，[宮]1435 與若須，[宮]1513 此，[宮]1648 覺以迅，[宮]2043 欲受，[甲]1731，[甲][乙]2259 對治已，[甲]1512，[甲]1736 初約三，[甲]1816 無別此，[甲]1816 也三業，[甲]1839 無移，[甲]1851 并起要，[甲]1863 顯智種，[甲]1961 二明欣，[甲]2259 解脫分，[甲]2281 故前時，[甲]2299 方生初，[甲]2299 乃休而，[明]2045 他念，[明]202 開解得，[明]1342 步執意，[三][宮]1421 未親佛，[三][宮][知]598 後不遭，[三][宮]225，[三][宮]453 無財，[三][宮]656 度無極，[三][宮]760 離覺，[三][宮]1505 當有有，[三][宮]1505 增聞所，[三][宮]1549 持意境，[三][宮]2121 還見之，[三][宮]2122 報當行，[三]177，[三]201 無願樂，[三]760 自受是，[三]1336 然後掘，[三]1425 已求，[三]1566 所欲義，[三]2122 下，[聖]、此法竟[三]125 與契經，[聖][另]285 修法覺，[聖][另]1453 事并作，[聖][另]1543 止也未，[聖]481 入法無，[聖]1428 欲説而，[聖]1453，[聖]1470，[聖]1562 説不可，[聖]1581 解若彼，[聖]1818，[宋][宮]403 荒故其，[宋][宮]2060 每發精，[宋][明][宮]292 菩薩行，[宋][元][宮]1543 意，[宋][元]603 繫觀便，[宋][元]1462 而去佛，[宋]222 不慢恣，[宋]1006 其光復，[宋]1694 繫觀便，[乙]2250 三歸，[元]2016 善等類，[元][明]188 欲教之，[元][明]1428 故便作，[元]1579 樂地五，[原][甲]1825 今明外，[原]1744 在於大，[原]1774，[知]1579 見差別，[知]1785。

境：[宮]2043 識於緣，[甲]1828 時其六，[三][宮][聖][另]1548 界意識，[乙]2261 執障。

競：[甲]1828 以種。

覺：[原]、[甲]2266 有性而。

空：[原]1862 時四證。

寬：[原]1774 故也處。

奎：[明]278 柔軟。

來：[丙][丁]1141 寶劍。

禮：[甲]2120 獲申。

立：[甲][乙]1821 何，[甲][乙]1822 有佛性，[三][宮]656 志弘誓，[三][宮]671 相應法，[三][宮]2122 清淨得，[乙]1821 六根皆。

量：[甲]2266 云由前。

戀：[明]2131 等持。

慮：[三][宮]2123 片時即。

密：[甲][乙]872 慧成有，[乙]2385 究竟與。

憖：[宮]419 已住喜，[三][宮]425 故引古。

名：[甲]、各[甲]1816 説欲説。

難：[甲]1736 疏。

逆：[三]203。

念：[宮]616 外念諸，[宮]732 有百劫，[甲]1839 此聲上，[甲]2196 故，[甲]2266 初見道，[明]310 根執，[三][宮][聖]285 合成，[三][宮]222 力定力，[三][宮]285 常熾然，[三]1 處又能，[三]125 便自休，[三]125 在前心，[三]202 而得佛，[元][明]475 謂此佛，[知]741 和同是。

七：[元][明]2154 行經一。

其：[甲]1775 調伏則，[三]475 調伏則，[三]2122 金主，[元][明]658 拯給周。

齊：[原]2271 能立能。

氣：[三][宮]2123 盛壯爲。

棄：[宋][宮]322 除止設。

勤：[三][宮]398 斷。

若：[甲]2266 説已。

三：[甲][乙]2263 業無表。

色：[乙]2261 等義四，[原]1861 第八識。

善：[三][宮]2040 思惟即。

設：[甲]、意設[乙]2263 雖無其。

身：[聖]125 最爲第，[宋]403 不得法。

勝：[甲][乙]1821 解所顯。

失：[三][宮]768。

食：[乙]2777 二呵。

實：[甲]2195 有四，[乙]2263 者各。

識：[甲]1828 思縁未，[甲]2263 許得竝。

事：[知]1785 也云云。

是：[宮]309 菩薩生，[三][宮]278 功德寶，[三]267 忍而心，[三]1566 謂我遮，[聖]158 珠寶如，[原]2220 展轉無。

適：[明]1450 欲以汝。

釋：[甲][乙]2263 不許之，[甲]1912 觸從外，[甲]2249 説自然，[甲]2263 故章云，[甲]2270 者似立，[乙]2263 取云，[乙]2263 也餘處。

説：[甲]2263 耶，[乙]1723 住。

思：[甲]2266 無是，[元][明]1571 言。

所：[聖]1509 則是，[宋][明]1428 取與時。

聽：[明][宮]1459 受用便。

通：[乙]1816 云雖不。

童：[宮]1451 而復令，[三][宮]325，[聖]2157 子經見，[宋]627 住于平。

爲：[甲]1816 因猶未，[原]1796 所爲愚。

位：[甲]2214 品意，[乙]2249 不可有，[乙]2249 各二心。

慰：[宮]268 漸離佛。

謂：[乙]2249 煖頂位，[原]2248 中有無。

文：[甲]2263 也若爾，[乙]1736 以經。

五：[甲]2266 識故得。

息：[三][宮]1541 分別三，[三]606，[宋]1545 受用如，[宋]1694 也，[元]1541 入及非。

悉：[甲]1924，[甲]2250 又論文，[三]721。

喜：[甲]1075 發願即，[甲]1086 而，[三][宮]1452 應畜又，[三][宮]721 樂懈怠，[三][宮]1443 而住彼，[三][宮]1562 愛謂於，[三][知]418 心護行，[三]1341 端正甚，[三]1441 求善法，[聖]1509 所欲使，[乙]1821 樂差別。

香：[三][宮]318 華積地，[三][宮]425 堅固。

想：[宮]1548 知法念，[三][宮][聖]1549 法想諸，[三][宮]767 不復持，[三][宮]1650 譬如海。

心：[甲]2195 易知所，[甲]2263 前疑，[甲]2263 如何，[甲]2263 以有色，[甲][乙]2263，[甲][乙]2263 三，[甲][乙]2263 也若，[甲][乙]2263 者若所，[甲]1733 無異念，[甲]1775 自厲修，[甲]1893 入三脫，[甲]2195 也，[甲]2195 者當品，[甲]2214 合於此，[甲]2217 也不可，[甲]2219 者總是，[甲]2254 依，[甲]2263，[甲]2263 我無色，[甲]2263 也故一，[甲]2263 以本淨，[甲]2301 得今古，[甲]2328 破，[甲]2337 故説一，[甲]2371 非起非，[三][宮]453 聽，[三][宮][聖]1421，[三][宮][知]741 不，[三][宮]223，[三][宮]223 樹生須，[三][宮]398 念毒害，[三][宮]425 是曰持，[三][宮]1464 時迦留，[三]125 行善不，[三]185 立德本，[三]192 何爲苦，[三]196 六師邪，[三]945 快然得，[聖][石]1509 菩薩得，[聖]1266 大小當，[聖]1509，[聖]1509 已來所，[另][石]1509 者便爲，[石]1509 乃至如，[石]1509 行般若，[石]1509 已來如，[乙]1220 大，[乙]1287 祈願次，[乙]2263，[乙]2263，[乙]2263 定道二，[乙]2263 而見彼，[乙]2263 可，[乙]2263 麟角，[乙]2263 能不，[乙]2263 薩埵等，[乙]2263 聲聞迴，[乙]2263 也，[乙]2263 異之通，[乙]2263 引文也，[乙]2263 於率爾，[乙]2263 云許宗，[乙]2263 莊嚴五，[原]2408 也如。

信：[三][宮][聖]1421 以汝不。

行：[宮]748，[三][宮]403 如教習，[元][明]387 入。

玄：[宮]2074 應等證，[甲][乙]1929。

言：[甲][乙]1821 然此四，[甲][乙]1822 經主不，[甲][乙]2309 非本所，[甲]1736 思擇不，[甲]1736 相隱但，[甲]1816 故答塵，[甲]1828 教義相，[甲]2290 迷，[甲]2299，[甲]2775 令傳譯，[三]1527 一切諸，[聖][甲]1733 而不退，[聖]200 解得須，[聖]1721 初寄父，[聖]1733 不同者，[原]2339 盡煩惱。

厭：[三]180 令兒行。

也：[宮]1912 滅盡本。

業：[甲][乙]1823 皆有無，[甲]

1813 別顯有，[甲]1828 故刹那。

依：[三][宮]1525 門行名。

噫：[元]2016 之所緣。

疑：[原]1700 難前中。

以：[甲][乙]1751 在圓故，[甲][乙]1822 不能取，[甲][乙]1822 無別。

亦：[甲]2217 如是今。

益：[甲]2371 見他苦，[三][宮]1521 菩薩寶。

異：[甲]2266 説，[甲][乙]2396 生界趣，[甲][乙]2263 義區一，[甲]1763 第一約，[甲]2183 本宗又，[甲]2339 耳已上，[明]1563 顯唯有，[乙]2249 生身中，[原][甲]1781 一同諸。

義：[宮]2008，[宮][甲]1912 問前文，[甲]1784 皆由果，[甲]1735 設更重，[甲]1735 一仍前，[甲]1736 一縱，[甲]1736 引即諸，[甲]1786 此依，[甲]1928 能化即，[甲]2195 也於未，[甲]2249，[甲]2263 且諸二，[甲]2305 雖説一，[明]1519 甚深因，[明]1562 不然理，[明]1591 等説成，[明]1628 顯不顧，[明]2154 菩，[三][宮][聖][另]1543 行力強，[乙]1785 消文令。

億：[甲]2129 省聲也，[明]414 行即，[三][宮]288，[宋][元]、憶[明]、值[宮]263 宜，[宋]309 得成正。

憶：[明]212 念解脱，[明]721 想薪力，[明]2131 喜悦無，[三]311 想未來，[三]397 生死本，[三][宮][聖]625 思念是，[三]16 視凡民，[三]152 三尊誓，[三]154 是賊，[三]311 念是名，[三]1341 念輪聞，[聖]606 爲是水。

音：[東]643 今爲汝，[敦][燉]262 妙大雲，[宮][聖][另]342 義經典，[宮][聖]425 言辭和，[宮]816 皆來歸，[宮]1521 佛法意，[甲]1801，[甲]1909 佛南無，[甲][乙]1796 也，[甲][乙]1823，[甲]1909 佛南無，[甲]1909 華佛南，[甲]2075 即知意，[甲]2207 扶泛反，[甲]2261 者至體，[甲]2396 如是六，[甲]2907 而敷演，[明]312 樂智風，[三][宮]411 樂聲結，[三][宮][聖]397 殊妙亦，[三][宮][聖]425 佛初發，[三][宮]378 向如來，[三][宮]425 攝四無，[三][宮]443 如來南，[三][宮]452 者第五，[三][宮]624 止意斷，[三][宮]824 慈，[三][宮]1464，[三][宮]1509 而出得，[三][宮]1549 不染著，[三][宮]2060，[三][宮]2060 指搦之，[三][聖]125 汝云，[三][聖]643 昔日，[三]193 者，[三]1011 三曰內，[三]1336，[三]2145 所問經，[聖]643 開解同，[宋]、竟[聖]158 無惱心，[宋]、早[元][明]1982 晚開蓮，[宋][宮]598 佛言善，[宋][元][宮]447 華佛南，[宋][元]784，[宋]399 斷遵修，[宋]409 菩薩莊，[宋]1694，[元][明][聖]157 相如來，[元][明]1526 第一天，[元][明]2151 所問經，[原]1774 者求菩，[知]598 時不失。

隱：[三][宮][聖]1421 住彼迦，[三]186 今我等。

印：[聖]222。

影：[三]210。

應：[宮]1421 久近，[宮]1451 應

用，[甲]850 生，[甲]2195，[甲]2195
正明，[甲]2266，[三][宮][聖]586 說
願最，[三][宮]2121 見五無，[宋]223
乃至坐，[乙]2263 云八地。

用：[乙]2250。

有：[甲]2262，[甲]2195 云旣有，
[原]2262 所假無。

又：[甲]2217 見於一。

愚：[三][宮][聖][另]1563 者。

語：[聖]1428 者如上。

欲：[聖]211 滅婬者。

緣：[甲]2266 未來諸。

願：[明][丁]1266 成就一，[三]
[宮]665 即說呪，[三]397 譬如菓。

樂：[甲]1828 不與外。

云：[甲]2434 難信。

章：[甲]1268 惡事聖，[甲]2255
初卷，[三][宮]309。

者：[甲]、乘[乙]2263 等偏限，
[甲]2195 傍明出，[甲]2434 彼法相，
[三][宮]221 爲續佛，[乙]2263 聖亦
有。

之：[明]、義[聖]663 故能爲。

旨：[甲][乙]2263 也但合，[甲]
[乙]2263 一同也，[甲]1717 顯悟，[甲]
1736 趣六，[甲]2263 也，[乙]1736 無
殊四，[乙]2263 也下正。

至：[甲]1736 故名爲。

志：[明]2154 業論一，[三][宮]
810，[三][聖]172 太，[三]193 如蜂向，
[聖]397，[乙]1909 願宣說。

中：[甲]1717 云若小。

重：[甲]2195 三車之，[三]201 錯

亂故，[三][宮]1435 不樂是。

主：[甲]2434 也問此，[甲]2290
也大疏。

住：[宋][元][宮]、－[聖][另]790
我有精。

著：[三][宮]1425 坐若八。

專：[原]1796 耕。

自：[宋]、目[元][明]、息[宮]602
隨色。

字：[甲]2195 趣也知。

恣：[三]1341 放逸於。

宗：[甲]2249 論文全。

作：[宮]1594 識依止。

義

案：[甲]2263 幷別義。

報：[甲]1775 肇曰解。

本：[甲]1705 無所得。

筆：[原]2262 不爾便。

必：[甲]2339 在化法。

別：[甲]2266 名詮共。

並：[乙]1736 如。

不：[甲][乙]2254 斷由識，[甲]
[乙]2254 云今詳。

財：[甲]1796 如人得。

裁：[甲]2219 建立已。

藏：[甲][乙]1822，[甲][乙]2396
久，[甲]2299 一者立，[甲]2305 識言
大，[甲]2305 眞如，[三][宮]374 令汝
疑，[三][宮]656 復有利，[乙]1171 修
多羅。

差：[甲]1870 別義亦，[甲]1805
也唯，[甲]2270 別也即，[甲]2434 別

相如，[原][甲]1851 異始觀。

成：[甲]2263 種。

乘：[聖]1721 今正合，[乙]1832
論此論，[乙]2263 論本頌，[原]1831
由是眾。

誠：[甲]2371 超。

癡：[明][宮]345 心奉。

處：[三][宮][聖]1462 易，[三]
1301 梵志君。

傳：[甲]2323 也防惡，[乙]2263。

慈：[三][敦][流]365 此人命。

麁：[甲][乙]1822 相似故。

道：[宮]1647 三能隨。

等：[乙]1736 者此中，[乙]2263
加行位。

第：[甲]1736 至文當，[甲][乙]
2261 作，[甲][乙]2261 作漸，[甲]2266
一。

諦：[甲]1828 義者能。

顛：[明]1517 施設表。

度：[甲]1863 説一者。

多：[甲]1724，[甲]2299 門一叙。

俄：[甲]2084 乃光暉。

二：[甲]1847 門望自。

發：[元]1579 品此如。

法：[甲]2204 是如彼，[明]1428
故，[三][宮]384，[三][宮]1604 因解
得。

方：[甲][乙]1822 成前文。

分：[甲]1733 名就第，[甲]2313
名言詮，[原]2271 勝負理。

奉：[乙]2092 舉則皇。

佛：[聖]310。

戈：[甲]975 反引。

故：[甲]1822 謂斷八。

國：[甲]2261 不識眞。

果：[甲][乙]1822，[甲]1782 故或
戒，[乙]2317 故或戒，[原]1818 甚深
唯。

豪：[宮]2047 宗咸皆。

慧：[乙]2263 形待前。

或：[甲]1782 諸菩薩，[甲]2219
云唐梵，[甲]2249 未曾得，[甲]2261
有本云。

惑：[甲]1816 別故結。

機：[甲][乙]2288 俱對一。

即：[甲]2270 常。

幾：[甲][乙]1821 便兼明，[甲]
[乙]1821 減，[甲]2266 不能發，[甲]
2266 所。

記：[甲]2183 一卷智，[乙]2218
第二，[原]2339 如佛地。

家：[宮]2103 疏三卷，[甲][乙]
1821 或有欲，[甲][乙]1822。

尖：[明]1464 足床閣。

健：[甲]2275 刺閣云。

講：[宮]299 畢竟不。

教：[甲]2217 而許緣，[甲]2312
止乎若。

戒：[宮][聖]1460 佛説涅，[甲]
2266 故任持，[三][宮]425 是曰持，
[元][明]210 不穿，[元][明]212 信根。

界：[乙]1816 經文。

誡：[三]212。

經：[三][宮]274，[另]1721 疏卷。

敬：[三][宮]2108 況佛之。

句：[甲][乙]2219，[甲]2286 均同。

據：[甲]1828 未起後。

苦：[聖]26 我一向。

類：[甲][乙]1866 一三乘，[甲][乙]2263 何立。

離：[宮]1647 總別相。

理：[甲][乙]1822 故有説，[甲]2408 者第，[明]1581 係心緣，[乙]2190 是如如。

論：[甲]2299 故衆經，[宋][元]2103 蕭琛難。

茂：[甲]2266 法師云。

美：[甲]1719 井園林，[三][宮]342 之法不，[三][宮]2042 妙言説，[三][宮]2102 答曰，[三]2145 繼軌什，[宋][宮]278 悉現在，[宋]2145 見，[乙]897 持明仙，[乙]1830 焉然據。

滅：[甲][乙]2259 是薪滅，[三]99 於彼無。

名：[甲]1912 謂約教，[甲]1735 又局當，[甲]2263 門思量。

難：[甲]1735 前難云。

閙：[三][宮]588。

能：[乙]1796 與前願。

品：[宋]、－[元]1509。

平：[乙]2261 都無所。

前：[甲]1805 等指法。

人：[乙]2263 了。

若：[三][宮]278 味寂滅。

善：[宮][聖]1509 喜，[宮]468 有使已，[宮]481 勤學得，[宮]489 成故菩，[宮]2121 語調戲，[甲]2129 損善

曰，[甲][乙]2250 戒受故，[甲]1828 惡二，[甲]2266，[甲]2339 當，[甲]2362 成立三，[三]774 足法足，[三]1341 中無所，[三][宮]1563 亦有，[三][宮][聖]292 權不可，[三][宮]313 快乃如，[三][宮]425 帝暢善，[三]885 是時諸，[元]220 空有爲，[元][明]1551 也功德，[元]1543 彼，[元]1563 即五識，[原]1862 願所引，[原]2216 赴機緣。

上：[宮]1509。

攝：[明]1545 無礙解，[乙]2263 云所。

身：[甲][乙]2250 異或，[甲]2217 中今取，[甲]2219 各有，[甲]2219 亦同本，[三][宮]1546 堅著猶，[乙]1736 此亦純，[乙]1736 謂六道。

生：[甲]1712。

聲：[甲]1735 四佛子，[甲]1736 經等，[明]1598 依二遍。

師：[甲]2263 中第三，[乙]2263 立量云。

時：[宮]2078 忻然即。

實：[甲]1789。

識：[甲]2266，[甲][乙]2261 本故四，[甲]1705 動作語，[甲]1924 也或有。

事：[甲][乙]2263 耶，[明]1598 故令所，[三][宮]657，[三][宮]657 名爲希，[三][宮]1547 舍提説，[三]1598 由布施，[宋][宮]657，[乙]2263 辨一乘。

是：[甲]2299 大小懸，[三][宮]1599 相應依，[三]1597 故思量。

釋：[甲][乙][丙]2249 云事尤，[甲][乙]2263 也但，[甲]2249 之時舍，[甲]2263 故付實，[甲]2263 何云有，[甲]2263 令存給，[甲]2263 所引阿，[甲]2263 依二，[甲]2263 者以義，[甲]2266，[甲]2266 雖有是，[甲]2288 也難云，[乙]2263 詫質變，[乙]2263 耶答以，[乙]2263 也既，[乙]2263 源依，[原][乙]2263 隨對法。

壽：[甲]2195 經智度。

疏：[原]2227 釋。

數：[甲]2191 無量塵，[三]2149 經五卷。

説：[宮]1530 初地已，[三][宮]585 也，[三][宮]1530 初，[三][宮]1530 一切皆，[三][宮]1530 者彼因，[三][宮]1530 者遠離，[三]212 者隨時。

所：[甲][乙]2263 燈中，[甲]2290 現物像。

體：[元][明][宮]1611 一而名。

同：[原]2271 即有三。

違：[乙]2277 能倒。

文：[甲]1961。

我：[宮]1631 我今説，[宮]2032 也此謂，[宮]2060 踰仄席，[甲]1828 耶又，[甲]2217 耶，[甲]2266 蘊雖後，[甲]1735 多含故，[甲]1763 釋更轉，[甲]1782 義，[甲]1821 不極，[甲]1828 有其八，[甲]2270 體性外，[明]125 豪族，[三][宮]1631 今説，[三]468 也證者，[三]1458 如上説，[宋]375 故諸佛，[宋]1428 如上，[宋]1598 故名種，[元]1579 分中已，[元]1579 云何應，[元][明]425 思上首，[元][明]1509 先，[元][明]1544 如前説，[元]190 故精，[元]1598 心心法，[元]2110 特蒙悦，[原]2271。

無：[聖]310。

義：[三][宮]2103 皇之民，[三]2034 皇篇五，[三]2103 白日登。

犠：[三][宮]2053 册覿奥。

喜：[甲]1705 論，[三]1581 了知勝。

細：[甲]2371 分明也。

羨：[三]2122 緣此功。

相：[明]1604 依者是，[三][宮]1509，[乙]2263 既在過。

心：[乙]2263 如何釋。

行：[聖]1763。

性：[乙]1736 故上來。

養：[甲]2266 自根故。

要：[甲]2262。

也：[甲]2219，[甲]1783 窮源極，[甲]2219 去。

業：[宮]1525 以如來，[三]212，[三]2145 而轉一，[聖]1733 用。

一：[甲]、一義[乙]2288 云第六，[甲]2299 傍正不。

依：[甲][乙]1822 一者相。

宜：[博]262 解佛語，[甲]2017 解説此，[三][宮]、誼[聖][另]285 演，[三][宮]225 當下車，[聖]627 六分別。

疑：[甲]2266 故由。

儀：[宮]411 或勸，[宮]1565 我則不，[甲]1781 心具智，[甲][乙]2261，[甲]1733 成於，[甲]1744 爾時世，[甲]

1816 諦，[甲]1828 防，[甲]2167 一卷
不，[甲]2207 意在養，[甲]2217 示現
此，[甲]2266 彼立二，[甲]2266 從根
本，[甲]2266 種類者，[甲]2317 故云
非，[甲]2335 滿耶答，[甲]2378 四，
[甲]2402 軌是六，[三]、議[宮]395 謂
之，[三][宮]285 第一，[三][宮]883，
[三][宮]1471 當遏惡，[三]1 法，[三]
190 或明治，[三]192，[三]2123，[三]
2125 也欲致，[聖]125 是時阿，[聖]
425 理不可，[聖]1462 云何答，[聖]
1470 言長，[聖]1579 防守根，[宋][宮]
322 説爲法，[乙]2223 等三句，[原]、
[甲]1744 中不便，[原]2248 更弘神，
[知]266 之時則。

已：[宮]1428 乃。

蟻：[明]2103。

異：[甲]1735 正現像，[甲]1736
疏，[甲]1736 疏鏡現，[甲]1816 者，
[甲]2217 畢云法，[原]1854 四假者。

意：[甲][乙]2249 云若唯，[甲]
[乙]2263，[甲]1717 兼含義，[甲]1718
也次明，[甲]1735 若約次，[甲]1735
深玄，[甲]1736 答者，[甲]1736 釋具
足，[甲]1786 因該，[甲]1828 説，[甲]
2036 領一雨，[甲]2299 也，[甲]2311
故二思，[甲]2371 云者一，[明]220 中
有得，[明]2102 則何依，[明]210 不，
[明]213，[明]598 如來滅，[明]1175 相
應心，[明]1536，[明]1544 於中連，
[明]1629 説名爲，[明]2145 辭，[三]
1608 云何此，[乙]1736 後，[乙]2263
如上成，[乙]2263 有緣。

誼：[三]、宜[宮]790 貴和以，[三]
26 則不饒，[三][宮][知]567 趣佛言，
[三][宮]403，[三][宮]403 理功勳，[三]
[宮]496 理是説，[三][宮]744 設何方，
[三][宮]810 不爲二，[三][宮]827 佛世
難，[三][宮]下同 585，[三][聖]199 即
解識，[三][聖]291 故，[聖]125 對，
[聖]222 佛告須。

議：[宮]、儀[聖]2034 法勝經，
[宮]309 復有法，[宮]383 而，[宮]397
受恩不，[甲][乙]1709 經囑累，[甲]
[乙]2087 各曜，[甲][乙]2207 師名摩，
[甲]1733 故亦非，[甲]1735 解中障，
[甲]1735 亦名磨，[甲]2207 師其弟，
[甲]2217 不如婦，[別]397 行不作，
[明]183 論難詰，[明]587，[明]671 以
其論，[明]719 事遠離，[明]1425 合
即詣，[明]1692 工商農，[明]2060，
[明]2076 既陛坐，[三][宮]310 者隨
義，[三][宮]1549 滅盡三，[三][宮][聖]
1463 生於諍，[三][宮]222 猶如幻，
[三][宮]269 説，[三][宮]309 印非泥，
[三][宮]397 如法修，[三][宮]444 佛
南無，[三][宮]481 經行諷，[三][宮]
481 宣，[三][宮]587 皆，[三][宮]656
趣三禪，[三][宮]657，[三][宮]742 其
有要，[三][宮]1435 不善文，[三][宮]
1435 仲取髮，[三][宮]1509 中説問，
[三][宮]1521，[三][宮]1521 字數及，
[三][宮]2049 堂令外，[三][宮]2060
每，[三][宮]2060 攸，[三][宮]2102 二，
[三][宮]2102 苟於時，[三][宮]2122
此鸚，[三][宮]2122 汝當助，[三][宮]

2122 者破戒，[三][宮]2123 者破戒，[三][聖]125 亦無疑，[三]125 諸比丘，[三]133 我以此，[三]212 言奚復，[三]286 三昧益，[三]643 師等不，[三]1341 具足愚，[三]1341 來詣其，[三]1342 普觀三，[三]1441 共道行，[三]2149 極似維，[三]2149 欲齊三，[三]2153 法勝經，[三]2154 辯才法，[聖]125，[聖]341 或説何，[聖]1463 言辭錯，[聖]2157 不覺虛，[另]1509，[石]1509 應如是，[宋]、諠[元]398 趣爲天，[宋][宮][乙]2087 謂門者，[宋][宮]309 所演如，[宋][宮]398 啓受四，[宋][宮]656 趣修，[宋][宮]2108 只可峻，[宋][元][宮]460 以爲元，[宋]1 知有勝，[宋]99，[宋]125，[宋]125 者色者，[宋]186 愚人自，[宋]196 入神非，[乙]2261 決擇力，[乙]2263 如，[元][宮]269，[元][明]1340 以久修，[元][明]1341 師既覆，[元][明]671 若，[元][明]2108 資懲革，[原]1796 至挍量。

因：[甲]2263 云事各。

應：[甲][乙]2250 光。

又：[甲]2299 二諦章。

欸：[乙]2263。

語：[三][宮]1547 聚義是。

喻：[甲]1736 並喻量，[甲]2270 猶豫不。

緣：[甲][乙][丙]1866 互。

樂：[甲]2271。

云：[甲]2195 言索車，[甲][乙]2263。

者：[宮]1605 宣説諸，[甲]1851 同前，[明]1547 諦何差。

徵：[乙]、徽[乙]2157 於建初。

證：[乙]2263 卽以此。

之：[甲][乙]1866 差別，[甲]2312 門之中，[三][宮]664 故若。

旨：[甲][乙]2263 況識食，[甲][乙]2263 僻故多，[甲]2217 乎答彼，[元][明]2103 遠莫不，[元][明]2145 婉約窮。

智：[甲]1736 遍攝諸。

中：[甲][乙]2215 總，[乙]2249 有威。

種：[甲]1512 有爲已，[乙]1736 亦爾云。

衆：[三][宮]398 令分。

著：[甲]2261 等者嫌。

子：[甲][乙]1822 謂或有。

字：[乙]2408。

宗：[三][宮]1545 顯己義，[乙]1736。

溢

隘：[三][宮]383 往來者，[三][宮]729 急戒於。

盜：[聖]1460 鉢食應。

堆：[三][宮]1464 受飯者。

廻：[三][宮][甲][乙]901 身向右，[三][甲]901 身向右。

迴：[三][宮][甲]901 身面向。

滿：[三][宮][聖]294 十方一，[三][宮]383 號，[三][宮]657 而便自。

漫：[宮][聖]1421 衣服著。

沈：[三][宮]2122 道路死。

實：[三][宮]664 自足於，[三]1374 增益壽。

望：[敦]1957 豈可得。

益：[明]2103 窈窕欽，[元]1455 於鉢緣。

逸：[三][宮]2102 大千金，[三]137，[聖]1 無能及。

盈：[三][宮]271 滿，[三]193。

恣：[三]291 自在不。

蝪

暢：[原]、暢[甲]2006。

擅

擅：[三][宮]2108 豈自爲。

揖：[三][宮]2108 君親斯。

億

百：[三]201 千劫中。

傍：[宮]276 義已雖。

倍：[宮][聖][另]675，[宮]234 菩，[明][甲][乙]1276 皆得隨，[三][宮][聖]2042，[三][宮]425 佛，[三]212 世界當，[乙]2396 此佛。

德：[甲]1733 等准之，[明]1669，[明][和]261 佛事業，[三][宮]445 寶辯，[三]193 人所愛，[聖]1443 千。

德：[原]、[乙]2190。

佛：[三][宮]681。

劫：[明]2121 雖不起，[三][宮]586。

竟：[聖]99 年設福。

巨：[三]193 億不可。

量：[原]920 世界所。

世：[三]、一[宮]1521 或過是。

數：[三][宮][知]598 魔至百。

萬：[甲]1718 億劫得，[明]310 悉於導，[三][宮]586 劫淨修，[三][宮]653 轉輪聖。

位：[甲]2239 有四位，[乙]2227 莊嚴迴。

無：[三][乙]1092 數宿。

想：[宮]263 百千佛。

信：[聖]639 眾生於，[另]310 無量諸。

一：[明]997 那由他，[三][宮]560 劫當得，[三]125 結六十，[三]643 光明合，[宋][宮]532 刹土。

意：[宮]1562 繕，[明]1669 各後一，[明]2131 耳以三，[三][宮]269 稍稍引，[三]831 天守護，[宋][宮]2103 善遍修，[宋][元]721 樹以爲，[元][明]1546，[元]632 菩薩，[元]828 菩薩從。

憶：[宮]2103 重天三，[己]1958 如來樂，[甲]952 俱胝大，[甲]1921 愛諸觸，[甲]2266 念名化，[明]402 那由他，[明]598 居家出，[明]643 佛所說，[明]721 那由他，[明]1339 恒河沙，[三][宮]267 念過去，[三][宮]397 無量無，[三][宮]339 無量千，[三][宮]385 本宿命，[三][宮]398 念志在，[三][宮]419 誠信見，[三][宮]618 念餓鬼，[三][宮]1509 想分別，[三][宮]2045 事識真，[三]1336 無量苦，[聖]639 幢幡，[石]1509 萬分乃，[宋][元]2041 人

已目，[宋]1343 念十二，[宋]2110 負初分，[元][明][宮]425 無畏寶，[元][明]167 載存亡，[原]1774 念十七。

臆：[甲]1805 度曾無，[三]2102 說誣濫。

隱：[甲]、億[甲]1742。

種：[三]202 攻圍菩。

住：[宮]481 菩。

誼

善：[宋]、義[元][明][宮]263。

喧：[甲]2008，[明]1536 雜猶。

誼：[三][宮][另]1442 惱時衆。

宜：[三][宮]263 奉順恭，[三][宮]263 普聽，[三][宮]263 順導，[三][宮]285 將導不。

儀：[三][宮]398 合法順。

義：[宮]263 法科律，[宮]263 理，[宮]263 我之等，[宮]810 并使，[宮]下同 627 亦無所，[明]222 是遮之，[三]、議[宮]398 二，[三]、證[宮]398 殊絶，[三][宮]263，[三][宮]309 菩薩，[三][宮]639 五得世，[三][宮][聖][另]342 凡，[三][宮][聖][另]342 若能得，[三][宮]222 當學般，[三][宮]222 若不念，[三][宮]222 者已得，[三][宮]263，[三][宮]263 德不可，[三][宮]263 法其心，[三][宮]263 獲上妙，[三][宮]263 理不與，[三][宮]263 順化群，[三][宮]263 所現不，[三][宮]263 微妙具，[三][宮]263 億百千，[三][宮]263 樂於等，[三][宮]288 理明了，[三][宮]292 不可稱，[三][宮]342，[三][宮]381 無異

又，[三][宮]481 理，[三][宮]627 至安隱，[三][宮]1507 入神諸，[三][宮]下同 810，[三][宮]下同 817 者吾不，[三]154 王大歡，[三]154 往詣世，[三]398 不懷猶，[三]398 不可稱，[三]398 所分別，[三]585 不見我，[三]627 吾以是，[元][明]222 唯。

議：[三][宮]263 無能計，[三][宮]263 用度群，[三][宮]338 唯如，[三][宮]398 坐起經，[三]154 其言流，[三]292 言辭衆，[三]398，[三]398 時此正，[三]398 由無本，[聖]291 主有所，[宋]、義[元][明]398 廣演其，[宋]、義[元][明][宮]309 理明議，[宋]、義[元][明]398 彼時所，[宋]、義[元][明]398 彼無女，[宋]、義[元][明]398 理美要，[宋]、義[元][明]398 無有雜，[宋]、義[元][明]398 卓然殊，[宋][宮]、義[元][明]398，[宋][宮]、義[元][明]398 或復住，[宋]398 聖人離，[元][宮]、義[明]310 至眞之，[元][明]820 國事一。

證：[三][宮]222 何所趣。

詛：[明]2102 有損。

瘦

匱：[三]2103 明珠。

毅

教：[聖]2157 然。

敬：[宮]2060 然剛正。

匪：[宋]、嶷[元][明]2060 然山立。

殺：[聖]379 鋒刃欲。

瞖

各：[元]2016。

噎：[三][宮]671 分別種。

瞖：[甲][乙]2194 眼之眼，[甲]2128 蔽也盍，[甲]2250 字瞖瞖，[明][聖]660 除暗障，[三][宮]、瞖[聖]660 者作是，[聖][另]1442 所覆，[元]2016 生空界。

曀：[三]1529 不見未。

瞖：[宮]279 瞙覆其，[宮]279 普觀法，[宮][聖]272 斷疑網，[宮][知]1581 視如，[宮]672 妄想見，[明][和]293 眼能了，[明][和]下同 293 故見爲，[明][甲]997 膜，[明]261 醯兮十，[明]293 瞙蔽其，[明]1515，[三]、醫[聖]1595 闇等譬，[三]220 曹等眼，[三]220 目令明，[三][宮]、噎[聖]223，[三][宮]、曀[聖]278 目顛倒，[三][宮]671 見虛空，[三][宮]1442 覆其眼，[三][宮]1545 所破壞，[三][宮]1563 膜能蔽，[三][宮]1566 目人於，[三][宮][聖]1579 人眼中，[三][宮][聖][另]675 是眼識，[三][宮][聖]303 膜，[三][宮][聖]660 令無暗，[三][宮][聖]676 人眼中，[三][宮][聖]1579 等過患，[三][宮][聖]1602 者於一，[三][宮]279 眼了衆，[三][宮]292，[三][宮]300 如幻如，[三][宮]411，[三][宮]671 虛妄見，[三][宮]681 眼若斯，[三][宮]720 障日月，[三][宮]721 日月清，[三][宮]1515 譬如，[三][宮]1530，[三][宮]1546 若赤膜，[三][宮]1562，[三][宮]1566，[三][宮]1566 障慧，[三][宮]1588 見毛月，[三][宮]1589 見毛二，[三][宮]1595 闇等譬，[三][宮]下同 1817 燈幻，[三]187 膜，[三]842 妄見空，[三]847 膜覆其，[三]1341 破分五，[三]1566 慧眼者，[聖]1509 視清淨，[宋][明][宮]、瞖[元]306 一切諸，[宋][元][宮][聖]、瞖[明]1428 須細軟，[宋][元][宮]1591 及罪逆。

曀

伊：[明]880 字門一。

憶：[甲]2128 瞖也言。

瞖：[三]278，[三][宮]278，[三][宮]278 得清淨，[三][宮]278 法眞實，[三][宮]278 梵行離，[三][宮]278 佛子是，[三][宮]278 身藥自，[三][宮]1451，[三][宮]1522，[三][宮]1611 月在天，[三]35 照無不。

嘷

嘷：[三][宮]262 吠其舍，[三][宮]2123 叫地獄。

嘷：[宮]1545 叫地獄，[明]158 悲泣求，[明]1339 聲叫言，[三]1 咷不，[三]212，[三]212 吅言不，[三]212 哭受其，[宋]、號[元][明]212 哭受其。

號：[明]2121，[明]2121 咷啼哭，[三]、[知]384 泣不能，[三][宮]397 向佛而，[三][宮]606 酸苦見，[三][宮]721 悲惱自，[三][宮]721 辛酸大，[三][宮]1546 咷，[三][宮]2028 哭當此，

[三][宮]2058 極，[三][宮]2121 哭隨
道，[三][宮]2123 哭馳走，[三]152 無
救夫，[三]152 曰怨，[三]193 啼哭，
[三]200 天而哭，[三]211 泣受報，[三]
397 咷求救，[宋][元]200 天而哭，[元]
[明]5 淚，[元][明]200 天涕哭，[元]
[明]606 哭，[元][明]721 悲叫奔，[元]
[明]2053 而復言，[元][明]2121 哭馳
走。

呼：[三][宮]657 無有救。

咷：[元][明]200 涕哭悲。

儗

諰：[乙]867 儗。

倪：[明][甲]1175。

擬：[甲]1225 儞吽泮。

凝：[甲][乙]867 諰沙俱。

耆：[三][甲]972 五。

疑：[丁]2244 曳。

懌

釋：[聖]324 晨。

惜：[三][宮]2122 又於屍。

澤：[三]22 觀視其，[三][宮]2121
不任作，[三][聖]1579 諸根不。

憶

憧：[甲]850 念故諸。

幢：[三][宮]440 丹幢意，[聖]272
畢竟不，[元][明]443 如來南。

得：[甲]1822 智俱念。

後：[甲]2735。

懷：[三][宮]1451 持父王，[聖]
[另]1548 想知想。

慧：[宋]1582 宿世事。

境：[甲][乙]1822 此於蘊，[甲]
[乙]1822 念色之，[甲]1816 念次，[甲]
1821 便止故，[甲]1841 無謬故，[甲]
2196 甚多多，[甲]2217 修習智。

慢：[宮]721。

念：[三][宮]1646 等法能，[三]
[宮]1646 法應爾，[三][宮]1646 苦得
時，[三][宮]1646 是名作。

請：[甲][乙]1822 持護念。

使：[元][明]656 眾生分。

屎：[宋]1521 念守護。

聽：[宮]1808 我一說。

惟：[三]201 此。

喜：[元][明]227 樂本相。

憶：[聖]200 望其夫。

想：[元][宮]315 念往古。

性：[甲]2337 難論經。

修：[甲][乙]1822 時以色。

一：[明]1545 宿命，[元][宮]639
念難行。

噫：[宮][聖]1509 臭又如。

意：[宮]、憶[聖]425 念宿世，[宮]
[聖][另]790 念，[宮]618 念，[宮]657
無，[宮]2121 知而尚，[甲]2075 是道，
[甲]2075 遂向說，[別]397 念得解，
[明]1450 念世尊，[明]814 想者，[明]
1428，[三]201 念施故，[三][宮]816 呼
佛下，[三][宮]1523 餘事故，[三][宮]
2102 堤，[三][聖][另]1428 念斷如，
[三]100 念等同，[三]201 持著於，[三]
633 念善除，[聖][另]1541 欲解脫，

[聖]99 受持天，[另]1543 識強記，[宋]
[元]1545 念久已，[宋]1667 念如來，
[乙]2092 春於沙，[元]、億[宮]1585 念
因故，[元][明]339 念皆得。

億：[德]1563 念過去，[宮][聖]
627 百千姟，[宮]263，[宮]263 乃從
過，[宮]279 念生無，[宮]310 想故增，
[宮]397 過去有，[宮]398 重思其，[甲]
[乙]1822 念當受，[甲]1238 鬼神前，
[甲]1724 故此顯，[甲]1821 上曾見，
[明]、意[宮]721 念諸惡，[明]721 念，
[明]1522 持是菩，[明]158 念佛土，
[明]187 昔赴強，[明]267 念菩薩，[明]
285 念本宿，[明]309 百千無，[明]721
本生故，[明]721 法不忘，[明]721 念，
[明]721 念彼地，[明]721 念此身，[明]
721 念風最，[明]721 念觀察，[明]721
念人婦，[明]721 念思惟，[明]721 念
悉不，[明]721 念心意，[明]721 念一
切，[明]721 念於色，[明]721 念正法，
[明]1014 念最上，[明]1331 念常在，
[明]下同 721 念，[明]下同 721 念不
事，[明]下同 721 念趣向，[明]下同
721 念如已，[明]下同 721 念自妻，
[明]下同 721 自本生，[三][宮][聖]754
年，[三][宮]263，[三][宮]624 那術，
[三][宮]2122 數比，[三][聖]225 萬人
共，[三]721 念種，[聖]1441 有罪不，
[聖]99 於眾生，[聖]125 本，[聖]125
其頭目，[聖]125 如來功，[聖]125 施
者便，[聖]341，[聖]425 識如來，[聖]
1733 念不，[宋][宮]2122 念三者，[宋]
[元]1435 念不應，[知]598 念我過。

膽：[甲]2261 持不，[明]721 念
此諸，[元][明]187 度阿難。

隱：[甲]2263 離言邊。

應：[甲]1911 三術即，[聖]1462
識心中。

於：[宮]2121 彼不食。

增：[三]、憤[宮]1547，[三][宮]
1647 智引就。

憕：[明]2034 者聶道。

知：[三][宮]1435 疑若。

緶

絞：[三][宮]2122 死佛以。

經：[三]26 死沙門。

翳

礙：[聖]397 明智是。

蔽：[宮]310 一切天。

墮：[三][宮]656 生死流。

笈：[乙]2263 迦阿羯。

堅：[三][宮]770 形。

緊：[三][宮]1545 泥耶。

虧：[三][宮]2103 點月。

泠：[三][宮]2103 俱銷億。

翁：[明]2121 令不。

噎：[明][丙]954 呬翳，[三][宮]
309。

業：[明]293 障出生。

繫：[宋][元]212 如斯之。

瞖：[聖]310。

醫：[宮]673 障於日，[宮]1459 除
著大，[宮]2058 其身遊，[和]293 燈
以佛，[甲]2015 愚人不，[甲][乙]1796

故諸法，[甲][乙]1822 目兩月，[甲]1735 瞙名爲，[甲]1906，[甲]2015 而不自，[甲]2204 障輕重，[甲]2215，[甲]2250 也，[甲]2311 羅葉大，[明]261 見空花，[明]658 或患眼，[明]1094 呬羿，[三]682 所捨，[三]989 羅，[聖]1579 法無明，[宋][宮]、堅[元][明]433 道教，[宋][宮]2123，[宋][元]1539 孰能遣，[宋]1092 呬曳呬，[乙]1822 底界行，[乙]2391 字色及，[乙]2393 王能治。

瞖：[甲]2269 所見髮，[甲]901 去音醯，[明]672 目見有，[三]201 得消除，[三]279 不見淨，[三][宮][甲]901 去音醯，[三][宮]1428 彼比丘，[三][宮]1562，[三][甲]901 醯羿，[三]187，[三]187 目以空，[三]187 之所覆，[聖]1544 等緣令，[宋][元]279 障觀察，[宋][元]279 障於垢，[宋][元]901 即差，[元][明]、瞖[聖]703 不，[元][明]304 瞙枯竭。

曀：[三][宮]586 不明不，[聖]278 照一切，[宋][元][宮]、[宮][聖]278 見眞淨。

爵：[甲]1736 火依性。

暉

暉：[宋][宮]、皣[元][明]2040 猶莫詳。

嚘

嚹：[明][甲][乙][丙]1277 二，[宋][明][乙]921 二嚹曰。

歎

歎：[元][明]2060 及晚僧。

臆

腹：[甲]989 行龍王，[明][宮][石]、明註曰腹宋南藏作臆 1509 示尼揵，[聖]834 肉盡脂。

信：[三][宮]2103 度矜白。

噫：[聖]、意[甲]1733 判華嚴。

憶：[宋][元][宮]672 度起見，[乙]2408 持記。

臆：[明]192 臆方具。

應：[聖]425 度無極。

癮

癮：[宋]953 言。

壓：[甲]1928 夢難醒。

翼

黨：[元][明]310 舍。

驥：[三]2108 而橫厲。

皆：[知]384 從。

習：[宋]100 從。

相：[聖]1582 三者。

巽：[丁]2089 幽巖。

異：[聖]2157 九迷論，[宋]2087。

翅：[三]186 從諸天，[三]2103 彈曰二，[聖]190 從各各，[宋][宮]2103 於易道。

翌：[宮]2078 日以其。

藝

簿：[宮]2103 頒下諸。

勢：[甲][乙]2425 終不。

術：[三]420 文章算。

桷：[甲]2128 雞反韻。

詣：[三]2145 法師。

蓺：[元][明]2103。

陰：[宋]197 術曉七。

鎰

溢：[宋][元]2103 可。

寱

藝：[另]1435 語大喚。

繹

釋：[甲]2305 名門引。

詳：[石]1509 其身所。

義：[乙]2263 不。

譯：[三][宮]2060 所撰金，[三]2154 舊翻之，[宋][宮]310。

繹：[元][明][宮]2060 在席嗟。

譯

本：[三]2154。

禪：[乙]2157 行。

出：[明]2153，[三][宮]2034 此應入，[三][宮]2034 與晉世，[三][宮]2034 者大同，[三][聖]2034，[三]2149，[三]2149 弊魔試，[三]2149 與漢，[三]2149 者小異，[三]2152，[三]2153，[三]2153 見僧，[三]2153 見僧祐，[三]2153 六百四，[三]2153 七，[三]2154，[聖]2157 同經體，[宋][元]2149。

傳：[甲]2068 是。

諦：[甲][乙]2397 梵語中，[甲]2339 所譯名，[元]2154 單本。

鐸：[三]1236 如是嚴。

翻：[甲]2207 其名，[甲]2263 出一品，[甲]2263 經，[甲]2263 經中明，[三]2154，[乙]1736 然事。

附：[聖]2157。

獲：[聖]2157 梵本未。

集：[三][宮]1433，[原]2167。

記：[甲]2183 譯，[甲]2250 第一七，[乙]2408 之即是。

講：[原]1722 出深義。

經：[甲]2128 沙門慧。

淨：[甲]2266 願智等。

卷：[明]2154。

訣：[甲]2217 謂之毘，[甲]2223 意在只。

錄：[三]2154 一譯本，[元][明]2149。

論：[明]2149。

評：[甲]、義疏作稱 2195 之爲序，[甲][乙]1821 家。

謙：[聖]2157 等所出。

識：[甲]1799 其義房，[甲]2810 名意恒。

釋：[丙]2397 教以立，[宮]2122，[甲]2269 意唐譯，[甲]2269 云云可，[甲][乙]2219 經那羅，[甲]1805 爲，[甲]1816 並略無，[甲]1830 義有乖，[甲]2081 七卷，[甲]2219 大義毘，[甲]2223 曰阿那，[甲]2239 云七母，[甲]2250，[甲]2261 沙門大，[甲]2266 起以，[甲]2266 云非安，[甲]2266 者不悟，[甲]2269 本疏略，[甲]2269 竝出伽，[甲]2269 全，[甲]2269 中全無，

[甲]2299 藏中所，[甲]2299 深密經，[甲]2299 修多羅，[甲]2397 者迥天，[甲]2412，[甲]2775 上疎，[甲]2792 斷除生，[明]2154 一存二，[明][乙]994 云薩字，[明]2059 梵文遂，[明]2149 或七卷，[三][宮][甲]2053 彦悰，[三][乙]1092 諸天一，[三]2151 梵語於，[石]1509 得悟不，[宋][宮]2049 大乘諸，[宋][元]2154 俱舍論，[宋]2154，[乙][丙]、譯[丙]2120 本雖，[乙]2157，[乙]2157 論五卷，[乙]2250 經應別，[原]1818 又從前。

述：[聖]2157 又至伊。

説：[甲]2266 三十四，[三]2125 之爲月。

誦：[宋][元]26。

譚：[三]2034 寧可昧。

投：[甲]、沒[乙]2408 之後。

謂：[宮]618 者，[甲]1736 之，[甲]2301 此二論，[聖]2157 不然元，[聖]2157 元嘉十，[宋]2153。

顯：[聖]2157。

祥：[聖]2157 定言音。

詳：[三][宮]2034 悉言應，[三]2154 經論目，[三]2154 審也，[聖]2157 見內典，[聖]2157 梵本書，[乙]2408 耳文。

心：[明]2149 覺意筆。

行：[甲]1733 菩薩本。

演：[聖]2157 壽量大。

業：[三][宮]2060 勅昭玄。

一：[明]2154 分二本。

以：[甲]、以譯[乙]2207 一已永。

議：[甲]853 爲除疑。

驛：[甲]2227 也今取，[元][明]2085 所記漢，[元]2154。

源：[三]2154 編於秦。

擇：[三]2150 出民人。

澤：[甲][乙]2396 云翻云，[甲]1708 家謬也。

者：[三]2154 也。

証：[甲]、義疏作稱 2195 爲無量。

諍：[宮]2034，[甲][乙]2296 若言後，[甲][乙]2296 因明之，[聖]2157 沙門大。

證：[聖]2157 益意經。

撰：[聖]2157，[宋][元]2061，[宋][元]2155，[乙]2157 出非梵。

漢：[甲]2299 第七部。

議

譩：[甲]2068 誦三藏。

奧：[元][明][宮]588 答言。

諦：[甲]2255 復次虛。

後：[乙]2261 之曰大。

護：[明]1450 城中子，[三][宮]414，[三][聖]178 不得使，[宋][宮]664 王者功。

譏：[宮]1613 論等所，[甲]1806 云跋難，[甲]2128 者籌度，[三][宮]1443 沙門喬，[三][宮]2059 者謂逢，[另]1459 苾芻受。

集：[甲]1736 法事。

量：[三][宮]263，[三][宮]310 佛告迦，[三][宮]387，[三][宮]410 甚深

如，[三][宮]2122 法非聞。

論：[三][宮]476 離我我，[乙]、
訖[知]1785 密者例。

美：[石]1509 智。

謙：[宋]、嫌[元][明]1453 乃至
乞。

散：[元][明]2122 大夫蘭。

設：[明]1549，[乙]2092 太。

識：[宮]2102 故一體，[宮]2112
所不及，[甲]1727 於四境，[甲]2128
此謂因，[甲]2217 教誘，[甲]2290 劫
則遍，[甲]2290 量正理，[明]220 界
安隱，[明]2108，[三][宮]225 念鬼神，
[聖]1442 曰諸人，[宋][宮]2060，[原]
1849 依見愛，[原]2211 故五眷。

說：[宮]1650 此事佞，[三][宮]
273 今者如，[三][宮]378 不可稱，[三]
190 所謂諸。

惟：[聖]125 此時便，[原]1796 而
況。

聞：[三][宮]2103 強記非。

問：[明]2103 沙汰釋。

詳：[三]152 夜則踰，[乙]2263 曰
結文。

宣：[三][聖]211 正法修。

要：[三]196 勿起。

也：[甲]2053 經。

宜：[三][宮]2108 聲聞剃，[三]
[聖]1440 不得，[聖]1440 之國得。

儀：[甲]、議[甲]1782 而多生，
[甲]、議[甲]1782 事故想，[甲][乙]
2219 甚深，[甲]1731 一，[甲]2128 也，
[甲]2792 三者白，[明][甲][乙]1225，

[明]1451 曰未知，[明]2059，[三][宮]
2121 無失矣，[三]2154 六卷大，[聖]
2157 大夫行，[宋][元]2061 還故鄉，
[乙]2157 六卷九。

詣：[三]2088 守門者。

義：[宮][甲]1911 住處者，[宮]
2108 中彈且，[宮]2121 二鷄頭，[甲]
2223 問答往，[甲][乙][丙]1958 中聞
法，[甲][乙]1822，[甲][乙]1822 婆沙
二，[甲]1763 況起脩，[甲]1846 論也
謂，[甲]2035 衆謂詢，[甲]2128 譯爲
校，[甲]2230 結舌，[甲]2270，[甲]
2434 也此義，[明]293 悉降伏，[明]
99 故爾時，[明]310 無文字，[明]1485
辯，[明]2122 有難問，[明]2154 出家
經，[三][博]262，[三][宮]263 理所趣，
[三][宮]383 論廣降，[三][宮]657 世
間所，[三][宮]1428 往，[三][宮][甲]
901 作此，[三][宮][聖]341 爾時文，
[三][宮][聖]627 阿闍世，[三][宮]222
於，[三][宮]263 佛說是，[三][宮]263
難及賢，[三][宮]292 理，[三][宮]292
志誓大，[三][宮]294 法門住，[三][宮]
294 相皆悉，[三][宮]374 故爲，[三]
[宮]425 等演法，[三][宮]425 諸佛音，
[三][宮]588 品第二，[三][宮]588 四
者能，[三][宮]627 顯備則，[三][宮]
649 應供無，[三][宮]657 增長諸，[三]
[宮]811 不違道，[三][宮]816 大界之，
[三][宮]1425 問答呪，[三][宮]1435 師
懷嫉，[三][宮]1462 語外道，[三][宮]
1509，[三][宮]1509 門餘五，[三][宮]
1509 中無摩，[三][宮]1536 聞此諸，

[三][宮]1546 道佛是，[三][宮]1579 思苦思，[三][宮]1646 皆悉通，[三][宮]1646 門如莎，[三][宮]2034 出家經，[三][宮]2060 未忍東，[三][宮]2060 之以爲，[三][宮]2103 同謀遂，[三][宮]2121，[三][宮]2121 師如此，[三][宮]2123 弟愛家，[三][宮]下同 585 何謂菩，[三][聖]99 理屈者，[三][聖]125 是時二，[三][聖]190 來，[三]1 堂名曰，[三]99 不摧伏，[三]99 風能偃，[三]99 世尊爲，[三]99 者所見，[三]125 當，[三]125 如來甚，[三]154 成就微，[三]156 品第五，[三]194 皆悉降，[三]198 軍，[三]210 不爲，[三]220 能聽法，[三]383 世尊，[三]398 是爲智，[三]399 講斯經，[三]399 覺成不，[三]399 時萬二，[三]1485 諦慧所，[三]1509 廣說是，[三]1564 時各有，[三]1583 破於邪，[三]2027 各心念，[三]2145 降伏異，[三]2145 要請俟，[三]2149 也深有，[聖]99 耶其夫，[聖]125 乎所以，[聖]375 故爲勝，[聖]1 遠來拜，[聖]99，[聖]125，[聖]125 我今請，[聖]200 常共其，[聖]1425 言，[聖]1463，[聖]1463 此二皆，[聖]1595，[宋][宮]223，[宋][宮]294 師法輪，[宋][宮]1421 者，[宋][宮]1509 師名摩，[宋][元][宮]1425 言此比，[宋][元][宮]1522 入思慧，[宋][元][宮]1602 聖教契，[宋][元][聖]190 之鼓作，[宋][元]2110，[宋]1341 論其，[乙]2397 中也可，[乙]2782 經也言，[元][明]2154 深推服，[元][明][宮][甲]2087 是如來，[元][明][宮]309 時彼如，[元][明][宮]310 理其佛，[元][明][甲]951 無證成，[元][明]125 依此論，[元][明]292 亦欲愍，[元][明]309，[元][明]309 遠離一，[元][明]627 其寂然，[元][明]1342 無所不，[元][明]2060 數年之，[元][明]2087，[元][明]2087 次東有，[元][明]2087 勝，[元][明]2087 無負請，[元][明]2087 之處初，[元][明]2108 中彈豈，[原]1840，[原][甲]1781 持義不，[原]1819 於敷。

億：[明]278 衆雜妙。

誼：[宮]433 億佛，[三]、說[宮]2112 無酒，[三][宮]744，[三][宮]2112，[三][聖]291 靡不，[乙]1978 報故頂，[元][明]398 而無疑。

譯：[甲][乙]1796 是住心，[甲][乙]1796 謂除疑。

議：[乙]2394 就。

語：[聖]200 已即便。

者：[宮]380 必當獲。

諍：[甲]2219 也戲論。

證：[甲]、成[乙]1834 境無却。

諸：[甲][乙]2254 論中說，[明]293 刹衆生。

嚘

寐：[三]22 語行無。

媟：[三]1529 語二者。

孂：[三]643 語口中。

懿

德：[三]196 注仰虛。

鼓：[三][宮]317 沙目或。

愨:[另][三][宮][聖][另]790 温雅智。

驛

護：[聖]514 導前後。

馹：[甲]2035 走天下，[宋][元]2061。

繹：[明]2122 四出尋。

譯：[明]2053 之外條。

乚

乙：[甲]2129 作𪘆𪘆。

爪：[丙]2286 萬字云。

因

哀：[三]193 愍傷衆。

本：[甲]1851 來不動，[元][明][宮]614 自見少。

臣：[三]2088 廣。

乘：[甲][乙]1821 之未滿。

出：[甲]1795。

得：[甲]2017 果如子。

典：[三][宮][聖]425 致不死。

恩：[宮]2123 緣，[甲]1795 非愛等，[甲]1828，[三][宮][聖]285 愛適長，[三][宮]1506 如是三，[三][宮]2040 愛致情，[三]201 云何今，[三]2060 比德連，[聖]200 愛則生，[聖]1509 緣乃，[聖]2157 下念從，[宋][宮]285 法所將，[原]2306 德攝也。

而：[甲][乙]1822 從果。

法：[甲]2274 通有無，[三][宮]2104 伽藍精，[原]2271 如以烟。

分：[甲]1830 義即擇，[甲][乙]2263 除生起。

告：[三][宮]2085 白。

簡：[甲]1816 便生。

共：[明]2016 性。

固：[宮]1646 懷瞋心，[宮]2060 得參其，[宮]2122 集，[甲][乙]1239 呪大富，[甲]1724 以出家，[甲]1733 謂，[甲]1816 始得菩，[甲]1960 執前非，[甲]2039 辭古本，[甲]2053 慈造曲，[甲]2195 生爲說，[甲]2217 如說一，[甲]2339 如立智，[明]2076 守無常，[明][甲]2131 常，[明]1 己見謬，[明]1424 開各，[明]1631 緣和合，[明]2053 求法尋，[三][宮][甲]2053 使梵志，[三][宮]285 行法，[三][宮]1657 無窮盡，[三][宮]2060 絶，[三][宮]2060 其聖助，[三][宮]2103 爽塏以，[三][宮]2108 不累其，[三][宮]2122 請終不，[三]1331 梨提遮，[三]2063 具叙離，[聖]1552 緣不具，[聖]1582 知根力，[石][高]1668 果相，[宋][宮]2060 令覆述，[宋][元]2061 夢聖容，[元][明][宮]614 亦不自，[知][甲]2082 不動鉤，[知]2082 不可說。

故：[甲]1829，[三][宮]493 作霧露，[乙][丙]2777 非名也，[乙]2263 簡已前，[原]2406 次觀於。

國：[宮]2103 張其口，[甲]1771 緣有人，[甲]2300 機雋仁，[甲]2879 經第二，[三][宮][聖]1488 定善男，[三][宮]2122 主口，[三]2087 名波吒，[聖]1579 緣不造，[聖]2042 一分至，

[乙]2087 以爵金，[原]1981 無量，[原]1764 別語亦。

果：[甲][乙]1822 相殊，[甲]1709 中本覺，[甲]1731 此之能，[甲]1731 果此等，[甲]1731 爲無量，[聖]1595 即信樂，[乙]2263 隨順依。

過：[甲]2270 性意取。

同：[宮]624 三。

回：[三][宮]263 我方便，[三]2122，[宋]2145 德之，[原]2339 之法成。

及：[三]26 六處緣。

即：[三]193 説是辭，[乙]2231 果行，[元][明]2016 是無所，[元][明][宮]374 以國事。

集：[宋][明]374 無有。

見：[甲]1854 世諦不，[明]325 於諸光，[三]、是[聖]210 正。

匠：[聖]1421 浴不犯。

界：[明]882 無言。

咎：[明]2104 更並曰。

巨：[甲]1733 滿成果。

句：[甲]1512 所得法，[甲]1842 亦。

具：[甲]2274 現。

開：[甲]2299 中三藏。

可：[甲]1832。

空：[三]481 有名。

口：[乙]1736 力論師。

困：[丙]2120 惓不，[宮]398 界，[宮]1505 提麗先，[宮]1562 中立果，[甲]1782，[甲]1782 示臥危，[甲]1912 惓中穎，[甲]1965 獨厄無，[甲]2128

迫失志，[甲]2196 苦障不，[甲]2255 初中有，[甲]2792 是無爲，[明]1579 而現轉，[明]2076 底却不，[明]2034 見朱士，[明]2131 相鼠也，[三]158 於邪見，[三][宮]330 疲勞，[三][宮]350 苦直，[三][宮]616 得，[三][宮]1506 苦萬民，[三][宮]2053 勞轉篤，[三][宮]2102 蒙拔茲，[三][宮]2102 魔蟒又，[三][宮]2122 病，[三][宮]2122 苦與或，[三][宮]2122 陀羅尼，[三][宮]2122 臥窓下，[三][宮]2123 苦與或，[三]158 於邪道，[三]158 諸見於，[三]1227 截形，[三]1563 自反損，[三]2137，[聖]1442，[聖]1552 及忍説，[另]1459 淨口常，[宋][宮]305，[宋][宮]848，[宋][元]2102 豐積祉，[宋]374 飢渴寒，[宋]2061，[宋]2121 緣王勿，[元]671 不同故。

了：[甲]1912 本有彼。

量：[乙]2263 本意付。

林：[明]2103 八辯彌。

羅：[甲]1728 惡業火。

名：[原]1840 既是。

明：[宮]1546 者有漏，[甲]2274 因。

目：[丙]1832 苦法智，[丁]1831 之爲善，[宮]671 無分別，[宮][聖]1562 彼滅得，[宮]263，[宮]263 隨其本，[宮]374 見光故，[宮]1462 二人起，[宮]1596，[宮]2103 像以悟，[甲]1964 判作謢，[甲]2036 以爲，[甲]2196 之爲土，[甲]2335 感以得，[甲][乙]2249 之時地，[甲][乙]1796 立名又，

[甲][乙]1822 行義亦，[甲][乙]2186，[甲][乙]2186 爲品目，[甲]1778 論不二，[甲]1781，[甲]1781 法爲説，[甲]1781 又前人，[甲]1785 滅惡生，[甲]1813 可，[甲]1828 一，[甲]1828 於此事，[甲]1830，[甲]1831 淨修廣，[甲]1852 之爲聚，[甲]2128 宂之，[甲]2250 雖異並，[甲]2255 是人被，[甲]2255 云大品，[甲]2255 之，[甲]2261 一切行，[甲]2266 文此以，[甲]2266 者意云，[甲]2266 自體不，[甲]2901 無眼生，[三][宮]477 一切諸，[三][宮]2042 緣獲得，[三][宮]2122 縷利頻，[三]397 哆擁四，[聖][另]1733 之爲總，[宋][元]、日[明]2106 僞，[乙]1929 之爲權，[乙]2249 唯勝，[乙]2263 說爲字，[乙]2297 之菩提，[原]、[乙]1744 故法華，[原]、目[乙]1833 難爲楷，[原][甲]1825 故言因，[原][甲]1851 名方廣，[原]1744 之爲種，[原]1776，[原]1851 內外法，[原]1851 之爲相，[原]1863 一分衆，[原]2249 無間道，[原]2339，[原]2339 故仍。

內：[宮]606 外明所，[甲]2218，[甲][乙]1833 量因云，[甲][乙]2174，[甲]1732 人用事，[甲]1736 謂相故，[三][宮]1462 國號之，[三][宮]1543 相應法，[三][宮]1548 緣疑惑，[聖][另]1563 要待處，[聖]1509 緣，[聖]1509 緣識名，[乙]2296 廣明佛，[乙]2309 善友作，[元][明]1558 果實無。

其：[元][明]1545。

前：[甲]2300。

且：[甲]、因目[原]2299 一切種。

囚：[甲]2001 往來宛，[甲]1851 調亦名，[明]1299 必，[明]2131 此主問，[三][宮]2045 所犯形，[元]1421 緣到軍。

闕：[甲]2270 一非正。

仍：[甲]2311 記流布。

日：[甲][乙]2263 以處言，[甲]2261，[三][宮]2121 與卿相，[三]1547 方，[三]2145 稱，[宋][元][宮]1451 他事來，[宋][元][宮]1558 圓故立，[宋][元]1545 故展轉，[乙]2394 陀羅妙，[原]1744 也或起。

潤：[甲]2202 文備靖。

善：[甲]2370。

身：[甲]2273 下有三，[三][宮]721 欲無厭。

師：[明]2076 遣一僧。

使：[三]1552。

是：[原]2339 即總結。

首：[丙]2396。

疏：[乙]2249 更非相。

思：[甲]1736 即第四，[甲]1841 極成若，[三][宮]589 愛癡冥，[聖]291 意所念，[元][明]285 衆生勞，[原][甲]1781 以暢前。

四：[甲]1736 事離不，[甲]1830 緣者即，[明]1544 等有無，[三]1600 果立次，[宋][元]671 緣生生，[乙]1822 造多，[元][明][聖]278 陀羅妙，[原]2339 緣盡諸。

遂：[三][宮]2060 從開禪。

所：[三][宮]2122 緣佛告，[三]

1545 道緣起。

梯：[甲]2195 故名方。

田：[德]1562 何等爲，[甲]893 我今稽，[甲][乙]1821 非其器，[甲][乙]2227 也，[甲]1722 中不復，[甲]1763 中造惡，[甲]1820 中不生，[三][宮]1546 非地非，[三][宮]1563 故有說，[三][宮]1647 壞果則，[三][宮]2121，[三]159，[三]310，[三]2125 今不奉，[聖]1463 跋難陀，[聖]1579 相似四，[宋]、用[元][明]2123 施草於，[乙]2227 若敬此，[原]2271 智因。

同：[宮]310 煩惱生，[宮]1550 生當知，[宮]342 緣，[甲]、門[乙]950 而相應，[甲]、因[甲]1782 彼亦是，[甲]1512 時平治，[甲]1778 諸菩薩，[甲]1829 世不同，[甲]1830 中，[甲]1840 喻無能，[甲]2266 喻然准，[甲]2290，[甲][乙]1821 彼，[甲][乙]1822 亦有差，[甲][乙]1866 下而說，[甲][乙]2219 緣，[甲][乙]2288 是一往，[甲][乙]2309，[甲]996 修三密，[甲]1512 此，[甲]1512 見聞而，[甲]1724，[甲]1724 究竟佛，[甲]1733 三世佛，[甲]1735 即是邪，[甲]1816，[甲]1816 上來，[甲]1826 非因故，[甲]1828 緣名合，[甲]1830 緣能入，[甲]1851 分別有，[甲]1851 皆迷理，[甲]1851 行何故，[甲]1863 即福智，[甲]1863 位明非，[甲]1863 一論成，[甲]1887 緣義不，[甲]1920 行，[甲]1921 也略舉，[甲]2068 號爲法，[甲]2196 上五生，[甲]2250 故第二，[甲]2261 許四分，

[甲]2261 生起生，[甲]2266 得此身，[甲]2266 二據相，[甲]2266 俱聲爲，[甲]2266 念生與，[甲]2266 無覆無，[甲]2266 一所化，[甲]2266 緣意識，[甲]2266 者同分，[甲]2266 至能生，[甲]2266 中行入，[甲]2270 異有，[甲]2270 喻過非，[甲]2270 喻上雖，[甲]2270 喻四異，[甲]2270 喻之法，[甲]2273，[甲]2273 不共言，[甲]2274 法唯唯，[甲]2274 所作者，[甲]2274 也，[甲]2274 有能無，[甲]2274 喻合先，[甲]2274 喻許改，[甲]2288 行生長，[甲]2290 行證等，[甲]2299，[甲]2299 故生，[甲]2299 身有煩，[明][宮]2103，[明][聖]1563 性，[三]154 提隸者，[三][宮]、於[聖]1421 布薩時，[三][宮]1595 法美味，[三][宮]263 共合成，[三][宮]637 法如夢，[三][宮]1554 善因，[三][宮]1558 緣滅道，[三][宮]1559 復有何，[三][宮]1562 影別有，[三][宮]1562 又焰與，[三][宮]1592 行修事，[三][宮]1595 唯，[三][宮]1611 相故二，[三][宮]2102 茲而隆，[三][宮]2123 是而得，[三]99 雜泥食，[三]682 所緣，[三]1485 生集起，[三]2145 停京師，[聖]、同[聖]、甲]1851 異辨寬，[聖]1523 故迷惑，[聖]1546 二俱繫，[聖]1788 事行攝，[聖]1851 名爲，[宋][宮]1521 緣迴向，[宋]1562 名名不，[宋]1631 與說空，[乙]、同彼而得與[乙]2249 彼同捨，[乙]1821 准正，[乙]1822 何，[乙]2249 故識類，[乙]2250 雖具有，

[乙]2261 非於佛，[乙]2296 眞因喻，[乙]2396 身佛地，[乙]2878 罪二人，[元][明][宮]1549 香味是，[元][明][宮]636 法如夢，[原]2225 緣自境，[原]2270 品也見，[原]1829 成等覺，[原]1840 是，[原]1863 類，[原]1863 異下，[原]2196，[原]2196 一如如，[原]2270 品所依，[原]2270 體是此，[原]2270 喻故，[原]2271 此若許，[原]2339，[原]2339 彼而是，[知][甲]2082 與，[知]1734 果是故。

團：[甲][乙]1822 有異色。

罔：[宋][元]2122 受此，[宋]2106，[乙]2296 言能立。

唯：[甲]1830 屬十因。

爲：[三]682 緣而得。

謂：[宋][明]222 緣心無。

問：[甲]、同[乙]2250 今謂不，[原]、[乙]1744 以佛得。

無：[三]1582 十二因，[宋]374 因相無。

夕：[三][宮][甲][乙]2087 降跡僧。

閑：[甲]1700 經論博。

顯：[宮]381 此何緣。

現：[三]120 父母現。

相：[宮]1605 及自相，[甲]1700 也無著，[甲]2128 陁羅婆，[甲]2266 望現識，[甲]2271 有，[三][宮]671 何像類，[三]202，[乙]2263 故爲，[元]387 必有果。

向：[三]1547 化者不。

心：[三][宮][聖]376 者有何，[三]

[宮]2103 形復依，[宋][元]1562 生如有。

性：[甲][乙]2328 故必具，[原]2270。

修：[乙]2263 行。

須：[三]945 待我佛。

續：[三][宮]1421 爲無量。

烟：[宮]397 則無覺，[甲]2270 起疑未。

眼：[元][明]1581 故作。

咽：[三]982。

也：[宋]、耶[元][明][宮]374 復次善。

依：[甲]1912 下顯正，[三][宮]672 藏識生。

以：[甲]、因[甲]1734 以是所，[三]1513 故由此，[聖]223 緣。

義：[甲]2281 所依不。

因：[甲]2266 此失不。

音：[宮]266 而號爲，[甲]1736 展轉者，[明]293，[明]997 邪定衆，[元]、者[明]2125。

陰：[明]1566 者。

引：[丁]1831 發因故。

印：[甲]1203 捺羅。

應：[甲]1736 定別根，[明]1549 不一時，[明]2121 命，[宋][宮]330 此法當。

用：[宮][聖]224，[甲]1721 乘之體，[甲]1733，[甲]1763 耶見作，[甲][乙]1929 法雲，[甲][乙]2263，[甲][乙]2309 廣大富，[甲][乙]2317 異故攝，[甲]1736 法門之，[甲]1828 過去既，

[甲]1830 體以前，[甲]1839 者何以，[甲]2068 彌著，[甲]2249 時於自，[甲]2250 故立七，[甲]2270 更互相，[明]1579 依諸定，[明]2123 父王王，[明]2131 得證五，[三][宮][聖]222 一切人，[三][宮][聖]1579，[三][宮]263 遇善師，[三][宮]415，[三][宮]559 是故，[三][宮]1443 此而得，[三][宮]1443 輒度與，[三][宮]1554 相因隨，[三][宮]1595 應無四，[三][宮]1602 之所害，[三][宮]2033 一切諸，[三][宮]2121 三事故，[三][宮]2123 卿恩愛，[三][乙]2087 嘉慶，[三]418 故者便，[三]1593 如大乘，[三]2060 彌著二，[宋][宮]2060 茲仰積，[乙]2223 菩薩三，[乙]2263 執說未，[元]670 彼攀緣，[元]1551 者若，[原]、用[甲][乙]1796 觀察三，[原]1851 而是了，[原]1890 緣起而，[原]2271 方便取。

由：[宮][聖]411 此光明，[甲]、由[乙]1816 有學不，[甲]1821 復有外，[甲][乙]1821 斯，[甲]1731 取此，[甲]1735 問有何，[甲]1736 兼，[甲]1795 淫欲而，[甲]1816 果得信，[甲]2217 耶答暹，[甲]2266 由是因，[甲]2300 蘊此摩，[甲]2339 此理故，[明]201 利養生，[明]220 如，[明]220 如是甚，[三][宮]、田[聖]1579 時即能，[三][宮]2060，[三][宮]376 他勢力，[三][宮]657 菩提心，[三][宮]1442 見怪彼，[三][宮]1488 十善業，[三][宮]1581 是生苦，[三][宮]1646 業故有，[三][宮]1646 飲食若，[三][宮]1647 復次取，

有：[甲]2255 因則無，[甲]2312 無實過，[聖][石]1509 但從先，[聖]1582 七者，[原]2362 爲故非。

與：[乙]912 緣覺一。

圓：[宮]2060 合床殮，[甲][乙]2261 滿仍未，[甲]1782 次除生，[甲]1782 由作法，[甲]2196 果今明，[甲]2434 教云云，[乙]2297 果爲因，[原]、圓[甲]1782 同二乘，[原]2271 此青黃。

綠：[甲]1828 相隨，[甲]1863 即本，[甲]1863 生了何，[三][宮][聖]285 其因緣，[三][宮]813 如來亦，[三][宮]1453 由，[三][宮]1546 除，[三][宮]1546 行問曰，[三][宮]1581 諸所尊，[乙]1736 果之，[原]2306 也即攝。

緣：[原][乙]2263 非。

曰：[甲]、由[甲]1816 是，[甲]1335 達，[甲]1512 此毀謗，[甲]1781 行，[甲]2068，[甲]2337 此一一，[甲]2397 補處菩，[聖]26 施主淨，[聖]440，[聖]1509 般若波，[宋][元]、白[明]291 言如來，[宋][元][宮]2122 林爲，[宋]1628 明師諸，[乙]2397 女投華，[乙]2404 發願破，[元][明]158 除愛王，[原]1832 名瑜伽，[原][甲]2266 名瑜伽。

月：[甲]、日[乙]2250 者說四，

[三][宮]2102 於本業，[三][宮]2122 貪聲色，[三]202 緣天，[三]2110 末伽而，[三]2145 會具，[聖]200 爲立字，[聖]1602 故一水，[另]310 緣，[乙]2263 各別之，[乙]2263 之護法，[乙]2425 制不妄，[原]2262 何得所。

[甲]1828 喻唯往，[三][宮]1425 自浣染。

云：[宮]1646 緣受又，[乙]1822 何無記。

再：[宮]2078 告之曰。

之：[三][宮]754，[乙]2397 中雖有。

智：[聖]1543。

中：[元][明]1564 業有作。

衆：[三][宮]223 緣和合。

周：[甲]2256 破滅相，[甲]2299 諍論事，[聖]425，[乙]2376 流演今。

逐：[宮]2112 機啓行。

自：[甲]1832 相，[甲][丙]2397 體轉變，[甲][乙]2263 在故云，[甲]1225 相穿文，[甲]1335 陀羅牟，[甲]1733 修行成，[甲]1828 增上生，[甲]1839 相以自，[甲]2036 誓始於，[甲]2068 疏經論，[甲]2204 分果德，[甲]2217 相爲二，[甲]2266 故述曰，[甲]2270 等三以，[甲]2274 佛法假，[甲]2300 此遂改，[甲]2305 至即五，[甲]2312 果不即，[甲]2792 之爲篇，[三]、目[聖]170 貪愛色，[三][宮]263 詣，[三][宮]657 墜，[三][宮]866 業鬘所，[三][宮]1421 亂戰射，[三][宮]1462 此而折，[三][宮]1566 相持故，[三][宮]2121 共議言，[三]624 忦眞，[三]1470 欺便，[三]2060 爾安，[聖]1721 有受報，[宋][明][宮]2122 貪欺慳，[宋]565 供施佛，[乙]1287 之爲斷，[乙]1822 勝進道，[乙]1833 緣盡可，[乙]2215 當正翻，[乙]2261 位已上，[乙]2263

既許眼，[乙]2296，[原][甲]2271 相若云，[原]907 哈字，[原]2265 果立。

宗：[甲]2270 非，[甲]2270 中一分，[甲]2274 緣生，[甲]2810 竟。

周：[甲]2281 遍，[乙]2396 量等亦。

茵

裀：[明]1636 褥無量，[三][宮]263 褥無量。

音

百：[聖]210。

貝：[乙]2309 狗行示。

背：[甲]2035 誦承瑋。

詞：[原]2263。

等：[三]1350 如來如。

滴：[三][宮]288 聲乃踰。

惡：[甲]954。

法：[原]、音法[原]923 讀。

梵：[三][宮]456 聲聞。

共：[甲]2434 說法身。

故：[敦][煌]262 深遠甚。

害：[三]398 是則爲。

會：[甲]1983 聲將來。

慧：[三][宮]310 菩薩次。

伎：[宋][宮]、妓[元][明]2121 樂。

交：[甲]2129 交咬咬。

皆：[甲]2006 成正令，[甲]2035 敗此云，[宋]1095 同矩努，[元]1451 響人不。

界：[宮]425 清徹而，[聖][另]1548。

經：[明]2121 聲。

竟：[三][宮]2060 文淳美。

羸：[甲]2128 力戈反。

禮：[宋][宮]901 禮二摩。

立：[三][宮]1559 聲於義，[三]1011 菩薩慈，[聖]291 響察長，[原]2339 自所立。

魯：[甲][乙][丁]2244。

盲：[甲][乙][宮]1799 二黑校。

美：[三][宮]、首[聖]481 普流佛。

名：[石]1509 有佛無。

南：[宮]901 南上音。

普：[宮]2034 解一卷，[甲][乙]1864 覆一切，[甲]2196 攝一切，[三][宮]657 二本作，[乙]1736 聲亦無。

其：[三][宮]2121 聲微妙，[元][明]361 聲甚。

奇：[元][明]403 樂不以，[元][明]884 聲教中，[元]831 聲菩薩。

前：[三][乙]1092 窒丁結。

青：[甲]2266 色張。

輕：[明][乙]1092 二合。

去：[三][宮]2122 聲呼若。

辱：[乙]1909 修進之。

善：[乙]1736 聲即聲。

上：[甲]2128 想良反，[三]1092 縛訶六。

聲：[明]310 和雅猶，[明][甲]901，[明][甲]901 又囉又，[明][甲]901 二合六，[明][甲]901 謨囉上，[明][甲]901 謨上，[明][甲]901 下同帝，[明][甲]951 羝十弭，[明][甲]下同 901，[明][甲]下同 901 呼跋折，[明][甲]下

同 901 羅四詞，[明][甲]下同 901 支四莎，[明][乙]1075 下同五，[明][乙]1092 二合囉，[明]261 穆，[明]402 伽否囉，[明]402 音若若，[明]1007 那，[明]1007 陀麼里，[三]、音響嚮[聖]125 響欲，[三][宮][聖]278 無不樂，[三][宮]402 音，[三][宮]606 是，[三][宮]639 自在婆，[三][宮]1581 具足廣，[三]125 與琴合，[三]168 世所希，[三]193 而告之。

事：[聖]310 喻若深。

書：[甲][乙]2207 一切。

啼：[三][宮]721 聲鳥若。

同：[宋][元][宮]、聲[明][甲]901 二那上。

童：[明]1110 樂。

王：[三][宮][聖]397 菩薩白。

昔：[甲]2339 法藏部，[元]264 方便陀，[元]2103 於後，[元]2106 者假形。

香：[內]973 相貌本，[宮]263 華，[宮]278 樂聲岸，[宮]425 王太子，[明]220 花奉散，[明]220 華及諸，[明]321，[明]1086，[三]220，[三]220 花，[三]220 花捧散，[三]220 華奉散，[三][宮]278 又自然，[三][宮]231，[三][宮]309 身體，[三][宮]378 有，[三][宮]479 眾生隨，[三]157 女人產，[三]157 王如來，[三]170 不歡悅，[三]220 花奉散，[三]220 花以是，[三]220 華奉，[三]220 華奉散，[三]220 華踊身，[三]991 摩尼樹，[宋][宮]310 其鳥毛，[宋]1087 供養諸，[元][明]157 如須曼。

響：[宮]263 華而散，[甲]1733，[元][明]425 導師。

言：[甲]2266 言之鄔，[甲][乙]2263，[甲]2128 録，[三][宮][聖]586 汝等比，[宋]401 教未，[乙][丙]2092 復聞楚。

亦：[甲]2128 雨。

意：[宮]425 流寶名，[甲][乙]2396 名爲聞，[甲][乙]2397 樂亦攝，[甲]850 聲天印，[甲]1203 樂悉令，[甲]1708 名爲，[甲]1717 耶答，[甲]1771 子名大，[甲]1782 想歸禮，[甲]2393 皆是，[明][宮]403 若城，[明][甲]1177 海光無，[三][宮]384 而濟度，[三][宮]425 以，[三][宮]338 如是，[三][宮]637 出菩，[三][宮]657 丹作意，[三][宮]1577 者亦復，[三][宮]1579 名語表，[三][宮]1592 念故或，[三][宮]2121 於是，[三][甲]1253 樂一百，[三]157 復，[三]194 息心樂，[三]291 而，[三]425 而，[聖]224 樂皆自，[聖]278 聲百，[聖]291 悉爲一，[聖]425 乘其，[宋][元][宮]、明註曰音北藏作意 2122 樂或貪，[宋][元][宮]447，[乙]1909 佛，[乙]2376 形宜隔，[乙]2408 也二音，[元][明][宮]403 悉無逮，[元][明][宮]1579 內正作，[元][明][聖]158 十方諸，[元][明]445 如來北，[元][明]565 十一曰，[元][明]598 無言無，[元][明]2063，[元]1342 其議，[原]1869 聲名，[知]598 大士不。

陰：[宮]278 月，[宮]1523 事四。

蔭：[聖]2042 天。

瘖：[三]2088 直視尋。

語：[三][宮]588 無缺減，[三]689 告阿難。

育：[原]1828 訖多此。

苑：[甲]2068 林。

樂：[聖]514。

云：[甲]2775 塔婆此，[原]1796 阿濕。

韻：[三]192，[乙]2207 爲辨四。

章：[三][宮]2122 唄者短。

詔：[宋][宮]585。

者：[宮]263，[宮]317 聲或堅，[宮]657，[甲]、藁本同之 871 之所演，[甲]2036 要假智，[甲][乙]1821 應，[甲]2128 乃是水，[甲]2223 能護世，[甲]2230 蓮華馨，[明]2102 彌，[明]2125 或問云，[三][宮]285 能識諸，[三][宮]309 亦復如，[三]1340 入此總，[三]1397 皆倣此，[聖]1563 名爲語，[聖][另]1442 樂具鼓，[聖]291 聲亦無，[聖]1763 婆羅門，[宋][元]2121 異學失。

旨：[宮]810 佛報，[甲]2128 也，[三][宮]2034 句棄文，[三][宮]2040 不其明，[三][宮]2060 若圓雅，[三][宮]2060 爲本琮，[三][宮]2102 既，[三][宮]2103 洋洋乎，[三][宮]2105 首尾向，[三]1 聲如迦，[三]682 聲詠八，[宋][明][甲]967 經二七，[宋][元][宮]2123 易情染。

智：[宮]657 今現在，[三][宮]278 善解無。

重：[乙]1796 二羅。
著：[三]425 衆聲聞。
撰：[甲]2128。
自：[甲]1065 次日精。
字：[宮]1509 字即知，[甲]2400
中又出。

姻

妵：[宮]1421。
因：[宮]1451 眷屬並。

氤

氣：[甲]2168 集。

殷

般：[宋][元]2122 重自責，[宋]
1069 重，[宋]1451 重供養，[元][宮]
2103 鳥度夾。
熾：[明]1425 盛富樂，[元][明]
[另]310 盛棄惡。
殿：[三]2103 含呂魄。
敦：[三][宮][甲]2053 禮宣。
敬：[三]1451 心時彼。
欸：[三]2122 著佛授。
慇：[甲]1728 重心名。
勤：[三][宮][聖]285 勤務佛。
殺：[三]2122 涓父浩。
嚴：[甲]2068 重盡其。
慇：[宮]263 甚多，[甲][乙]1821
重信修，[甲][乙]1821 重作意，[三]
220 淨心現，[三][宮][西]665，[三]
[宮]325 重懺悔，[三][宮]451 重供養，
[三][宮]665，[三][宮]676 重供養，[三]
[宮]676 重勤修，[三][宮]2103 憂，[三]

163 重汝等，[聖]1788 求舍利，[宋]
[宮]310 勤鄭重，[宋][元][宮]314 重
信心，[乙]1736 勤精，[元]314，[原]
2431 纂云今。

陰

闇：[三]1331 冥使覩。
薛：[元][明]1406 利居止。
塵：[原]1851 如上所。
除：[宮]263 蓋，[宮]1547 到得
成，[宮]1547 入無餘，[宮]1547 性若
是，[宮]1548 得諸入，[宮]1551 說識
住，[宮]1998，[甲]1782 諸煩惱，[甲]
2255 三無爲，[三]468 義此謂，[三]
[宮]1523 無常執，[三][宮][聖]285 盡
柔順，[三][宮]606 衰之蓋，[三][宮]
612 去生隨，[三][宮]1541 心法如，
[三][宮]1546 五情根，[三][宮]1617 勝
智爲，[三]190 方便是，[聖][另]1548
善報餘，[聖]210 行而默，[另]1548 非
修色，[另]1543 頗害衆，[另]1543 痛
盛陰，[另]1548 無學云，[宋]、徐[元]
[明]202 殺其兄，[宋][元]1 滅時生，
[知]598 幽冥門。
法：[聖]、法[原][甲]1851 彰名。
公：[宮]2103 戒之別。
寂：[三][宮]588 然是緣。
際：[三]212 便爲墮。
降：[三]154 雨，[宋][宮]2122 軒
類。
句：[甲]2255 上復二。
領：[甲]2300 之功陰。
隆：[乙]1909 佛。

滅：[三]374 壞生後。

惱：[宮]278 故。

上：[甲]1705 云過去。

身：[三][宮]1646 已未受。

實：[甲]1705 無實此。

受：[聖]1541 彼相應。

隨：[宮]1541 非心隨，[三][宮]1541，[元][明]616 隨色故，[元][明]2033 五識現。

穩：[甲]2250 隨轉風。

險：[宋][元]2088。

徐：[明]414 無實，[明]2104 夫人王。

陽：[甲]2897 月陰日，[三]、法[宮]2060 寶鎮汲。

因：[元][明]658 或陰。

音：[明]201 天下時，[明]222 天清淨，[三]291，[知]266 者皆無。

蔭：[宮]656 蓋等慧，[宮]309 蓋依，[和]1665 畢竟磨，[別]397 蓋成就，[明][和]293 我欲於，[明]293 莊嚴妙，[明]310 涕唾不，[明]2122 獨覆太，[明]2123 此樹，[三][宮]、落[聖]664 涼作陰，[三][宮]308，[三][宮][聖][另]1552 福生果，[三][宮]227 皆一無，[三][宮]263 蔽於日，[三][宮]307 如是十，[三][宮]374 涼如世，[三][宮]374 清涼行，[三][宮]423，[三][宮]721，[三][宮]721 中何風，[三][宮]805 此樹積，[三][宮]810 蓋不免，[三][宮]818 覆其身，[三][宮]1462 所覆處，[三][宮]1462 爲初是，[三][宮]2060 寺南崗，[三][宮]2087 王妃乃，[三]62 樹下，[三]99 中敷座，[三]125 涼若有，[三]190 下多有，[三]203 黑畏懼，[聖]291 蓋，[另]1721 稱之，[宋]879 奔波擊，[宋][宮][石]1509 雲翳日，[宋][宮]274 蓋菩薩，[宋][元][宮]1551 不如實，[宋][元][宮]1551 性問曰，[宋][元][宮]1551 中而，[宋][元]185，[宋]62 涼衆寶，[宋]374 涼中者，[宋]945 處界三，[宋]1340 是名爲，[宋]1982 攝，[乙][丁]2244 合拱，[元][明]125 葉極茂，[元][明]2103 於清泉，[元]2016 精舍性，[元]2016 空大。

隱：[宮]1670 知是那。

隱：[甲]1763 而非陰，[甲]1851 名爲佛，[甲]1268 一日一，[甲]2255 匿既入，[甲]2266 定定時，[乙][丁]2244 於此鑒，[原]1863 不論若。

癊：[三][宮]402 病癊病，[三][宮]721 黃中何，[三][宮]721 吐，[三][宮]721 中諸身，[元][明]1341 冷陰，[元][明]1354 病等分，[元]2122 病等之。

餘：[宮]618 陰起三。

蘊：[內]2778 等，[甲][乙]2263 和合聚，[甲][乙]2261 而趣涅，[甲]1828 依得言，[乙]2218 也一義，[乙]2362 生滅的，[原]2319 假者此，[原]2266 假者此。

張：[甲][乙]2219 鑒。

止：[三][宮]2122 五。

衆：[宮][聖]223 事不說，[宮][聖]223 無常中，[宮]223 不可得，[明]2131 二者衆，[三][宮][另]1509 界入中，[三][宮]1509 攝亦身，[聖][中]223 世間空，

[石]1509 假名是，[石]1509，[石]1509
魔三者，[石]1509 無我無，[石]1509
中有所，[元]223 入界不，[元]223 亦
不可。

　　諸：[知]598 蓋得至。

　　滋：[甲]2219 潤故大。

堙

　　煙：[三][宮]2060，[宋]、湮[元]
[明]2087 滅生，[宋][元]2061 流玉毫，
[宋][元]2061 谷刊木。

　　㙠：[宋][元]1057 醯，[宋][元]
1057 醯夷醯。

　　翳：[三]656。

暗

　　暗：[甲]1782 唖等諸，[三]1187
大呪最。

　　鳴：[宮]377 咽何能，[三][宮]377
咽深。

　　音：[元][明]1336 鬼名。

惜

　　悟：[甲]1781 道法是。

蔭

　　護：[三][宮]278 悉。

　　薩：[聖]376 其解脱。

　　提：[明]624 如。

　　音：[三]1521 無量業。

　　陰：[甲]2196 之能如，[甲]1718
廣，[甲]1775 喩五賊，[甲]1963 人也
貞，[甲]2837 重雲覆，[明]1551 福生
大，[明]324 蓋，[明]1509 行天福，
[明]1551 中，[明]2076 乾坤生，[明]
2103 道開入，[明]2122 常住名，[明]
下同 1551 及有諍，[三]、音[聖]291，
[三]212 五百車，[三]1340 等法善，
[三]1340 數分別，[三][宮]223 五，[三]
[宮]1428 覆淨地，[三][宮][聖]223 假
名是，[三][宮][聖]425 蔽常思，[三]
[宮]223 無差，[三][宮]294 涼之形，
[三][宮]374 五蔭，[三][宮]397 蓋，
[三][宮]822 涼時衆，[三][宮]823 中
彼人，[三][宮]1425 涼坐不，[三][宮]
1425 施所欲，[三][宮]1425 我等聚，
[三][宮]1428 若，[三][宮]1428 下樂
彼，[三][宮]1551 及無爲，[三][宮]1551
及無作，[三][宮]1551 有諍無，[三]
[宮]2042 覆今日，[三][宮]2060 禪，
[三][宮]2060 六塵深，[三][宮]2060 似
作守，[三][宮]2103 百國，[三][宮]
2103 於未生，[三][宮]2121 涼復更，
[三][宮]2121 中敷座，[三][宮]2122 蒼
生業，[三][宮]2122 黃覆身，[三][聖]
190 我見彼，[三]184 蓋不爲，[三]190
覆身，[三]190 涼快哉，[三]192，[三]
198，[三]202 黑爾時，[三]204 蓋，
[三]223 中不可，[三]291 雨且普，[三]
311 處坐智，[三]375 亦名，[三]1340，
[三]2103 剖折形，[三]2122 下多有，
[聖]125 下而得，[另]1509 覆涼樂，
[宋][元]1551 攝十色，[宋]1 一由旬，
[宋]374 及法味，[宋]374 涼寒者，
[宋]374 涼爲得，[宋]374 一切衆，
[元][明][宮]614 如貧得，[元][明][知]
598 種諸入，[元][明]170 涼，[元][明]

263 蓋，[元][明]381 擔之行，[元][明]2087 慧日重，[元]2122 患并得。

廕：[宮]2025 普願法，[三][宮]2122 金，[三][宮]1425 黎庶，[三][宮]2034 爲外兄，[三][宮]2121 此國勿，[三]190，[三]1533 下鹿苑，[宋][宮]2102 輪奐，[宋][元]174 覆日光。

癊：[三][宮]376 護爾時，[三][宮]2041 故勝外，[宋]2103 益無情。

禋

標：[宮]2108 議僧尼。

袿：[甲]2128 侫於人。

埏：[宋][元][宮]2102 瘞之勞。

慇

般：[宋][宮]1545 重信或。

懃：[甲]850 重，[甲]2195 懃，[聖]1582 是名行，[原]1722 懃方便。

勤：[三][宮]1435 懃，[三][聖]125。

懃：[乙]2296 懃之制。

懃：[三][宮]630 精一心。

殷：[宮]411 重信敬，[甲]2084 懃再三，[明]402 重心以，[三][宮][聖]341 重心若，[三][宮][聖]1579 重而聽，[三][宮]262 懃每憶，[三][宮]476 重恭敬，[三][宮]665 重心常，[三][宮]676 重加行，[聖]476 懃致問，[聖]1562 重委解，[乙][丙]857 重，[元][明]190 重敬念，[元][明]190 重囑故。

瘖

癡：[宋][元]840 瘂。

瘂：[宮]489 唖無涅。

音：[宮]721 瘂聾頑，[三][宮]2122 百有餘。

霑

陰：[三]1545 夜見色。

尣

穴：[宮][甲]1799 口旦遊。

吟

唵：[甲]2087。

悲：[三][宮]687 泣啼。

今：[元]、令[明]2059。

冷：[甲]2035 河瞻部，[三]1336。

吟：[三]1343 阿羅，[元][明]1343 阿摩羅。

狁

狄：[甲]2039，[甲]2039 請兵新，[三]1343 泚曇阿，[宋]1343 唎耆羅。

垠

外：[三][宮]2103 故能量。

崟

岑：[三][宮]2122 樹木繁，[宋]171 嵯峨樹。

淫

法：[三]2122 祀。

佉：[元][明]、望[宮]2053 薄健國。

深：[三][宮]2102 刑受。

望：[宮]2102 鬼之氣，[三]2103
同。

媱：[三][宮]330 發醉失，[三][宮]
378 怒癡，[三][宮]1596 極醉等，[三]
[宮]下同 332 之惡却，[三]125 亦不
他，[三]125 自修梵。

謠：[三][宮]2103 蕩有尼，[三]
2110 黃書。

憶：[甲]2082 使君乃。

婬：[宮]1422 處坐隨，[宮][甲]
1912 怒，[宮]286 欲所作，[宮]309 欲
垢練，[宮]323 塵之咎，[宮]810 怒癡
不，[宮]1799 愛超，[宮]下同 309 怒
癡三，[宮]下同 309 怒癡無，[甲]1804
波羅夷，[甲]1804 方有妒，[甲]1893，
[甲]904 女地及，[甲]1718 十功德，
[甲]1718 自恣為，[甲]1804 盜亦通，
[甲]1804 戒女人，[甲]1804 戒已下，
[甲]1804 他妻二，[甲]1805 必自造，
[甲]1805 意入便，[甲]1886 是禮不，
[甲]下同 1805 支以明，[明]2016 人觀
之，[明]2153 人曳踵，[三]、望[聖]361
奢驕慢，[三][宮]1451 女是三，[三]
[宮]2121 心息厭，[三][宮][聖][知]1579
佚損費，[三][宮]309 瞋恚愚，[三][宮]
309 怒癡悉，[三][宮]309 泆妄言，[三]
[宮]378 欲不淨，[三][宮]656 怒癡解，
[三][宮]656 怒癡上，[三][宮]1451 女
便共，[三][宮]1521 妄語飲，[三][宮]
1549 意不盡，[三][宮]2045 法將入，
[三][宮]2102 妖之術，[三][宮]2121 泆
，[三][宮]2121 泆者兩，[三][宮]2122
泆之心，[三][宮]2122 慾飢老，[三]

[宮]2123 泆慳貪，[三]116 口不妄，
[三]125，[三]125 不淫，[三]125 怒癡
故，[三]125 怒癡然，[三]125 為穢
惡，[三]125 泆報，[三]125 泆大患，
[三]125 泆貪，[三]125 泆無有，[三]
146 泆不貪，[三]152 無避與，[三]152
邪，[三]152 泆兩，[三]170 欲行可，
[三]206，[三]210 泆為穿，[三]1560，
[宋][元][宮]310 妄語兩，[宋][元][宮]
2102 奔彌齡，[乙]1876 不妄語，[元]
[明]310，[元][明][宮]333 慾顛倒。

癊：[三][宮]385 怒癡病。

盈：[乙][丙]2092 鬼神福。

注：[原]2220 之以此。

寅

丑：[甲]1027 時卯時。

力：[聖]2157 至十四。

宣：[甲]2084 帝寫十，[甲]1709
為，[聖]2157 遊於彭，[原]、演[原]
2196 弘委付，[原][甲]2196 通故能。

演：[明]1462 婆迦作，[明]1683
二合捺，[三]2125 得迦可。

夤：[丙]2092 來降，[三]2063 兼
通禪。

婬

愛：[三][宮]374 欲我今。

媒：[甲][乙]1831 女之。

瞋：[甲]2396 怒癡俱。

盜：[明]2110 戒以婬。

盜：[宮]1432 是沙彌，[宋][宮]
2122 不祈禮。

等：[宮]657 諸不善。

放：[甲]1851 逸時爲。

誹：[三][宮]553 謗此五。

浮：[聖]1425 怒癡盡。

好：[宋]26 相應法。

疾：[元][明]、嫉[宮]602 當念四。

嫉：[三]410 不壞於，[三][宮]1478 欲之根，[聖]310 欲事是。

濟：[宮]760 不隨道，[明][宮]309 衆生不。

經：[宮]2045 之爲病。

如：[元][明]1486 樂不動。

食：[甲]2230 欲人欲。

態：[宮]1478 惡萬事。

貪：[明][宮]2121 瞋已盡。

望：[宮]2040 惑，[三]210 彼，[三][宮]1543 捨離婬，[三]198 淨，[三]198 致善已，[聖]26，[聖]26 我於非，[聖]189，[聖]1425 欲眼見，[宋][宮]565 欲難，[知]384 之行。

五：[三]100 欲。

嫌：[宮]2122 二者少，[三][宮]2122 慳嫉執。

邪：[宮]332 網所。

婬：[宋]1435 處。

姓：[宮]285，[宮]374 女亦復，[宮]1505，[聖]26 欲法不，[聖]1428 女家常，[宋][元][宮]269 自，[宋]606 相於是，[元][明]1559 欲爲學。

搖：[元][明]2016 悉成魔。

嬌：[三]125 怒，[元]310 教人不，[元]310 女能退。

淫：[宮]1799 酒家也，[宮]309 怒癡不，[宮]1799，[宮]下同 635 怒癡也，[久]下同 1486 戒不婬，[別]397 瞋恚，[別]下同 397，[明]643 行故獲，[明][乙]1092 反，[明]198 亦何貪，[明]1421 女年長，[明]1463 此爲犯，[明]2154 經一卷，[明]下同 1421 通其婦，[三]375 欲心以，[三][宮]309 亦使衆，[三][宮]635 行恚處，[三][宮]1548 瘡癩，[三][宮]2102 僞寧有，[三][宮]2122 狡人形，[三][聖]375 女慎莫，[三]115 泆多求，[三]120 妄語飲，[三]152 蕩酒樂，[三]2149 祀者，[三]2154 女經一，[聖]1547 意騫掘，[聖][另]1463，[聖]26 是，[聖]26 妄言者，[聖]125，[聖]125 復教他，[聖]125 怒癡薄，[聖]125 如時雨，[聖]125 無有淨，[聖]125 泆故故，[聖]125 泆家生，[聖]125 泆與，[聖]125 欲及飲，[聖]211 怒癡憍，[聖]211 遇癡瞋，[聖]222 怒癡盡，[聖]222 怒癡滅，[聖]324 怒癡亂，[聖]351 怒癡盡，[聖]419 起從臥，[聖]1421，[聖]1425 欲，[聖]1547，[聖]1547 若，[聖]1547 若欲，[聖]1549 意，[聖]1549 欲偏多，[聖]下同 1595 若菩薩，[宋]、愛[元][明][宮]374 欲如是，[宋]、愛[元][明][宮]374 欲生羅，[宋][明]374 欲飲食，[宋][聖]375 如是之，[宋][元]、[宮]1543 盛口行，[宋][元][宮]1543 想，[宋][元][宮]1545 欲轉依，[宋][元][宮]2102 喪禮殘，[宋][元][聖]1547 若欲是，[宋]157 欲心，[宋]不同 374 女譬如，[乙][己]2092 穢，[元][明]310 女衆亦。

飲：[甲]2204 食猶如。

污：[聖]125 意如是。

欲：[宮]1543 怒癡善，[三]、婬欲[宮]2121 人女言，[三][宮]1425 其兒有，[三][宮]1543 界有滅，[三]202 又諸比，[三]374 之想，[聖][另]1435 事獨與，[另]1435 事是中。

之：[明]2123 欲愚蔽。

恣：[三]361 泆有。

作：[聖]1441 去即共。

欽

服：[宋]、欽善法服法喜[元][明]2103 善法之。

歌：[三][宮]2060 詠欣然。

歡：[三][宮]2102 若辭父。

鉛：[甲]2036 兩湊聚。

缺：[宮][甲]1805 後三覆。

歎：[三]2063 服倍加。

欣：[三][知]292 樂大乘。

菴：[三][宮]1690 婆果香。

飲：[甲]997 德歸化，[甲]2087 風，[甲]2119，[三][宮][聖]1477 豈可，[三][宮]1593 賢味道，[三][宮]2060 茲，[聖]2157 重但以，[宋][宮]2087 風尚獲，[宋][元][宮]2104 道德尚。

欲：[宮]2060 遇也乃，[聖]1421 婆羅王。

銀

寶：[三]2103 屑天花。

剛：[甲]2878。

根：[宮]2122 樓樓出，[三][乙]

1092 寶壔四。

金：[宮]2122 滿中彼，[甲]1762 輪及三，[三][宮]721 葉勝觸，[三]125 莖，[元][明]125 葉銀。

精：[乙]2879 地上與。

鏡：[甲]1268 銅及以。

琅：[三][宮]2108 函茂德。

錄：[甲]1896 擬用箋，[甲]2255 也，[宋][元]2110 繩金縷，[原]1771 中出也。

色：[元][明]272 七寶莊。

銅：[甲]2244 光明色，[三][宮]1435 肆珠肆，[聖]1425 以，[元][明]617 也，[元][明]619 也。

眼：[元][明][聖]158 如來摩。

欽：[三]2103 僧獻道。

餘：[宋][元][宮]1506 如。

螽

演：[三]2103 敷奧籍。

囂

癡：[三]209 盡以好。

蹋：[宋]374 而王不。

霪

淫：[聖]1537 先溪澗。

尹

君：[聖]2157 樂廣與，[乙]2092 胡孝世。

郡：[明]2112